跨越"归零地"

21世纪美国小说研究

但汉松 著

北京大学出版社

图书在版编目(CIP)数据

跨越"归零地":21世纪美国小说研究 / 但汉松著. —北京:北京大学出版社,2022.9
ISBN 978-7-301-33267-2

Ⅰ.①跨⋯ Ⅱ.①但⋯ Ⅲ.①小说研究—美国—21世纪 Ⅳ.①I712.074

中国版本图书馆CIP数据核字(2022)第146456号

书　　名	跨越"归零地"——21世纪美国小说研究 KUAYUE "GUILINGDI" ——21 SHIJI MEIGUO XIAOSHUO YANJIU
著作责任者	但汉松　著
责 任 编 辑	张雅秋
标 准 书 号	ISBN 978-7-301-33267-2
出 版 发 行	北京大学出版社
地　　址	北京市海淀区成府路205号　100871
网　　址	http://www.pup.cn　新浪微博:@北京大学出版社
电 子 信 箱	pkuwsz@126.com
电　　话	邮购部 010-62752015　发行部 010-62750672 编辑部 010-62757065
印 刷 者	北京中科印刷有限公司
经 销 者	新华书店
	650毫米×980毫米　16开本　23印张　320千字 2022年9月第1版　2022年9月第1次印刷
定　　价	88.00元

未经许可,不得以任何方式复制或抄袭本书之部分或全部内容。
版权所有,侵权必究
举报电话:010-62752024　电子信箱:fd@pup.pku.edu.cn
图书如有印装质量问题,请与出版部联系,电话:010-62756370

目 录

前　言 …………………………………………………………… 1

第一章　艺术与恐怖 ………………………………………… 14

第二章　见证与共同体:从奥斯维辛到曼哈顿"归零地" ……… 47

第三章　"前9·11"小说 …………………………………… 80

第四章　9·11小说与创伤叙事 …………………………… 143

第五章　极端他者和暴力 …………………………………… 210

第六章　他者伦理和共情 …………………………………… 263

第七章　"后9·11"文学中的战争书写 …………………… 323

后　记 ………………………………………………………… 361

前　言

在所有关于双子塔的摄影作品中，最触动我的不是爆炸和废墟，而是1997年美国小说家唐·德里罗（Don DeLillo）的《地下世界》(*Underworld*)英文版的封面用图。画面的背景是云遮雾绕的世贸中心双子塔，前景则是一座教堂的山墙和十字架的剪影，右上角还有一只形状如同飞机的海鸟。这些视觉元素以一种诡异的未卜先知，暗示了这个城市来自空中的危险以及即将升腾的爆炸烟雾。事实上，在世贸中心遗址对面不远处，就有一座建于1766年的圣保罗礼拜堂，那里还竖立着曼哈顿岛上一些先民们的古老墓碑，它们比这个国家的历史还久远。这个教堂在1970年代见证了世贸中心大楼充满争议的修建过程，也在21世纪的头一年见证了作为全球金融资本主义象征的双子塔的爆燃和垮塌。尽管双子塔倒塌时能量极大，周围很多建筑受到冲击，但近在咫尺的圣保罗礼拜堂却安然无恙，这的确是9·11事件中一件不大不小的神迹。于是，在纽约消防员和警察抢险救灾的最初几周里，这个教堂成为了"归零地"（Ground Zero）旁的一座"圣殿"，不仅是市民们悼念亡者的地方，也是换班消防员临时休息的场所。

2008年夏天，我作为中美富布赖特项目的访问学生，第一次来到美国。初秋的一次纽约之行，我特意去看曼哈顿下城的世贸中心废墟，刚好路过这个古老的教堂，就进去参观。让我惊讶的是，里面还保留着当年救灾人员用过的行军床，还有用牺牲消防员的照片和纪念徽章装饰的纪念角。在布道讲坛的上方，悬挂着一个醒目的条幅，写着"俄克拉荷马人民与纽约同在"。当时我突然想到，在9·11之前，美国本土发生的最大一次恐怖袭击，正是在俄克拉荷马——1995年，那个叫蒂莫西·麦克维（Timothy McVeigh）的人将7000磅的炸药装在卡车上，运到俄克拉荷马城联邦政府大楼楼下引爆，造成了168人死亡，500多人受伤。不过，与9·11的19名劫机犯不同，麦克维是美国白人，而且作为海湾战争的老兵，他甚至还自诩为"爱国者"。麦克维被执行死刑的时间是2001年6月11日，当时美国人或许舒了一口气——毕竟，这个在美国本土制造了最严重的恐怖袭击的人被处死了。但谁能想到，仅仅三个月之后，更大的悲剧发生了！

也是在2008年，我作为博士生访问学者在马里兰大学英文系旁听了琳达·考夫曼（Linda Kauffman）教授的"美国当代小说"课。她在课堂上特别推崇的书，正是德里罗前一年刚出版的《坠落的人》（Falling Man）。那本书的封面，同样令我印象深刻：业已消失的双子塔耸立在万米高空的云海中，作为世俗之物的摩天楼仿佛被赋予了一种"后现代崇高"。考夫曼教授在课堂上拿着这本书告诉学生们，美国最伟大的在世作家终于用小说对那次改变世界的恐怖袭击做出了回应，为了这一天的到来，美国批评家们已经等待了很久。正是在那个时刻，我萌生了研究9·11文学的想法。

时光荏苒，14年过去了，我的生活和这个世界一样，已经有了太多变化。2019年8月，我再次作为富布赖特项目访问学者，带着家人来到弗吉尼亚的夏洛特维尔生活学习。此时，人们似乎不再经常提起9·11，但当今世界发生的很多大事件，又和那次恐怖袭击有着千丝万缕的关系。美国陷入了阿富汗和伊拉克的反恐战争，它们成为该国史上最旷日持久的战争，时间超过了越战、"二战"和美国内战；原本被认为针对美国霸权主义的恐怖袭击变身为全球恐怖主义，如病毒般侵袭伦敦、巴黎、马尼拉、孟买、内罗毕、摩加迪沙、布鲁塞尔、奥斯陆、基督城等等，极端分子对平民制造的杀戮每隔一段时间就成为世界新闻的头条；"阿拉伯之春"、叙利亚内战触发了巨大的地缘政治危机，造成了欧洲史无前例的难民潮，由此又间接引发了英国脱欧和极右政治势力在欧洲多国的兴起；以特朗普为代表的民粹主义在"后9·11"时代登上了美国政治舞台，他推行强硬的反移民立场和政治单边主义,引燃反全球化的贸易战……

在这14年里,不仅世界有了不一样的面貌,美国文学、欧洲文学乃至世界文学也都有了重大变化。有更多涉及9·11、恐怖主义、反恐、伊拉克战争和阿富汗战争的小说相继问世,当中不乏当代文学的经典之作,有些已经获得了重要的文学奖项。诚然,严肃文学对于9·11及其之后世界变化的再现存在一定的滞后性,但文学绝不只是时代风潮的传声筒,而是积极参加了话语生产和媒介化过程,并以文学独特的内省、多元、共情和含混,介入"后9·11"文化的众声喧哗中,对抗大众媒体和国家机器的垄断性话语。美国批评家莱昂纳尔·特里林(Lionel Trilling)曾说过:"文学是最充分、最全面地思考多样性、可能性、复杂性和困难性的人类活动。"①鉴于9·11事件及"后9·11"状况的复杂性,文学家当然会直面这一挑战,并将之作为当代文学的重要母题加以书写。

在谈论9·11文学这个话题之前,有必要先对我们耳熟能详的9·11事件做一番历史梳理。但其实更重要的前期工作,反倒是先理解何为"事件"(event)。在《韦伯斯特字典》(Websters Universal Dictionary)中,event的释义是"某件发生之事(尤其指重要或瞩目的事)"。如果考察一下词源,我们会发现它来自拉丁语 evenire,意思是"出现、到达、发生",往往意味着"变化、影响"。② 这样的字典解释看似无甚稀奇之处,但对于当代西方哲学家而言,event 却是一个殊为复杂的关键概念。法国思想家福柯认为,事件是与历史的断裂联系在一起的,事件的出现往往伴随着对社会规范和知识系统的观念重构。对巴迪欧(Alain Badiou)来说,事件有着更为核心的本体论地位。在《存在与事件》(Being and Event)中,巴迪欧说"事件"不是事物秩序产

---

① Trilling, Lionel. *The Liberal Imagination: Essays on Literature and Society*. New York: New York Review Books, 2008, p. xxi.

② 关于event更具体的词源学解释,可参考 *Dictionary of Untranslatables: A Philosophical Lexicon*. Ed. Barbara Cassin. Eds. & Trans. Emily Apter et al. Princeton, NJ: Princeton UP, 2014, p. 328。

生的"影响",而事物秩序的"断裂"(rupture),正是在这种断裂中真理才得以开启。① 德里达亦有相似的看法,他认为事件意味着"一种绝对的惊奇"②,并认为它"具有无限的秘密形式"③,无法被理解和预设。

由此可见,对于哲学家而言,事件并非简单的"发生之事",而是对我们日常生活、常识规范乃至历史进程的一种**打破**。在巴迪欧的视野里,最典型的"事件"是耶稣受难、法国大革命、美国独立战争和纳粹屠犹。也正是在这个意义上,发生在2001年9月11日纽约和华盛顿特区的恐怖袭击才成为一次事件。这不仅仅是因为它的规模之大(19人同时劫持了四架波音客机)、伤亡之巨(2977人因此殒命,还有更多的生者因为各种后遗症,遭遇了身体和精神的双重苦痛)和影响之广(亿万观众在电视和互联网直播中目睹北塔被另一架客机撞上,目睹双子塔先后倒塌),更是因为它的意义栖居于暧昧不明的历史地带,因为我们对这个"到来之物"的理解仍然处于永恒的延宕之中。

那么,当我们在谈论9·11时,我们到底在谈论什么?这其实是一个相当棘手(如果不是无解)的问题。9·11的事件性决定了它不能仅仅在既有的历史认识框架里被理解和阐释,与此同时它又比法国大革命那样的历史事件更具有当代性。所以,9·11带来的后续影响非但没有终结,反而正在我们当下的国际政治、意识形态、文学想象和日常生活中不断地发酵、显露、变形。我们对它的认识不仅无法一蹴而就,而且可能就在我们谈论它的下一秒,某个极端分子自杀式炸弹会在巴黎、纽约、孟买、悉尼或伦敦引爆,使得我们对9·11的理解瞬间就会变得不同。试问,在当年曼哈顿目击那次恐怖袭击的时刻,谁会想到全球恐怖主义的病毒会在今天蔓延得如此猖獗?甚至可以

---

① Badiou, Alain. *Being and Event*. Trans. Oliver Feltham. New York: Continuum, 2005, p. xii.

② Borradori, Giovanna. *Philosophy in a Time of Terror: Dialogues with Jurgen Habermas and Jacques Derrida*. Chicago: University of Chicago Press, 2003, p. 90.

③ Rowner, Ilai. *The Event: Literature and Theory*. Lincoln and London: University of Nebraska Press, 2015, p. 99.

说,我们已经无法彻底跳脱9·11来看今日之世界——反恐战争、"爱国者法案"、国土安全部、伦敦恐怖袭击、"虐囚门"、伊拉克战争、"棱镜"计划、斯诺登、叙利亚内战、"伊斯兰国"的兴起、巴黎恐怖袭击、欧洲难民危机等等,无不直接或间接源于星期二的那次事件。

这次恐怖袭击深刻定义了全球化时代人类共同体的命运与困局,它早已超出了某个一时一地的突发事件的孤立影响,成为全世界被恐怖主义袭扰的象征性开端。斗转星移,十几年后,当恐怖主义的阴影已经无比真实地潜入中国人的日常生活,我们终于发现,其实没有哪个国家和社会可以在全球恐怖主义的肆虐中作壁上观。行文至此,我想到了一个叫吕令子的女孩。9·11发生的那一年,这位沈阳女孩年仅12岁,即将升入东北育才学校(东三省最著名的重点中学之一)就读,而沙尼耶夫兄弟俩在那一年刚追随父母,从动荡的车臣辗转来到美国生活。后来,这位中国女孩飞跃重洋赴美留学,就读于波士顿大学。2013年4月15日,就在她与同学围观马拉松比赛时,沙尼耶夫兄弟俩放在垃圾箱里的自制炸弹突然爆炸,夺去了她年仅23岁的生命。

波士顿马拉松恐怖袭击是9·11后发生在美国本土的最严重的一次恐怖袭击,一共造成三人死亡,吕令子是其中的一位。生于1993年的恐怖分子乔卡·沙尼耶夫被捕前藏在一个民宅院子中的小艇里,他在一张纸上写下作案的原因:报复美国在伊拉克和阿富汗对穆斯林的打击。他还在游艇的船身上留下了两个英文单词:"Fuck America"。吕令子之死就像一个寓言,深刻描述了在"后9·11"世界,原本远隔万里、毫无瓜葛的人们如何被诡异地联结在一起,并在突如其来的杀戮和报复中,共同沦为恐怖活动的牺牲品。所以,我始终认为,生活在这个时代的每一个人,无论国籍、肤色、信仰或阶级为何,对恐怖主义都没有置身事外的幸运或冷眼旁观的特权,这是由我们所处的"全球命运共同体"所决定的。

作为一个生于中国、长于中国的学者,我感到这样的时代的文学艺术受到了巨大的冲击。这不仅是因为恐怖分子使用的极限暴力最大限度地劫持了大众传媒的关注和想象,从而与文学艺术构成了竞争关系,更是因为恐怖主义暴力背后隐藏的逻辑,与文学艺术所试图追求的理想是背道而驰的。如德里罗在一部小说里所言,"(小说家追求的是)含混、矛盾、低语和暗示。而这恰恰是你们(恐怖分子)想去摧毁的"①。恐怖暴力渗透到我们的日常生活中,它制造了一种恐惧的政治,而大众传媒往往受到资本的挟裹和意识形态的控制,无法真正深入地清理这种暴力对于社会肌理的巨大伤害。在这个意义上,作为学术共同体的一员,我深感全世界的文学批评家亟须在当下展开行动,去对 21 世纪陆续产生的 9·11 文学作品做出有价值的阐释和批评,并以此为契机去推动更复杂深远的意义生产。我坚信,9·11 文学研究不应局限于曼哈顿"归零地"一时一地的灾难事件,而应在现代性造成的历史断裂线中,寻找和反思这种暴力的缘起与流变。

* * *

　　基于这样的认识,本书将 9·11 和与之有关的文学作品/文学事件放在宽泛的历史语境下加以解读,希望获得更大的历史景深。一方面,发生于新世纪伊始的 9·11 恐怖袭击有着自己的独特性(譬如它是真正意义上的全球景观并被不断地媒介化),它不是任何战后地缘冲突的简单复现,而是构成了当代全球史的断裂点。另一方面,围绕 9·11 的国家悲悼和媒体再现往往受制于一种简单化的文化逻辑,具有不言而喻的短视性。西方主流文化对 9·11 的悲情化再现,让"归零地"仿佛具有了某种神圣的意义,让纽约的受难者们构成了一个特殊的、排外的道德共同体。9·11 主流叙事往往显露出西方中心主义

---

① DeLillo, Don. *Mao II*. New York: Viking Penguin, 1991, p.159.

的自恋,以及全球帝国意识形态的褊狭,因此批评家需要关注那些具有真正历史思维的9·11文学作品,将这次恐怖袭击放到奥斯维辛、广岛、德累斯顿、俄克拉荷马等历史坐标构成的连续体中加以讨论。

我希望在这本书中实践的批评方法,正是这样一种基于历史联结的文本话语和审美分析,既重视产生现代恐怖主义的具体而微的时代语境,也观照恐怖对各个时代的宗教、文化和社会心理意识的深远影响。恐怖,不只是当代反全球化极端力量的暴力宣泄和话语宣传,也自古以来就浸淫在人类文明的演进及内部冲突中。只有当我们以更复杂、更历史的思维来看待这种特殊的暴力形式,才能更准确、更深刻地把握现代性和全球资本主义带来的他者之怒。当然,对9·11小说中的恐怖话语进行分析并不容易,因为这种话语的语用效果往往是含混的,而且恐怖事件往往不能凭借行动说出自身。换言之,恐怖分子想说的,和他们的恐怖袭击实际上说出的,以及受众接收到的,常常会有着天壤之别。行动一旦转为语言,会带来巨大的个体理解偏差,也将在不同的阐释共同体中被以截然不同的方式转译和中介化。按克莱默(Jeffory A. Clymer)的说法,恐怖分子依赖的语言模型之所以往往无法奏效,是因为行动的受话方是异质的听众,"他们的态度、同情心和政治立场会有巨大的差异"①。

这种所指和能指之间的巨大罅隙,使得一些研究者主张对恐怖主义的研究需要采取一种后结构主义的立场,甚至强调恐怖主义事件在本质上是一种文本化的建构,它没有任何脱离语言本身的实质意义。当代人类学家艾伦·费尔德曼(Allen Feldman)就认为:"(事件的)顺序和因果性既是一种道德建构,也是隐喻建构,所以事件并非实际发生的。事件是可以被叙述的东西。事件是由文化所决定的意义组织

---

① Clymer, Jeffory A. *America's Culture of Terrorism: Violence, Capitalism, and the Written Word.* Chapel Hill, NC: University of North Carolina Press, 2004, p.17.

起来的行动。"①费尔德曼通过对北爱尔兰暴力史的民族志写作,提出了一个著名的概念,即"叙事集团"(narrative bloc),强调暴力叙事生成过程中的多重变量。在这个模型下,事件(event)、作用方(agency)和叙述(narration)三者构成了"叙事集团",这种集团是"一种弹性的组织,涉及语言、物质化的人工制品和关系。关于暴力的叙事集团调动了星丛般的事件和关于事件的话语,从而构成一个大写的事件"②。与费尔德曼类似,祖莱卡(Joseba Zulaika)和道格拉斯(William A. Douglass)在影响深远的《恐怖与禁忌》(Terror and Taboo)一书中,甚至宣称"不管它还可能是别的什么,恐怖主义是印刷出来的文本……恐怖主义是制造情节行动的文本,叙事顺序是一种道德和话语的建构"③。

诚然,9·11文学批评关注的不只是一个大写的事件,而是围绕9·11产生的"叙事集团",它体现了恐怖事件和社会、媒介、语言、叙事的复杂牵扯与勾连。然而,我们也需要警惕单纯从后结构主义立场(无论这种思想资源和批评实践是来自哲学、人类学、社会学,还是别的学科)出发的恐怖主义研究。对于那些亲历恐怖创伤的人来说,恐怖主义也只是"印刷出来的文本",而缺乏任何本质的真相吗?将事件

---

① Feldman, Allen. *Formations of Violence: The Narrative of the Body and Political Terror in Northern Ireland*. Chicago: University of Chicago Press, 1991, pp. 13-14.

② Feldman, Allen. *Formations of Violence*. p. 14. 伊格尔顿在《文学事件》(*The Event of Literature*)中讲过一个更经典的例子。1920年10月,彼得格勒进行了一次盛大的露天戏剧演出:成千上万的工人、士兵、学生和艺术家涌入冬宫,使用真实的枪炮和军舰,重演十月革命时发生的攻占冬宫这个事件。这次叙事性的行动是为了将十月革命变成大写的事件,因为在1910年时并未真正发生如此史诗般的占领行动——并不是"阿芙乐"号巡洋舰的炮击促成了资产阶级临时政府的投降,那天炮舰只打了一发空炮弹而已;起义士兵和赤卫队员进入冬宫也并未遭到任何像样的抵抗,冬宫只有少量士气低落的士官生驻守,他们甚至未来得及开枪。然而,"十月革命"作为人类历史上大写的事件,它必须要经过叙事的加冕和再造,于是那次发生在彼得格勒的戏剧演出就成了"叙事集团"的最佳例证。

③ Zulaika, Joseba and William A. Douglass. *Terror and Taboo: The Follies, Fables, and Faces of Terrorism*. London: Psychology Press, 1996, p. 31.

性归结为叙事的建构,这实际上已经在向相对主义的后现代诡辩术立场发生危险的移动。因此,本书既看重9·11事件在叙事上的多义性和媒介化过程中的建构性,同时也会认真思考9·11事件给生命个体在情感维度上带来的影响,这涉及创伤、悲悼、共情、记忆等多个方面。

第一章"艺术与恐怖"将首先尝试以一种"去9·11化"的方式来思考9·11事件。或者说,在准备谈论9·11之前,我们需要先朝历史的源头眺望,思考艺术与恐怖之间的暧昧关系。从艾柯论丑的历史,再到伊格尔顿对《酒神的女祭司》中"神圣暴力"的考察,一个不便言明的历史真相浮现出来,即:恐怖和文明从来都是如影随形的,虽然后者常自诩理性的价值观,并妖魔化自身文明之外的他者,但在人类文明得以确立秩序的过程中,无处不见恐怖的阴森鬼影。浪漫主义以降的现代艺术(尤其是先锋艺术)曾热切地期待,希望用想象的暴力进行越界,来反抗资本主义的同一化逻辑,挽救被现代性湮没的有机个体和家园。然而,"日神精神"和"酒神精神"的冲撞在我们的时代从未平息,非理性作为一种文化迷因(meme)从未在启蒙时代之后真正离场,对资本主义文明的"无名怨愤"(ressentiment)不断激发艺术家和恐怖分子将暴力作为自己的表达方式。艺术家和恐怖分子的共谋/竞争关系,以及文学艺术在恐怖时代的特殊认知价值,构成了本书审视9·11文学的重要出发点。

第二章"见证与共同体"则是另一种对9·11文学的历史语境化。这里,我之所以强调从奥斯维辛到曼哈顿"归零地"的连续性,并非暗示这两个事件之间具有无懈可击的类比关系,而是试图从大屠杀文学批评中汲取理论资源,用于9·11文学批评。虽然阿多诺(Theodor Adorno)一再强调奥斯维辛之后文学再现的绝境,以及"屠犹"对于西方文化合法性的瓦解,但正如米勒(J. Hillis Miller)所言,"毒气室"悖论所造成的不可再现性,不应该成为阻挡见证的借口。相反,对这些人为灾难进行"见证",不是在用审美符号复刻那些人类肉身被纳粹化作青烟的极端情境,而是利用文学的施为性,在法律无法触及的灰色地带,言说在奥斯维辛"人之为人"的耻辱和困局。普里莫·莱维(Primo Levi)的《这是不是个人》是讲述奥斯维辛的最佳范例之一。9·11事件虽然在暴力的极端性上无法和"屠犹"相提并论,但燃烧的双子塔、绝望的受困者和坠落者同样让小说家面临着不可再现性的难题,也同样深刻触及了文学如何见证和如何反思共同体等重大问题。米勒甚至告诉我们,在关塔那摩和阿布格莱布的监狱里,那些穿着橘色囚服的恐怖分子嫌疑人同样处于一种阿甘本所言的"牲人"状态,纳粹集中营的幢幢鬼影在反恐战争中同样显现了出来。

第三章探讨"前9·11"小说,重点研究了梅尔维尔的《抄写员巴特尔比》和康拉德的《间谍》。本书似乎仍然是在"朝后"看,然而这种策略与前两章一样,是基于对狭义"9·11小说"概念的一种解域化。我认为,9·11的前史对于理解这个当代事件至关重要。梅尔维尔笔下那个孤僻的抄写员坚持说"我宁愿不",这种消极抵抗暗示了早在基地组织之前,就有人对曼哈顿发动了恐怖袭击。德勒兹等人认为,巴特尔比是从语言内部生发出一种恐怖的反抗力量,但我更倾向于认为它蕴含着本雅明式"神圣暴力"的潜能。甚至可以说,没有哪篇当代文学作品像这篇19世纪中期的中篇小说那样,展现了资本主义内部深刻的文化矛盾,以及极端他者的颠覆可能。同样,康拉德的《间谍》从另一个方面触及了资本主义的敌人——无政府主义者。在被媒体誉为"第一部9·11小说"的《间谍》中,康拉德以极为矛盾的态度,反讽式地剖解了19世纪末伦敦的无政府主义者如何试图对公众的想象力进行一场破袭,以及反恐的警察力量运作的隐秘逻辑。我认为康拉德无意于刻画一组无政府主义者的滑稽群像,小说家对无政府主义者及其"行动宣传"暴力的书写,不仅仅指向这场运动背后隐秘运作的人性之恶,而且代表了这位波兰外来者对英国及欧洲大陆当时反恐政治的矛盾态度。只有重返《间谍》这个反讽文本的历史构建现场,我们才能更准确地把握那个时期的康拉德与新兴的全球帝国之间的暧昧关系,并由此提炼和重申这部写于20世纪初期的政治小说对于"后9·11"时代的现实意义。

从第四章"9·11小说与创伤叙事"开始,本书开始讨论传统意义上的9·11文学作品,所选文本也是当代美国文学中的经典——《坠落的人》《特别响,非常近》和《转吧,这伟大的世界》。本书希望通过这一章,重新激活国内学界对于创伤叙事的讨论,这意味着对9·11小说的讨论不仅要揭示恐怖袭击如何造成了心理障碍和记忆缺陷,更要关注"创伤"作为一种批评话语,是如何在20世纪被建构和获得广泛流通的。卡鲁斯(Cathy Caruth)的创伤理论承袭了弗洛伊德、拉康、德曼等人,但其独创性在于对创伤声音的发掘,从而将创伤症候视为一种朝向他者和他者发出的"双重讲述"。然而,卡鲁斯对于不可再现性、不可理解性的过度强调,让创伤叙事最终成为反对阐释的堡垒。如果不加甄别地在9·11文学批评中沿用卡鲁斯的创伤理论,或许将进一步阻塞"我们"与他者对话的通道,让创伤凝固为一种自恋式的创伤文化。这里,我做的工作与卡普兰(E. Ann Kaplan)和拉卡普拉(Dominick LaCapra)颇为相似,就是通过细读德里罗、弗尔和麦凯恩的9·11小说,从多元的、跨学科的创伤理论入手,在西方左翼和右翼主导的创伤政治之外寻找第三条道路,从而为"修通"(working through)历史创伤寻找建设性的方案。

在第五章"极端他者和暴力"中,我将关注点从受害者转向施害方,探究极端他者的恐怖暴力如何影响了当下社会对于普通他者的认知。本章讨论的文本是哈米德的《拉合尔茶馆的陌生人》和厄普代克的《恐怖分子》,两部小说的共性在于所采用的他者视角,虽然前者关注的是普通他者,后者则是极端他者。哈米德和厄普代克都在努力用9·11小说提供一种"反叙事",打破西方中心主义对于穆斯林他者的刻板化再现,把他者问题放入当前复杂的多元文化中加以考量。两位小说家笔下的穆斯林他者根植于9·11之后的创伤文化,昌盖兹和艾哈迈德深深浸淫美国文化,他们并不像阿富汗基地组织的那些极端分子,或慕尼黑清真寺那些密谋袭美的"圣战"者;相反,他们处于一种后殖民文化的第三空间，9·11之后美国矫枉过正的反恐让他们开始质疑并仇恨美国文化。在这种他者视角的叙事中，我们得以窥见恐怖叙事中复杂的地缘矛盾和历史记忆，也进一步认清了在"后9·11"文化中全球化面临的深刻危机。通过对阿萨德（Talal Asad）、本雅明、阿伦特、泰勒（Charles Taylor）和加缪等人思想作品的解读，我试图让9·11文学中的他者问题不仅仅停留在东方主义或西方主义的异质想象中，而是为暴力批判本身找到一种更具文化包容性、跨学科性的基础。

第六章"他者伦理和共情"将焦点微调，从他者政治的领域转移到他者伦理，并加入情感研究的维度，进一步丰富9·11文学研究的理论内涵。在本章中，我同样以文学文本和批评文本为双轴，不仅涉及萨特的存在主义中的他者问题，还把列维纳斯、德里达、米勒、哈贝马斯等人放入讨论场域，从而将"后9·11"的他者伦理变成了一种"众声喧哗"的复调效果。这些关于他者的伦理学思考并不是为我们处理9·11文学中的他者问题提供了现成的伦理解决方案，而是烛照了这个问题极端的复杂性和异质性。如果说他者伦理试图回答的是"我们"如何与"他们"相处，那么在很多人看来，共情似乎是修复恐怖主义造成的族群和文化撕裂的最佳解药。不过，我认为共情在这里依然是**问题**本身，而非**答案**。通过对麦克尤恩的《星期六》和瓦尔德曼的《屈服》等作品的分析，本书试图传递一个看似悲观、却更为审慎的观点：跳出主体的藩篱去与他者实现共感或共情，固然是一种更为开明进步的做法，但这样的情动是基于身体的物性，往往绕过了更为复杂的情感、记忆、认知等大脑过程，同时又不可避免地受到大众媒体的媒介化过程的影响。"后9·11"时代共情的限度在于它的选择性和脆弱性，作家本人亦只能借助主观想象去言说和再现共情。本章所分析的两部小说以颇为不同的立场，展现了文学艺术与叙事共情之间不确定的价值实践。

本书最后一章是"'后9·11'文学中的战争书写"，我将目光投向了伴随美国反恐战争而产生的战争小说,选择了三部风格迥异的作品来做文本细读:鲍尔斯的《黄鸟》、方登的《漫长的中场休息》和克莱的《重新派遣》。充满痛苦和诗意的《黄鸟》更像是对于美国战争文学传统的一种继承,士兵在异国战场经历了道德的成长,并需要面对战争带来的无解的存在主义危机。《漫长的中场休息》则通过高密度的讽刺,透过一个从战场暂时归来的英雄连队的视角,展现了美国战争文化与流行文化之间的相互渗透,从而体现了伊拉克战争的当代性。短篇小说集《重新派遣》是首部荣获"国家图书奖"的伊拉克战争题材作品,克莱的新意在于多视角、多主体地反思伊拉克战争复杂且矛盾的多重面相,而非单纯地书写反战主题和"战壕抒情",或重复从前战争文学经典中的"战场诺斯替主义"。我认为,反恐战争的后人类技术形态和媒介化特征,赋予了这些新型战争小说某种独特性,它们对战争话语在美国"后9·11"社会构建的新现实进行了有力的批判和介入,从而让我们得以重新思考战争中正义、创伤叙述和士兵责任等问题。

时至今日,9·11作为重大的全球性事件,依然在不断地带来余震和涟漪,它没有向我们昭示它的终极意义。但有一点是毫无疑问的,那就是:我们已经并且将在相当长一段时间内继续生活在"后9·11"的历史情境下。必须承认,虽然本书酝酿了多年,但对于9·11及其文学再现这样处于不断生成中的当代事件,我依然不可避免地处于盲人摸象的状态中。书中的某些观点或许很快就会被瞬息万变的世界地缘政治、新型互联网文化、后理论人文思潮和大脑认知科学的最新进展所否定或更新。21世纪的未来会往何处去?严肃文学是否会在互联网化的大众传媒和恐怖分子的夹击下日益萎靡?文学艺术是否还能对极端暴力做出有力的言说,并改变人类的观念?这些问题都是本书希望回答但又无法给出满意答案的。它们既是当代西方文学研究的挑战所在,也是其魅力所在——它吸引了包括中国在内的各国学者,去参与批评话语的生产和传播,去继续捍卫这个狂暴时代文学艺术的合法性和深刻价值。

第一章 艺术与恐怖

("9·11")是整个宇宙最伟大的艺术作品。

——卡尔海因茨·施托克豪森(Karlheinz Stockhausen)

我依然确信的是,哪怕(如罗斯所言)整个社会已经不再像从前那样欣赏文学的价值,但文学的内核依然未被触动。假如说艺术可以在任何方面限制或影响恐怖的意识形态,这显然会让读者觉得很天真幼稚。但是,我认为艺术能够创造自己特有的思维方式,如果没有这一思维方式的存在,作为一种政治诱惑的恐怖将会更加畅行无阻,直至摧毁本已摇摇欲坠的人文主义。

——杰弗里·哈特曼(Geoffrey Hartman)

如果说9·11小说是文学对全球恐怖主义的回应，那么这种特定的文类既不是某一国别文学所独有的，也不是当代文学的专利。在剖解具体的9·11小说文本之前，我们不妨换一个更大的景深，在更广袤的历史文化坐标系中看待艺术再现与人类恐怖经验的审美联结。事实上，文学与艺术从来就不只是由"真、善、美"组成的；相反，千百年来"假、恶、丑"一直备受文学家和艺术家的宠爱。意大利学者安伯托·艾柯（Umberto Eco）除了写过《美的历史》（*On Beauty*），还相映成趣地写了一部《丑的历史》（*On Ugliness*），其中展现了古典时代以来绘画、雕塑、诗歌和小说中"丑"与"恶"的诸多面相。与传统意义上的美（如拉斐尔的《西斯廷圣母》和米洛的维纳斯雕像）相反，丑恶之物的存在和再现——如《圣经》中的撒旦和路西法、与中世纪骑士缠斗的恶龙、浮士德传说中的梅菲斯特、罗默创造的傅满洲等等——不是为了激发观看者的愉悦，而是为了让受众产生震骇、恐惧、厌恶或痛恨之情。如康德所言，"丑是审美愉悦的反形式"，是"建立在对不愉悦的、不谨慎的和不道德的事物的不愉悦感之上"。①

然而，艾柯展现了更为含混复杂的"丑的历史"。它远非是在美的另一端构建相反的视觉或道德形象；相反，让我们感到颇为不安的是，美与丑在历史演进中有着相当矛盾的近缘关系。按照亨德森（Gretchen Henderson）在《丑的文化史》中的绝佳比喻，"美与丑并非二元对立，而似乎更像是双子星，它们受到对方引力的影响，相互绕着

---

① 参见王洪岳主编：《美学审丑读本》，北京：北京大学出版社，2011年，第2页。

对方旋转,同时又与其他星球组成星座"①。在基督教传统中,撒旦不仅曾经是上帝身旁的天使,而且被认为是最美的天使。与中世纪艺术对撒旦的彻底丑化不同,欧洲16—17世纪动荡的宗教变革让撒旦形象产生了异变,如莎士比亚在《哈姆雷特》中就告诉读者:魔鬼也可以在形式上是美的。② 极具诱惑之美的撒旦还出现在弥尔顿的长诗《失乐园》中,雪莱在《诗辩》中甚至宣称,弥尔顿的魔鬼要比他与之为敌的上帝更好。③ 魔鬼所具有的这种"可怖之美",在14世纪意大利诗人但丁的《神曲》中还是不可想象的,以梅菲斯特(Mephistopheles)这个形象为例,它在词源上意味着"憎恨光的人",与路西法(Lucifer)所指的"光的使者"截然不同。在莎士比亚同时代剧作家马洛(Christopher Marlowe)笔下,梅菲斯特依然是丑陋狰狞的形象,但在18世纪歌德的《浮士德》(Faust)中,他已经具备了美的外形,成为衣着光鲜、谈吐极佳的知识分子。艾柯进一步指出,在20世纪之后的现当代文学中,梅菲斯特又经历了第三次变形,譬如在陀思妥耶夫斯基和托马斯·曼的伟大作品中,这个魔鬼的化身不以可怖的丑陋著称,但也不再具有摄人心魄的美貌,而是沦为日常生活中的庸常之人。④ 换言之,魔鬼被现代社会彻底世俗化了,丑往往意味着平淡无奇。在当代艺术史中,缺乏想象力和原创性的"美"沦为"刻奇"(kitsch),而立体派等先锋艺术的怪诞形式,反而成为一种新的美。

与丑的这种形象学变化相对应的,则是人类社会开始习惯于将现实中的敌人想象为魔鬼/撒旦。这里,敌人可以是文化、政治、宗教或社会意义上的。一旦我们将自我认同之外的他者(the Others)定义为"野蛮人""敌基督""病毒""暴君"或"异教徒",对他者的妖魔化(de-

---

① Henderson, Gretchen. *Ugliness: A Cultural History*. London: Reaktion, 2015.
② 出自《哈姆雷特》第2幕,原文是"the devil hath power to assume a pleasing shape"(卞之琳译:"魔鬼会随意化身,变出美好的形状")。
③ Eco, Umberto. *On Ugliness*. Trans. Alastair McEwen. London: Harvill Secker, 2007, p.179.
④ Ibid., p.182.

monization)想象就启动了，他者也就变成了丑的别名。当这种想象发生在某个共同体内部时，它甚至可以星火燎原，演化成一种自体免疫的猎巫运动。正如1692年著名的"塞勒姆猎巫"那样，"我们"强烈感到有异己在侵蚀社会肌体，"他们"虽然表面上与"我们"无异，但实际上已经成为撒旦的奴仆，用邪恶的巫术来破坏"上帝的事业"。1950年代的麦卡锡主义，也常被视为这种妄想症风格的美国政治传统的延续。当这种妖魔化发生在民族或文化的共同体外部时，它可能变成国家战争的动员武器，以"非吾族类，其心必异"的敌我思维，将敌对的群体统统想象为罪恶计划的执行者。在欧洲历史上，反犹主义者当中长期盛行着一种阴谋论，认为犹太人和共济会秘密联合在一起，试图建立世界范围内的统治。纳粹党人对犹太民族的种族灭绝正是基于这种妖魔化的修辞，希望用犹太人的死亡换取本民族的生存空间。9·11之后的美国民间也曾出现"伊斯兰恐惧"(islamophobia)，它虽然未失控变成反犹主义那样的种族主义暴力，但却也同样表现为对宗教他者的妖魔化。

* * *

如果说艾柯的历史思维让我们看见了"丑"与"恶"作为艺术概念的意义流变，那么伊格尔顿(Terry Eagleton)则在思想史的古典源头处解构了我们对于恐怖的种种偏见。在2005年出版的《神圣的恐怖》(*Holy Terror*)一书中，伊格尔顿以其特有的博学敏思，将9·11之后充斥于全球媒体中的"恐怖"进行了观念史上的谱系清理。众所周知，恐怖主义被认为是一种现代社会的发明，其源头是1789年法国大革命中罗伯斯庇尔和他的雅各宾派祭出的断头台[①]，但恐怖却与人类社会的历史一样久远。从词源上看，"神圣"(*Sacer*)一词与恐怖具有亲缘

---

① 断头台(guillotine)本身也是一种现代发明物。参见彼得·沃森：《思想史：从火到弗洛伊德》，胡翠娥译，南京：译林出版社，2018年，第421页。

性,既可以意味着"被神所保佑的",也可以指"被诅咒的、邪恶的";"被保佑的"(blessed)的另一层意思就是"流血、受伤"。① 换句话说,神无所不能的力量和无法参透的意志是恐怖之源,而恐怖对世界的毁灭和再造(如《圣经》中的大洪水和诺亚方舟)本身也透出神性。所以,伊格尔顿在全书开篇即指出:"恐怖,起初就是宗教观念……宗教关乎一种极为矛盾的力量,它既让人迷狂,又毁灭世人。"②

神圣与恐怖的这种一体两面,不只存在于犹太-基督教传统里那个充满暴怒的耶和华身上,同时也鲜明地体现在古希腊-罗马的古典文化中。伊格尔顿以古希腊戏剧家欧里庇得斯的名剧《酒神的伴侣》(*Bacchae*)为核心,梳理了西方人文传统的另一条隐秘谱系。在这部剧作中,我们看到希腊忒拜的国王彭透斯(Pentheus)因为痛恨国民参与酒神崇拜,逮捕了自愿就范的狄奥倪索斯,并在酒神蛊惑下改穿女祭司的服装,男扮女装去偷窥巴克科斯仪式,并试图带回沉迷于"邪教"的母亲阿高埃。当变装的底比斯国王偷偷来到基泰戎的山谷,并被"狂女们"识破藏在树上的偷窥行为,阿高埃带领众女祭司化身为暴怒的复仇女神,她们撕碎了彭透斯的肢体,并以此来向狄奥倪索斯献祭。欧里庇得斯以极具戏剧张力的想象,让酒神假借疯癫醉狂的女性之手,以极度暴力的方式对日神精神的追随者完成了一次肉体的撕裂和理性的去势。

在伊格尔顿看来,狄奥倪索斯/巴克科斯在古典传统中不只是民间狂欢仪式的符号,酒神更代表了人类共有的"死亡冲动"(death drive,也叫 *Thanatos*)。它如弗洛伊德所言,超越了快乐原则,是"爱欲"(*eros*)这种生命冲动的反面。这种死亡冲动位于我们无意识的深处,它让死亡不仅是狰狞可怕的生命终结,还可能成为一种撩拨感官甚至唤起愉悦的兴奋剂。在这个意义上,酒神崇拜其实是超越历史与地域的人性寓言,只是被希腊人以狄奥倪索斯为名进行了戏剧化再

---

① Eagleton, Terry. *Holy Terror*. London: Oxford UP, 2005, p. 2.
② Ibid.

现。然而,《神圣的恐怖》的独到之处,并不是以弗洛伊德来印证希腊神话的普适性,而是在欧里庇得斯的叙事中看到了两种力量的对垒。依伊格尔顿的看法,如果说日神及其追随者忒拜国王象征了理性、君主制和文明,那么酒神及其充满恐怖力量的女祭司则指向了非理性、无政府主义和野蛮。尤其值得注意的是,代表酒神报复忒拜国王的狂女中,首当其冲的就是彭透斯的母亲阿高埃,而且她最后拿到了儿子的头颅,"把它当作山中狮子的头,穿在神杖的顶上",甚至为这次狩猎而狂喜。① 这个值得玩味的细节显然不只是暗示了某种性别化的差异,更点明了理性与非理性的亲缘关系,从而让一个颇令人不安的推断在伊格尔顿的"后9·11"西方文化考古中呼之欲出:人类文明的母体中一直蕴藏着恐怖暴力的基因,它并不是随着狂欢节的定时泄压而变得安全无虞,非理性的暴力一直都没有从我们的文化基因中消失。

作为对神话的再诠释,欧里庇得斯的《酒神的伴侣》还带有更深的政治与法律意蕴。在这个借刀杀人的复仇剧中,狄奥倪索斯不只是为了证明自己从母亲塞墨勒那里继承的神性,更是通过忒拜完成了一次强力的政治言说。巴克科斯仪式上的狂欢既是社会群体寻求放纵的感官刺激,同时也是一个反对差异性的寓言,伊格尔顿认为它"在某种意义上构成了对他者性的否认,针对的就是那种强硬的自我同一化"②。这里,他者性在《酒神的伴侣》中有三个层面。其一,**性别**的他者。彭透斯无法理解狄奥倪索斯的雌雄同体,也不相信去山林游荡歌舞并崇拜酒神的女人是真的出于信仰,妇女抛下"机杼和压线板"乃是因为贪恋"盛满酒浆的调酒缸";彭透斯认为,她们真正崇拜的是阿芙洛狄忒而不是巴克科斯,目的是去满足男人的肉欲。③ 最后,狄奥倪索斯狡猾地说服彭透斯换上他平日里鄙视的女性服饰去往基泰戎的

---

① 欧里庇得斯:《酒神的伴侣》,收于《古希腊悲剧喜剧全集5:欧里庇得斯悲剧(下)》,张竹明,王焕生译,南京:译林出版社,2007年,第282页。
② Eagleton, Terry. *Holy Terror*. p. 23.
③ 欧里庇得斯:《酒神的伴侣》,收于《古希腊悲剧喜剧全集5:欧里庇得斯悲剧(下)》,第226页。

山谷,①让忒拜国王以反讽的方式实现了性别僭越。其二,**动物**的他者。在欧里庇得斯的剧本中,卫队长率领侍卫们抓获狄奥倪索斯时,将之称为"我们去捉的野物",并说"这野兽很温驯"。②而当阿高埃带着儿子的头颅从山间进城时,她一直以为这是狮子的头颅,并带着"幸福的猎物回家来了"。③欧里庇得斯再次以一种结构性的反讽,点明了忒拜国王和巴克科斯宗教之间的相互兽化(animalization)——兽化他者的人,最终以兽的形式被猎杀。狄奥倪索斯传递给日神信徒的一个政治学论点是:人性中原本就含有不可剥离的兽性,狂乱的动物式喧闹与作乐不仅不应被强调同一性的所谓文明社会禁止,而且应该在我们的日常生活中成为制度的一部分。在伊格尔顿看来,这既是一种道德上的现实主义,也体现了我们对于人类自我的理解。其三,**文化**的他者。《酒神的伴侣》中反复强调狄奥倪索斯化为人形进入忒拜,是以"外邦人"的形象示人。在古希腊的多神教传统中,不同城邦有自己崇拜的神祇,巴克科斯不被忒拜人接受的原因,并非狄奥倪索斯未展现自己的癫狂神力。在全剧第三场,报信人向彭透斯汇报了他所目睹的巴克科斯仪式,那些歌舞的妇女并未像传说中那样"喝得醉醺醺的,在箫笛的靡靡之音中,在僻静的树林中寻求情欲的满足";相反,她们从睡梦中醒来后的舞步有着"惊人的优雅整齐"。④而当她们发现有"野兽"入侵时,则展现了不可思议的神力,阿高埃甚至可以徒手将一头健壮的小母牛撕成两半。见证了这一切的报信人恳求彭透斯:"啊,主人,还是把这位神接进忒拜吧,不论他是谁,因为他各方面都伟大。"⑤忒拜国王固执己见地拒绝了这些启

---

① 彭透斯审讯狄奥倪索斯时鄙视了他蓄着的长发,认为这种阴柔的打扮只是为了猎取女色,"可见无意练武",与忒拜国的尚武精神不符。最后彭透斯在狄奥倪索斯的蛊惑下戴上了女人的假发。见欧里庇得斯:《酒神的伴侣》,收于《古希腊悲剧喜剧全集5:欧里庇得斯悲剧(下)》,第236、263页。
② 同上书,第235页。
③ 同上书,第284页。
④ 同上书,第254页。
⑤ 同上书,第257页。

示,执意要向"狂女的暴行"宣战,并在基泰戎的山谷中进行屠杀,因为他坚持认为这个宗教来自"外邦人"。换言之,彭透斯的仇外和亵神之举,源自他对任何外在于忒拜文化信仰的宗教价值观的怀疑。而狄奥倪索斯在欧里庇得斯笔下不只是神祇,他更像是某个跨文化、跨民族的普世宗教的传播者——向彭透斯和全体忒拜人证明自己是天神,只是他庞大传教计划中的第一步。他在全剧开头就表明心迹:"等这事情办妥了,我再离开这里动身去别的国家显示我的神性。"①

因此,彭透斯之死显示了国家暴力试图剿灭他者性的危险后果,它不只是会招来他者的抵抗,同时也会引发失控的暴力狂欢。值得深思的是,狄奥倪索斯的报复对象并不只是彭透斯本人,而是全体忒拜人,因为阿高埃等妇女并非真心虔信巴克科斯,她们更像是癫狂的酒神手中的提线木偶,其功能是帮助完成预言中匪夷所思的弑子结局。或许只有盲眼先知特瑞西阿斯洞悉了这灾难性的命运,他早早就指出狄奥倪索斯是预言之神,并警告忒拜王:"彭透斯啊,听我的话:别夸大了暴力的作用,以为它可以控制人世一切。"②彭透斯以为自己是这片土地的最高统治者,但是他以保卫国家之名所行的暴力,却换来了来自国家内部的可怕的反噬。而清醒过来的阿高埃在认出手中血肉模糊的儿子头颅后,将永远活在弑子的悔恨中,并按照酒神宣告的诅咒被驱逐出境。甚至忒拜国也并未因为彭透斯的悲剧死亡而复归平静,狄奥倪索斯的名字依然不会在这片土地上受到崇敬,等待国民的将是未来更多的厄运。③ 这里,伊格尔顿从古典传统中获得了一个对"后9·11"世界的警训,即神圣的暴力一旦爆发出来,它绝不是耶稣所训导的"以牙还牙、以眼还眼"的对等复仇。神在实践正义时展露的恐怖力量,将远超出人类心智所能想象的限度。正如彭透斯的祖父卡德摩斯在得悉真相后哀叹的那样,"这位天神,布罗弥奥斯

---

① 欧里庇得斯:《酒神的伴侣》,收于《古希腊悲剧喜剧全集 5:欧里庇得斯悲剧(下)》,第 217 页。
② 同上书,第 229 页。
③ 同上书,第 300 页。

王,毁了我们,虽然在理,可太残忍"①。阿高埃最后面对狄奥倪索斯时,也质疑道:"我们承认有罪,但你的报复过了头。"②狄奥倪索斯回答说,这一切都是因为自己作为神受到了忒拜人的侮辱,而当阿高埃进一步质疑神是否应该像犯人那样发怒时,狄奥倪索斯又辩解称"事情是我父亲宙斯早已注定的"③。

不难看出,欧里庇得斯的悲剧之所以伟大,不仅在于重述了一个不敬神的君王如何被神降的命运戏耍和毁灭,更在于它指向了神之正义的过度(superfluity)。或如歌队最后吟唱的那样,"神意的表现形式多种多样,神做出的事情很多出人意料"④。神所实践的正义是神性之"崇高"的源头之一,它必然超出人类的理解限度,尤其是在犹太教—基督教的《旧约》传统中,耶和华的仁慈和暴怒总是无边无际的,而"所有无边界的东西都是潜在的恐怖形式"⑤。不过,神正论并非伊格尔顿这里最关心的,他很快从古希腊悲剧中神圣恐怖的话题,转入了当代美国的9·11前史。这个前史并非乔姆斯基(Noam Chomsky)所说的那种基于美国外交政治的前史,而是美国本土恐怖主义暴力的前史。一个已渐渐被大家淡忘的案例,是1993年发生的大卫教派和政府的血腥冲突。和欧洲的"太阳圣殿教"一样,大卫教在世人眼中有明显的邪教色彩,其离经叛道的程度不啻于当年忒拜国王眼中的酒神崇拜。教主大卫·考雷什宣称自己是二次降临的耶稣,向教徒灌输末日论思想,让大家准备"圣战",并由此得以进入天堂。他在德克萨斯州总部的卡梅尔庄园囤积武器,并和女教徒保持荒淫无度的一夫多妻关系。1993年4月19日,美国联邦政府在长达51天的对峙后,用直升飞机、坦克和装甲车发起军事强攻,冲突引发的大火导致包

---

① 欧里庇得斯:《酒神的伴侣》,收于《古希腊悲剧喜剧全集5:欧里庇得斯悲剧(下)》,第290页。
② 同上书,第298页。
③ 同上书,第298—299页。
④ 同上书,第302页。
⑤ Eagleton, Terry. *Holy Terror*. p. 20.

括教主大卫、孕妇、婴儿在内的76人死亡,史称"韦科惨案"(The Waco Siege)。该事件的争议性在于,大卫教派到底触犯了何种法律,从而让联邦政府的暴力突袭具有合法性与合理性?① 暴力突袭前,FBI为了迫使大卫教徒就范,对庄园采取了各种骚扰手段并断水断粮,这对于被困的妇女儿童来说是否合适?甚至在政府决定军事暴力突入时,建筑物的起火原因也是扑朔迷离。美国政府坚称是教徒放火自焚,大卫教幸存者则坚称是联邦执法者无意或蓄意引燃的。②

"韦科惨案"整整两年后,俄克拉荷马城的联邦大楼发生爆炸袭击,一个叫蒂莫西·麦克维的海湾战争退伍老兵用卡车引爆了7000磅的炸药,造成了168人死亡,其中包括19名儿童。麦克维事后宣称,自己之所以选择在"韦科惨案"纪念日进行袭击,就是为了报复联邦政府对大卫教的镇压。③ 经过旷日持久的审判,麦克维终于在2001年6月11日被执行死刑。诡异的历史巧合是,麦克维在联邦政府最高等级监狱关押期间,与隔壁监室一位名叫拉姆齐·尤塞夫(Ramzi Yousef)的犯人一见如故,此人曾于1993年在世贸中心北塔的地下楼层安装炸药,试图摧毁这座全球资本主义的地标建筑。麦克维伏法后仅仅几个月,尤塞夫的亲叔叔哈立德·谢赫·穆罕默德(Khalid Sheikh Mohammed)就策划了19名劫机犯参与的9·11恐怖袭击,并最终让双子塔在全世界的并机直播中轰然倒塌。从大卫·考雷什和麦克维,到尤塞夫和9·11的主谋,当代恐怖主义的各位主角之间似乎并未摆脱"六度分隔理论"(Six Degrees of Separation)的规律。

---

① 最初此案是由美国烟酒枪炮及爆裂物管理局(ATF)负责,理由是大卫教总部非法囤积武器。在2月28日的突袭造成双方人员伤亡后,联邦调查局(FBI)接管此案,并最终酿成了更大的流血事件。
② 关于大卫教和"韦科惨案"的深入研究,可参见 Kenneth G. C. Newport 的 *The Branch Davidians of Waco: The History and Beliefs of an Apocalyptic Sect* (Oxford UP, 2006)。
③ 值得注意的是,麦克维并不是大卫教信徒,他在审判期间发表声明,列举了多条理由动机。除了抗议美国政府在"韦科惨案"中的作为,麦克维表示自己的袭击还针对美国军队对弱小国家的侵略、不敲门搜查令(no-knock search warrant)、高税收政策,以及政府的控枪法律。

正是在这个意义上，伊格尔顿试图言说恐怖主义在美国文化中的谱系。在他看来，9·11并不是源自亨廷顿所预言的伊斯兰教文明和西方基督教文明的冲突，而是出于现代文明有机体内部"日神精神"和"酒神精神"的对撞。这种理性与非理性、国家机器的生命规训与属民个体的死亡冲动之间所激发的碰撞，是现代性无法避免的也无解的后果。换言之，麦克维并非全然外在于西方启蒙理性的"野蛮人"，他恰恰是启蒙运动自身内在冲突的历史产物。按照印度批评家潘卡·米什拉（Pankaj Mishra）在《愤怒时代：一部当代史》中的看法，麦克维并非是一个受白人至上主义驱动的恐怖分子；相反，他深受托马斯·杰斐逊和约翰·洛克的自由观念的影响，认为一旦美国政府开始夺走人民的自由，他作为"美国梦"和宪法的捍卫者，有权利去对这个国家宣战。米什拉认为，麦克维的报复之举既是基于"美国古老的自立自主的观念"，也源自现代性中少数派对资本主义文明的"无名怨愤"（*ressentiment*）。① 对于自己杀害平民的行为，麦克维辩称这是一种"模仿的暴力"（mimetic violence），他认为自己使用的正是美国政府在国际武装冲突（如麦克维亲身经历的海湾战争）中常用的战略，唯有这样"以其人之道，还治其人之身"的暴力表达，才能让联邦政府记住自己这个底层小人物对国家的"无名怨愤"。②

当然，麦克维对恐怖暴力的合理化，无论如何都是站不住脚的，他体现了自19世纪以来西方无政府主义者关于极端暴力的危险逻辑，但这也不意味着他只身一人去反抗的国家机器和文明体系就无可指摘。伊格尔顿通过将《酒神的伴侣》、韦科惨案和俄克拉荷马城大爆炸平行并置，告诫我们"正义是恐怖唯一的预防剂"，而且"任何一种

---

① See Mishra, Pankaj. *The Age of Anger: A History of the Present*. New York: Farrar, Straus and Giroux, 2017, pp. 276-279. 法语词 *ressentiment* 是潘杰拉解释西方现代文明暴力谱系的关键术语，它因尼采在《论道德的谱系》中对这个概念的思考而进入现代文化批评，指的是经济或文化上处于劣势地位的少数群体对经济或文化中的得势者普遍抱有的一种积怨，它源于现代性所带来的的不平等造成的部分人的自卑与压抑。

② Mishra, Pankaj. *The Age of Anger: A History of The Present*. p. 281.

统治和理性的形式如果想延续发展,就必须要尊重来自其内部自身的非理性因素"。① 这当然不是要为麦克维这类的恐怖袭击辩护,也不是要为大卫教教主的疯狂做法粉饰,而是从现代多元社会治理的角度上看,为了尽可能避免类似悲剧事件发生,拥有超级力量的政府应该检讨自身在韦科惨案中所体现的程序正义和权力傲慢,因为恐怖与野蛮同样可能存在于现代国家机器和文化中。在《启蒙辩证法》的开篇,霍克海默和阿多诺就指出了这样的经验困惑:为什么以解放和进步为目的的18世纪启蒙运动,在20世纪却带来了如此可怕的巨大灾难?② 法兰克福学派批评了资本主义现代化进程中过度的工具理性,而一些当代哲学家和历史学家则进一步将非理性描述为人类理性中的文化迷因(meme),认为非理性与理性乃是我们文明中不可分离的孪生子。如任教于法国巴黎第七大学的贾斯汀·史密斯(Justin E. H. Smith)在新著《非理性:理性阴暗面的历史》中所言:

> 在一个依照理性原则建立的社会里,任何试图永远地维持秩序、消灭极端主义并确保安宁生活的乌托邦式尝试,从一开始就注定要失败。这是一个辩证法性质的问题:在你欲求的事物中,包含着其反面,每个试图建立理性社会的认真尝试迟早都会变质,仿佛受某个自然规律的影响,酿成非理性的暴力。似乎我们越是努力去实现理性,就越是陷入非理性。③

史密斯这种"孪生子"的譬喻,很像英国思想家以赛亚·柏林(Isiah Berlin)眼中"反启蒙"(Counter-Enlightenment)与"启蒙"相互内化的平衡关系。政府的权力机器一旦将自己视为拥有绝对权力的"彭透

---

① Eagleton, Terry. *Holy Terror*. pp. 15, 8.
② Horkheimer, Max and Theodor W. Adorno. *Dialectic of Enlightenment*. Ed. Gunzelin Schmid Noerr. Trans. Edmund Jephcott. Redwood City, CA: Stanford UP, 2002, p. 1.
③ Smith, Justin E. H. *Irrationality: A History of the Dark Side of Reason*. Princeton UP, 2019, pp. 5-6.

斯",那么麦克维这样的当代"酒神伴侣"必然将以超过理性限度的方式进行狂暴的报复。① 更重要的是,颠乱的恐怖之力并非如彭透斯怀疑的那样源自外邦,"真正让人不安的是这种他者性存在于自我的核心中"②。

欧里庇得斯的悲剧除了帮助我们检审现代文明的矛盾特质,还借由彭透斯与狄奥倪索斯的人神之争,指向了古希腊戏剧重要的酒神精神,它和本书探讨的9·11文学关系重大。在其哲学处女作《悲剧的诞生》中,尼采用日神和酒神的二元性来解释古希腊世界的艺术,他认为,日神精神的体现是造型艺术,而酒神则激发了非造型的音乐艺术。代表古希腊最高艺术成就的阿提卡悲剧③,是酒神和日神相互结合的产物。应该指出,尼采在书中对古希腊精神的推崇,与维多利亚时期欧洲知识分子的慕古风气不无关联。文艺复兴运动中对于古希腊人文精神的重新发现和推崇,在整个西方人文传统的转型中影响深远,帮助西方文学艺术复兴了刚健、昂扬、乐观的人本主义,使其摆脱了中世纪宗教精神的沉重枷锁,而苏格拉底、柏拉图、亚里士多德代表的希腊理性精神也促发了启蒙时代的到来。但是尼采发现,现代社会对古希腊的崇古风气是有问题的,因为人们所推崇的柏拉图哲学其实扼杀了希腊人的艺术本能。对古希腊的学习如果只是由学者去考辨古代艺术形式上的美感和秩序,将无法让今人感知到古希腊更为重要的精神维度。德国启蒙运动中的温克尔曼(Johann Winkelmann)大概是最早从艺术品所蕴藏的精神维度(如人的激情)来解释古希腊文化的艺术史大师。在1764年的《古代艺术史》中,他将古希腊黄金时期的艺术风格概括为"高贵的单纯"和"静穆的伟大",后来的英国唯美

---

① 具有讽刺意义的是,9·11之后布什总统的全球反恐战争代号就是"无限正义行动"(Operation Infinite Justice),后因遭到阿拉伯国家的反对而改名为"持久自由行动"(Operation Enduring Freedom)。
② Eagleton, Terry. *Holy Terror*. p. 13.
③ 因为雅典城所在地叫"阿提卡",所以公元前5世纪的古希腊雅典悲剧被称为"阿提卡悲剧"。

主义之父沃尔特·佩特(Walter Pater)在《文艺复兴:艺术与诗的研究》(The Renaissance: Studies in Art and Poetry)中进一步把温克尔曼的希腊艺术理想描述为一种人与自身、心灵与肉体、个体与世界的调谐统一。

然而,尼采既反对新古典主义学者推崇的柏拉图哲学,也反对温克尔曼、佩特等人所描述的这种个体与自然、感性与理性琴瑟和谐的泛希腊精神。在尼采看来,日神与酒神在古希腊艺术中是"梦"与"醉"的区别,前者"以形象、概念、伦理教训"来制造梦境,"使我们迷恋个体,把我们的同情心束缚在个体上面,用个体来满足我们渴望伟大崇高形式的美感"①;后者则制造秘仪纵欲的自我毁灭式迷狂,"在酒神神秘的欢呼下,个体化的魅力烟消云散,通向存在之母、万物核心的道路敞开了"②。尼采认为,巅峰时期的阿提卡悲剧正是这两种艺术之神相互冲突却又妥协共存的产物,日神和酒神之间的巨大鸿沟从未弥合,也不可能消除。尼采进一步指出,这种古代悲剧的式微源自日神的步步紧逼和酒神的被逐离场,其罪魁祸首是欧里庇得斯和他追随的苏格拉底主义——正是这位写出了《酒神的伴侣》的剧作家在悲剧中发展了"理解然后美"的原则,以此来呼应苏格拉底"知识即美德"的思想原则,从而战胜并埋葬了埃斯库罗斯代表的悲剧传统。③ 在最古老的的希腊悲剧中,酒神的受难是悲剧的主题,舞台上的"普罗米修斯、俄狄浦斯等等,都只是这位最初主角酒神的面具"④。这种尼采最推崇的古老悲剧往往以日神为外壳,但其内激流涌动的却是酒神,它最终引向这样一种深沉悲观的世界观:"认识到万物根本上浑然一体,个体化是灾祸的始因,艺术是可喜的希望,由个体化魅惑的

---

① 尼采:《悲剧的诞生》,周国平译,北京:生活·读书·新知三联书店,1986年,第93页。
② 同上书,第67页。
③ 同上书,第48、54页。
④ 同上书,第40页。

破除而预感到统一将得以重建。"①这里,"统一"指的是人与世界本体的统一,它是艺术的形而上学追求的真理,它不存在于日神精神建造的外观的幻觉中,只有恰恰当这种幻觉被酒神精神打破时,个体的人自我否定才会产生"复归世界本体的冲动"②。因此,《悲剧的诞生》与其说是关于某种戏剧诞生的历史书写,不如说是尼采唱给古典悲剧精神沦亡的一首哀歌,更是他对现代德国精神中酒神(凭借瓦格纳的音乐)复归的呐喊。

与尼采不同,伊格尔顿无意将欧里庇得斯贬斥为古典悲剧衰败的罪人;相反,他认为,《酒神的伴侣》极为深刻地展现了古希腊悲剧精神中恐怖与快感的交融。正如亚里士多德在《诗学》中揭示的那样,悲剧这个艺术形式充满了虔敬与恐惧,剧场里的观众之所以陶醉于这种激荡着暴力和死亡的再现形式,乃是因为他们处于故事空间的外部去观看美狄亚、安提戈涅和俄狄浦斯在舞台上的受难。于是,观看悲剧是一种痛苦和狂喜交织的经验:一方面观众的死亡冲动以悲剧英雄人物为代理获得了宣泄(catharsis),另一方面观众又十分清楚这种毁灭并未真正发生在自己身上。如伊格尔顿所言,悲剧是一种"马索克式欢愉受虐的艺术形式",而观众在观看别人的受难中获得了一种"萨德式满足"。③ 当然,悲剧的当代意义并不是基于这种个体的心理效果,而是一种更具社会性的反思与治疗。古典悲剧是关于人和神定命运的对决,人无一例外会在这场不自量力的战役中被"神圣的恐怖"绞杀,它促使观众去思考人之为人的脆弱性和限度,思考酒神信徒昭示的他者性如何内在于我们的社会中。体验并理解古典悲剧,成为一种重要的社会行动。在"后9·11"的时代,我们或许比任何时候都更加需要古典悲剧。伊格尔顿极为辛辣地讽刺道:"一个拒绝悲剧之思的国家,今天就与狰狞的悲剧遭遇了。美国是世界上最不可能明白

---

① 尼采:《悲剧的诞生》,第42页。
② 周国平:"译者序",尼采:《悲剧的诞生》,第4页。
③ Eagleton, Terry. *Holy Terror*. pp. 46, 26.

自己为何受到(恐怖分子)攻击的国家,但正是这一事实本身导致了它被攻击。"①与此同时,悲剧英雄之所以能够成为永恒的文学形象,也是因为悲剧提供了"永恒生命的幻想——这不仅仅是因为我们旁观者活了下来,而且因为悲剧英雄在最后时刻慷慨赴死,这种结局恰恰证明了他们的勇气精神,这种精神是无法被死亡所征服的"②。所以,悲剧在恐怖的书写中既表达了命运的胜利和人的失败,也表达了命运的失败和人的胜利,它既是关于"自我的毁灭"(self-destructive),也是"对自我的肯定"(self-confirmative)。③

* * *

如果说当代西方的困局是后现代政治中绝对意义的隐退所造成的,那么伊格尔顿所希望的则是"充分地体验死亡,而不是将之视为通往永恒的跳板,只有这样才可能去超越死亡"④。显然,这种理想主义的牺牲精神,很难在处处强调个人权利的新自由主义社会获得广泛实践,它只能存在于伊格尔顿的辞章中,指向一个遥不可及的乌托邦。虽然伊格尔顿的文化批判帮助我们看到了恐怖与艺术的重要联结,但它难免会滑向另一种后现代主义的空洞——伊格尔顿总是似是而非地谈论着"后9·11"时代的文化政治,它时而指向具体的美国历史和地理,时而变成弗洛伊德式心理分析的玄论,要求我们超越差异并反思自身的他者性。正是在这个意义上,美国学者弗兰克·伦特里奇亚(Frank Lentricchia)和乔迪·麦考利夫(Jody McAuliffe)在2003年合著

---

① Eagleton, Terry. *Holy Terror*. p. 104.
② Ibid. p. 27.
③ Ibid. p. 45.
④ Eagleton, Terry. *Radical Sacrifice*. New Haven: Yale UP, 2018, p. 45. 值得注意的是,《激进的牺牲》与《神圣的恐怖》构成了奇特的呼应关系,体现了伊格尔顿对于"后9·11"世界进一步的思考和观察。如果说前一本书更多的是在回答"恐怖分子是谁"的问题,那么后一本书则似乎是在回答"恐怖分子的自戕意味着什么"。伊格尔顿的基本进路是从宗教传统的"牺牲"观出发,反思当代西方新自由主义的式微。

的《艺术与恐怖之罪》(Crimes of Art and Terror)构成了对伊格尔顿的重要补充和修正。

在一次访谈中,这两位杜克大学的教授被问及该书的写作灵感来自何处,他们明确承认是受到9·11事件的影响。在纽约恐怖袭击后不久,麦考利夫开始着手将唐·德里罗的小说《毛二世》(Mao II)改编为戏剧,伦特里奇亚担任此剧的戏剧构作。但真正触发他们写作此书的,却是德国音乐家卡尔海因茨·施托克豪森(Karlheinz Stockhausen)关于9·11的言论风波①。施托克豪森绝非无名之辈,他是20世纪西方最重要的音乐作曲家之一,被誉为"20世纪音乐的伟大预言家之一"。施托克豪森最伟大的贡献是在电子音乐领域,他是最早尝试用电声设备进行创作的音乐家,彻底突破了传统乐器的表达疆域,能够让音乐表现完全不同的抽象概念。披头士乐队当年最伟大的专辑之一《佩帕军士孤独之心俱乐部乐队》的封套上,就印着施托克豪森的头像,以示对这位电子乐先驱的敬意。

9·11袭击发生时,已入暮年的施托克豪森深感自己的音乐梦想壮志未酬,他自诩的歌剧杰作并没有受到广泛认可,没有任何剧院愿意完整上演他的《光》,这既是因为音乐本身的枯燥和前卫,也是因为该剧时长超过了当代观众注意力的极限。② 然而,19位"路西法"劫持四架民航客机酿下的惊天罪恶,却让全世界观众在实时滚动播出的电视机前屏气凝神。2001年9月17日,在汉堡举行的一次记者招待会上,当施托克豪森被问及如何看待纽约恐怖袭击时,这位73岁的电子乐大师竟然说世贸中心恐怖袭击是"整个宇宙最伟大的艺术作品"③。

---

① See "An Interview with Frank Lentricchia + Jody McAuliffe." Nov. 18, 2018. The University of Chicago Press. www.press.uchicago.edu/Misc/Chicago/472051in.html. 访问日期:2018年3月12日。

② 这位德国先锋派音乐大师具有惊人的野心,他的目标是超越瓦格纳。他耗时近30年,创作了名为《光》(Litcht)的史诗系列歌剧,整套作品包含七部,每一部对应上帝创世七日中的一天,主要角色是米迦勒、路西法和夏娃,据说全部演完需要29个小时。

③ Tommasini, Anthony. "Music; The Devil Made Him Do It", The New York Times Sept 30, 2001. 英文报道的翻译是"the greatest work of art that is possible in the whole cosmos"。

如果仅引用这句有断章取义的嫌疑,那么我们不妨听听他接下来如何阐述这一观点。施托克豪森告诉记者,恐怖分子仅用一次行动就让人类意识经历了彻底的改变,"这是我们音乐人做梦都不敢想的,我们为了一场音乐会疯狂练习,完全疯了一样练上十年,然后就死了……(而在9·11发生时),人们全神贯注地观看这一场演出,然后5000人在那一刹那灰飞烟灭。我做不了这个。相比之下,我们这些作曲家一无是处。"①施托克豪森此言一出,舆论一片哗然,毕竟此时距离灾难发生还不到一周时间,人们从情感上很难接受将恐怖袭击与艺术作品做类比,更无法容忍知名艺术家对恐怖分子"艺术创作力"的夸赞。施托克豪森将为这番话付出沉重代价——不仅他接下来的演出合同都被合作方撤销,就连他的女儿玛丽拉也公开发表声明要和他断绝关系,并宣布今后不再使用"施托克豪森"作为自己的姓氏。

施托克豪森的此番言论是要为基地组织的恐怖袭击辩护吗?显然不是。这位音乐家的母亲是被纳粹政府杀害的,他或许比一般人更能体会恐怖的意味。无论措辞和场合有多么不恰当,施托克豪森言说的是两个重要的观点:第一,艺术(尤其是先锋艺术)的使命是以激进的方式影响并改变人的精神,否则艺术就不能称其为艺术;第二,艺术在当代社会的影响力大大衰退,艺术家无论多么苦心孤诣,都无法像恐怖分子那样影响受众。如果抛开9·11事件来看这两个观点,施托克豪森的话显然可圈可点,甚至可以说是很多文艺理论家的共识。在《现代性的五副面孔》中,卡林内斯库(Matei Calinescu)梳理了"先锋"(avant-garde)概念的流变。他指出了"先锋"这个军事术语在源头处与法国大革命的关系,而19世纪上半叶浪漫主义运动对"先锋"意识的推崇,同样也源自艺术家们基于一种革命化历史的自我意识——艺术家是领先于时代的,他们理所应当去清除或炸毁那些关于艺术的成

---

① Tommasini, Anthony. "Music; The Devil Made Him Do It." *The New York Times* Sept 30, 2001.

规陋见,成为改变人们想象方式的弥赛亚。① 施托克豪森对于当代艺术衰败的哀叹,并非故作惊人之语,他将艺术家和恐怖分子相提并论,不是为了有意贬低或冒犯9·11受害者的痛苦,反而是以更严肃的历史思维来进入当代的审美政治,唤醒我们对于先锋艺术家战斗精神的记忆。伦特里奇亚和麦考利夫在《艺术与恐怖之罪》中所做的,其实就是沿着施托克豪森提出的争议性命题,对艺术和恐怖的复杂联结来做进一步的言说。

两位作者开篇即引用了叶芝《1916年复活节》中的名句:"但一切变了,彻底变了/一种可怕的美诞生了。"叶芝这一魔咒般的诗句,既可以被看成关于现代艺术降临的一个宣告,同时也指向爱尔兰民族独立运动中的极端暴力。"复活节起义"宣告了爱尔兰民族主义政治家帕内尔(Stewart Parnell)长期寻求的和平自治道路(即"爱尔兰议会党")的完结。叶芝在爱尔兰共和兄弟会领导的这次暴动中,看到的不仅是本民族在暴力革命道路上的选择,更是整个20世纪风起云涌的民族主义与民族国家独立运动的先声。诗人深刻地意识到,这种摧枯拉朽、破旧立新的暴力会是美丽的,但同时也是狰狞可怕的,充满了恐怖的流血牺牲。伦特里奇亚和麦考利夫认为,激进审美政治的兴起与现代国家政治的起源其实是一脉相承的,它们共同的起点是18世纪末发轫的浪漫主义,叶芝所代表的现代主义也不过是这个激进历史变革的余音传承。

那么,艺术家和恐怖分子到底是何种意义上的同路人? 德里罗或许是在9·11发生之前对恐怖主义做出了最为深刻思考的美国作家。在1991年出版的《毛二世》中,主人公比尔是一位隐居多年的小说家,他对于自己所处的时代和小说的命运常有一些神经质般的担忧。他说:

---

① Calinescu, Matei. *Five Faces of Modernity: Modernism, Avant-Garde, Decadence, Kitsch and Postmodernism*. Durham: Duke UP, 1987, pp. 100-102.

> 小说家和恐怖分子之间有一个奇怪的联结。在西方,我们成为了有名的雕像,而我们写的书却失去了塑造和影响社会的力量……很多年前,我曾认为小说家可以改变文化内部的生活。现在,炸弹制造者和枪手取而代之了。他们可以对人类的意识进行突袭。那些曾经由作家做的事情,如今全部都被收编了。①

小说中,比尔在伦敦遇到一位名叫乔治的贝鲁特恐怖组织联系人,此人也发表了类似的看法:

> 比尔,在所有人当中,在所有作家当中,难道不是小说家最能理解这种(恐怖分子的)愤怒吗?小说家的灵魂与恐怖分子的思想感情是最心心相通的,不是吗?历史上,正是小说家与那些生活在暗处的暴力分子意气相投……小说家才理解秘密生活意味着什么,才理解所有无名与忽视背后暗藏的愤怒。你们中大多数就是半个谋杀犯。②

伦特里奇亚和麦考利夫也基本认同文学创造力和暴力的天然相似性,并认为它源自浪漫主义运动自身的极端主义倾向:"很多浪漫主义文学想象背后隐藏的欲望是一种令人恐惧的觉醒,它想破坏的是西方经济和文化的秩序,这种秩序的源头是工业革命,其目标是全球性的渗透和对差异性的抹杀。这也是所谓恐怖主义的欲望。"③如果说施托克豪森眼中艺术家和恐怖分子的天然相似性,主要还是基于埃德蒙·伯克关于"崇高"的感觉论,那么伦特里奇亚和麦考利夫则并不满足于言说艺术家和恐怖分子对受众强烈情动的共同追求。施托克

---

① DeLillo, Don. *Mao II*. New York: Viking Penguin, 1991, p. 41.
② Ibid., pp. 130, 158.
③ Lentricchia, Frank and Jody McAuliffe. *Crimes of Art and Terror*. Chicago: University of Chicago Press, 2003, p. 2.

豪森的艺术功能论主要是非政治的,尤其是实验性音乐这种抽象艺术,它的极端性和颠覆性是基于艺术史自身的传统语境。然而,在伦特里奇亚和麦考利夫看来,艺术和政治是现代性中颠覆欲望的两种表达,它们借由18世纪、19世纪浪漫主义这个母体孕育了恐怖主义这个"怪胎"。在两位作者的论述中,艺术的"恐怖主义"体现为欧洲浪漫派及其继承者在形式创新中对新古典主义规则的藐视和僭越,而政治的"恐怖主义"则来自那些对抗现代化进程的无政府主义者和极端民族主义者,他们往往是失势的、被压迫的边缘群体,以暴力暗杀、自杀式袭击等方式来颠覆现有秩序。如德里罗笔下人物所言,一旦这些现代性的抗争者选择站在文化之外,那么爆炸是他们唯一的语言,因为"这才是能引发关注的语言,是西方唯一能理解的语言"①。

伦特里奇亚和麦考利夫有两个核心的前设。其一,艺术家和恐怖分子的犯罪都是现代性的产物,他们的暴力倾向是由同一化的、压迫性的资本主义全球化逻辑催生出来的。某种意义上可以说,艺术家和恐怖分子有共同的敌人,他们的颠覆欲望指向了相同的秩序体系。其二,浪漫派和先锋派艺术家与社会中诉诸暴力的极端他者一样,都是秩序罅隙中的少数派,他们所栖居的边缘地带代表了一种异质的他者性,这进一步决定了两者的政治实践只能是对抗性和破坏性的,无法被吸纳到主流的文学传统或政治方案中。卡林内斯库也指出,巴枯宁那句"毁灭即是创造"(to destroy is to create)的无政府主义革命名言,基本也适用于20世纪艺术先锋派的主要行动。② 因此,《艺术和恐怖之罪》更像是一份"少数派报告",而不是对于文学、人性或历史的一般化分析,这显然与前面提到的伊格尔顿的思想取向颇为不同。伦特里奇亚和麦考利夫阐释的着力点,是现当代文学中小说家和恐怖分子奇特的双生关系(symbiosis)。既然是谈论两者的关系,也就意味着

---

① DeLillo, Don. *Mao II*. p. 157.
② Calinescu, Matei. *Five Faces of Modernity: Modernism, Avant-Garde, Decadence, Kitsch and Postmodernism*. p. 117.

艺术家和恐怖分子存在区别,而非只有同一性。

小说家主要是依靠散文体的虚构叙事,而叙事作为再现性艺术也往往需要情节的运动作为动力;恐怖分子行事则需要密谋计划,它也是一种 plot(情节/阴谋),只是他们的"叙事"不用散文体来完成,而是依靠行动。19 世纪下半叶,欧洲无政府主义者推崇的"行动宣传"(propaganda by the deed),正是一种对积极叙事的追求。按照巴枯宁等理论家的说法,一次出乎意料的刺杀或破坏行动,可以成为更大事件的触媒。恐怖事件在"行动宣传"中可以催生历史革命的到来,唤醒社会大众的变革意识,但这也意味着他们的行动不止于颠覆秩序,更是为了建立新的秩序(或如无政府主义理论家所说的"自发秩序")。然而 19 世纪的无政府主义者(以及政治先锋派)要实现的是历史转型,先锋派艺术家追求的革命则是艺术本身。后者无意谋求从边缘进入中心,他们所选择的艺术形式本身也决定了自己无法成为主流——他们的敌人不仅是政府代表的权力机器,也包括大众所代表的流俗趣味。用伦特里奇亚和麦考利夫的话说,带有颠覆规范冲动的激进浪漫派艺术家"安于自己的边缘性,也懂得这个世界并不会因为他们的艺术行动而获得改变"①。尽管他们依然希望人们因为其作品或多或少能改变看世界的方式,但这并不等同于呼唤改天换日的社会革命的到来。艺术领域的先锋派往往反对历史目的论,追求艺术与生活实践的有机结合。②

除了这些手段和目的的差异,"小说家—恐怖分子"的双生关系还

---

① Lentricchia, Frank and Jody McAuliffe. *Crimes of Art and Terror*. p. 4.
② 当然,先锋艺术本身也是复杂异质的文化运动,不可一概论之。譬如海伦娜·刘易斯就强调,未来派追求积极的法西斯主义,而达达派则反对任何"主义"或革命纲领的束缚,亦反对接受历史进步的可能。See Lewis, Helena. *Dada Turns Red: The Politics of Surrealism*. Edinburgh: Edinburgh UP, 1988, pp. 1-6. 另外,彼得·比格尔指出,同样是强调艺术的自治,唯美主义者希望能与资本主义世界彻底切割,尤其是摒弃那种日常生活中"手段—目的"的工具理性,欧洲先锋派虽然赞同这些主张,但更希望以艺术为基础构建一种新的日常生活实践。See Bürger, Peter. *Theory of the Avant-Garde*. Trans. Michael Shaw. Minneapolis: U of Minnesota Press, 1984, p. 49.

有更复杂的一面,它体现为两者的相互效仿、相互利用、相互竞争、相互崇拜或相互仇恨。小说家以笔在纸上向制度和固化的想象宣战,恐怖分子以枪或炸弹在现实生活中杀人,看似各行其是,井水不犯河水,然而,一方面艺术是对生活的模仿,另一方面生活也无时无刻不在模仿艺术。在中国当代作家小白获"鲁迅文学奖"的中篇小说《封锁》中,恐怖分子和小说家之间暗通款曲的关系可谓一个经典案例。① 让特务汉奸丁先生在公寓里暴毙的暖瓶炸弹,事先已被沪上作家鲍天啸写在小说《孤岛遗恨》中,连载在报纸上。身负父仇的女恐怖分子是一个狂热的文学读者,她发现:"从没有一部小说让她那么着迷,女主角跟她一样啊……读得心慌,那不是在写我吗?那么多秘密,最大的秘密,复仇,放在心底,从未对别人说过。读着读着,她不时会产生幻觉:是不是每部小说的主人公都有一个真身躲在世界哪个角落?"②小白敏锐地意识到,作家同样也是一个以炸弹为武器的越界者,"爆炸"这个极具隐喻潜能的意象,勾连了欧洲浪漫派对文学灵感的爆发式想象:

> 头脑中的一次爆炸。一部小说诞生了,完全是想象力在起作用。就好像故事有个开关,引爆器,只要抬头一看,人物命运就展现在小说家面前。他可能要去杀人,他也可能被杀,但除了小说家本人,谁都看不见后来将要在此人身上发生的一切。③

当然,不止是小说家为恐怖分子提供了行动灵感,虚构叙事还能够创生事件,甚至可以撤销事件,或者改变事件的进程和方向。9·11之后,美国国防部曾测试一个名为"叙事网络"的秘密项目,他们"招

---

① 参见但汉松:《文学炸了:小白〈封锁〉中的恐怖叙事》,《上海文化》2017年5月。
② 小白:《封锁》,北京:中信出版集团,2017年,第97页。
③ 同上书,第120页。

募几组实验对象,用电极和各种扫描仪器覆盖他们脑部,然后让(受试者)阅读各种恐怖主义文献,也观看包括希区柯克电影在内的各种惊悚类型电影……观察传递素、多巴胺和后叶催产素之类活动情况,便可以准确判断某个特定故事类型会如何作用于人类大脑。等到他们获得足够多数据,便可以制造出有效的'故事炸弹'"①。

伦特里奇亚和麦考利夫还提及了一个历史上的著名案例。这个真实案例就是杜鲁门·卡波特(Truman Capote)的《冷血》(*In Cold Blood*)中的主人公佩里。这部"新新闻主义"的力作被称为美国当代文学的一道分水岭,一举奠定了卡波特文学大师的地位。《冷血》很难从文类上予以界定,它是非虚构的新闻特写,但又不同于新闻写作。本书是基于1959年堪萨斯州霍尔库姆的农民赫伯特·克拉特一家四口的灭门惨案。此事当时在美国成为轰动新闻,卡波特与好友哈珀·李(Harper Lee)一同前往当地进行调查,据说卡波特光是采访笔记就记了六十多本。卡波特的志向并不是获得普利策深度调查类的新闻奖,而是要以小说家的笔触,还原事件扑朔迷离的真相。让他困扰的最大谜团是:为什么两位凶手会以如此残忍的方式,枪杀与他们素不相识的一家四口?这种冷血暴力的根源从何而来?卡波特在调查采访中陷入了痛苦的精神危机。他发现,随着对佩里的了解日渐加深,越发感觉此人是自己精神的另类镜像。佩里孤独的童年,他对社会和家庭的愤懑和失望,他身上的各种伤痛,他的极度贫困以及精神上的异常敏感,他梦中常常出现的那只黄色巨鸟,他对于文学和写作的痴迷,等等,无不让卡波特感同身受。② 卡波特在囚室里倾听着佩里的讲述,并为《冷血》的读者塑造出了一个具有复杂人格面具的悲剧英雄。而佩里也渐渐将卡波特视为知己,并在死刑前将日记等私人物品悉数赠给作家。1965年,佩里及同伙最终被最高法院驳回上诉并

---

① 小白:《事件三则》,《上海文化》2017年5月。
② Zulaika, Joseba. *Terrorism: The Self-Fulfilling Prophecy*. Chicago: U of Chicago Press, 2009, p.43.

被执行极刑,卡波特很长时间都陷入抑郁中,他几乎无法写完《冷血》中死刑那一节,甚至感到手麻痹到无法继续写作。他知道那个走上刑场的人虽然罪有应得,但并非毫无人性的变态杀人犯。卡波特在访谈中承认,佩里"也许是这一生最亲密的朋友"①,甚至感觉到"死囚室里关着的那个人就是我"②。这里,不止是小说家和恐怖分子在暴力想象上相互启发,而且两者之间实现了深层的认同,小说家的这种"爱人视角"甚至还带有些许同性情色的意味。

我们不妨说,《冷血》的写作过程对作家来说是一次事件。他起初希望能在一个反社会人格的罪犯身上发现"极端他者"的秘密,但却意外地在对方身上找到了某种与自己共通的东西。卡波特将这种作家新获得的东西称为"双重感知"(a double sense of perception),它让作家在写作对象身上"同时看见善和坏"。③ 而对于读者来说,阅读卡波特的体验也构成了朝向他者主体性的一次危险旅行,我们固有的观念在阅读《冷血》时面临着瓦解的危险。诚如祖莱卡(Joseba Zulaika)所言,卡波特的共情式写作"让我们明白,成为人即意味着成为一个潜在的杀人犯"④。

* * *

现当代文学中不乏小说家与恐怖分子的"双子星"叙事,但对它们的研究依然多属于文化史意义上的历史追溯,学者们总是在某个特定的人文传统(如基督教中的路西法、希腊神话中的狄奥倪索斯)、科学话语(如脑科学对于恶和共情力缺失的研究,或弗洛伊德心理分析中的死亡冲动)或文学范型(如19世纪浪漫主义文学和20世纪的先锋

---

① Inge, M. Thomas. *Truman Capote: Conversations*. Jackson: University Press of Mississippi, 1987, p. 131.

② Grobel, Lawrence. *Conversations with Capote*. New York: NAL Books, 1985, p. 109.

③ Ibid., p. 106.

④ Zulaika, Joseba. *Terrorism: The Self-Fulfilling Prophecy*. p. 45.

艺术)中寻找两者的交集。当然,这些语境下两者的联结点非常重要,也是本书接下来会展开讨论的,但杰弗里·哈特曼(Geoffrey Hartman)的观点颇值得在这里先作一番介绍,因为他更关心的是在全球恐怖主义泛滥的今天"艺术何为"的问题。

哈特曼被我们所熟知的身份,是耶鲁大学斯特林教授、1970年代"耶鲁四人帮"成员、英国浪漫主义诗歌研究者和解构主义大师。不过,从1980年代到他在2016年逝世,哈特曼潜心投入的重要事业却与口述史有关。他曾创立耶鲁大学大屠杀录像档案馆(Fortunoff Video Archive at Yale),并长期担任馆长。哈特曼1929年出生于德国法兰克福的一个犹太家庭,他之所以幸运地躲过了纳粹屠杀,是因为10岁时通过"儿童撤离行动"(Kindertransport)离开德国,到达英国避难。在"二战"爆发前,该行动将近万名犹太儿童送往英国的寄养家庭,使得他们免于葬身集中营。哈特曼后来辗转去往美国,并在那里和母亲相聚,但很多被营救的孩子就没有这份幸运了,他们绝大多数是家族中唯一幸存的成员。哈特曼童年时这段颠沛流离的经历,让他深刻感受到了恐怖和文学的密切关联——十岁的他得以去往英格兰逃亡,而一些同样年纪的犹太儿童却乘坐闷罐车,驶向了那个悬挂着"劳动使人自由"标语的奥斯维辛集中营。这种劫后余生的恐怖记忆,让他自幼就沉迷于英国诗歌。对少年哈特曼来说,英国不仅代表了安全的庇护所,而且这个国家的文学也是抵御恐怖的最好武器。

哈特曼与大屠杀历史的这份特殊渊源,使得他对9·11之后的美国怀有一种深切的忧思。2013年,哈特曼在《刺猬评论》(The Hedgehog Review)上发表了《关于恐怖与艺术的沉思》一文,读来仿佛是这位文学批评大师离世前留给世人的一篇警言。哈特曼将"绝对形式的恐怖"视为"某种奠基性的、自我确立合法性的'神圣暴力'"[1],虽然看似和伊格尔顿一样,但其实不然。作为纳粹德国的亲历者,哈特曼对

---

[1] Geoffrey, Hartman. "Terror and Art: A Meditation." *The Hedgehog Review* 15.3 (Fall 2013), n.p.

这里的"神圣"一词充满了质疑和反讽。更重要的是,他认为恐怖(尤其是极端的恐怖)会"导致身体政治的创伤",而且不仅会影响目标对象,更会让"整个社会机体变得敏感"①。显然,哈特曼对于感知恐怖的主体心理成因或文化原型并不感兴趣,他真正关注的是这样一种恐怖事件对于社会大众心理的实际影响。

恐怖暴力古已有之,科马克·麦卡锡(Cormac McCarthy)在《血色子午线》一书的扉页上就提醒我们,埃塞俄比亚北部发现的30万年前的人骨化石表明,当时已存在剥头皮的做法②,而法国大革命中雅各宾派对"圣吉约丹"③的崇拜在后世的革命中更是屡见不鲜。那么,为什么我们今天应该特别关注社会机体在恐怖袭击后的创伤效应?在哈特曼看来,这是因为我们身处互联网的时代:

> (在这个时代)极端事件具有刺激感官的效果,而且这种刺激借助动态影像或其他视觉再现媒介得到了惊人的重组,产生出一种催眠的效果,使得我们身体中仿佛有某种东西在渴望这类图像,期待被它们影响并冲击。④

《毛二世》中的女主人公卡伦(Karen)每日如饥似渴地在电视新闻上搜寻的,就是世界各地灾难冲突的视觉影像。当她在女摄影师布丽塔(Brita)的纽约公寓里看到那些关于"饥荒、火灾、暴乱、战争"的纪

---

① Geoffrey, Hartman. "Terror and Art: A Meditation." *The Hedgehog Review* 15.2 (Fall 2013), n. p.

② McCarthy, Cormac. *Blood Meridian: Or, the Evening Redness in the West*. New York: Knopf Doubleday, 2010.

③ 约瑟夫-伊尼亚斯·吉约丹(Joseph-Ignace Guillotin)是一名法国医生。为了减轻死刑的残酷性,他发明了法国大革命时期著名的断头台,其最初目的是简单高效、较少痛苦地执行死刑,使斩首不再是贵族的特权。

④ Geoffrey, Hartman. "Terror and Art: A Meditation." *The Hedgehog Review* 15.2 (Fall 2013), n. p.

实照片时,卡伦发现自己"无法停止对它们的观看"。① 在社交媒体大行其道的今天,互联网公司为了提高点击率,往往以后台的推送算法决定用户的阅读内容,让人们不自觉地追随时间线上各种暴力惊悚内容的热门转发。如德里罗所言,大众潜意识中欲求的并非灾难本身,而是那些关于灾难的"报道、预言和警告"。②

对大众传播中的这种嗜血现象,学者们当然提出了各种各样的解释,但更让人不安的,却是全球恐怖主义与媒体之间的共谋关系——既然当代读者们骨子里渴求骇人的新闻事件,那么还有谁比恐怖分子更善于制造这类具备轰动效应的猛料呢?德里罗笔下的小说家比尔颓然地承认:"我们正在输给恐怖,输给恐怖新闻……灾难新闻是人们唯一需要的叙事。新闻越阴暗可怖,叙事就越熠熠生辉。"③中国当代作家小白在《封锁》中对此也有深刻的戏谑。20世纪三四十年代发达的上海报业与小白笔下的暗杀者同样也相互争夺对大众叙事的控制。"差点当了瘪三"的鲍天啸起初就是靠在报馆贩卖假消息谋生,或者说,"编两只故事卖卖野人头"④。他也尤其擅长叙写本地影响大的刑事案件,总是能"来龙去脉清清爽爽,画出眉毛鼻子"⑤。几乎堪称为恐怖分子指南的公案小说《孤岛遗恨》就是在三日一刊的报纸《海上繁花》上连载的,并且日渐走红上海滩。大众媒体塑造的暴力想象甚至还影响到了上海日据时代的反恐。用特务头子丁先生的俏皮话说,"自从有了电影院,情报里就多出许多穿风衣戴帽子的特工"⑥。

恐怖与大众传媒的这种共谋,在移动互联网时代进一步加剧。随着传统电视媒体的衰落和社交媒体的崛起,信息传播更加去中心化,所有接入互联网的手机都成为潜在的自媒体,用户对于点击率或

---

① DeLillo, Don. *Mao II*. p. 174.
② Ibid.
③ Ibid., p. 42.
④ 小白:《封锁》,第61页。
⑤ 同上书,第62页。
⑥ 同上书,第115页。

传播热度的本能饥渴,常常让可怖的暴力视频在网络上获得病毒式传播。对当代恐怖分子来说,只有被拍摄并被大量传播的恐怖袭击场景才算是成功的事件,而且他们深谙大众传媒和社交媒体对于此类新闻欲拒还迎的饥渴。2013年5月,一名英国军人在伦敦南部街头遭两名极端人员砍杀。两名行凶者杀人后并未逃走,而是在事发地"游走",并要求旁观者为他们拍摄照片和视频。据目击者说,"这些家伙拿着枪和刀,走到公交车前,要求车上人'给我拍照',似乎希望能上电视。他们仿佛对自己的行为感到骄傲"①。而在2019年新西兰基督城发生的恐怖枪击案中,信奉新纳粹主义的行凶者布伦顿·塔兰特利用手机上的LIVE4软件,对整个杀人过程在Facebook上进行了长达16分钟的直播。由于直播开始29分钟后才被站方删除,这份极度血腥的现场视频得以分发流传到Instagram、YouTube、LiveLeak等网站。恐怖分子之所以有机可乘,一部分原因就是社交媒体追求即时性,对媒体内容缺乏预先审核的机制。选择城市地标场所,寻求最大范围的曝光,制造属于自己的叙事,让世界新闻媒体陷入滚动直播的狂热,这几乎成为当前恐怖袭击的一个定则。

或许我们不应一味指责媒体的从业者和受众变得比过去更加"嗜血",深层的原因恐怕更为复杂,它也许和我们集体无意识中的全球危机感有关。当代地缘政治危机(如9·11和叙利亚内战)无论多么夺人眼球,在毁灭性上都不可能与20世纪动辄千万人殒命的世界大战相提并论——这正是平克(Steven Pinker)敢于在科普畅销书《人性中的善良天使:暴力为什么会减少》中为历史进步观辩护的原因——然而为什么我们对危机的感受却比父辈们更强烈呢?一方面,当然是因为人类全球化的程度是史无前例的,高速互联网带来了即时通讯、资本市场的一体化、制造业的全球分工和便捷的跨国旅行,让遥远的恐

---

① 见"Soldier beheaded in Woolwich machete attack: as it happened", *The Telegraph*. May 22, 2013。https://www.telegraph.co.uk/news/uknews/crime/10074029/Shootings-and-machete-attack-in-south-east-London-live.html. 访问日期:2018年8月16日。

怖灾难对我们而言更加真实可感，也更容易在世界范围内形成一种公共情感；另一方面，正如英国学者鲁斯·克鲁克山克（Ruth Cruickshank）所言，危机在当代变为了一种流行修辞，被媒体和市场不断地构建和操纵，目的是让全球市场经济永远存续下去。① 尽管当今全球危机的烈度在降低，政府的危机管理能力也大幅度加强，但危机作为一种话语却被前所未有地媒介化，成为后现代的典型景观。危机叙事无时无刻不在流通和复制，基于大数据的智能算法甚至还向用户推送符合阅读期待的危机新闻。难怪文化批评家斯图亚特·霍尔（Stuart Hall）早在1970年代就心有戚戚地认为，危机最终会被政府、国家和媒体收编，变成它们的一种工具。② 随着我们在21世纪感知现实和交流沟通的方式发生变异，泛滥的多媒体影像正将危机嵌入大众的想象与无意识，并决定了我们的叙事程式和认识世界的方式。

在这种共谋关系中，无论媒体应该承担多大责任，恐怖分子借助新媒体文化来放大暴力的震慑力，并在社会机体中播种恐慌情绪，这都是不争的事实，也是我们的时代不得不去面对的危机。文学不可避免地成为危机代价的一部分。德里罗借小说人物之口，对此发表了一段经典的评论：

> 一直以来我都有一种感觉，小说家和恐怖分子参与的是零和游戏。恐怖分子赢了什么，小说家就输了什么。他们能在多大程度上影响大众意识，就意味着我们塑造情感和思想的能力在多大程度上衰退了。他们所代表的危险，即等同于我们的温良无害。③

换言之，无论历史上的恐怖分子和先锋艺术家曾经多么志同道合

---

① Cruickshank, Ruth. *Fin de Millénaire French Fiction: The Aesthetics of Crisis*. New York: Oxford University Press, 2009, p. 7.
② Hall, Stuart, et al. *Policing the Crisis: Mugging, the State and Law and Order*. London: Macmillan, 1978, p. 309.
③ DeLillo, Don. *Mao II*. p. 157.

或者惺惺相惜,在这个全球化的信息时代,恐怖分子叙事行动的**生**,即意味着小说家叙事艺术的**死**。哈特曼也恰恰是在这一点上,提出了文学当下的迫切使命。哈特曼认为,在这个"后9·11"的时代,我们之所以还需要艺术化的再现方式,是因为它能帮助当代社会"纾解极端恐怖事件带给人类的宿命感或无力感",当文学在危机重重的时代坚持发声时,文学家就"重新夺回了叙事的控制权,进而改变了情节的发展方向"。① 因此,在恐怖主义与反恐的战场之外,还存在另一场隐秘的厮杀,即文学家从恐怖分子那里夺回叙事权的战争。同时,这也是一场关乎文学生死存亡的战争。

那么,在这个时代,文学如何才能取得叙事的胜利呢?哈特曼认为,流行文化中充斥的再现有个致命的问题——它以无限增殖的方式来复制各种鲍德里亚所说的拟像,让我们陷入一种无边界的幻觉中。但以艺术为中介的再现,却对于媒介本身的限度有自反性的立场。甚至可以说,伟大的文学艺术之所以伟大,恰恰在于创造它们的作者的谦卑,在于认识到自身言说和模仿的限度。哈特曼钟爱的浪漫主义诗歌对于肉身心灵的震撼,当然无法和炸弹相提并论,可是诗歌——哈特曼这里举出的例子,包括华兹华斯的《序曲》(*The Prelude*)和济慈的《海伯利昂的陨落》(*The Fall of Hyperion: A Dream*)——通过召唤出"恐怖的鬼魅形状"(specter shape of terror),能够让我们在某个距离之外感受恐怖与美的奇异结合。② 这种审美体验的效果,不是灾难带来的感官震撼甚至应激创伤,而是一种对于死亡恐惧和焦虑的纾解。这与伟大的古希腊悲剧有着殊途同归的功能。

从这层意义上说,哈特曼希冀的"崇高"体验,不是施托克豪森在恐怖分子身上觊觎的那种劫掠并震骇大众想象力的能力,而更多的是一种康德意义上的崇高。必须承认,文学艺术无论在形式创新

---

① Geoffrey, Hartman. "Terror and Art: A Meditation." *The Hedgehog Review* 15.2 (Fall 2013), n. p.
② Ibid.

上多么惊世骇俗,都无法比拟飞机撞击摩天大楼的效果。事实上,文学艺术在恐怖时代无法替代、无法超越的特殊价值,绝不是在纸面上以各种修辞手段去模仿恐怖行动,而在于通过文本介入现实,在读者主体中唤起一种"精神的伟大"(greatness of mind)。① 这种"精神的伟大"是对人文主义核心原则的重申,它坚信个体的生命不应成为某个抽象的、同一化的原则的祭品,它坚信艺术与恐怖主义在生命价值观上有着水火不容的差异。当那个黎巴嫩恐怖组织的代言人乔治不断渲染以恐怖暴力反抗历史宿命的价值,比尔则针锋相对地反驳说:

> 你知道我为什么信仰小说吗?因为它是民主的吼声。任何人都可以写伟大的小说,一部伟大的小说,差不多任何贩夫走卒都可以。乔治,我坚信这一点。某个无名的劳役之人,某个梦想粗俗的亡命徒,都能坐下来写作,说不定就能走狗屎运,找到自己的声音,写出来。那天使般的文字,可以让你吓掉下巴。天赋四射,思想飞溅。每个东西都不同,每个声音都是独特的。含混、矛盾、低语、暗示。而这正是你们想去毁灭的。②

比尔的这番话可以被视为德里罗对当代小说的一份宣言,它强调小说是民主的,小说是关乎差异的,但极端思想驱动的嗜血暴力在"行动宣传"中试图摧毁和抹除的,正是人与人之间具体而微的差异。小说家在这个意义上必然是恐怖主义天然的死敌。

虽然包括菲利普·罗斯在内的当代小说家都在哀叹文学价值的日益边缘化,但文学始终都比大众社会的类型化叙事更有力量。凭借文学独特的想象力和审美体验,我们可以更有力地去质询那些建构世

---

① Geoffrey, Hartman. "Terror and Art: A Meditation." *The Hedgehog Review* 15.2 (Fall 2013), n. p.
② DeLillo, Don. *Mao II*. p.159.

界的主导性力量,更有尊严地在全球恐怖时代思考人之为人的意义。如哈特曼坚信的那样,"文学的内核依然未被触动……艺术能够创造自己特有的思维方式,如果没有这一思维方式的存在,作为一种政治诱惑的恐怖将会更加畅行无阻,直至摧毁本已摇摇欲坠的人文主义"①。

---

① Geoffrey, Hartman. "Terror and Art: A Meditation." *The Hedgehog Review* 15.2 (Fall 2013), n. p.

第二章　见证与共同体：
从奥斯维辛到曼哈顿"归零地"

幸存者所见证的，是无法被见证的。

——吉奥乔·阿甘本

文学无法担当引导大众走向必然之路的重任。

——乔治·巴塔耶

关于恐怖的叙事,注定是一次朝向深渊的旅程。如布朗肖(Maurice Blanchot)在《未来之书》(*The Book to Come*)中所言,这是叙事和塞壬之间"极其幽暗的斗争",因为任何与塞壬之歌的遭遇,都意味着有去无回的死亡。① 这种缥缈之音的可怕与强大,并不在于它的极美或极丑,而是它缺席式的存在。任何真正的恐怖,必然突破我们旁观者想象力的极限,而真正的亲历者又无法提供见证——赤身裸体的犹太人在毒气室看到喷头里冒出的化学烟雾,广岛核爆中心的市民在一道耀眼白光后气化为大理石台阶上的人形印记,西装革履的白领从燃烧的世贸中心一百层纵身跃下……所有这些,都无法被死去的亲历者所讲述。两次世界大战的浩劫,让20世纪西方文学对于这种恐怖的"不可再现性"(unrepresentability)有了深入自省。"二战"后的大屠杀文学之所以成为我们理解9·11文学的一个重要批评语境,是因为从奥斯维辛到广岛和长崎,再到曼哈顿的"归零地",其实触发的是同一类关于再现极限的美学和伦理问题。

甚至连奥斯维辛焚尸室地砖下偶然挖出的秘密日记,也无法真正引领后人进入那种恐怖的内核。那本日记的主人是"灭绝营别动队"(Sonderkommando)的成员,名叫萨门·格拉道斯基(Salmen Gradowski),他所在组织的任务是焚化毒气室里运出来的尸体。像策兰的《死亡赋格》中写的那样,他们所干的活就是"在空中掘墓"。格拉道斯基用81页纸记录了1941年9月屠杀的细节——如何维持囚犯秩序,如何在尸

---

① 莫里斯·布朗肖:《未来之书》,赵苓岑译,南京:南京大学出版社,2015年,第6页。

体中撬寻假牙,如何剃掉女囚头发,如何将死人衣物行李分拣归类——然后将日记装进铝盒,深埋在地下。[1] 他希望制造一份特殊的"时间胶囊",为未来的人类留下一份关于纳粹暴行的见证。可即使是他,也无法代替那些被屠杀的犹太人见证毒气入鼻后的挣扎,甚至无法替不久之后被灭口的别动队队员(包括他自己)讲述死前最狰狞的瞬间。

从奥斯维辛到广岛和长崎,再到曼哈顿燃烧倒塌的双子塔,当文学试图进入恐怖的内核去叙述恐怖,面临的就是这样的"毒气室"悖论:一方面,极限境遇下的恐怖具有不可再现性;另一方面,愈是因为再现的困难,这种恐怖就愈需要被讲述。如果仅仅因为幸存者无法替受难者做出见证,我们就放弃在奥斯维辛后"野蛮地"写诗,那么这即意味着遗忘与背叛一段最为严酷冷冽的人类历史。所以,当阿甘本说"幸存者在为无法见证的事情做出见证"时,米勒(J. Hillis Miller)则试图用"言语行为"理论来化解这个难题。在米勒看来,见证这种不可再现的恐怖,并不意味着提供与真相丝毫不差的"述事"(the constative)话语,而是本身即构成了一种"行事"(the performative)动作。语言的施为性固然也不能替已逝的见证者作见证,但却能为恐怖的"不可再现性"提供一份证词。[2]

一旦文学的使命从"模仿"(mimesis)变为"见证"(witnessing),我们对文学的本体也就有了完全不同的理解。文学叙事不再是关于现实的虚构想象,而是"因言行事"的言语事件。于是,重要的也不再是文学说出了什么,而是文学让什么发生了。布朗肖曾以这样先知般的语言来描述文学的这个秘密法则:"叙事并非对某一事件的记述,而恰

---

[1] Gradowski, Salmen. "Letter." *Amidst a Nightmare of Crime: Manuscripts of Members of Sonderkommando*. Eds. Jadwiga Bezwinska and Danuta Czech. Trans. Krystyna Michalik Oswiecim: State Museum, 1973, p. 75.

[2] 贝克特的剧作《终局》(*Endgame*)或许是最好的文学范例:观众在令人窒息的地下室和荒凉古怪的人物对话中,看不到关于大屠杀的一个字,但那次浩劫的恐怖却无比真实地存在于舞台空间与台词的罅隙中。

为事件本身,是在接近这一事件,是一个地点——凭着吸引力召唤着尚在途中的事件发生,有了这样的吸引力,叙事本身也有望实现。"①在本章中,我将以犹太大屠杀文学作为批判线索,围绕"见证"和"共同体"这两个概念,勾勒出 20 世纪西方文学在书写极端恐怖时所面临的困境和由此产生的可能。

* * *

先从奥斯维辛说起。1945 年 1 月,攻入波兰的苏联红军解放了奥斯维辛集中营,据资料记载,当时该集中营未来得及销毁的受害者遗物是"348,820 套男人的衣服,836,255 件女人的外套,数万双鞋"②。同年 4 月,美军解放了德国境内的布痕瓦尔德和达豪集中营,而几乎在相同时间,英军解放了贝尔根-贝尔森集中营。虽然德国纳粹政府施行的针对犹太人的大屠杀铁证如山,但在战后相当长的时间里,西方国家主流社会(也包括犹太社区)对关于死亡集中营的话题保持着冷淡态度。历史学家彼得·诺维克(Peter Novick)认为,西方的这种大屠杀失语症原因很复杂,但重要的几点如下:美国的犹太神学界将屠犹视为上帝对本民族的天谴;西方的大屠杀幸存者处于人微言轻的社会边缘,只希望尽快回到正常生活轨道中;冷战格局下北约需要对抗苏联,西德的罪责问题被悬置;学者选择将大屠杀加以历史化,认为这是属于过去的极端事件,与当下无关。③ 1950 年代的西方大屠杀叙事属于一个叫"安妮·弗兰克"的小女孩,那本家喻户晓的《安妮日记》的出版(以及改编上演的同名剧作)让这个坚强乐观的犹太女孩成为

---

① 莫里斯·布朗肖:《未来之书》,第 8 页。
② 参见美国大屠杀纪念博物馆网站的"犹太人大屠杀百科全书"中有关"解放"的词条。https://encyclopedia.ushmm.org/content/zh/article/liberation. 访问日期:2018 年 8 月 8 日。
③ Novick, Peter. *The Holocaust in American Life*. New York: Houghton Mifflin Company, 2000, pp. 107-112.

大屠杀受害者的神圣象征。然而,虽然安妮代表的乐观精神和普世主义让西方普通读者非常受用,但《安妮日记》的大红大紫也悄然加剧了大屠杀话题的"去犹太化",仿佛奥斯维辛只是人间一切灾难的提喻。① 事实上,犹太大屠杀成为学界和公众普遍关注、讨论的对象,是自1970年代才开始的,此时的美国社会已经摆脱了艾森豪威尔时代对西方自由民主制度的乐观激昂,开始在越南战争、政治暗杀带来的死亡阴霾下意识到凝视"奥斯维辛"这个深渊的极端重要性。

与西方社会对大屠杀迟到的关注不同,艺术家更多地困惑于如何能再现这个超过任何人想象限度的灾难。阿多诺说"奥斯维辛之后写诗是野蛮的",可如果在奥斯维辛后文学保持沉默,那将是人类更大的一种野蛮。"二战"后,有几位犹太裔作家获得了诺贝尔文学奖,这其中既有阿格农(Samuel Josef Agnon)这样的以色列国民作家,也有贝娄(Saul Bellow)和辛格(Isaac Bashevis Singer)这样生活在美国的犹太裔作家,但是如何以文学来再现奥斯维辛,一直是横亘在作者面前的巨大难题。埃利·维瑟尔(Elie Wiesel)认为,"根本不存在大屠杀文学这种东西,也不可能有。这个表述本身就是矛盾的,因为奥斯维辛否定了一切文学形式,正如它与一切系统、一切信条都是抵牾的……尝试写这种作品就是一种亵渎"②。深受犹太教卡巴拉主义影响的维瑟尔虽然自己写出了最伟大的奥斯维辛回忆录,但他对奥斯维辛后语言的使用表示出了深刻的怀疑。他告诉我们:"奥斯维辛之后,语言就不再纯洁无辜。特雷布林卡后,沉默就注入了新的意义。马伊达内克之后,疯癫重新获得了神秘的魅力。"③或许正是由于文学家再现奥斯维辛的极端困难性,瑞典文学院给大屠杀文学(Holocaust Literature)的加冕姗姗来迟。直到2002年,诺贝尔奖才首次颁给集中营题材的文学

---

① Novick, Peter. *The Holocaust in American Life*. p. 117.
② Rosenfeld, Alvin and Irving Greenberg, eds. *Confronting the Holocaust: The Impact of Elie Wiesel*. Bloomington: Indiana UP, 1978, p. 4.
③ Wiesel, Elie. "The Holocaust as Literary Inspiration." *Dimensions of the Holocaust*. Evanston, Illinois: Northwestern UP, 1977, p. 6.

作品——匈牙利作家凯尔泰斯·伊姆雷（Kertész Imre）发表于1975年的自传体小说《无命运的人生》（*Fateless*）。甚至连文学评论家在面对那些刺骨寒凉的奥斯维辛的文字时，也感到无能为力。乔治·斯坦纳（George Steiner）在《语言与沉默》中提到了维瑟尔的奥斯维辛回忆录《夜》（*Night*），并写道：

> 就像在博尔赫斯的寓言中那样，对于维瑟尔《夜》等作品，唯一最恰当的"评论"就是逐行重新抄写，遇到死者的名字和孩子的名字就停顿一会，如同传统的《圣经》抄写者，碰到上帝神圣的名字时要停顿一下。①

既然此刻语言是无效的，或许图像将更有力量？人们曾相信1956年法国导演阿伦·雷乃（Alain Resnais）拍的32分钟长的纪录片《夜与雾》（*Night and Fog*）②是对奥斯维辛集中营最强有力的证词，甚至有人认为纪录片电影是唯一能够真实呈现奥斯维辛的媒介。这里，雷乃用静态和动态的黑白影像代表过去，以彩色影像代表现在，让惨痛的历史记忆和遗忘在过去与现在之间交织。雷乃大量利用了历史档案图片，让镜头对准奥斯维辛集中营中的尸体堆、毒气室、手术台以及那些骨瘦如柴的幸存者的空洞眼神。雷乃并不认为这些奥斯维辛的残留就等于奥斯维辛本身；相反，他利用这些物质的、身体的证据表达了图像的限度，"让观众思考证据的可变性，以及我们理解过去的不可能性"。③ 克

---

① Steiner, George. *Language and Silence*: Essays 1958-1966. London: Faber and Faber, 1985, p. 193.
② 值得注意的是，"夜与雾"源自1941年希特勒下令绑架并秘密消灭对第三帝国安全有害的敌人的行动代号，亦可被视为死亡集中营的授权出处。同时反讽的是，这个短语最早是德国文豪歌德创造出来的。参见"犹太人大屠杀百科全书"中"Night and Fog Decree"词条。https://encyclopedia.ushmm.org/content/en/article/night-and-fog-decree. 访问时间：2018年8月16日。
③ Wilson, Emma. "Material Remains: Night and Fog." *October* 112 (Spring 2005), p. 90.

洛德·朗兹曼(Claude Lanzmann)则反对这样的图像美学,他在1985年那部长达566分钟的纪录片《浩劫》(Shoah)中大量运用幸存者的口述证词。朗兹曼取消了画外音评论和集中营图片的直接呈现,尤其反对《夜与雾》中出现的那张推土机铲除地上成堆尸骸的画面,而是希望观众在内心以自己的方式构建当时的恐怖。他认为,即使真的存在毒气室杀人时的录影,这种视觉记录也应该被毁掉,人类不应该观看这样的图像。① 齐泽克也有相似的看法,他指出"可怖灾难的图像绝不能让我们看到真实,相反只会成为遮蔽真实的保护屏"②。

在围绕大屠杀不可再现性的这些论争中,意大利作家普里莫·莱维(Primo Levi)显得格外与众不同。《纽约客》评论家詹姆斯·伍德(James Wood)指出,传统的大屠杀叙事要么强调哀悼和血泪,要么讲究事实的精确性,因为这毕竟是人类历史上最重大、最严肃的题材,然而莱维却以"讲故事的人"的姿态与奥斯维辛坚强对峙。他在《这是不是个人》(If This Is a Man)和《终战》(The Truce)中之所以体现了异乎寻常的力量,是"因为它们并不鄙视故事",以至于读者原本读的是堪称恐怖的材料细节,但却感到不忍释卷。③ 伍德的看法或许是,犹太大屠杀题材与传统小说叙事并无抵牾,故事性的内核并不意味着削弱这类作品的严肃性,虚构也不意味着在大屠杀真相这样的敏感问题上闪烁其词。莱维不同寻常的故事叙述能力,不仅让《这是不是个人》成为奥斯维辛题材的罕见杰作(尽管他一再强调自己是化学家,而非小说家),而且也让我们看到了文学见证极端恐怖的可能性。

出身于意大利都灵的莱维并不是任何意义上典型的欧洲犹太人,他对意第绪语所知甚少,其家人甚至还是意大利法西斯党的中坚。

---

① Lanzmann, Claude. "Seminar on Shoah." *Yale French Studies* 79 (1991), pp. 82-99.
② Zizek, Slavoj. *The Art of the Ridiculous Sublime: On David Lynch's Lost Highway*. Seattle: Walter Chapin Simpson Center for the Humanities, 2000, p. 34.
③ 詹姆斯·伍德:《见证的艺术》,索马里译,载于普里莫·莱维:《这是不是个人》,沈萼梅译,北京:人民文学出版社,2015年,第11—12页。

莱维从小就认为犹太身份如同"长了鹰钩鼻或雀斑",完全无碍他的意大利身份,他以前甚至觉得"犹太人无非是圣诞节时不买圣诞树,他们不应该吃意大利香肠,但却照样吃,他们13岁时学了一点希伯来语,然后又忘到脑后"①。然而,当他1943年因为参加反纳粹游击队被捕时,面临两个选择:"如果承认是游击队员,他会被立即枪毙;如果承认是犹太人,他会被送入集中营。"②莱维选择了后者,结果被送入意大利的佛索利集中营(此处并非灭绝营,当时条件尚可)关押了三个月,1944年2月,又被德国党卫军送上闷罐车,开始朝向奥斯维辛的死亡之旅。那次旅行带去了650个犹太人,其中约500人在下车后即被"拣选"送入毒气室杀害,剩下的96个男人和29个女人成为奥斯维辛劳改营的囚工。莱维在奥斯维辛度过了11个月,直到盟军解放了这里。等到他又花了9个月返回家乡时(莱维在《终战》中记录了这段奥德赛式回乡之旅),当初同车的650人只有3人生还。在经历了这场生死劫四十多年后,饱受抑郁症困扰的莱维在1987年从自己居住的公寓楼上一跃而下。③ 用伍德的话说:"他幸存了很长时间,然后选择不再幸存。这最后的行动也许并非与他的幸存相悖,而是这种幸存的延伸:他决定在自己选择的时间离开自己的监狱。"④

对莱维而言,《这是不是个人》并不是一个从死境归来的强者回忆录,它甚至并不是要宣告人性的不可摧毁。事实恰好相反,莱维告诉我们,人性在集中营里会被轻而易举地摧毁,所有囚犯都变成了阿甘本所说的那种"牲人"。他们不再是人,只是纳粹帝国随时可以被牺牲的带编号的肉体机器——莱维的编号是174517。从死亡列车抵达奥

---

① Levi, Primo. *The Periodic Table*. Trans. Raymond Rosenthal. New York: Schocken Books, 1984, pp.35-36.
② 詹姆斯·伍德:《见证的艺术》,普里莫·莱维:《这是不是个人》,第8页。
③ 并非所有人都认同莱维死于自杀坠楼的说法,但确定的一点是,母亲不久前的离世加重了他的抑郁症。See Robert Gordon. "Primo Levi: Storyteller". *European Judaism: A Journal for the New Europe* 23.1 (Spring 1990), p.15.
④ 詹姆斯·伍德:《见证的艺术》,普里莫·莱维:《这是不是个人》,第19页。

斯维辛那一刻开始,莱维就发现这里的可怕远不止是死亡,而是那种对于人性的系统性摧毁,以及极端荒诞的官僚机器本身。起初,党卫军还通过区分健康与否来淘汰老弱妇孺,后来他们采用更简单粗暴的方式:"对于新来的囚徒不事先通知,也不加任何说明,只是简单地打开列车两边的车门,就把人给分开了。从列车一边下车的人进入集中营,从另一边下车的其他人就被送往瓦斯毒气室。"①更让作者当时觉得震骇的,是纳粹军官对待集中营中犹太人的方式。他们当然会使用暴力来惩罚折磨犹太人,但却不是出于某种刻骨的仇恨或憎恶,而是带着彻底的冷漠表情,这足以让莱维产生"一种深深的愕然:(他们)怎么能不带愤怒地殴打一个人呢?"②正是这种错愕,让莱维开始以科学家的冷静来思考奥斯维辛这个巨大而荒诞的"怪兽"。

与很多人对于集中营的地狱式想象大相径庭,莱维见证并记录的奥斯维辛并没有多少狰狞的血流成河或死亡的污秽。相反,在这个以灭绝犹太种族为目的的机构里,充满了各种德国特色的规章制度,体现出近乎荒诞的严谨。譬如:

> 必须和铁丝网保持两米的距离;禁止穿着上衣睡觉或不穿内裤或戴帽子;禁止不在规定的日子里洗淋浴,不得在非规定的日子里去洗澡;出棚屋不得把上衣的纽扣解开,或者把衣领竖起来;衣服下面不得垫上纸片或稻草御寒;禁止不脱光上身洗脸。③

更有甚者,这里规定囚犯的上衣必须确保是五个纽扣(多一颗或少一颗都会带来灭顶之灾),却不提供缝扣子的针线;提供保证基本生命活动的最低限度食物,却不提供任何碗和汤勺;无休止地让囚犯列队点名,在下工回来时,营地门口会有军乐队演奏抒情小曲或进行曲。

---

① 普里莫·莱维:《这是不是个人》,第10页。
② 同上书,第5—6页。
③ 同上书,第26—27页。

所有这些细节看似琐碎，它们却组成了一个巨大的集中营逻辑，即这里只有"允许"或"禁止"，"这里没有为什么"①。莱维以他特有的分析性直觉，看到集中营真正的恐怖和邪恶之处不是杀人，而是通过剥夺囚犯的身份、衣服（甚至毛发），通过剥夺人之为人的常识理性和道德感，将犹太人从人变成"非人"，甚至进一步沦为比动物更为低级的存在物。处于这样的深渊之底，莱维深感"我们的语言缺乏能以用来表达所蒙受的这种侮辱的词语"②。

  这种语言的无能为力，并未让作者退回到神秘主义的不可知论，反而让他痛感言说交流的必要。莱维认为，第三帝国的存在可以被解读为"一场针对记忆的战争，对记忆的奥威尔式歪曲，对现实的否认"③。既然纳粹德国的"最终解决方案"不只是让犹太人在肉体上消失，而且是让其存在从人们的记忆中被擦除，那么作家的天职就应该是对抗这种记忆的消亡。多年后，莱维在总结自己幸存的意义时写道，他的作品是"要让自己的声音被德国人听见，要向党卫军'回嘴'"④。因此，莱维讲述故事的冲动首先不是一种美学表达的需要，而是一种"根本的心理需求"，是为了"通过叙述让自己幸存，并大声说出这种幸存"。⑤ 进一步说，讲故事在莱维这里有着双重角色：一方面，它首先是一种理解的尝试，去理解那些无法理解的恐怖经历，哪怕这种尝试注定要失败；另一方面，它也是莱维用语言去交流的需要，因为奥斯维辛千方百计试图扼杀的正是犹太人与世界交流的能力与欲望。⑥ 在这个意义上，莱维和很多大屠杀作家之间有着重大的差异，他不仅继承了薄伽丘所代表的意大利文学中的讲故事传统，而

---

① 普里莫·莱维：《这是不是个人》，第 21 页。
② 同上书，第 18 页。
③ Levi, Primo. *The Drowned and the Saved*. Trans. Raymond Rosenthal. New York: Simon and Schuster, 2017, p. 21.
④ Deresiewicz, William. "Why Primo Levi Survives." *The Atlantic* Dec, 2015.
⑤ Robert Gordon. "Primo Levi: Storyteller." p. 16.
⑥ Ibid., p. 17.

且将自己想象为柯勒律治《古舟子咏》中的那个老水手。他拒绝像那些犹太宗教影响下的大屠杀文学作者那样,仅仅致力于神秘化的、否定性的奥斯维辛表达。在《被淹没的和被拯救的》中,莱维表达了对1970年代那种否定"可交流性"(communicability)的解构主义语言观念的拒绝:"说人与人不可能交流,这是错误的;我们一直可以。拒绝交流,这就是失败。我们在生物学和社会意义上都具有交流的倾向,特别是用语言这种高度进化的高贵形式去交流。"①

当然,莱维的价值,远不止是作为一个奥斯维辛故事的收集者和转述者,还有他卓越的分析思考能力。《这是不是个人》总是勇敢地致力于以理性去分析集中营这个巨大的非理性的存在。譬如在"启示"这一章,莱维对于集中营中无处不在的卫生标语感到愤怒,甚至认为这是德国人有意为之的黑色幽默——既然所有的囚徒都行将灭绝,走向死亡,为什么还要在乎身体的清洁?甚至从严格的物理意义上说,洗澡是一种劳动,它会消耗囚犯体内本来所剩不多的卡路里。然而,一个叫施泰因洛夫的狱友却告诉"我":

> 正因为集中营是使人沦为畜生的一架大机器,我们不应该变成畜生;就是在这种地方人也能活下去,因此人应该有活下去的意志,为了日后能带着证据出去,能向世人讲述;而为了活下去,就得努力维护文明的生活方式,至少得保住文明的结构和形式,这是很重要的。②

换言之,施泰因洛夫帮助莱维认识到,带着尊严活在集中营不是为了服从普鲁士人的纪律,而是为了对抗党卫军的兽性权力,为了拒绝死去,为了抵抗遗忘,为了捍卫人类对"约伯"、对这个但丁式"人间地狱"曾经存在过的记忆。

---

① Levi, Primo. *The Drowned and the Saved*. p.76.
② 普里莫·莱维:《这是不是个人》,第35页。

不过，像施泰因洛夫这样不仅高贵地活着，而且从不停止高贵地思考的犹太囚徒是稀缺的。从内部的第一人称视角，莱维看到了两种人，他将之命名为"被淹没的"和"被拯救的"。前者在集中营里被蔑称为"Muselmann"，这样的人已经彻底在精神上被压垮，成为行尸走肉、毫无生存意志的活死人。莱维告诉我们：

> （他们）是营地的主力。他们是无名的普通群体，不断被更新，又总是相同的非人的群体，他们默默地列队行走着，辛苦劳累着，他们身上神圣的生命火花熄灭了，他们的身体已经透支到无力真正忍受苦难了。很难称呼他们是活人，他们的身体已经透支到无力真正忍受苦难了。很难称呼他们是活人，很难把他们的死称作是死。面对死亡他们并不害怕，因为他们累得都无法懂得死亡是什么了。①

我们在《夜与雾》中见过他们的样子——他们裹着一张薄薄的毯子，眼窝深陷，目光黯淡，佝偻着身体勉强站立，或蜷缩在墙角，仿佛一阵风就可以将他们吹走。在奥斯维辛的语境下，"Muselmann"成为一种奇特而深奥的譬喻，它是"集中营世界特有的那种极端却稀松平常的堕落和濒死……它模糊了类属范畴，既可以指一种人，一种医学状态，一个人类学类型，一种伦理范畴，或兼具以上全部意思"②。在集中营内部流行的俚语体系中，"Muselmann"的下一步就是"疯子"（Lunatik），后者更接近死亡，无法行走站立，神志不清，往往数日后就会断气。更悲惨的是，Muselmann 是集中营贱民中的贱民，其他囚犯对之唯恐避而不及，仿佛他们身上携带着死亡的传染病。按照社会学家的说法，集中营犯人通过辨识出周围的 Muselmann 并将之集体放逐到

---

① 普里莫·莱维：《这是不是个人》，第 92—93 页。
② Oster, Sharon B. "Impossible Holocaust Metaphors: The Muselmann". *Prooftexts* 34.3 (Fall 2014), pp. 305, 309.

社交边缘地带,从而完成了自我与这类活死人的区隔,仿佛这样可以帮助确认一个积极的事实:看,至少我还没有成为那种 Muselmann!①

那么,什么是"被拯救的"呢?他们是那些充满了旺盛求生欲,不择手段也要在集中营活下来的犹太人。他们盘剥欺骗同监室的其他犹太人,盗取狱友赖以生存的口粮或物资,帮助集中营管理者去统治其他犹太人,甚至参加"灭绝营别动队",去分拣和焚烧其他犹太人尸体,以换取多几周的生存时间。这里,莱维见证了集中营里那些可悲的犹太叛徒,这些人挤破头也要在被集体沦为非人的地方争取哪怕微乎其微的特权地位——"而作为交换条件,要求其背叛与其难友们天然的团结"②。如果说"被淹没的"是一些完全丧失了生命意志的人,那么"被拯救的"则是充满了不可思议的求生欲望的人,他们成为集中营这个野蛮丛林中最后的强者。本质上说,他们与当年匈牙利那些犹太自治委员会的人并无不同,通过出卖自己的同胞来换取自己活下去的机会。

在汉娜·阿伦特关于艾希曼的报道中,最具有争议的部分就是她重提匈牙利犹太委员会的领导人鲁道夫·卡兹纳当年与纳粹合作的往事。阿伦特指出,艾希曼之所以在匈牙利的灭犹计划开展得最为有效,就是因为卡兹纳自欺欺人地相信,布达佩斯的犹太人(即所谓的"马扎尔化的犹太人")与其他的阿什肯纳兹犹太人(即东欧犹太人)相比是不同的,前者中的佼佼者更值得被拯救,于是他们故意隐瞒了已知的大屠杀计划,而试图与艾希曼进行交易。③ 卡兹纳与艾希曼达成的魔鬼协议是:"艾希曼同意让几千犹太人'非法'离境、转移到巴勒斯坦(火车事实上由德国警察监管),条件是把集中营

---

① Anna Pawelczynska. *Values and Violence in Auschwitz: A Sociological Analysis*. Trans. Catherine S. Leach. Berkeley: University of California Press, 1979, pp. 76-77.
② 普里莫·莱维:《这是不是个人》,第 91 页。
③ 徐贲:《人以什么理由来记忆》,长春:吉林出版集团有限责任公司,2008 年,第 24 页。

里的数十万犹太人'安静有序'地转移到奥斯维辛。"①在《艾希曼在耶路撒冷》中,阿伦特写道,卡兹纳不是在用"一百个受害者换一千条人命……他用将近476,000个受害者换了1,684条人命"②。因为这些获救的是精心挑选出来的(当然包括了卡兹纳一家人)"犹太精英",卡兹纳相信自己坚持了"真正的神圣原则",从而避免让生死变成"盲目的偶然事件"。③奥斯维辛集中营的那些背叛同胞的犹太人或许没有这冠冕堂皇的理想主义,但是驱动他们滥用手中的权力去迫害同胞的也是一个简单的抽象信念:"因为他们明白,要是自己不够心狠手辣,另一个被视为更有能耐对付他们的人就会取代他的位置。"④

然而,与阿伦特将这些不道德的做法斥为"恶的平庸"不同,莱维采取了另一种更加共情的立场。在莱维看来,我们在日常生活中通常可以在胜和负、利他和利己、被拯救和被淹没之间选择"第三条道路",但是在集中营里根本就没有所谓的"第三条道路"⑤。莱维将那些牺牲道德立场甚至与纳粹合作的犹太人视为一种失常,"一种因为第三条道路的'缺席'而催生的绝望的极限状态"⑥,他们既可怜又有罪。事实上,莱维并不认为自己侥幸活下来是英雄主义的结果;相反,他对自己的幸存一直带有无法释怀的耻感。他之所以在集中营的几次筛选中活下来,除了无法解释的运气之外,更重要的是他略通德语,并且有一定的化学技能,从而成了奥斯维辛暂时"有用的"那一类人。莱维深知,那些像施泰因洛夫一样最美好的、最优秀的人,都在集中营里殒命了,而那些糟糕的人却成为"被拯救的"。这种结局的荒诞性不仅是任何语言叙事力有未逮的,而且也很难被奥斯维辛之外的听

---

① Arendt, Hannah. *Eichmann in Jerusalem*. New York: Viking, 1965, p.42.
② Ibid., p.118.
③ Ibid.
④ 普里莫·莱维:《这是不是个人》,第94页。
⑤ 同上书,第92页。
⑥ 詹姆斯·伍德:《见证的艺术》,普里莫·莱维:《这是不是个人》,第17页。

众理解。

所以,他以"这是不是个人"①作为全书标题,意在表达一种生而为人的耻辱感。对人性之易碎性——而非坚固性——的书写,是他对大屠杀文学的深刻贡献。在他和同伴即将迎来集中营的解放时,这种挫败感体现得格外清楚。莱维对着那些束手无策等待死亡来临的同胞悲鸣道:"毁灭人是困难的,几乎跟创造人一样困难;那不是轻易能做到的,也不是短时间能完成的,但是德国人,你们做到了。我们驯服地在你们的眼皮底下。"②莱维作为幸存者无法、也无意为毒气室里发生的一切去做见证,他真正见证的,就是在奥斯维辛这台畸形的"人类学机器"内部,人性的光谱如何在极端恐怖中沉浮变幻。莱维提供的最有力的文学证词,不是到底有多少犹太人死于希特勒的残暴,而是人作为会思考、会讲述的主体,如何经历了集中营制造出的极端状态,如何从人沦为非人。

* * *

那么,到底什么是"见证"呢?在《奥斯维辛的残余》(*Remnants of Auschwitz*)中,阿甘本从词源学上区分了拉丁文中关于"见证"(witness)的不同说法。其一是 *testis*,它后来成为了英文中的 testimony,意指法庭审判中代表中立第三方(*terstis*)的证人证词;其二是 *superstes*,它与拉丁文中"幸存者"(*superstit*)紧邻,指的是某人从头到尾经历了某事,因而可以做出见证。阿甘本认为这样的区分非常必要,因为大屠杀见证文学之所以不同于对纳粹的法庭审判,在于前者不具有后者的中立性,无意于、也无法在事实层面提供司法审判认可的法庭证词;前者真正关心

---

① "这是不是个人"最初源自莱维一首以奥斯维辛为主题的诗"Schema"。Primo Levi. *Survival in Auschwitz*:*The Nazi Assault on Humanity*. Trans. S. J. Woolf. New York:Simon & Schuster, 1996, p. 9.

② 普里莫·莱维:《这是不是个人》,第 162 页。

的,恰恰是法庭审判无法触及的,即"受害者成为行刑者和行刑者成为受害者的灰色地带"①。法庭的证词与幸存者的见证不需要相互取代,它们在各自的框架里解决问题,因为法律毕竟无法穷尽大屠杀这个巨大问题的方方面面,幸存者的见证就是要在法律之外言说集中营相关各方作为人的行动。正是在这个意义上,莱维成为阿甘本所说的"证人典范",因为莱维要寻求的绝不是法官的角色,而是看到受害者和加害者共有的人性之沦落,即人与人的手足情谊如何在集中营中遭到"贱斥"(abjection)②。亲身经历过集中营并就其经历做出见证的幸存者,当然不止莱维一人,但阿甘本认为,莱维在奥斯维辛做出了一个"前所未有的发现",即跳出了传统的伦理、法律、政治和宗教一直纠缠的责任框架,在灰色地带将施害者与加害者的严格二元对立松绑,从而赋予大屠杀见证文学一种崭新的伦理意涵。③

但是,一个如莱维这样堪为典范的证人是否就能对奥斯维辛集中营做出完美的见证呢?阿甘本的回答是否定的,并指出了一个奇特的悖论:"这种证词的价值本质上恰恰在于它所缺少的东西;在它的核心中,包含了一些无法被见证的东西,这使得幸存者的见证权威性被削弱了。"④用更简洁的话说,大屠杀见证者所见证的,其实是那些无法被见证的东西。真正触及恐怖深渊之底的(譬如毒气室的亲历者),真正能够对这一切提供完整真实见证的人,都已经死去了,无法亲自提供证词。从法律角度上讲,作证是无法由他人代劳的,集中营幸存者的见证因此只能代表他们自己,而无法为那些死难者——那些没有"故事"和"脸"的囚徒——提供缺席的证词。但更重要的是,恰恰是因为这种完整见证的不可能性,幸存者才更需要在奥斯维辛之后担当阿甘本所说的"伪见证者"(pseudo-witness),以那些死者的名义做出

---

① Agamben, Giorgio. *Remnants of Auschwitz: The Witness and the Archive*. Trans. Daniel Heller-Roazen. New York: Zone Books, 2002, p. 17.
② Ibid., pp. 16-17.
③ Ibid., p. 21.
④ Ibid., p. 34.

见证,否则他们的故事和经历将永远湮没在历史尘埃中。此时此刻,没有什么比遗忘奥斯维辛更不可饶恕的了。

在阿甘本的基础上,米勒(J. Hillis Miller)进一步追问了"后奥斯维辛"时代文学如何进行见证的问题。出版于 2011 年的《共同体的焚毁:奥斯维辛前后的小说》(*The Conflagration of Community: Fiction Before and After Auschwitz*)可以被视为米勒在 9·11 之后对大屠杀文学的重审。米勒无意重复前人对于奥斯维辛见证文学的固有观点,而是试图在新的语境中激活文学与共同体的意义。这个新的语境,就是美国反恐战争的一个标志性事件——关塔那摩和阿布格莱布美军监狱爆出的"虐囚门"。那些在阿富汗战争和随后的伊拉克战争中被抓捕的恐怖分子嫌疑人,被关押在美国司法管辖区之外的飞地,他们身着橙色囚服,无法享有普通犯人的司法权利,无限期被拘押的他们也没有机会进入正式的司法审判程序。更可怕的是,他们在监狱中遭受美军反恐专家的各种刑讯逼供(其中最臭名昭著的是水刑),并且如那些泄露的监狱照片显示的那样,他们被美国监狱管理人员任意侮辱和恫吓,甚至被要求赤身裸体,戴上头套,像狗一样戴上颈圈在地上被拖行,或者被要求站在凳子上,面对狼狗的狂吠……这些载入当代新闻史的"虐囚门"照片,不仅成为美国反恐战争的重大道德污点,也让我们追随米勒去进一步发问:**到底奥斯维辛的囚犯和关塔那摩的囚犯有什么不同?**[1]

米勒是美国少数几位敢于将反恐战争中的"虐囚门"放在"后奥斯维辛"语境下进行思考的批评家,毕竟这背后的引申让人不寒而栗。不过,米勒的主要用意并不是批评小布什政府的反恐战略,他也不认为奥斯维辛这样的极端情境在当代获得了复制。事实上,米勒的说法是:

---

[1] 关于关塔那摩监狱,目前已经有数本囚犯回忆录问世,比较有影响力的是 Mohamedou Ould Slahi, *Guantanamo Diary* (New York: Little, Brown, 2015)和 Murat Kurnaz, *Five Years of My Life: An Innocent Man in Guantanamo* (New York: St. Martin's Press, 2008)。另外,可参考 Andy Worthington, *The Guantanamo Files: The Stories of the 774 Detainees in America's Illegal Prison* (London & Ann Arbor, MI: Pluto Press, 2007)。

> 德国及其邻国数年间发生的导致纳粹上台的变化与美国近来行动所导致的国内外形势的变化,这两者间的相似之处让人毛骨悚然……关塔那摩监狱不是奥斯维辛,但也并非与纳粹"工作营"截然不同。①

米勒的这一表态具有双重性:一方面,他承认奥斯维辛是历史上独一无二的极限事件,具有"几乎是无从想象的独特性";另一方面,他坚持认为"某些表现类似事件的文学作品"呼应了奥斯维辛。② 这样的类比思维不是让"某些类似事件"和"奥斯维辛"画上等号,但将它们放入阿多诺所说的"星丛"中,却有助于我们理解类比中的各方。如果不是借助这样的类比思维展开我们的阅读,可能我们会对今日世界"房间里的大象"熟视无睹。诚如米勒所言,"现代民族国家的行政资源和西方科学文化的技术力量"在奥斯维辛后获得了急剧的扩张,如果我们"不以史为鉴,注定要重蹈覆辙",哪怕在21世纪所要面对的并非一模一样的纳粹集中营。③

循此思路,米勒从大屠杀批评、第三帝国研究中借用了一套批判逻辑及术语,开始在一个历史连续体上展开对奥斯维辛之前和之后文学的解读。那些在关塔那摩身着橙色囚服、只有数字编号的犯人如同阿甘本所说的"牲人"(homo sacer),其作为人的权利在反恐战争制造的"例外状态"下不被法律承认,他们是可以被牺牲和献祭的肉身。此类"牲人"绝不是自9·11后在美国才有的,它可以追溯到美国历史上的奴隶制,它与奥斯维辛之间也有着令人不安的相似性,所以米勒认为莫里森的《宠儿》也是对奥斯维辛有力的文学回应。同样,除了那些涉及犹太大屠杀的经典文本(如创作于1970年代但在9·11发生

---

① Miller, J. Hillis. *The Conflagration of Community*: *Fiction Before and After Auschwitz*. Chicago: The University of Chicago Press, 2011, p. xiii.
② Ibid., p. xii.
③ Ibid., pp. xiii, xv.

那一年获得诺贝尔奖的《无命运的人生》和后来的《鼠族》《辛德勒名单》《黑犬》等等),米勒也探讨了那些西方文学中与大屠杀有着隐而不显的秘密联系的寓言作品(如作为奥斯维辛预言的卡夫卡的《审判》《失踪的人》和《城堡》等等)。对大屠杀研究来说,这样的一种历史连续思维是一把双刃剑:通过将"奥斯维辛"视为本雅明意义上的寓言(allegory),我们不再将"二战"期间犹太人经历的浩劫(Shoah)看成独一无二的情境下发生的历史断裂,于是"过去被凝固成为一场永恒的灾难,而同时现在的意义也被激活了,目的是释放出未来的可能性"①。这样的寓言化或许对于朗兹曼等人来说是不可接受的,因为它似乎意味着对犹太人灾难的普遍化或某种文化挪用策略,但也唯有看到奥斯维辛之前和之后的连续性,我们才能以"奥斯维辛"为认识论工具,敲打出它与关塔那摩的重叠之处。

对于传统意义上的大屠杀小说所面临的"难题"(aporia),米勒继承了前人的两点看法。其一,大屠杀本身是无法通过任何一种再现来进行思考和言说的。米勒此处借鉴了德里达关于"操演性"的阐述,认为见证是"一种施为性地、而非述事性地运用语言的方式……这种亲眼所见可能无法传递"②。其二,一旦大屠杀经验被转换为文学作品,就不可避免地要进入"审美化"(aestheticizing)的过程。这种审美化本身在很多大屠杀的历史学家看来是非常可疑的,因为任何叙事本身都是一种对细节的选择性组装,它势必要求作者以自己的方式决定如何对记忆内容或事实进行取舍和情节化。即使在《夜与雾》这样的视觉作品中,导演选择什么样的照片、镜头特写对准照片哪个区域、如何移动镜头和剪辑镜头,乃至法国著名诗人让·卡罗尔(Jean Cayrol)为这部纪录片撰写的诗性极强的解说词,都代表了人为的审美

---

① Sanyal, Debarati. *Memory and Complicity: Migrations of Holocaust Remembrance*. New York: Fordham University Press, 2015, p.118.

② Miller, J. Hillis. *The Conflagration of Community: Fiction Before and After Auschwitz*. p.155.

决定。对这两个问题,米勒提出了针锋相对的回答。

首先,大屠杀的确存在不可再现性这样的问题,但克服这一难题取决于如何理解"再现"。米勒借用了他推崇的法国哲学家南希(Jean-Luc Nancy)的观点,即奥斯维辛的确是西方再现观念史上的转折点,"大屠杀意味着再现的终极危机",但如果认为大屠杀不可能被再现和不应该被再现,这两种观点是同样错误和危险的。① 南希认为,再现大屠杀不仅是可能的、正当的,而且迫在眉睫,因为 *representation* 的前缀 *re*- 并不是原封不动复制过去的真相,而是以一种类似戏剧的行动,让原本缺席的属于过去的语言和行动重新在场;与此同时,观众非常清楚面前这一切依然是模仿的范畴,我们所见的与再现对象本身之间存在无法弥合的裂隙。② 不过,南希这里依然没有区分述事性的再现和施为性的再现,他主要谈论的仍是大屠杀文学可能的述事性。于是,米勒希望更进一步,将大屠杀文学的再现视为一种"以言行事"的语言操演,让读者可以见证大屠杀如何"打开了再现中的裂缝、缺隙和伤口"③。这种再现是悖论性的再现,它以文学化的叙事行动为大屠杀的不可见证性进行了见证。在毒气室的极限暴行扼杀了再现之后,文学的这种施为性非但不是某种退而求其次,反而彰显了文学虚构相较于其他类型文字(如新闻报道或历史书写)的独特力量。或许正是有感于此,凯尔泰斯·伊姆雷做出了与维瑟尔截然相反的宣告:"只有在文学中,而非是现实里,集中营才是可想象之物。(甚至——或者说,尤其是——当我们是它的亲身经历者时。)"④

米勒对第二个难题的回答更为简单清晰,这或许与他一直以来关注阅读理论有关。米勒承认,任何大屠杀叙事(哪怕是亲历者宣称的

---

① Miller, J. Hillis. *The Conflagration of Community: Fiction Before and After Auschwitz*. p.183.

② Ibid.

③ Ibid., p.185.

④ Kertész, Imre. "Who Owns Auschwitz." Trans. John MacKay. *Yale Journal of Criticism* 14.1 (Spring 2001), p.268.

非虚构自传)都难以避免地带有组合事实的主观印记,但它们不仅仅是对事实的风格化组装,更是以叙事行动来对奥斯维辛这个本质上无法加以理性思考的历史对象进行阐释、思考和判断。① 自不待言,这又构成了米勒所说的文学施为性,不过这里进行见证的主体已不再是"作为大屠杀幸存者的作家"或依照间接经验进行创作的虚构作家,而是阅读这些大屠杀叙事的广大当代读者。米勒区分了两种阅读:"修辞型阅读"(rhetorical reading)和"叙事型阅读"(narratological reading)。前者关注修辞方法、复现词以及反讽等文体特征,它更像是一种零度情感的形式阅读,强调读者对于语言外部特征的客观考察;后者关注叙述者、视角、情节结构等与叙事形式相关的要素,它不再是文体学家的冷静观察,而需要读者调用自身的情感和伦理观念,去对叙事内容本身做价值判断。② 米勒认为,阅读《无命运的人生》这类大屠杀文学作品时,特别需要结合这两种阅读方法。换言之,读者既要有对文体形式的冷静考察,保护自身的情感不被凯尔泰斯的狰狞故事过度冲击,"以免有损其作证的力量",同时,读者也要在"分析性评论"之外加入"批判性分析",对奥斯维辛这样的重大人道主义话题加入自己的阐释和理解。③ 这样的阅读行动有力地挑战了策兰所说的"无人可为见证者作证"的论断,因为后世的阅读行为本身就有效地传递了见证——它既是对集中营当事人的间接见证(vicarious witnessing),也是下一代读者构建文化记忆活动的直接见证。

无论是不可再现性,还是不可见证性,文学批评家都有各自的方法及话语体系来克服这些对大屠杀文学的自我设限。事实上,与彼得·诺维克论及的战后初期西方国家的大屠杀书写的失语症不同,近30年来犹太人大屠杀主题不再是缺乏再现和见证的努力,而恐怕是走向了另一个极

---

① Miller, J. Hillis. *The Conflagration of Community: Fiction Before and After Auschwitz.* p.187.
② Ibid.
③ Ibid., p.188.

端,即这种文学类型的生产过剩。杰弗里·哈特曼指出,1990年代"大屠杀产业"的兴起带来了"过度的社会宣传和一种试图去除所有表达限制的倾向,从而让人们开始担心(大屠杀)记忆正在被破坏,而非让记忆走向疗愈和整合"①。1993年,斯皮尔伯格的电影《辛德勒名单》上映,该片在全世界获得巨大声誉,并拿下奥斯卡金像奖最佳影片等7个奖项。ABC电视台的新闻脱口秀节目"夜线"将那一年称为"大屠杀年",因为也正是在1993年,美国大屠杀纪念博物馆在首都华盛顿特区成立,而当时硝烟四起的巴尔干地区已经让人们预感到新的种族杀戮可能会在欧洲卷土重来。仿佛一夜之间,大屠杀记忆从历史的阴暗地带走到了美国大众文化的前台,"奥斯维辛"成为电视和报纸上炙手可热的流行词。很多学者担心,"媒体、技术和经济对于再现行为的塑造"可能会让大屠杀记忆被"美国化",如同"斯皮格曼(在《鼠族》中)画的那些微笑的米奇老鼠"。② 面对大众社会对大屠杀的文化挪用,一个新的问题出现了:我们该如何评价、分选或甄别这些大屠杀题材的文化产品?

为了解决这个问题,米勒提出了一条假说性定律——"作者越接近大屠杀,其作品在两方面就越矛盾,即叙事趋于复杂,共同体也愈发不可能"③。换言之,米勒将叙事策略的复杂度和共同体的呈现方式作为两个指标物,以此来评价大屠杀文学作品的价值。按照这个评估方法,《辛德勒名单》虽然如同1950年代《安妮日记》那样家喻户晓,但米勒认定它不算奥斯维辛文学中的佳作。这首先是因为原著作者(澳大利亚作家托马斯·基尼利)是距离"毒气室"最远的。据说他在意大利索伦托参加电影节,中途经停美国时巧遇了一个波兰裔犹太

---

① Hartman, Geoffrey. "History Writing and the Role of Fiction." *After Representation?: The Holocaust, Literature, and Culture*. Eds. R. Clifton Spargo and Robert M. Ehrenreich. New Brunswick: Rutgers UP, 2010, p. 31.

② Rothberg, Michael. *Traumatic Realism: The Demands of Holocaust Representation*. Minneapolis, MN: The University of Minnesota Press, 2000, pp. 184-185.

③ Miller, J. Hillis. *The Conflagration of Community: Fiction Before and After Auschwitz*. p. 223.

人,此人向基尼利讲述了辛德勒的故事。主人公在历史上确有其人其事,是一位良心未泯的德国军官,以一己之力拯救了很多犹太人。整个故事在线性叙事中推进,肃杀的集中营氛围下洋溢着人类共同体的乐观主义希望,甚至出现了大团圆的结尾——那些被辛德勒救下的犹太人为他做了一枚黄金戒指,以庆祝共同体的恢复。显然,这种叙事的单线程和对于共同体未来的乐观表达,在"米勒定律"中都是文学价值的减分项。类似的还有《朗读者》和《黑犬》等作品,尽管它们在叙事的不确定性上明显优于《辛德勒名单》,但依然未能触及毒气室的内核。米勒用这些作品为铺垫,都是为了衬托距离奥斯维辛核心最近的《无命运的人生》。这里,凯尔泰斯让叙事出现了多变的特质,不仅随处可见反讽与虚构的自我暴露,而且更深刻地表现出对于共同体存续的悲观和不确定性。显然,这才是米勒心目中最伟大的大屠杀文学作品,它以自己的方式克服了再现奥斯维辛的两个"难题"。这本书既是凯尔泰斯本人的见证行动,同时也让那些与米勒一样的读者们在修辞型阅读和叙事型阅读的双管齐下中,操演了对于大屠杀见证的见证。

特别值得一提的是,米勒甚至认为凯尔泰斯比莱维更深地抵达了见证无法触碰的禁区。米勒与阿甘本的观点在这里构成了一次有趣的对话。在《奥斯维辛的残余》的第六章"Muselmann"中,阿甘本提出了"莱维悖论"(Levi's Paradox)。在集中营里那些尚活着的人当中,依然具有旺盛求生意志的不占多数,更多的人进入到前述所说的"Muselmann"状态(或被莱维称为"被淹没的"):"在生命被掐灭之前的数周和数月里,他们就已经丧失了观察、记忆、比较和自我表达的能力。"[1]用张一兵的说法,"Muselmann"是"从赤裸生命再下降到空有肉身皮囊的濒死情境中的活死人……只是一种亚赤裸生命"[2]。莱维认

---

[1] 普里莫·莱维:《被淹没和被拯救的》,杨晨光译,上海:上海三联书店,2013年,第84页。
[2] 张一兵:《奥斯维辛背后不可见的存在论剩余:阿甘本〈奥斯维辛的剩余〉解读》,《哲学研究》2013年第11期。

为，只有"Muselmann"才是真正触底的完全见证者，他们才是"彻底的见证人……他们是规则，我们是例外"①。但悖论在于他们恰恰是无法说话的，于是"我们则成为他们的代理，讲述他们的故事"。② 阿甘本认为这造成了一个无解的悖论，它包含了两个矛盾的主张：其一，"Muselmann 是非一人的，从来无法作证"；其二，"不能作证的人是真正的证人，绝对的见证者"③。

然而，米勒恰恰在这里看到了凯尔泰斯独特的贡献，因为后者利用充满含混和反讽的第一人称叙事，最大限度地克服了"莱维悖论"。更具体地说，《无命运的人生》主人公久尔考是一个"触底"后归来的 Muselmann，他的叙事声音中具有双重状态：一个是"准 Muselmann"状态，另一个则是充满警觉、恢复求生欲望的"我"。④ 在小说第七章，久尔考细致描述了自己如何在布痕瓦尔德劳动营沦为 Muselmann："看起来我必须得那样在那儿躺一会儿，在他们把我放下的地方，我感觉不错，宁静、平和、平淡、耐心。"⑤这种看似安详放松的状态，恰恰是主人公生命意志消耗殆尽的时刻，只是他此时还能以另一种意识来审视自己的"准 Muselmann"状态。这种"准濒死"的体验当然没有持续很久（否则主人公也无法生还并为这一切做见证），将久尔考从这种毫无生气的寂灭中唤起的，居然是集中营熟悉的萝卜汤气味，这立刻让他下意识地恢复了求生的意志。凯尔泰斯用绝佳的反讽，让刚刚摆脱"亚赤裸生命"的主人公发出感叹："我想在这个美丽的集中营再多活一会儿。"⑥

由此，米勒以一种比阿甘本更积极的口吻做出结论："久尔考既是十足的见证者，又是替见证者作证的代理……为遭受毒气杀害的人作证和为变成'被淹没的人'作证都是不可能的。然而即便如此，久尔考

---

① 普里莫·莱维：《被淹没和被拯救的》，第 83 页。
② 同上书，第 84 页。
③ Agamben, Giorgio. *Remnants of Auschwitz*. p. 150.
④ Miller, J. Hillis. *The Conflagration of Community*. p. 209.
⑤ Kertész, Imre. *Fatelessness*. Trans. Tim Wilkinson. New York: Vintage, 2004, p. 186.
⑥ Ibid., p. 189.

仍然做到了。"①凯尔泰斯以主人公的双重视角实现了对"完全见证者"的文学扮演,这本身也与近年来学术界对"Muselmann"这个大屠杀概念的修正和反思不谋而合。现在一些学者认为,"Muselmann"更应被视为一种奥斯维辛内部的概念建构,它并非恒定的、绝对的身份状态,而更像是囚犯们为了强化自身生存而临时选择的生存策略。这种策略通过将"更接近死亡的犹太人"指认为非犹太人的"他者",从而让"Muselmann"一词的使用者得以在心理上暂时抵御集中营无情的筛选淘汰带来的焦虑,并将"(纳粹制造的)贱斥投射到别处"。②

* * *

不管最后是莱维还是凯尔泰斯在见证大屠杀这场最严峻、最痛苦的写作竞赛中胜出,他们都用各自的作品让我们思考了奥斯维辛的"不可再现性",让文学不必在人类历史上最可怖的人道主义灾难面前陷于失语症。围绕"见证"和"不可再现性"的讨论,对美国9·11文学的研究非常重要,因为奥斯维辛已经成为一个隐喻,甚至是一种方法论的工具,它让我们看见了历史中某个挥之不去的鬼魂。此外,大屠杀文学研究还提供了另一个重要的9·11文学主题词,就是"共同体"(community)。当六百万犹太人生命被希特勒化作空中呛人的灰烟,莱维和凯尔泰斯都表达了对于人类共同体未来的某种悲观,这与基尼利《辛德勒名单》的暖心大团圆结尾截然不同,也有别于《朗读者》结尾汉娜的自杀赎罪。9·11作为一次全球思想性事件,已让包括米勒在内的知识分子意识到,思考全球化时代共同体的存续和

---

① Miller, J. Hillis. *The Conflagration of Community: Fiction Before and After Auschwitz.* pp. 212-213.
② Oster, Sharon B. "Impossible Holocaust Metaphors: The Muselmann." *Prooftexts* 34.3 (Fall 2014), p. 316. Also see Simpson, David. *9/11: The Culture of Commemoration.* Chicago: The University of Chicago Press, 2006, p. 163.

发展,思考"我们"与他者的关系,已不再是一种象牙塔内的语言游戏,而是这个时代迫在眉睫的使命。

让米勒深感忧心的,是布什总统在9·11之后面向全国的讲话。在这个历史性文本中,美国总统预设了一个同质的美利坚家园,栖居其中的是"我们"(正如 U.S. 这个国家缩写所暗示的),而所有在反恐战争中不和"我们"站在一起的,都是与撒旦为伍的"他们"。巴乔瑞克(Jennifer Bajorek)指出,美国政府在9·11后成立的"国土安全部"(Homeland Security Office)从名称上看就带有某种日耳曼气质,homeland 一词来自德语中的 *Heimat*,它与18世纪末19世纪初的德国浪漫主义关系密切,其后多为纳粹政府所挪用。① 米勒同时向"国土"与"安全"两个概念发难,他认为:"美国国土安全部预先假定我们是一个同质化的家园、一个土著民族,其安全和种族纯洁性,受到外部的恐怖主义分子和异族人的威胁",然而事实上美国作为一个历史上的移民国家,"现在没有、也从来不曾具有'家园'所暗示的那种意义"。② 米勒甚至言明,若从更久远的历史来考察,就连极少数的美洲印第安人也不算是真正的"原初民"(first people),因为"他们的祖先也是在最后一个冰期经白令海陆桥、从亚洲迁徙而来的外来者"。③ 美国大诗人史蒂文斯(Wallace Stevens)曾有过关于"土著共同体"(indigenous community)的诗人想象,他认为这种共同体并非先于民族经验的存在,而是在共同语言中生成的,是一个孕育和创造的过程。④ 然而,米勒纵使没有全盘反对这个基于欧洲单一民族小国(如丹麦)的共同体模型,他至少确信"土著共同体"并不适用于美国经验,也愈发不适用于全球人口流动加剧、民族边界日益模糊的当代

---

① Bajorek, Jennifer. "The Offices of Homeland Security, or Hölderlin's Terrorism." *Critical Inquiry* 31.4 (Summer 2005), p.878.
② Miller, J. Hillis. *The Conflagration of Community: Fiction Before and After Auschwitz*. p.11.
③ Ibid., p.12.
④ Ibid., pp.8-9.

社会。

还有另一种从语言和修辞出发的"共同体"理论,它并不像斯蒂文斯所说的那么具有诗意,但却在当代民族国家理论中具有最广泛的影响力——它就是安德森(Benedict Anderson)的《想象的共同体》。这部发表于1983年的著述提出了一个今天耳熟能详的观点,即民族是"一种想象的共同体"。更具体地说,安德森认为民族**只能**通过想象来形成并维系,而这种想象的运作涉及一系列复杂的风格化修辞。这当然包括宗教信仰、时间观念、地区方言的发展、资本主义的价值观和印刷术的影响等,但其中很重要的(也是与本书最有关系的)一点,则是民族如何在自我形构的过程中完成对"死亡的风格化"(stylization of death)。安德森以"无名战士"纪念碑为例,说明现代国家如何将死亡抽象为一种民族存续的基础。这些没有具体姓名的死者,在象征性的纪念墓碑下代表了一种"鬼魂式民族想象",以至于"在过去二百年间,有数以千万计的人不止愿意为如此限定性的想象去杀人,更愿意去为之捐躯"。[①] 纵观整个20世纪民族主义的发展史,令我们感慨的是,那种朝向"共同体"的想象居然带来了如此大量的生命个体的死亡,而这些死亡又被凝结为抽象的民族团结的象征物,激发更多人的激情和献身。皮特·魏默伦(Pieter Vermeulen)甚至认为,民族国家对"死亡的审美化"(aestheticization of death)使得"死亡被赋予了一种形状和意义,以至于让公民对死亡产生了欲望,而非惧怕"[②]。

安德森的这套民族理论当然不乏拥趸,但他过度强调风格的民族共同体"想象说"却不免犯了和审美主义一样的错误,即片面强调话语层面的构建性,未能将之放入内外结合的多元体系里考察。事实上,安德森认为想象民族共同体本身没有对错之分,只有风格上的差

[①] Anderson, Benedict. *Imagined Communities: Reflections on the Origin and Spread of Nationalism*. Revised Edition. London: Verso, 2006, pp. 7, 9.

[②] Vermeulen, Pieter. *Geoffrey Hartman: Romanticism after the Holocaust*. New York: Continuum, 2010, p. 103.

异。譬如美国民族身份的构建,取决于其成员对"美国例外主义"和"天定命运"的共同信仰。从1825年到1876年这半个世纪里,美国政府邀请艺术家在首都完成了一系列的新古典主义建筑和雕塑,霍拉提奥·格林诺(Horatio Greenough)的雕像《华盛顿》采取欧洲古典化造型,同时暗示了殖民地和印第安民间元素的存在,从而将国父塑造为"一位连接上帝和人间的领导者"①。国会大厦穹顶的自由神纪念像、参议院侧厅山形墙的组雕,以及参众两院门口的青铜门设计,无不暗示着19世纪上半叶美国对于自己的"新罗马"想象。浪漫主义时期的德国则反其道行之,那些"狂飙突进"的民族主义者激烈反对英法启蒙主义代表的欧洲现代性,转而去德国民间传说、古老神话和前工业的田园中寻找德意志共同体身份。如德国批评家约瑟夫·纳德勒(Joseph Nadler)所言,"浪漫主义实际上是居住在易北河和尼蒙地区之间的德国人的乡愁——对于他们曾经的故乡、古老的德国中部的怀念,是被放逐者和殖民者的白日梦"②。

安德森似乎无意于对"共同体"概念本身做出有力的批判。他笔下"想象的共同体"不止是虚构的,更重要的是它的死亡和悲悼美学中所包含的匿名性和排他性。那些死者被视为民族身份构成神话中的一员,但却被无情剥夺了独特性和个体性。易言之,"通过放弃死亡的独特性,(无名战士)纪念碑为公民提供了一个场合来认同那个'将匿名形式化的民族'……对死亡的抽象化,也即意味着对死亡的擦除;它是一种遗忘了个体的悲悼形式,而这些个体恰恰是民族得以发展的基础"③。纳粹血腥屠戮犹太人的历史,正是基于这种抽象的、匿名的死亡想象。让犹太学者感到愤怒的是,如果继续将600万犹太人的死亡想象成一个民族身份的抽象符号,那就背叛了一个个独自面

---

① Wilmerding, John. *American Art*. New York: Penguin, 1976, p. 107.
② Berlin, Isiah. *The Roots of Romanticism*. Ed. Henry Hardy. Princeton: Princeton UP, 2001, p. 16.
③ Vermeulen, Pieter. *Geoffrey Hartman: Romanticism after the Holocaust*. p. 104.

对集中营暗无天日的极端恐怖的生命个体。事实上,犹太身份自古以来并非是民族的范畴,犹太人有着不同的族裔构成,从欧洲、非洲到亚洲,正如基督徒并不来自某个单一民族一样。民族和民族主义的概念都是一种现代的建构,与现代科学的人种分类和浪漫主义的兴起不无关系。以赛亚·柏林曾指出:"人在家园或人从家园连根拔起的观念,关于根的概念,以及整个关于人须归属于某个群体、某个派别、某场运动的一整套概念,很大程度上可以说是赫尔德的发明。"①

在这个意义上,1980年代出现了一场围绕"共同体"的哲学论战,产生了让-吕克·南希的《解构的共通体》(*The Inoperative Community*)②、布朗肖的《不可言明的共通体》(*The Unavowable Community*)、阿甘本的《将来的共同体》(*The Coming Community*)等一批著述。对哈特曼和米勒等人来说,当代共同体哲学中最有借鉴价值的,毫无疑问是南希的理论。南希的出发点是解构式的,他更关心的或许并非当今各种共同体背后的意识形态或治理策略,而是这个概念源头上的可疑之处。南希指出,"共同体"有一个同源词"共契"(communion),无论是古希腊城邦,还是奥德赛魂牵梦绕的伊萨卡,或是基督教教会中共领圣餐的信徒团契,这样的共同体都预先假设了一种绝对存在、自给自足的主体。德里达甚至更激进地宣称,他抵制成为"任何家庭的一员",他反感在任何情况下使用"共同体"一词,因为"这个词往往回响着'共同'(common)的声音,含有那种作为一个(as-one)[comme-un]的意涵"③。一言以蔽之,在所谓的共同体内,每个个体都埋藏着秘密的他者性,这些单独的异在其实无"同"可"共"。

于是,南希的哲学致力于揭示共同体的悖论:尽管人类一直生活

---

① Berlin, Isiah. *The Roots of Romanticism*. p. 60.
② 国内也将此书译为《非功效的共同体》。
③ Miller, J. Hillis. *The Conflagration of Community*: *Fiction Before and After Auschwitz*. pp. 222-223.

在对它的虚构中,甚至对大同和谐的古老共同体充满了乡愁,但是真正的共同体从来都是不可能存在的;或者说,它只能是"非功效的"(inoperative)。南希当年之所以苦苦思考共同体的幻象,正是由于战后西方知识分子需要痛苦地面对奥斯维辛。他从所谓"雅利安人"对犹太人的迫害与屠灭中发现,那些无"同"可"共"的共同体为了维系那个"同质"的虚构,往往采取驱逐或消灭他者的方式来获取自我确认。共同体总是"在他者的死亡中得以显露……共同体总是通过他者、并为了他者而发生"①。所以,焚尸炉中的犹太人并非因为他们重商、贪婪而成为千百年来欧洲人眼中的他者,而是因为他们的死亡可以成为巩固共同体幻觉的祭品。在19世纪德国狂热的民族主义者看来,德国的"文化"(Kultur)是一种道德和精神的范畴,它迥然有别于英法的"文明"(Zivilisation),德意志人民(Volk)"只有清除掉那些世界主义的犹太人,才能让社会返回到原初的完整状态"。②"一战"后的《凡尔赛条约》让德国民族倍感屈辱,国家的挫败感通过反犹主义找到了发泄的出口,叫嚣反犹的极右政党获得人民的拥护。纳粹德国在1935年通过了《帝国公民法》和《保护德国血统和荣誉法》(合称纽伦堡法案),强迫犹太人佩戴"大卫星"黄袖标,以法律手段在社会空间里可见地区隔出纯正的德国人和犹太人,将非犹太裔德国人和犹太人之间的性行为或通婚视为"种族污染"的刑事犯罪。然而荒唐的是,因为犹太人和普通德国人之间并无科学上明确的种族差异,纳粹政府就机械地按照家族谱系来规定种族:祖父母辈中有三个或更多出生在犹太宗教社区的人即为犹太人,他们被剥夺了德国国籍及公民权利;如果祖父母中只有一到两个在犹太宗教社区出生,其后代就被法律定义为"混血"(Mischlinge)。③ 根据社会心理学中的"替罪羊"

---

① 让-吕克·南希:《解构的共通体》,郭建玲等译,上海:上海人民出版社,2007年,第31页。
② Mishra, Pankaj. *Age of Anger: A History of the Present*. p. 172.
③ 参见"犹太人大屠杀百科全书"网站中关于"纽伦堡法案"的词条。https://encyclopedia.ushmm.org/content/zh/article/nuremberg-laws. 访问日期:2018年8月8日。

(scapegoating)理论,由于人民惧怕极权社会中威权人格的统治者,这又进一步诱使群众将暴力导向"替罪羊"群体(如臭名昭著的"水晶之夜"),以共同体内少数人的受难来确保自身的政治正确和人身安全。① 另一个较少为人提及的佐证是,希特勒的集中营里还关押着数以万计的欧洲同性恋者和吉卜赛人。在共同体的焚灭中,他们被"献祭"的用途与犹太人并无二致。

这种依靠排除他者而得以巩固的共同体,正是南希所断言的"非功效的共同体"。德里达还提出了一个生理医学上的类比:将身体视为共同体的象征,共同体就如同人类的免疫系统,它"为了共同体的安全和纯洁,可以让共同体免于危险外来者的侵入",但同时又会将矛头对准共同体内部,使之变为一种"自杀式的自毁"。② 当然,德里达的这个概念挪用未见得合适。从医学角度上说,自体免疫属于病态,健康状态下人的免疫系统并不会(或极少)对正常细胞产生免疫问答(即德里达所说的"自杀")。那么,人类社会共同体的自体免疫性究竟是常态,还是无药可医的病态?米勒注意到,德里达实际上使用了一种全称判断,即认为所有的共同体无论何时何地,都会体现这种自毁的自体免疫性。③ 我们姑且不论这种全称判断是否完全准确,但9·11事件之后激发的暴力和不宽容,已经让美国人陷入巨大的国家危机,其反恐战争、"棱镜门""虐囚门"等一系列后续反应已经在某种程度上体现了德里达所言的"自体免疫疾病"的病症。

面对这样一个关于"我们"的"后9·11"神话,文学和文学批评能有何种作为呢?在米勒看来,文学之所以能够对"后9·11"政治进行

---

① Glick, Peter. "Sacrificial Lambs Dressed in Wolves' Clothing: Envious Prejudice, Ideology, and the Scapegoating of Jews." *Understanding Genocide: The Social Psychology of the Holocaust*. Eds. Leonard S. Newman and Ralph Erber. New York: Oxford UP, 2002, p.116.
② Miller, J. Hillis. "The Act of Reading Literature as Disconfirmation of Theory." *Frame* 24.1 (2011), p.26.
③ Ibid.

独特而深入的干预,是因为那些奥斯维辛前后的伟大的文学作品在不断解构布什演讲修辞中的美国共同体神话。事实上,文学是一种最为有力、复杂、深刻的叙述形式,它能为人类共同体的失败提供最严峻凛冽的证词。米勒认为,正如神话是"乡土共同体"的语言载体,文学就是诠释南希的解构的共通体的最佳工具。此处,米勒延伸出了一个重要的观点,即"文学展演了共同体的施为性不作为"①。南希本人也格外看重文学传递共同体真相的功能,他以玄妙的语言写道:

> 神话完成了共通体,并赋予共通体一个封闭和个体的命运,一个完成的总体性的命运——那就必须肯定,在神话的打断中,我们聆听到了被打断的共通体的声音,听到了被外展的、未完成的共通体的声音,它作为神话在言说,但这个神话却没有任何虚构的言语……人们给予这个打断的声音一个名称:文学(/书文:litérature)(或者说是书写,如果我们接受这个词相应的意义)。毫无疑问,这个名称是不合适的。然而,在此,没有一个名称是合适的。打断的时刻或打断的位置,没有合适性。②

不难发现,文学对米勒和南希而言都是一次事件——它或者"上演"(enact)了共同体的无功效,或者"中断"了共同体的神话虚构。魏默伦对这一点说得更清楚:"南希强调的是文学作为批判性事件的地位,它中断了审美意识形态的运作,从而揭示出共同体更为真实的形式,这种共同体正是我们在暴露在(他者的)死亡面前时所遭遇的。"③

不过,米勒和南希或许忽视了一点。文学应该不只是独特的中断性力量,它同时也必须是一种模仿和再现的艺术——或者说,是"审美

---

① 这句话的译文较为绕口,米勒此处的原文是"Literature is the enactment of the performative unworking of community"。*The Conflagration of Community: Fiction Before and After Auschwitz*, p. 19.
② 让-吕克·南希:《解构的共通体》,第 100、101 页。
③ Vermeulen, Pieter. *Geoffrey Hartman: Romanticism After The Holocaust*. p. 106.

中介"(aesthetic mediation)。哈特曼的看法或许可以构成对米勒和南希的有益补充。对哈特曼而言,文学的经验不只是让我们暴露于他者之死亡,更是"一个为死亡竖立纪念碑的微型时刻,它型塑了对创伤的**摆脱**,从而让另一种形式的共同体成为了可能"①。如前一章所述,哈特曼始终坚持认为,在所有再现形式中文学有着独处一尊的地位,文学不只是一个神话的破拆工具,将我们引向解构的深渊后就无所作为。相反,文学即使不能为建立理想共同体提供实践性的策略(这原本就属于公共政治的范畴),但至少可以让我们从那个制造了大屠杀的共同体噩梦中醒来,并朝向更健全的共同体理想前进。所以,仅仅言明共同体的不可能,在哲学上或许是最正确的,但在政治上却是绝对不够的。我们从未找到完美的共同体,但我们也无时无刻不生活在共同体之内。尤其值得一提的是,作为曾经的犹太难民,哈特曼从来不只是一个在纸面上进行解构游戏的理论学者,他更是亲力亲为地建立和发展了耶鲁大学的大屠杀录像档案馆。他希望能在那些他者的死亡对面,建立一座公共记忆的永久墓碑。文学,从来不只是服务于解构,它同样可以进行积极的建构。

---

① Vermeulen, Pieter. *Geoffrey Hartman: Romanticism After The Holocaust*. p.106.

第三章 "前9·11"小说

譬如在勃鲁盖尔的《伊卡洛斯》中:一切
是那么悠然地在灾难面前转过身去

——W. H. 奥登

此时此刻,一位口袋里装有雷管的旅客给伦敦各大城市带来的恐慌要胜过一支万人军队在多佛登陆。

——19世纪一家名为《无政府主义者》的报纸社论

第三章 "前9·11"小说

什么是"前9·11小说"？一言以蔽之,它是2001年9月11日之前书写的关于9·11之根源及后果的小说。这个看似时序错乱的概念,乃是借用"前奥斯维辛小说"这个说法,旨在打破一种时间性的固定认知,即9·11小说仅属于传统意义上的"时代小说",其再现形式和主题内容根植于21世纪的当代政治与文化中。如果我们在奥斯维辛、广岛和曼哈顿"归零地"这条轴线上看到了某种历史连续性,那么就应该承认9·11事件并非这一叙事的原点。在9·11事件进入历史时间线之前,全球恐怖主义就曾以别的名姓出现过,极端的恐怖分子"他者"也曾变换身影在19、20世纪经典作家的笔下出没。更重要的是,文学不一定要被动依附于事件,文学应该具有超越历史性的潜能,而非仅仅是对历史的回顾凝视。它甚至可以在某个特定历史事件发生之前,就以曲折的隐喻方式对它进行预言式言说。早在9·11发生之前,德里罗就在《毛二世》和《地下世界》中对纽约双子塔做过各种意味深长的末日想象,而最惊人的预言则来自他那部以恐怖分子为主题的中篇小说《球员们》(*Players*)。小说中的帕米(Pammy)是一家位于世贸中心的"悲伤管理公司"的职员,作家以她的视角写道:

> 她起初认为,用世贸中心来作为这类公司机构的总部有些匪夷所思。但随着时间的推移,她改变了想法。你能在哪里堆砌这些悲伤呢？……对帕米来说,这个双子塔并不会一直存在下去。它们只是概念,尽管体积巨大,但就如同那些日常扭曲的光线

一样转瞬即逝。①

所以,就像后现代小说很可能不是从现代主义文学中"进化"而来的那样,9·11小说也不是在21世纪恐怖袭击后才出现的。如果将9·11文学放在一个更长远的历史连续体中考察,可能会获得更多洞见。米勒一直以来就反对文学史的断代分期(periodization),因为这里的历史线性逻辑本身就是可疑的。② 米勒在《共同体的焚毁》的结尾做出如下两个论断:"(1)小说或评论可以有效地见证奥斯维辛、美国奴隶制、美国对伊拉克和阿富汗开战以及美国最近发生的其他灾难性的事件等等;(2)小说在事后看来,可以被视为具有预辩性,预告了后来发生的事情。"③

米勒对卡夫卡所做的阅读最具争议性。他在这个"侥幸"死于纳粹上台之前的犹太作家未完成的作品中,读出了卡夫卡对大屠杀的预言。在《失踪的人》的结尾,卡尔·罗斯曼乘坐火车离去,让人想到未来他的同胞去往奥斯维辛的旅程,而卡夫卡之所以选择俄克拉荷马剧院这个地点,则是因为作家的资料本上有一张题为"俄克拉荷马田园生活"的照片,上面是白人围着一个被私刑处死的黑人,白人脸上都挂着笑。④《审判》中,那个站在法庭上的约瑟·K究竟因何而被法律宣判处死其实无关宏旨,卡夫卡要讲诉的是人如何在一个非理性的巨大官僚机器面前走向覆灭。主人公的命运不正是隐喻了几十年后无数个艾希曼的所作所为吗?第三帝国的官僚机器将"最终解决方案"变成了无比烦琐精细的行政事务——从甄别进入集中营的犹太人,到运

---

① DeLillo, Don. *Players*. New York: Vintage, 1989, p. 16.
② 米勒提出的一个有趣案例,是将品钦《秘密融合》和塞万提斯《狗的对话录》进行比较,结果发现这两个创作年代相差300多年的文本,在形式技巧和主题特征上都符合文学史对后现代主义的定义。由此,米勒认为,我们所说的文学的时代风格,甚至包括文学分期本身都是大有问题的。See Miller, J. Hillis. "The Act of Reading Literature as Disconfirmation of Theory." *Frame* 24.1 (2011), p. 29.
③ Miller, J. Hillis. *The Conflagration of Community: Fiction Before and After Auschwitz.* p. 269.
④ Ibid., p. 52.

送他们去达豪或布痕瓦尔德,从分配他们做苦役并计算维持最低水准的卡路里摄入,到进入毒气室和焚尸炉的善后和有用资源回收,几百万个"K"就这样死去。因此,米勒写道:"卡夫卡的小说离奇地预告了奥斯维辛。他的小说以梦魇般的不祥恶兆,预言了犹太人在纳粹政权下生活的处境,他们在隔离区生活,坐火车去接受遴选,然后不幸地排在通向毒气室的队伍中,径直走向死亡。"①

米勒进一步认为,卡夫卡所写文本的未完成性,以及他死前留下的销毁他全部手稿的嘱托,其实体现了作家对于文学施为性的一种惧畏。卡夫卡或许担心,他的这种"预言"会成为一种言语行为,一旦进入公共阅读的领域,就会生根发芽,让虚构变为真实之物,招引来可怕的灭顶之灾。卡夫卡的未完成,在米勒看来,正是体现了这个伟大先知的某种悲天悯人。然而从另一方面说,既然卡夫卡式的寓言写作已经预言了共同体之内献祭式的自我毁灭,既然南希所论的共同体之无效乃历史普遍状态,那么是否意味着"屠犹"并非一种历史的极端偶然?它不过是人类文明中那个暴力断裂带的一部分?十字军东征、塞勒姆女巫审判、宗教审判所、美国种族主义、卢旺达大屠杀、9·11、反恐战争⋯⋯所有这些当然在"焚毁"的烈度上千差万别,但却是否在某种程度上代表了一种共同体灾祸的根深蒂固?

如果说卡夫卡的写作是写于大屠杀之前的"奥斯维辛小说",那么本章也只是在反讽的意义上使用"前9·11小说"这个说法。无论是梅尔维尔笔下的抄写员巴特尔比,还是康拉德笔下温妮的弟弟,他们在9·11文学研究中都不属于时代误用。在21世纪重读《抄写员巴特尔比》和《间谍》之所以正当其时,乃是因为它们属于真正意义上的9·11文学。这两部作品不仅在全球恐怖主义出现之前就预见了极端的边缘力量将如何潜入我们日常生活的纹理,而且以超越历史性的方式参与到了9·11文学研究的话语建构中。

---

① Miller, J. Hillis. *The Conflagration of Community: Fiction Before and After Auschwitz*. p.50.

* * *

　　巴特尔比或许是梅尔维尔(Herman Melville)带给美国文学最为奇特而经典的异端形象。这个19世纪华尔街的法律抄写员,凭着那句执拗的"我宁愿不"(I would prefer not to),不仅成为文学评论界经久不衰的谜题,也成为当代美国公共生活中的一个反抗符号。在9·11事件之后,"巴特尔比"这个名字如鬼魂般重返美国的大众文化空间,并被左右阵营分别赋予了截然不同的符号意义。前者以亚当·科恩(Adam Cohen)2003年发表于《纽约时报》的那篇社论为代表。当时的美军在阿富汗和伊拉克的反恐战场越陷越深,伤亡不断加剧。科恩提醒惧战、反战的美国民众,巴特尔比极端消极的人生方式"尽管纯粹,但却站不住脚";他饿毙的悲剧下场说明,"哪怕我们面对的选择都很糟糕,仍有责任尽可能去选最好的那个"。① 换言之,在科恩看来,布什政府所推行的全球反恐战略固然有政治道义上的瑕疵,但和巴特尔比的逃避主义相比,却仍是最不坏的那个选项。

　　另一种截然相反的解读,体现在2011年声势浩大的"占领华尔街"(Occupy Wall Street)运动身上。该运动的灵感之源,正是160年前梅尔维尔笔下的巴特尔比——"这个国家公民不服从的庇护圣徒"②。对那些占领祖科蒂公园数月之久的街头抗议者而言,巴特尔比与他们同属一个时代,他以看似荒诞、消极的姿态,只身对抗那些透过华尔街去操纵这个国家经济命脉的资本家们。这种对抗不只是抗议某些银行家们的贪婪和腐败,也不只是敦促政府对国家金融系统做

---

① Cohen, Adam. "When Life Offers a Choice Between the White Wall and the Brick Wall." *The New York Times* August 29, 2003. 文章刊出后引发了较大反响,Gus Franza 在 9 月 3 日致信编辑部,说"亚当·科恩的巴特尔比不是我的巴特尔比"。

② Martyris, Nina. "A Patron Saint for Occupy." *The New Republic* October 15, 2011. http://www.newrepublic.com/article/politics/96276/nina-martyris-ows-and-bartleby-the-scrivener. 访问日期:2018 年 8 月 14 日。

出具体改良。他们更重要的目的,是试图去重新激活美国在"后9·11"时代因为反恐战争和《爱国者法案》而日益萎靡的公共政治空间,并如齐泽克所言,敢于对整个资本主义体系本身说"不"①。这种巴特尔比式的公民抗争看似和平温良,却蕴藏了资本主义制度最为惧怕的颠覆性,以至于美国的情报机关甚至暗自动用反恐调查机制,将那些街头静坐者视为这个国家潜在的恐怖分子。②

发表于1853年的《抄写员巴特尔比》("Bartleby, the Scrivener")为什么被赋予了如此矛盾而鲜明的当代意义?这个人物究竟暗藏了怎样的恐怖主义威胁?他又如何触动了纽约恐怖袭击之后美国最迫切而麻烦的议题——"他者"对西方霸权的反抗,以及"我们"在全球化时代的伦理选择?对这些问题的回答,首先需要回到梅尔维尔的文本中,在巴特尔比的文学和历史语境中,窥察作家对美国19世纪中期政治文化中某些元话语的批判。在这样的重读中,我们会发现这个短篇小说早在19世纪中叶就以惊人的先见之明和深刻的现代性批判,加入了当代西方思想界对9·11这个重大历史事件的争鸣。

巴特尔比是一个彻底的谜:他可以是英雄的、弥赛亚般的反体制殉道者,也可以是过于纯洁简单甚至有精神障碍的社会畸人。这个谜之所以难解,不仅是因为故事受限于律师的第一人称视角,而且因为这个叙述者随着故事的发展,对巴特尔比几近隔绝的内心世界仍旧一无所知。换句话说,梅尔维尔故意阻断读者从个体历史及心理现实的维度去认识巴特尔比。既然如此,我们不妨先跳出叙述者所沉湎的认知框架,不再纠结于对他的身份或行为做理性解释,而是从巴特尔

---

① 详见齐泽克2011年10月11日在祖科蒂公园对"占领华尔街"运动参与者的演讲。文字稿链接:http://criticallegalthinking.com/2011/10/11/zizek-in-wall-street-transcript. 访问日期:2018年8月14日。

② 关于FBI对"占领华尔街"秘密启动的反恐调查,是在运动结束后才逐渐被媒体披露出来的。参见《纽约时报》2012年12月25日的报道:http://www.nytimes.com/2012/12/25/nyregion/occupy-movement-was-investigated-by-fbi-counterterrorism-agents-records-show.html. 访问日期:2018年8月14日。

比体现的消极反抗出发,将他视为当代恐怖分子的某种原型。不过,必须明确的是,此处的"恐怖分子"一词并非9·11之后大众媒体约定俗成的用法,而是一个在历史空间中处于意义混沌地带的能指,并剥除了对"恐怖分子""恐怖主义"这些概念的媒体偏见和观念预设。德里达在9·11之后不久的一次采访中就曾指出,"恐怖分子"并非不证自明的概念,在语义学上具有不确定性——譬如那些在一些文化政治空间里被视为不可饶恕的暴徒,在世界上其他地方或时代却被当做"自由战士和民族独立的英雄"。①

那么,这个瘦弱苍白、手无寸铁的华尔街文员,究竟在何种意义上构成了当代恐怖分子的原型呢?首先,我们需要在历史层面考察巴特尔比对华尔街及其所象征的美国造成了何种冲击。作为律师所的雇员,他开始时拒绝承担抄写之外的工作,包括校对、送信等看似分内的文员职责,后来他干脆拒绝一切抄写任务。遭到解雇后,他仍拒绝离开办公室。在西方左翼思想家哈特(Michael Hardt)和奈格里(Antonio Negri)看来,对劳动的拒绝虽然在劳工史上有着悠久的传统,但巴特尔比却做得更为极端而激进,因为他不只是对雇佣者权威的简单违背,而是在无理由的前提下拒绝一切工作任务。②联系19世纪中期美国的历史现实,不难发现巴特尔比的罢工之举既非毫无征兆的突发奇想,也不是怪僻罕见的个体行为。随着资本主义制度在19世纪美国北方的迅速崛起,华尔街在1850年代已初显金融中心的雏形,不断增长的商业市场亟须越来越多的法律服务。在尚未进入机械复制时代的华尔街律师所里,雇佣抄写员来复写合同文本就成为不可或缺的办公室劳动。在那个年代,法律抄写员与现代意义上的律所白领工作迥然不同。它不仅位于律师行业劳动的最底端,而且也不像传统的行业学徒体系那样,存在阶级流动或职业进阶的空间。巴特尔比只是曼哈

---

① Borradori, Giovanna. *Philosophy in a Time of Terror: Dialogues with Jürgen Habermas and Jacques Derrida*. Chicago: University of Chicago Press, 2003, p. 104.
② Hardt, Michael and Antonio Negri. *Empire*. Cambridge: Harvard UP, 2000, p. 203.

顿巨大劳动市场里的廉价供给品,从事着卑贱繁重、极度乏味的体力劳动;这些被异化的抄写员"充其量就是人肉复印机——而且,为了提高效率,他们越是非人化越好"①。巴特尔比平日里以姜饼为食,寄住在办公室,这种状态不单单隐喻了卡夫卡的《绝食艺人》("A Hunger Artist")中艺术家的精神危机,②更体现了在华尔街贪婪的新兴资本主义倾轧下,一个无依无靠的城市无产者的赤贫现实。

巴特尔比的行为和言辞或许是独特的,但他以绝对的消极姿态来抗拒商业社会的主宰,这一点毫无疑问带有鲜明的时代性,因为"停止为律师工作是他摆脱资本主义生产模式下自身异化的第一步"③。值得注意的是,巴特尔比的这种抗争固然不是流血的革命暴力,却和9·11恐怖分子一样,具有高度的象征性和自毁性——两者都选择了纽约曼哈顿的资本主义金融地标,而且都如鲍德里亚在《恐怖主义的精神》中所说的,选择以自身的死亡为终极武器。④ 在被投入纽约监狱后,巴特尔比拒绝了律师的帮助,毅然选择停止进食直至饿死。他的自杀虽然不如人弹袭击那般暴烈,但仍然对旁观者(如目睹其死亡的叙述者和故事阅读者)具有骇人的精神杀伤力。当然,从马克思的历史唯物主义角度来看,巴特尔比的这种"独狼式"自杀袭击效果有限,因为它既未引发法律抄写行业的集体罢工,也并未暴露在大众媒体的视野之下,对华尔街及背后的资本主义制度并无经济影响。尽管哈特和奈格里认同这种日常生活层面工人以怠工(slacker)为特色的

---

① Delbanco, Andrew. *Melville: His World and Work*. New York: Vintage, 2005, p. 214.
② 钱满素认为,卡夫卡和梅尔维尔的这两个短篇小说都隐喻了艺术家自身的精神困境。他从艺术创作与社会的关系方面对二者做了平行阐释。参见钱满素《含混:形式兼主题——〈文书巴特尔比〉与〈绝食艺人〉的联想》,《外国文学评论》1991年第3期,第103—108页。
③ Attell, Kevin. "Language and Labor, Silence and Stasis: Bartleby among the Philosophers." *A Political Companion to Herman Melville*. Ed. Jason Frank. Lexington, Kentucky: UP of Kentucky. p. 210.
④ Baudrillard, Jean. *The Spirit of Terrorism and Other Essays*. New York: Verso, 2003, p. 20.

反抗模式,并认为它开启了一种"解放的政治",但同时又认为巴特尔比的逃离式抗争仅仅是一个开端,因为"这种拒绝本身是空洞的",它孤独地悬停在自杀的深渊边缘,未能"创造一种超越拒绝的新的社会肌体"。① 无独有偶,当"占领华尔街"运动将巴特尔比奉为圭臬,他们也受到了类似的批评,即"抗议者们沉浸于某种消极的反对中,却无法提供任何连贯或一致的替代方案"②。

如果说对当代西方马克思主义来说,巴特尔比作为历史空间的"革命者/恐怖分子"尚缺乏建构性的主体叙述,还不具有足以实现社会变革的冲击力,那么德勒兹和阿甘本等人则从语言哲学的视角,深入观察到了巴特尔比"语言—句法层面的暴力"对华尔街、美国乃至整个西方人文话语霸权的破坏。③那句"I would prefer not to"实际上是不可译的,它在英语内部的存在方式也极为紧张,德勒兹对此有一个经典的分析。他发现,巴特尔比不断重复的这句话其实暗藏着语言学上的恐怖暴力,这种暴力体现在一种只属于巴特尔比的句法程式(formula),它是"破坏性的,毁灭性的,所到之处一切都荡然无存"。④ 进一步说,德勒兹认为这句表达的程式是"无语法的"(agrammatical),它对语言—话语规范的僭越存在于三个方面。第一,它是一种不合乎当时美式口语习惯的句式,prefer 的这种用法殊为怪异(这种情况下更常用的是 rather)。第二,它的措辞也不符合当时办公室语言交流的语域(register),是刻意为之的个人风格。第三,从奥斯汀"言语行为"理论的角度来看,它发生在律师对下属指派工作的语用情境下,巴特尔比的这种回答既非直截了当的拒绝,也不是对命令式语言的服从,而是消解

---

① Hardt, Michael and Antonio Negri. *Empire*. p. 204.
② Castronovo, Russ. "Occupy Bartleby." *The Journal of Nineteenth-Century Americanists* 2.2 (Fall 2014), p. 260.
③ Attell, Kevin. "Language and Labor, Silence and Stasis: Bartleby among the Philosophers." *A Political Companion to Herman Melville*. p. 196.
④ Deleuze, Gilles. "Bartleby; Or, the Formula." *Essays Critical and Clinical*. Trans. Daniel W. Smith and Michael A. Greco. Minneapolis: University of Minnesota Press, 1997, p. 70.

了雇主语言中携带的施为性,让言语行为无所适从。或用德勒兹的话说,这个句式"在语言内部创造了一种真空"①,它既非述事性的,也非施为性的,它无法被归类。所以,巴特尔比语言上的可怕之处在于,他"完全对言语行为的一切必要条件熟视无睹,从而不仅严重削弱了言语行为本身的逻辑,也悖逆了社会契约中的一切常规"②。阿甘本同样从"我宁愿不"的语言程式入手分析,但结论却殊为不同。德勒兹认为梅尔维尔以巴特尔比的奇特语言建立了一种属于自己的"小文学"(minor literature),而阿甘本则认为该句式最深刻地体现了这个抄写员所蕴藏的"潜能"(potentiality),"在西方文化史上,只有这个句式如此决定性地悬停在肯定与否认、接受与拒斥、给予与拿走之间"。③巴特尔比停止抄写或拒绝离开,是因为他"引而不发"的能力无须靠意欲来实现,"我宁愿不"让可能性同时指向存在和不存在。概言之,在哈特和奈格里认为巴特尔比对制度的拒绝体现为"无能"的地方,德勒兹和阿甘本却发现了一种强大而可怕的力量,这种力量分别指向另类文学的语言建构和一种超越个体意志的上帝潜能。

与巴特尔比共处文本内的其他人物也许无法如现世哲学家这般洞悉"我宁愿不"的力量,但梅尔维尔依然展现了他们对巴特尔比的这种语言感到震惊进而感到恐怖的过程。律师—叙述者第一次听到这句话,是他请巴特尔比帮助校对一份文件时,对方的那句"我宁愿不"让他大感诧异,于是他重复了一遍命令,得到的仍旧是同样的回答。律师本可以将巴特尔比当场开除,但是他从这个抄写员的脸上看不到"哪怕一丁点不安、愤怒、不耐烦或粗鲁"④。这种与正常人截然

---

① Deleuze, Gilles. "Bartleby; Or, the Formula." *Essays Critical and Clinical*. p. 73.

② Attell, Kevin. "Language and Labor, Silence and Stasis: Bartleby among the Philosophers." *A Political Companion to Herman Melville*. p. 200.

③ Agamben, Giorgio. "Bartleby, or On Contingency." *Potentialities: Collected Essays in Philosophy*. Edited and translated by Daniel Heller-Roazen. Stanford, CA: Stanford UP, 1999, p. 256.

④ Melville, Herman. "Bartleby, The Scrivener." *Melville's Short Novels: A Norton Critical Edition*. Ed. Dan McCall. New York: W. W. Norton & Company, 2002, p. 11.

不同的言语方式让律师悬置了愤怒,并在之后不断尝试与其沟通和解,失效后又渐渐由愤怒转成了惧怕。律师渐渐骇然地意识到,巴特尔比有一种"如死尸般的绅士式漠然"(cadaverously gentlemanly nonchalance),这对叙述者"产生了一种奇怪的影响",以至于"不仅使他消除怒气,还陷入了颓丧"。① 他也"开始不由自主地在任何不恰当的时候使用'prefer'这个词",并且"战栗地想到,我和这个抄写员的接触已经严重影响了我的思维方式。它还会带来更多、更深的异变吗?"②巴特尔比的句式还如同传染病一样影响了办公室其他雇员,绰号为"钳子"和"火鸡"的同事也不自觉地学着用"prefer"来回应老板。③ 律师最终无计可施,只好决定搬离原来的办公室,留下巴特尔比一人在那里盘桓不去。这些文本细节说明,巴特尔比对华尔街的抵抗虽然是个体的、消极的、非暴力的,但其影响绝非普通的怠工、旷工可比拟。哈特和奈格里的解读仅仅关注了巴特尔比对工作和权力的拒绝,而没有看到故事中真正产生震慑性力量的并非来自劳动者的说"不",而是抄写员将拒绝诉诸语言时所选择的罕见方式。正是这种古怪的表达方式和死亡般的沉默,构成了巴特尔比这个恐怖分子投向华尔街的"炸弹",从而将恐怖与不安植入大众的语言和思维层面。巴特尔比势单力薄地说"不",自然无法真正威胁到资本家们的生产力;他的恐怖力量是以更为隐性的方式,指向了华尔街及背后的那个美国所信仰的话语体系和认知范式。

这种从语言到精神层面的破袭之所以能实现,从表面上看是这位华尔街异类在语言程式上的怪诞或出格,但究其根本却是因为巴特尔比"不依假设行事,而从偏好出发"④。这里,假设(assumption)与偏好(preference)区别了律师所代表的普通人和巴特尔比的思维方式的不

---

① Melville, Herman. "Bartleby, The Scrivener." *Melville's Short Novels*: *A Norton Critical Edition*. p.16.
② Ibid., p.20.
③ Ibid., p.21.
④ Ibid., p.23.

同。前者是一个资本主义制度下的理性人行为的先设,它假定了某些常识性的原则和逻辑,譬如"被雇佣者应该按契约提供劳动服务""拒绝工作应该提供合理的解释""被解雇的员工在获得合理补偿后应该离开雇主拥有合法产权的空间"等等。在以如此"假设"为理念的资本主义制度下,不工作或消极生产都曾被视为一种犯罪行为(如"流浪罪"和"游手好闲罪")。这些被律师视为不证自明的"假设",源自19世纪美国的理性公民所笃信的"新教主义契约精神""放任主义""仁爱"(Charity)、"谨慎"(Prudence)等一系列的元话语,它们是《五月花号公约》和欧陆启蒙运动共同滋养下的美利坚共同体的思想基石。然而问题是,巴特尔比并不接受这些假设,他是在这些元话语之外追求和实践个体的消极自由,其"偏好"的出发点不是任何常识或传统,而是属于个体独有的意志,并且这种意志不接受任何外在条件和规则的束缚。换言之,巴特尔比是理性人的反面,他站在整个西方启蒙传统的门外,属于德里达所指的无法被同化、被理解的"彻底的他者"(Completely Other)。①

梅尔维尔这个故事绝不仅仅是关于巴特尔比。正如副标题点明的那样,它同时还是一个关于"华尔街"的故事。文本表层的线索是这个抄写员对华尔街所代表的政治经济制度和意识形态的反抗,深层的情节则是"律师—叙事者"对待巴特尔比态度的转变。对于孤僻、安静的巴特尔比,律师起初感到"纯粹的哀伤和真诚的怜悯";但随着巴特尔比这种孤独与隔绝不断超出了他的想象,"那种哀伤融合成了恐惧,而那种怜悯则变成了厌恶"。② 如果说作为"恐怖分子"的巴特尔比所体现的彻底的他者性是拒绝阐释的,那么律师所经受的思想性

---

① J. 希里斯·米勒区分了列维纳斯和德里达所分别讨论的两种"他者"概念,前者是另一种意义上的相同性,这种他者具有被理解、被同化的可能;后者是极端的、真正的差异性,无法被理解、主宰或控制,是不具有任何通约性的他者。Miller, J. Hillis. *Others*. Princeton NJ: Princeton UP, 2001, pp. 1–2.

② Melville, Herman. "Bartleby, The Scrivener." *Melville's Short Novels: A Norton Critical Edition*. pp. 18–19.

"袭击"却有着清晰可辨的轨迹。所以,我们不妨将关注点从巴特尔比转移到律师身上,从"被袭者"视角分析律师所产生的"恐惧"和"厌恶"以及背后的效应。在与巴特尔比相遭遇的过程中,他心中被撞击的"高塔"与世贸中心一样,有着高度象征性的双生结构。莉安·诺曼(Liane Norman)很早就认为,律师所代表的人群被两种东西所庇护,它们分别是"放任主义的民主制度,与基督教的价值准则"①。我们不妨结合布鲁克斯(Van Wyck Brooks)和贝尔(Daniel Bell)的著名说法②,更进一步地将前者视为指向功用的美国资本主义制度及新教伦理,它代表了更为世俗性的"南塔";对于后者,可理解为指向天命(Providence)的清教主义,它代表了更为超验性的"北塔"。面对巴特尔比对"华尔街"的入侵与反抗,律师正是辗转于这两套思想话语之间,寻求解释和应对之策,但却发现这座双子大厦已陷入岌岌可危之中。

实用主义(pragmatism)是贯穿于整个美国文化传统的"深层文化模式",但如盛宁所言,这个实用主义并非一种思辨哲学,而是"一种看待世界的方式,一种思想方法和处世的原则"③。这种实用主义的代表人物是本杰明·富兰克林,他通过《自传》书写了一个新教徒的实用主义典范。对富兰克林而言,行为判断的首要标准就是是否"有用"(usefulness)。律师对于"有用"和"有利"的极端追求,从故事一开始就通过自述昭告于读者了。叙述者承认,他从少年时代开始就坚守这样的

---

① Norman, Liane. "Bartleby and the Reader." *The New England Quarterly* 44. 1 (1971), p. 23.

② 在《美国的成年》中,布鲁克斯提出将美国文化的源流分为"高眉"和"低眉"两种,分别由乔纳森·爱德华兹和本杰明·富兰克林所代表。参见 Brooks, Van Wyck. *America's Coming-of-Age*. New York: B. W. Huebsch, 1915, pp. 6-14。丹尼尔·贝尔在《资本主义文化矛盾》中进一步发展了此说,认为两人分别代表了维系美国资本主义社会传统价值体系的两轴,即"新教伦理"(Protestant ethic)和"清教秉性"(Puritan temper)。后者是清教的、直觉的、超验的,而前者讲究实用,追求世俗成功。参见 Bell, Daniel. *The Cultural Contradictions of Capitalism*. New York: Basic Books, 1978, pp. 55-60。

③ 盛宁:《传统与现状:对美国实用主义的再审视》,《美国研究》1995 年第 4 期,第 83—84 页。值得注意的是,美国的实用主义(pragmatism)很大程度上脱胎自英国的功用主义(utilitarianism),两者在伦理学上意义差别不大。

信念,即"最容易的生活就是最好的"①。于是,在这个原本麻烦、纷争不断的律师行业,他从不接手需要出庭面对陪审团的案子,而只是安于"为富人处理债券、抵押和产权证明"②。在对于"钳子"和"火鸡"这两个职员的使用上,律师更深刻地体现了自己的实用主义精神。人到中年的"火鸡"虽然在上午工作勤勉,但喜欢在午饭时喝酒,所以午后一身酒气,效率大打折扣;20多岁的"钳子"野心勃勃,消化不良和脾气暴躁使得他上午表现很差,但过了中午就会大有收敛。律师在分配工作时就利用二人的特点,让他们实现互补,从而顺应环境,达成"良好的自然安排"。③ 在招聘巴特尔比时,律师同样是依据了实用性这条原则,因为他发现巴特尔比性格极其沉静,这种"不好动"的特点能大大提高抄写效率,从而遏制"钳子"和"火鸡"的不稳定因素。事实上,最初的几个星期,巴特尔比从早到晚任劳任怨地抄写,他这种"沉默、苍白、机械地抄写"使之成为了律师所最具实用性的肉体机器。④ 当巴特尔比开始以"我宁愿不"来拒绝参与校对时,律师之所以一直保持隐忍,很重要的考虑就是他这台"抄写机"曾展现的惊人实用价值。律师自我安慰说,"他对我有用。我能和他相处"⑤。他甚至认为自己的特长就在于能协调"钳子""火鸡"和巴特尔比身上的怪癖,并将这些雇员的实用性最大化。当巴特尔比发展到拒绝一切抄写工作时,律师思考判断的出发点依然是"成本—效益分析"⑥。他不断提醒自己这一切也许是巴特尔比暂时的、不自主的喜怒无常,一旦恢复,此人仍对自己有相当的商业价值。⑦

---

① Melville, Herman. "Bartleby, The Scrivener." *Melville's Short Novels*: *A Norton Critical Edition*. p. 4.
② Ibid.
③ Ibid., p. 8.
④ Ibid., p. 10.
⑤ Ibid., p. 13.
⑥ Knighton, Andrew. "The Bartleby Industry and Bartleby's Idleness." *ESQ*: *A Journal of the American Renaissance* 53.2 (2007), p. 190.
⑦ Melville, Herman. "Bartleby, The Scrivener." *Melville's Short Novels*: *A Norton Critical Edition*. p. 15.

由此可见,巴特尔比的"我宁愿不"之所以让律师觉得不可理喻,不是因为前者拒绝工作这么简单,而是因为他从根本上排斥让实用性成为自身行为的元逻辑。譬如在律师看来,拒绝参与互校就极不明智,因为它不仅是本职工作,而且是一种互助互利,将减少本人抄写时的劳动负荷。① 同样,在巴特尔比的视力似乎已无大碍时,他却拒绝恢复抄写,这种做法不止是在对抗劳役,更是粗暴地扼杀了自己身上蕴藏的价值潜能。在巴特尔比入狱前的最后一次对话中,律师还是竭力帮助他去恢复自身的有用性,从实用主义的角度建议他去当文员、酒保或催款员,因为这些工作符合巴特尔比的性格特点或有益于他的身体。律师甚至用一句话概括了资本主义社会中"有用性"的二元法则:"要么你就必须做事情,要么你就必须面临惩罚。"② 这个惩罚的具体体现,就是在 1850 年代纽约市殊为严苛的《流浪法案》(*The Vagrancy Act*)。在当时游民众多的曼哈顿,流浪被视为一种严重危害城市道德的犯罪行为,一个人一旦被认定为无家可归的流浪者,就将被投入收容所或监狱;而对巴特尔比这种习惯以"我宁愿不"来面对一切的人,他在监狱中的刑期很可能是长期的。③ 停止抄写的巴特尔比无啻于将自己塑造为彻底的"无用之人",而最终触犯资本主义"天条"的并非他的各种禁欲式怪癖,而是他自我选择的这种无用性。韦伯在《新教伦理和资本主义精神》中阐明了 18 世纪、19 世纪的美国资本主义如何将道德完善同经济追求熔为一炉,巴特尔比却用"非生产的空闲"(unproductive idleness)暴露了"这种工作伦理以及启蒙运动中追求确定性的局限"④。于是,巴特尔比以自己的存在方式,打碎了律师

---

① Melville, Herman. "Bartleby, The Scrivener." *Melville's Short Novels*: A Norton Critical Edition. p. 12.
② Ibid., p. 29.
③ Miskolcze, Robin. "The Lawyer's Trouble with Cicero in Herman Melville's 'Bartleby, the Scrivener'". *Leviathan* 15.2 (June 2013), pp. 47-48.
④ Knighton, Andrew. "The Bartleby Industry and Bartleby's Idleness." *ESQ: A Journal of the American Renaissance* 53.2(2007), p. 186.

心中一直秉承的实用主义前设,也让他恐怖地意识到资本主义的内在矛盾,恰恰是以"生产力"为普适价值标准去衡量人类活动。①

与富兰克林式实用主义相对的,则是一种爱德华兹(Jonathan Edwards)式的清教主义精神。当律师发现已无法用实用主义的行为哲学将巴特尔比带入资本主义社会的理性轨道,甚至连自己内心的华尔街价值体系都开始摇摇欲坠时,这个法律人开始转向美国文化中的另一种精神传统,以寻找出路——不是去拯救巴特尔比,而是将自己从可怕的怀疑中打捞出来。这个关键的转变,发生在被辞退的巴特尔比拒绝离开办公室之后。极为沮丧的律师开始阅读爱德华兹的《论意志的自由》(*Inquiry into the Freedom of the Will*, 1754)和普利斯特里(Joseph Priestley)的《必要性的哲学原则》(*The Philosophical Doctrine of Necessity*, 1777)。这两份美国18世纪的经典思想文献让律师以不同的认知范式来看待"意志"和"必要性"。用清教术语来说,巴特尔比带给律师的麻烦是"命前注定的"(predestinated),它是一个源自上帝的"天命",不是"(律师这样的)凡人可以参透的"。② 同时,巴特尔比的怪诞并非取决于这个抄写员的个人意志,因为在爱德华兹和普利斯特里看来,根本不存在独立自由的个人意志。③既然如此,律师就能从清教的神学目的论中获得自我慰藉。他于是将巴特尔比视为一个天启,甚至是耶稣般的弥赛亚④,告诫自己要通过与巴特尔比的交往,完成一次神授的"使命"(mission),并借此窥察"自己生活中前世命定的意义"。⑤ 在这样的思想框架下,律师不

---

① Knighton, Andrew. "The Bartleby Industry and Bartleby's Idleness." *ESQ: A Journal of the American Renaissance* 53.2(2007), p.199.

② Melville, Herman. "Bartleby, The Scrivener." *Melville's Short Novels: A Norton Critical Edition*. p.26.

③ Patrick, Walton R. "Melville's 'Bartleby' and the Doctrine of Necessity." *American Literature* 44.1(1969), p.41.

④ 一个细节是,巴特尔比对律师说出"我宁愿不"是发生在他进入律师所工作的第三天。一些评论家认为,这也许暗示了巴特尔比和《圣经》中的耶稣一样,在死后第三天复活。对于前者而言,这种复活意味着一种针对华尔街的反抗意识的觉醒。

⑤ Melville, Herman. "Bartleby, The Scrivener." *Melville's Short Novels: A Norton Critical Edition*. p.26.

再强迫自己去理解巴特尔比，也不再寻求用理性、实用的规则来处理自己和巴特尔比的关系。然而，这种从清教主义那里寻获的精神平衡只是暂时的。律师很快发现，就算自己能一直宽容并接纳巴特尔比，来律所办事的其他人也会无法容忍这个幽灵般的存在（他们同样在差遣此人跑腿时遭到了莫名拒绝），律师担心华尔街法律圈对巴特尔比的议论将威胁到自己律所的名誉。于是，他最后决定搬离原办公地点，将巴特尔比留给那个用《流浪法案》规驯流民的社会自生自灭。

显然，美国文明双生结构的另一端也未能帮他摆脱精神危机。但值得注意的是，虽然梅尔维尔提到律师周末会去教堂听布道，也提到他苦闷中翻看爱德华兹，但他其实并不具备真正的"清教秉性"。对律师而言，以"天命"论来注解自己与巴特尔比的关系，不仅只是一种权宜之计，也是他实用主义精神的再度体现。正如富兰克林对于宗教的态度那样，信仰上帝是"有用的"，因为他会惩恶扬善，律师在自述对清教主义思想的依托时，提到的一句话就是"我满意了"。① 无独有偶，在实用主义哲学家理查德·罗蒂那里，人类要追求的不是终极真实，"真理"只是"一个表示满意的形容词的名词化"，它等同于"满意"。② 既然是否相信巴特尔比背后的神性只是律师特殊心境下的趋利避害，那么律师对于"选民"背后清教价值观的信仰也注定是选择性、暂时性的。然而，这绝不是说另一座"大厦"没有倾覆之虞；相反，巴特尔比的恐怖之处，在于他不仅动摇了律师长年浸淫的实用主义主导的资本主义意识形态，也暴露了另一种美国深层价值观的不牢靠。在 1850 年代的美国，爱德华兹式的宗教精神虽然经爱默生和梭罗的超验主义续上了香火，但是传统清教主义中直觉的、禁欲的秉性早已不再是这个国家的思想共识，它更像是雷蒙·威廉斯所定义的

---

① Melville, Herman. "Bartleby, The Scrivener." *Melville's Short Novels: A Norton Critical Edition*. p.26.

② 盛宁：《传统与现状：对美国实用主义的再审视》，《美国研究》1995 年第 4 期，第 95 页。

"残余文化",在相对边缘和遥远的位置与"主导文化"相抗衡,但也不断被后者收编和同化。或借用丹尼尔·贝尔对意识形态的功能主义的看法,作为思想体系的清教教义,最后通过超验思想"融入为内战后的'斯文传统'";而作为一套社会实践理论,"它终于演变为社会达尔文主义为猖獗的个人主义和赚钱行为辩护的依据"。① 巴特尔比这个奇特的自杀式袭击者,让律师在世俗社会中秉承的实用主义经济理性发生了内爆坍塌,而在逃遁去往清教主义思想大厦的途中,却发现那条超验的纽带其实早就脆弱不堪,两座"大厦"都已陷入深重的危机之中。

当然,无论是作为"恐怖分子"的巴特尔比,还是价值体系遭到重创的律师,他们都只能与9·11恐怖袭击构成有限的类比关系。必须承认,巴特尔比用沉默和绝食所践行的公民不服从,与当代极端分子的自杀式暴力恐怖有着重大区别。后者是具有政治目的的杀戮式复仇,以凶残制造恐怖"景观"为特色;前者是语言和象征层面的隐性"暴力",动摇的是帝国表征体系中的话语和精神。然而,这种类比的局限性却并不妨碍《抄写员巴特尔比》成为"9·11文学"的一员,因为它在1850年代所激活的题域,已映射进了作为全球性思想事件的9·11以及对该事件的文学再现。以"后9·11"视角重读这个短篇,我们可以更清楚地窥见双子塔的倒塌并非历史的巨大断裂,而是美国政治文化中深层矛盾的一种延续。这种深层矛盾不仅源自现代性与反现代性的摩擦对抗,也如桑塔格所言,关乎美国作为一个"自封的世界强权"在全球化时代的霸权式存在。② 按德勒兹的结论,身患神经性厌食症的"巴特尔比其实不是病人,而是一个病态美国的医生"③,他以自己的死亡为这个国家过去和未来的精神沉疴开出了一份诊断。这份诊断关乎"后9·11"时代的美国文学最迫切的伦理

---

① Bell, Daniel. *The Cultural Contradictions of Capitalism*. p. 61.
② Sontag, Susan. "Tuesday and After." *The New Yorker* September 24, 2001. http://www.newyorker.com/magazine/2001/09/24/tuesday-and-after-talk-of-the-town. 访问日期:2018年8月16日.
③ Deleuze, Gilles. "Bartleby; Or, the Formula." *Essays Critical and Clinical*. p. 90.

问题:"我们"如何去对待巴特尔比那样的"极端他者"。或者更具体地说,"我们"在日常生活中对于这样的"他者"应该承担何种责任,以及宽容的限度是什么。

  首先,让我们从"责任"这个概念入手。律师和巴特尔比构成了一种典型的主体和他者的关系。巴特尔比的他者性是一种与律师所代表的"我们"无法通约的他异性(alterity)。如前所述,巴特尔比的价值观和认知方式从根本上迥异于美国的理性主义和实用主义模式,正是这种差异的极端性让律师感受到了思想上的巨大危机。但有趣的是,律师几乎从始至终都感到自己对巴特尔比负有某种"责任",对这种责任的认定、辨析、怀疑直至舍弃,构成了关于他的叙事中的一个重要轨迹。古罗马思想家西塞罗在《论责任》中,认为法律虽然保护个人所拥有的私有财产不被侵犯,但私产拥有者"即使对于陌生人,也应当慷慨地施以那种只是举手之劳且又利人不损己的恩惠"。① 这里,西塞罗一方面强调仁慈和慷慨是人性中最重要的美德,一方面又强调施惠时"必须与受惠者本身值得施惠的程度相称,因为这是公正的基础,而公正这是衡量一切善行的标准"②。律师在处理与巴特尔比的关系时,处处体现了西塞罗伦理思想的影响。文中不仅两次提到律师在办公室高处摆放着西塞罗半身像以示崇拜③,而且律师在叙述自己的心理活动时也"不断地权衡他对巴特尔比的责任是否值得"④。在律师看来,"同为亚当的后代"⑤,巴特尔比这个陌生人应该享有被仁慈对待的权利,但按照西塞罗的原则,这种施惠的程度必须与陌生人自身的美德多少相称。起初,巴特尔比的怪异背后展现了禁欲主义的

---

① 西塞罗:《论老年、论友谊、论责任》,徐奕春译,北京:商务印书馆,第113—114页。
② 西塞罗:《论老年、论友谊、论责任》,第110页。
③ Melville, Herman. "Bartleby, The Scrivener." *Melville's Short Novels*: *A Norton Critical Edition*. pp. 11, 19.
④ Miskolcze, Robin. "The Lawyer's Trouble with Cicero in Herman Melville's 'Bartleby, the Scrivener'". *Leviathan* 15.2 (June 2013), p. 45.
⑤ Melville, Herman. "Bartleby, The Scrivener." *Melville's Short Novels*: *A Norton Critical Edition*. p. 17.

沉静和刻苦,这让律师意识到他必须更谨慎地对待自身对于这个陌生人的责任;如果只是粗暴地将他驱逐出办公室,这将意味着"将我的西塞罗熟石膏半身像扫地出门"①。然而,这种以天平称量的方式进行施惠的慷慨,仍然只是一个实用主义的陷阱,因为律师发现如果将巴特尔比视为无家可归的游民,那么这个抄写员就将面对《流浪法案》的处置,而律师本人也就将被免除西塞罗所论述的责任。

通过律师如何看待自己对陌生人的责任,巴特尔比对病态的美国所做的"诊断"其实已呼之欲出。表面上看,梅尔维尔笔下的美国中产阶级承认权利自身包含着责任,但是他们对于社会中陌生他者的仁慈和慷慨却绝不是无条件的。在内战前后的美国,资本主义的发展与南北方的分裂让美国的传统价值体系日益多极化,基督之爱(agape)并非如托克维尔所言是当时社会的广泛共识。在马特森(John Matteson)看来,填补当时价值观真空的东西,其实是一套以"谨慎"(prudence)为关键词的政治和哲学话语:在社会意义上,它表现为温和、有教养、不走极端;在经济意义上,它的内涵就是"密切关注个人利益的最大化"。② 律师最引以为傲的,是来自美国当时的首富阿斯托(John Jacob Astor)的称赞,后者认为律师"最突出的一大优点"就是"谨慎"③。这样的谨慎表面上看是公正与仁慈的并重,体现了西塞罗的《论责任》对当时美国社会的广泛影响,但究其根本,其实是因为它"完美契合了一个新兴的工业化经济的需求"④。这种充满了实用主义的谨慎,在巴特尔比这样毫不妥协的另类面前,被揭开了虚伪的面纱,也充分暴露了律师在公共空间所追求的仁慈、慷慨和责任有着怎

---

① Melville, Herman. "Bartleby, The Scrivener." *Melville's Short Novels*: *A Norton Critical Edition*. p. 11.

② John Matteson, "Prudence, Social Consensus and the Law in 'Bartleby, the Scrivener'." *Leviathan* 10.1 (March 2008), p. 26, 39.

③ Melville, Herman. "Bartleby, The Scrivener." *Melville's Short Novels*: *A Norton Critical Edition*. p. 4.

④ Ibid., p. 36.

样可怕的局限。巴特尔比代表了一种更为纯粹的人,并作为试金石,检验了律师所代表的资本主义理性人的"文明的野蛮"。

梅尔维尔对于一个贪婪的19世纪资本主义社会中的"仁慈""谨慎"等话语的批判,与9·11之后西方思想家对全球恐怖主义及反恐战争的伦理反思是遥相呼应的。在美国官方意识形态中,9·11叙事是一种非此即彼的二元逻辑,即这是"他们"和"我们"的战争,"他们"代表一种绝对的邪恶,而"我们"则是上帝庇护的自由国度。在某种意义上,这种"我们 vs. 他们"的伦理范式不仅是对亨廷顿所谓"文明的冲突"理论的一种极端化,也是美国政府对源自清教传统的"例外主义"神话的一种挪用。因此,正如巴尼塔(Georgiana Banita)警告的那样,曾经孕育于1990年代的多元文化主义在9·11之后的美国走向了式微,而全世界则在层出不穷的恐怖主义袭扰中渐渐滑向更深的宗派主义。① 巴特尔比所代表的"极端他者"在21世纪找到了更多沉默的分身,这些处于文化、经济和政治边缘的"他者们"以自毁式恐怖来说出"我宁愿不"的宣言,反抗全球资本主义的同一性压迫。齐泽克更是尖锐地指出,9·11事件背后昭示的对抗并不是"自由民主制度"和"极端主义",而是"资本主义和它大写的他者"②。

从伦理的角度来说,"宽容"(tolerance)似乎是9·11之后解决宗派主义、极端主义的一剂良药。事实上,宽容一直是启蒙传统中最受推崇的概念,它意味着一种基督教式的仁慈,是对多元化社会中差异和矛盾的一种主动接受。然而,德里达认为,"宽容"不过是一种父权制的施惠,因为宽容的施予者总是属于"最强者",他们以居高临下的姿态决定这个国家里的"他者们"是否得到宽容,并告知对方"我允许你在我的家中有一席之地,但别忘记这是我的家"③。在这样一种宽

---

① Banita, Georgiana. *Plotting Justice: Narrative Ethics and Literary Culture after 9/11*. Lincoln, Nebraska: University of Nebraska Press, 2012, p. 13.
② Zizek, Slavoj. *Welcome to the Desert of the Real: Five Essays on September 11 and Related Dates*. New York: Verso, 2002, p. 54.
③ Borradori, Giovanna. *Philosophy in a Time of Terror*. p. 127.

容传统中,"我们"对于"他者"的接纳是有条件约束的,施予或取消这种宽容有着严格的边界。反观律师对于巴特尔比的仁慈,正是这样一种宽容。它虽然也试图实践对陌生人的爱和责任,但却时刻陷入功利主义的算计和父权意识的施恩中。譬如,当律师初次撞见巴特尔比在办公室留宿时,决定偷偷打开他上锁的抽屉探个究竟。为了让这种不道德的偷窥看似合理、合法化,律师首先认定自己只是为了满足"一种并非恶毒的好奇心",然后进一步向读者强调,"这个桌子是属于我的,里面的东西也是"。① 这个细节仿佛是对《爱国者法案》、"棱镜计划"的寓言式反讽:民主制度下我们本应该尊重公民的自由和隐私,但政府为了"反恐"可以对可疑公民或外国人实施非法的监听、监控。宽容的这种局限性,再次印证了德里达的判断,即宽容其实不过是展现了"主权美好的一面"②,它在骨子里仍然属于国家对他者的规训。所以,在德里达看来,宽容固然比专制和迫害要好,但并不是解决目前全球恐怖主义危机的文化解药;甚至从某种意义上说,它本身就是西方社会"我们"与"他们"不断加剧的隔阂和敌意的一个历史根源。

那么,比宽容更符合伦理的他者关系模式是什么?德里达认为应该是"好客"(hospitality)。与宽容不同,这是一种不加设限的待客之道。它不是基于主人对客人的邀请,也不预设前提条件(譬如客人必须服从主人家的法律、规范);相反,它要求主人无条件地向未来任何可能的到访者敞开大门,并与之维持友好、平等的相互关系。③ 作为一种更高的道德律令,它赋予了陌生人绝对的权利,确保其不受有敌意的对待,同时主人也将承担来路不明的陌生人、异国人可能招致的危险。德里达承认,"好客"在法律和政治制度上并没有实践的可能性(甚至也可能违背伦理,因为它无法保证主人不受伤害,这与西塞罗的

---

① Melville, Herman. "Bartleby, The Scrivener." *Melville's Short Novels: A Norton Critical Edition*. p. 18.
② Borradori, Giovanna. *Philosophy in a Time of Terror*. p. 127.
③ Ibid., p. 129.

《论责任》恰好是背道而驰的),但即使如此,我们仍需要从哲学上去思考"好客"的理念,因为"如果没有这种无限的、纯粹的'好客',就无法明白他者意味着什么,也将无法知道那些不请自来的他者的他异性"①。概括来讲,德里达认为好客与宽容是异质的,但又不可分割,因为只有通过好客才能对宽容的历史语境和伦理局限进行对位批判。如果说律师对巴特尔比的态度的变化,戏剧性地展现了宽容在美国民主制度中的边界与限度,那么巴特尔比对华尔街固执的占领则是一种对更具纯粹性的"好客"的吁求。巴特尔比式的极端消极固然在现实生活中不可能有生存空间,但梅尔维尔却需要通过这样的文学虚构,让律师所依存的话语系统的弊端显形。或者说,巴特尔比用自己的不可能,为叙述者(以及读者)提供了一种反思自身局限的可能。

除了激发"后9·11"时代这些重大的伦理思考之外,《抄写员巴特尔比》本身还构成了一次事件,指向了与他者密切相关的伦理行动。从律师的视角看,与巴特尔比遭遇并不断思考和反刍这个他者的存在,本身就属于一种经验。在巴特尔比挑战和摧毁律师旧的思维习惯和意识形态的同时,也帮助后者朝着一种新的认识范式迈进,并试图超越了自我与"他者"的对立。这种"破"和"立"的共生关系,最初表现在律师对巴特尔比的同情中。律师看到极度贫困的巴特尔比在周末寄宿于死寂、空荡的华尔街,这让他"人生中第一次被巨大的悲伤刺痛了",这种悲伤不仅仅是同情,而是源自于"共同人性的联结"②。透过律师闪烁其词的叙述,我们不难发现他同样也是一个孤独者。他给巴特尔比提供的最后一个建议,就是邀请对方去他家暂住,从而避免因流浪罪而被拘。梅尔维尔在故事中从未提及律师的婚姻及家庭状况,读者可以自由猜测他的鳏居或独身状态,从而联想到律师与巴特尔比的同病相怜。故事最后,律师提及了一个关于巴特尔比的传言:他曾经在联邦

---

① Borradori, Giovanna. *Philosophy in a Time of Terror*. p. 129.
② Melville, Herman. "Bartleby, The Scrivener." *Melville's Short Novels: A Norton Critical Edition*. p. 17.

政府的"死信办公室"(Dead Letter Office)做职员,专门处理那些无法投递送达的邮件。在律师看来,这个经历可以为巴特尔比的绝望人生提供一笔注释,因为正是这些邮件所象征的交流失败和对这些邮件的焚烧,让巴特尔比走向了悲剧宿命论。律师最后的嗟叹是,"啊,巴特尔比!啊,人性!"①这句短篇小说史上最伟大的结语,以平行的排比暗示了巴特尔比这个他者对人性的代表。律师的伦理行动也在这句话里得到了展现:他不再将巴特尔比视为人性的反面,而是视为人性本身;巴特尔比亦不再是"非我"的他者,而是"我"的一部分。律师最后获得的不仅是关于人性如何复杂斑驳的伦理知识,它同样意味着叙述者自我的一次行动。这个行动既是认知意义上的,也是政治意义上的。

梅尔维尔在1850年代的这种写作,呼应了多萝西·黑尔(Dorothy J. Hale)对"后9·11"时代新的文学叙事伦理的定义,即文学作为"一种自我约束的手段,它不仅为自我设限,而且通过这种限制,制造出了他者"②。这种对他者意识的激发,源于阅读中施加于读者的一种不适感,甚至是负罪感。读者通过这种体验,意识到所谓"宽容"其实是以自我为中心的,从而开始反思对他者的责任不仅是一种超然的友好姿态,更应该是充满自省的关切。对文学和艺术而言,9·11事件的一个重要教训,就是发现"我们"对于他者的责任不能局限于列维纳斯意义上的抽象的"看见",而应该将对他者的再现转化为读者的伦理行动,以应对全球化资本主义时代的文化政治危机。巴尼塔认为,9·11文学的独特性就在于它们对于读者伦理行动的现实要求。这种要求"不是去停止对他者下裁断,而是去表现我们如何在不自知的情况下判断了他人";同时也必须明白,"仅仅停止裁断他者是无法解决政治危机的",这种伦理还需要在日常生活中被实践出来,这其中包括去反省和补救"我

---

① Melville, Herman. "Bartleby, The Scrivener." *Melville's Short Novels: A Norton Critical Edition.* p. 34.
② Hale, Dorothy J. "Fiction as Restriction: Self-Binding in New Ethical Theories of the Novel." *Narrative* 15. 2 (May 2007), p. 190.

们"对他者认知的偏见。①或许正是在这个意义上,《抄写员巴特尔比》以先知的姿态,成为 9·11 文学中不可或缺的一个篇章。

* * *

和《抄写员巴特尔比》一样,康拉德的小说《间谍》(*The Secret Agent*)在 9·11 之后获得了全新的阐释潜能,当代读者迅速在这个通常被归于"政治小说"的文本中发现了康拉德与 21 世纪全球恐怖主义叙事重大的相关性。在纽约恐怖袭击发生后不久,《石板》(*Slate*)杂志宣称《间谍》成为"美国媒体谈论最多的三部文学作品之一"②(另外两篇则是奥登非常应景的诗作《1939 年 9 月 1 日》和《美术馆》)。在双子塔倒塌的恐怖时刻,人们似乎已无法用既有的修辞来描述这一事件的巨大震撼,因而渴望在曾经的经典文学中寻找预言者的声音,而《间谍》讲述的故事和纽约发生的一切似乎有着不可思议的平行:两者都是恐怖分子使用爆炸的方式,对资本主义文明的地标建筑(分别是格林威治天文台和世贸中心)进行象征性袭击。于是,原本鲜有问津的康拉德旧作立刻被贴上了"9·11 小说"的标签重印再版,并跻身美国畅销书排行榜。《纽约时报》的书评人声称,《间谍》"在后 9·11 时代成为被狂热崇拜的经典小说",认为它是"对恐怖主义最杰出的小说式研究"。③ 甚至还有评论家据此认为,"康拉德是 21 世纪第一个伟大小说家"④。

---

① Banita, Georgiana. *Plotting Justice: Narrative Ethics and Literary Culture After 9/11*. p. 26.
② Shulevitz, Judith. "Chasing after Conrad's Secret Agent." *Slate* 27 September 2001. http://www.slate.com/articles/arts/culturebox/2001/09/chasing-after-conrads-secret-agent.html. 访问日期:2018 年 8 月 16 日。
③ Reiss, Tom. "The True Classic of Terrorism." *The New York Times* September 11, 2005. https://www.nytimes.com/2005/09/11/books/review/the-true-classic-of-terrorism.html. 访问日期:2018 年 8 月 16 日。
④ Gray, John. "The NS Essay: A Target for Destructive Ferocity." *New Statesman* April 29, 2002. https://www.newstatesman.com/node/155451. 访问日期:2018 年 8 月 16 日。

关于《间谍》和后9·11时代的关联度,存在两种截然不同的看法,它们也基本代表了西方政治光谱的两极。美国右翼媒体在康拉德小说中看到的,首先是被袭目标的无辜。试问,在现代文明中还有什么比天文学和格林威治天文台更显得政治中立和无辜呢?既然连这样的地方都能成为恐怖分子憎恨的对象,那么世贸中心——这个经济全球化的"本初子午线"——成为袭击目标也就在所难免了。著名的美国保守主义杂志《国家评论》(*National Review*)在9·11后第二天发表社论,将康拉德笔下无政府主义者针对伦敦格林威治天文台的阴谋,与古代野蛮人洗劫罗马神庙相提并论,并进而推断美国的"国家中心和图腾"之所以"激起了那些人的恐惧和愤怒",只是因为美国"强大、富裕和美好",而心怀嫉妒的恐怖分子"觉得自己获得了不公正对待"。① 再者,康拉德对于无政府主义者辛辣的群像刻画,也在某种程度上吻合了美国主流对极端他者的想象,这里有丑陋却自大的"教授",感情用事却智力低下的斯迪威,背叛成性、寡廉鲜耻的维罗克,还有只会坐而论道的云特,落井下石、自私自利的奥西彭,等等。康拉德这种尖刻且略显滑稽的讽刺笔调,帮助美国当代读者完成了一次朝向恐怖主义他者的认知之旅,仿佛凭借《间谍》就能进入那些丧心病狂的劫机犯的内心世界。显然,这种借助"9·11小说"标签达成的认知之旅是以自我为中心的;或者说,它只是单方面挪用了康拉德文本的阐释,使之符合了美国当代读者的阅读期待和道德判断,甚至还强化了某些关于恐怖分子的刻板印象。

对于站在左翼的批评家而言,康拉德的当下意义不在于刻画了早期恐怖分子的行动逻辑或组织方式,而是对主流9·11叙事的意义解构乃至消解。在一本讨论康拉德研究与21世纪的相关性的论文集中,彼得·马洛斯(Peter Mallios)认为"今日的新闻媒体将康拉德视为先知,这属于一种**拟真现象**(a *simulated* phenomenon)",因为正如鲍德

---

① "At War: The First Great War of the 21st Century Began September 11." *National Review* September 12, 2001.

里亚将9·11事件视为一种高度媒介化的景观,康拉德笔下的"格林威治天文台爆炸案"也是英国新兴的大众传媒所塑造出来的。① 这种后现代主义的恐怖与暴力批评读来并不陌生,它并不看重恐怖袭击的"物质性"(materiality)本身,而是一再强调围绕恐怖分子所产生的恐惧政治都是现代媒介所建构出来的。诚然,康拉德在《间谍》中多处提到报纸,但小说聚焦的却不是媒体如何呈现这起神秘的爆炸案,而是以多重的局内人视角,拼贴出维罗克一家及其身边的无政府主义团体、警察、政府高官如何卷入了这个导致斯迪威丧生的蹊跷事件。

不难看出,很多当代读者在主张《间谍》的当代性时,往往带有先入为主的政治立场和议题,片面地将康拉德百年前的小说映射到当下的情境,使之符合自己的期待视域。然而,康拉德和他当时的世界并非只是话语构建出来的,他笔下的无政府主义者及背后的国际政治角力有着显著的物质性,并深深根植于19世纪下半叶复杂的西方历史语境。我认为,越是在21世纪以"康拉德热"为名去重读其政治小说,就越需要回溯作家与文本的历史性;只有深入认识其文学生产的社会机制,只有超越故事情节和文学形象的简单比附,我们才能准确地解析出《间谍》到底为今日的"后9·11"世界提供了哪些可资参考的警世之言。

康拉德虽然常被纳入英国文学史中,但却是一个不折不扣的世界主义者,也是第一个书写全球化的作家。他1857年出生在俄罗斯帝国境内基辅(现属乌克兰)的一个波兰裔家庭,英语只是他的第三外语。他的家族属于有土地的波兰贵族,其父一直致力于波兰复国运动。他们在华沙的家是波兰民族主义者的秘密聚会地点,父亲在被沙皇的警察抓捕后,被判流放到俄罗斯北部的沃洛格达,距离华沙有1700公里之遥。为了陪丈夫,康拉德的母亲坚持带幼子一同踏上流

---

① Mallios, Peter Lancelot. "Reading The Secret Agent Now: The Press, the Police, the Premonition of Simulation." *Conrad in Twenty-First Century: Contemporary Approaches and Perspectives*. Eds. Carola M. Kaplan, Peter Mallios and Andrea White. New York: Routledge, 2005, pp. 156–158.

放之旅,几年后在寒冷的流放地去世。父母双亡后的康拉德年仅 11 岁,一直由叔叔抚养。1874 年,康拉德逃到英国,成为一名海员,开启了漫长的海上生涯,这给了他一种独特的视角去遍历即将崩塌的帝国主义秩序下的世界。他最负盛名的作品《黑暗的心》(*The Heart of Darkness*)就是基于他在刚果河上航行时的所见所闻。

从康拉德自身的文学生涯来看,《间谍》是他野心勃勃的转型之作。在 1906 年以前,康拉德给英国读者的印象主要是一位海洋作家,目光总是投向帝国的远方——他之前的大多数作品要么关于航海的历险,要么关于欧洲海外殖民地的传奇。① 在 1906 年的一封信中,康拉德曾抱怨说:"批评家总是急着对我进行审查……在一致夸赞的背后,我能听到有人低语:'继续写大海吧!别到陆地上来!'他们想把我贬谪到大海里去。"② 康拉德显然无意听从这样的批评家期待,或者更具体地说,他决定舍弃自己在早先作品中惯用的反个人英雄主义的罗曼司叙事,将目光投向英国本土的城市景观和居于其内的更为黑暗的人类之心。在《间谍》中,康拉德的读者第一次不再读到大海的波涛和异国情调的海岸线,而是看到伦敦雾霾下三教九流的栖居者,看到小说家更具实验性的视角拼贴和非线性叙事。在向友人解释《间谍》的创作初衷时,康拉德多次提到"风格"的问题,并这样解释自己技术层面的意图:"(这部小说)对我而言具有重要意义,因为它是**体裁**的一次改变创新,也是努力在对情节剧主题做反讽式处理。"③虽然《间谍》并非前一部《诺斯特罗莫》那样的恢弘巨制,但康拉德对他的第一部欧洲城市小说倾注了极大心血,并

---

① 前者的代表作有《水仙号上的黑水手》(*The Nigger of the "Narcissus"*,1897)、《青春》(*Youth*,1902)、《台风》(*Typhoon*,1902),后者的代表作有《黑暗的心》(*Heart of Darkness*,1899)、《吉姆爷》(*Lord Jim*,1900)和《诺斯特罗莫》(*Nostromo*,1904)。

② See Najder, Zdzislaw. *Joseph Conrad: A Life*. Trans. Halina Najder. Rochester. NY: Camden House, 2007, p. 371.

③ 参见康拉德分别于 1906 年 9 月和 1907 年 10 月致高尔斯华绥和康宁厄姆·格雷厄姆(Cunninghame Graham)的信。Conrad, Joseph. *The Selected Letters of Joseph Conrad*. Ed. Laurence Davies. Cambridge: Cambridge UP, 2015, pp. 205, 216.

向出版商打包票说该书会"引起轰动",将是兼顾文学性和商业性的成功之作。①

然而,《间谍》问世后并未给小说家带来他所期待的荣光,反而遭到了市场和评论界的双重冷落,出版后七年间,该书只卖出了3000多册。尽管1914年的"萨拉热窝事件"让无政府主义者再次站上了世界舞台的中心②,也略微促进了《间谍》的销量,但整体而论这本书在康拉德在世期间销售惨淡。这次商业上的失败对康拉德是极为沉重的打击,因为1906年前后康拉德一家其实在英国居无定所,生活相当拮据,四处借住于伦敦友人家里。动笔写《间谍》(最初的名字叫《维罗克》)时,康拉德正带着受膝伤困扰的妻子在法国蒙彼利埃疗养,他将手稿的前13页迫不及待地寄给自己的出版商平克(J. B. Pinker),为的是请求预支十几镑的版税以供养家。③ 在《间谍》出版前后,康拉德多次语气焦急地在信中催促书商预支稿酬或找友人借钱,但这本小说和接下来的那本《在西方的目光下》(*Under Western Eyes*, 1908)均告滞销,这让出版社不再相信这位波兰裔作家还能受到广大读者的青睐。对康拉德而言,小说销量的低迷是对他职业作家生涯的巨大否定,他这一时期多次在给高尔斯华绥的信中表达生活日益陷入窘境的绝望感。④ 更令康拉德沮丧的,则是评论家对他的这次转型之作的冷淡评价。很多当时的书评人要么对小说中描写的伦敦阴暗面感到无法接受,要么认为作家刻画的人物总是喋喋不休地谈论政治思想,同

---

① Mayne, Andrew. *MacMillan Master Guides: The Secret Agent by Joseph Conrad*. London: MacMillan Education, 1987, p. 84.

② 刺客普林西普是塞尔维亚民族主义者,甚至背后还受到了塞尔维亚政府的操纵,但他所属的"黑手社"在成立时受到了欧洲巴枯宁、克鲁泡特金等为代表的无政府主义思潮的影响。

③ Baines, Jocelyn. *Joseph Conrad: A Critical Biography*. New York: McGraw-Hill Book, 1960, p. 327.

④ 康拉德在1908年给高尔斯华绥的信中为自己算了一笔账:他已出版的11卷本小说只给他带来650英镑的年均收入,他现在手中不仅没有任何积蓄,反而还欠了出版商平克1572英镑。Baines, Jocelyn. *Joseph Conrad: A Critical Biography*. p. 347.

时叙事时间和视角的倒错曲折又让普通读者云里雾里。① 虽然康拉德自从登上文坛就一直获得英国严肃评论界的肯定，但包括亨利·詹姆斯在内的很多人都认为，康拉德城市题材的作品"更适合专业评论家品读，而非街头普通人"②。

康拉德转型后瞄准无政府主义者题材的政治小说在出版和批评接受上的重重受挫，构成了我们解读《间谍》广受引用的"作者序"（"Author's Note"）的重要历史语境，而这篇罕见的"作者序"（康拉德很少给自己作品写序）又是本书重读《间谍》文本的关键入口。首先，需要注意这篇文本写于 1920 年，它出现在《间谍》正式出版的 13 年之后。此时的康拉德已经今非昔比，他不再为图书市场而忧心忡忡，《机缘》（*Chance*, 1913）成为他文学生涯中的首部畅销书，此书确保了他全家此后在英国社会稳固的经济地位。1920 年《间谍》被改编为剧本上演，这为名利双收的康拉德回顾旧作提供了契机——既是为《间谍》当年所受过的冷遇做一番辩护，也是要和孕育这部文学作品的特殊时代进行一次对话。

作家以回顾的目光，将 1906 年创作《间谍》的那段日子描述为"思想和情感受到触动的时期"③。让他当时深受触动的，是这个"发生在肮脏环境里的不道德故事"④的素材来源。根据康拉德的自述，他当时处于谋求文学创作转型的痛苦时刻，刚巧从"一个朋友偶然的交谈中"听闻了无政府主义者的事情，于是开始对这个话题产生兴趣。⑤ 这位被隐去姓名的"朋友"就是他著名的文人朋友福特·马多

---

① Mayne, Andrew. *MacMillan Master Guides*: The Secret Agent *by Joseph Conrad*. p.84.
② Baines, Jocelyn. *Joseph Conrad*: *A Critical Biography*. p.347. 更多关于康拉德"缺乏大众可读性"的早期评论，可参见 Peters, John G. *Joseph Conrad's Critical Reception*. Cambridge: Cambridge UP, 2013, pp.2-24。
③ Conrad, Joseph. "Author's Note." *The Secret Agent*. Garden City, NY: Doubleday & Company, Inc., 1953, p.7.
④ Ibid.
⑤ Ibid., p.11.

克斯·福特(Ford Madox Ford),对此所有康拉德研究者均无异议。两人在交谈中谈及了1894年闹得满城风雨的"格林威治天文台爆炸案"①,康拉德将之描述为"如此荒谬绝伦的血腥事件,以至于人们无法用任何理性或非理性的方法来思考此事的缘由"②。然后,福特以"那种特有的随意、无所不知的口吻"说:"啊,那家伙是个傻子。后来他姐姐自杀了。"③康拉德告诉读者,那天聊起的天文台爆炸案的旧事,加上福特透露的神秘内幕,成为他写作《间谍》的故事核心。

康拉德去世后,福特却指出了1920年"作者序"中的失实之处。他承认当年的确讲了前半段话,但"温妮自杀"的结尾完全是康拉德编造的。④ 康拉德还在"作者序"中说,提供信息的这个"朋友"手眼通天,和伦敦三教九流都有交往,但转而又强调:"我相信他跟无政府主义者并没有什么瓜葛,顶多见过他们的背影,这算是他跟那个秘密团体的全部交集了。"⑤这里,福特又揭穿了康拉德所言非实,他承认自己其实"认识古吉街无政府主义团体中的很多人,而且也认识很多监视他们的警察",正是通过这层关系他才"向康拉德提供了包括回忆录在内的无政府主义者的资料"。⑥ 按照福特的说法,康拉德在1920年重版《间谍》并附上"作者序"时,特意当面告诉他:"我在'序'里没有过多暴露你……我是非常小心的。"⑦

那么,为什么康拉德在多年以后,仍对福特这个信源如此讳莫如

---

① 1894年2月15日,伦敦格林威治公园发生了一起神秘的爆炸案,一个名叫波尔丁的年轻法国男子在靠近天文台的坡上被炸身亡。经查,此人是无政府主义组织"自治俱乐部"的成员,死因显然是随身携带的自制炸药意外爆炸。这次事故看似并不惨烈,却是维多利亚时期英国唯一一次由无政府主义者实施的个人恐怖主义袭击。它在当时英国影响甚大,直接成为康拉德1907年的小说《间谍》的故事原型。
② Conrad, Joseph. "Author's Note." *The Secret Agent*. p. 9.
③ Ibid.
④ Ford, Ford Madox. *Joseph Conrad: A Personal Remembrance*. Boston: Little, Brown and Company, 1924, p. 246.
⑤ Conrad, Joseph. "Author's Note." *The Secret Agent*. pp. 9-10.
⑥ Ford, Ford Madox. *Joseph Conrad: A Personal Remembrance*. p. 246.
⑦ Ibid., pp. 246-247.

深呢？福特认为，康拉德有意替友人掩盖当年和无政府主义者过从甚密的历史，是不希望影响当时已经作为作家功成名就的福特。① 然而，真相或许更加复杂。众所周知，福特与"前拉斐尔派兄弟会"血缘关系密切，他有两个表妹分别叫海伦·罗塞蒂(Helen Rossetti)和奥利维亚·罗塞蒂(Olivia Rossetti)，②她们早慧，十几岁时就开始在自家地下室里创办了伦敦著名的无政府主义报纸《火炬》(*The Torch*)，并在上面发表过彼得·克鲁泡特金(Peter Kropotkin)和萧伯纳等人宣传无政府主义的文章，刊登过大量激进的反资产阶级的革命政论。福特的早期诗作也曾在这里变成了铅字。③ 不仅如此，《火炬》编辑部还成为流亡伦敦的意大利无政府主义者的秘密沙龙地点，也是伦敦警察厅高度关注的对象，常有英法俄的谍报人员渗透监视。④ 根据诺曼·谢利(Norman Sherry)的考证，康拉德在1904年到1905年间在伦敦与福特一家交往甚密，并且海伦·罗塞蒂与康拉德见过两次面，一次是康拉德登门拜访她父亲威廉·罗塞蒂并与之探讨《诺斯托罗莫》的解读，另一次则是在福特的家里。⑤ 在1906年发表的短篇小说《告密者》("The Informer")中，康拉德塑造了一个热衷于无政府主义的英国上层阶级少女的形象，这很可能就是在揶揄他相当熟悉且有过两面之缘的海伦·罗塞蒂。简言之，康拉德在1920年的"作者序"中放了"烟

---

① Ford, Ford Madox. *Joseph Conrad: A Personal Remembrance*. p. 247.
② 海伦·罗塞蒂和奥利维亚·罗塞蒂的母亲与福特的母亲是亲姐妹，她们的父亲则是"前拉斐尔派"画家丹蒂·加布里埃尔·罗塞蒂(Dante Gabriel Rossetti)的兄长威廉·迈克尔·罗塞蒂(William Michael Rossetti)。
③ 《火炬》创办于1891年，起因是罗塞蒂姐妹当时受到克鲁泡特金那篇著名的《告少年》(*Appeal to the Young*)的感召。1894年，母亲去世后，两姐妹淡出编辑部并与《火炬》脱离关系。1903年，两人以伊莎贝尔·梅瑞狄斯(Isabel Meredith)为笔名，合写了一部小说《无政府主义者中的小女孩》(*A Girl among the Anarchists*)。关于罗塞蒂姐妹创办《火炬》的经历，参见 Shaddock, Jennifer. "Introduction." *A Girl Among the Anarchists*, by Isabel Meredith. Lincoln: University of Nebraska Press, 1992, pp. vi–ix.
④ 关于《火炬》编辑部被警方监视和各国间谍渗透的情况，来自福特的回忆。Sherry, Norman. *Conrad's Western World*. Cambridge: Cambridge UP, 1971, pp. 210–212.
⑤ Ibid., pp. 208, 213.

雾弹",他并未如实呈现自己当年对于伦敦无政府主义秘密群体的了解程度。

对于康拉德这样以虚构和想象为业的小说家来说,在"作者序"中玩一些戏弄读者和批评家的障眼法并不稀奇,但问题的关键是:动机何在?一方面,康拉德对自己了解的无政府主义群体内幕做模糊化处理,可以确保当时依然健在的信源提供者(如福特和罗塞蒂一家)不惹上麻烦,隔断那些"索隐派"读者将书中人物和现实生活中的原型对号入座的可能。另一方面,康拉德也在多年后得以通过"作者序"再度申明《间谍》是小说家想象力的产物,它诚如该书的副标题所言,只是一个从历史事件中脱胎而出的"简单故事"(a simple tale)。然而,从更深的层次来分析,康拉德之所以要进行这种"犹抱琵琶半遮面"的表态,其实是希望回应批评家及大众读者一直以来对他的政治小说创作的非难,即康拉德过度丑化了在当时有着历史进步性的无政府主义运动,这体现了这位波兰裔作家为了维护大英帝国现有秩序而采取的政治保守主义立场。

而康拉德的矛盾立场在于,他既希望人们认识到他笔下的这些事或人并非出于毫无历史依据的丑化式想象,又试图强调自己的文学想象力是超越现实历史的,它观照的是更为普适的主题,而非一时一地的政治运动或社会危机。康拉德似乎从一开始就预感到,他对这个题材的处理方式有引发误读的风险。在1906年给出版商的信中,他坦承:"对于这样的主题,很容易让人产生一种完全错误的印象。而且,此事必须处理成一个具有反讽企图的故事,但它又要有戏剧化的情节发展。"① 同年,他又在信中告诉已经读过《间谍》部分手稿的高尔斯华绥:"整件事都是表面化的,它仅仅是个故事而已。我无意于对无政府主义进行政治考量——或者认真对待其哲学层面:作为人类不满与幼稚天性的宣言……至于将无政府主义当成一种人道主义激情或

---

① 见1906年4月康拉德给出版商平克的信。Conrad, Joseph. *The Selected Letters of Joseph Conrad*. p. 201.

思想上的绝望或社会无神论来进行鞭挞攻击,就算这种批评是值得的,那也需要交给一个比我精力更旺盛、思想更坚强的作家去写,也许此人还应该比我更诚实。"①

然而,在当时的国际环境下,人们很难不将《间谍》解读为一种政治评论或时事讽喻。该书出版前,主要部分先于1906年10月至12月在纽约的《李奇微周刊》(*Ridgway's Weekly*)连载。当时的编辑未经康拉德的许可,在海报上擅自加了一句宣传语:"关于外交阴谋和无政府主义者变节的故事。"②《李奇微周刊》之所以会刊载这个故事,很可能与该杂志的政治倾向不无关系。值得注意的是,此刊物的副标题就叫"一份为上帝和国家而办的激进周刊"("A Militant Weekly for God and Country"),其老板尔曼·李奇微(Erman J. Ridgway)在政治上激烈地反对市场托拉斯和美国政府贪腐。彼时的美国刚刚走出"镀金年代",无政府主义者在1901年刺杀美国总统威廉·麦金莱的枪声犹在耳边,1886年的"干草市场暴动"和其后对8位无政府主义者的审判也并未在记忆中远去。③ 对当时当地的读者来说,康拉德讲述的欧洲故事很好地契合了当时美国大都会中渐渐弥漫的针对移民(尤其是意大利无政府主义者)的红色恐慌。

选择了无政府主义者在城市中进行恐怖袭击这样惊悚的题

---

① 见1906年9月康拉德给高尔斯华绥的信。Conrad, Joseph. *The Selected Letters of Joseph Conrad*. pp. 204-205.

② 康拉德对此深感不满,认为这句导语曲解了他的作品意图。Conrad, Joseph. *The Selected Letters of Joseph Conrad*. pp. 206-207.

③ "干草市场暴动"(The Haymarket Riot)发生在1886年5月4日,因芝加哥的大规模罢工游行而起。当时,劳动者要求改善工作条件,实行8小时工作制。在后续与警方发生的冲突中,有人向警察投掷自制炸弹,导致警方开枪,现场陷入一片混乱,造成4名工人、7名警察丧生。和"格林威治天文台爆炸案"类似,对这起案件的调查也并未真正地水落石出。虽然法庭审判长达6周之久,也采纳了法医化学作为呈堂证供,并最后给7名无政府主义者定罪,但今天大多数人依然坚持认为审判是不公正的,司法程序存在严重瑕疵,那些被定罪的人不过是美国"红色恐慌"(Red Scare)的牺牲品。关于此次事件的历史研究,可参考Timothy Messer-Kruse写的两本书:*The Trial of the Haymarket Anarchists: Terrorism and Justice in the Gilded Age* (Palgrave Macmillan, 2011)和*The Haymarket Conspiracy: Transatlantic Anarchist Networks* (University of Illinois Press, 2012)。

材,却又不情愿让同时代的读者对小说主题进行政治解读,这确实是康拉德创作动机上显得自相矛盾的地方,也势必走向事与愿违。正如他在"作者序"的结尾所言:"最近的形势迫使我不得不剥除这个故事披着的文学外衣,多年以前我煞费苦心才给它做出这件怒嘲的外衣……我承认故事的骨架非常狰狞。但是,我依旧会选择那个彻底孤独的、疯狂的、绝望的无政府主义结局来讲述温妮·维罗克的故事,正如我在此书中所写的那样,我并没有平白无故地为人类情感感到愤慨。"①显然,康拉德发现《间谍》在出版后被极大地误读了,人们不仅质疑他的小说手法,也为他笔下滑稽可笑、邪恶愚蠢的无政府主义者形象而愤愤不平。"作者序"既是在为他叙述故事的"外衣"辩护,也强调那个遮蔽之下的主题"骨架"在道义上站得住脚。

在当时康拉德到底是如何看待19世纪下半叶登上历史舞台的无政府主义者的呢?回答这个问题的前提,仍然是回到历史语境中,而不是以当下流行的评价方式来看待无政府主义。正如理查德·索恩(Richard D. Sonn)所言,研究无政府主义的历史学家必须是"打破刻板印象的解构者……他必须在法国大革命以来的政治和社会意识形态中,为无政府主义找回它应有的位置"②。长期以来,无政府主义只是因为巴枯宁和马克思的那场著名论战,而成为19世纪马克思主义经典文献的注脚,无政府主义者则被视为一群无可救药的仇恨秩序的幻想家。按照乔治·伍德科克(George Woodcock)的说法,人们通常将"无政府主义"与"虚无主义""恐怖主义"混为一谈,对"无政府主义者"最常见的两种定义是:1."相信人类自由的实现必须基于政府的消亡的人";2."仅仅鼓吹混乱但又对被摧毁的秩序不提供替代物的

---

① Conrad, Joseph. "Author's Note." *The Secret Agent*. p. 13.
② Sonn, Richard D. *Anarchism*, New York: Twayne Publishers, 1992, p. xii.

人"。① 正是因为这种根深蒂固的历史偏见,美国总统西奥多·罗斯福(Theodore Roosevelt)称无政府主义是"对整个人类的犯罪",甚至连立场偏左的历史学家霍布斯鲍姆(Eric Hobsbawm)也将之定义为"可悲的闹剧"。②

对于普鲁东(Pierre-Joseph Proudhon)和巴枯宁等理论家来说,无政府主义绝不等于制造混乱,他们认为无政府主义追求的是一种人与社会的关系,它并非体系化的抽象**信仰**,而是生活中的**行动**。该主义的希腊文词根 Anarchos 字面意思是"没有统治者"(without a ruler),因此无政府状态(anarchy)既可以被负面解读为"没有法治和政府的混乱无序",但可以被积极地诠释为"无需统治者就可以维持秩序的无人统治状态"。③ 被称为"无政府主义亲王"的克鲁泡特金则从达尔文的进化论思想出发,提出以"互助"(mutual aid)来重建一种摆脱了生物决定性的社会性,以此来取代赫伯特·斯宾塞所谓的"适者生存"式人类丛林竞争法则。④ 换言之,克鲁泡特金认为无政府状态的理想社会并非没有秩序,而是摆脱了"利维坦"这个国家怪兽所强力维护的秩序,通过人与人的友爱形成了公社共同体,实现了一种自发的社会秩序。在现代意义上的国家(state)出现之前,人类社会曾长期处于这种无政府状态中,因此这些理论家所呼吁的"革命"(revolution)正是这个词的原意,即回到历史原初的某种状态。不难想象,当这样的理论在 19 世纪末以《互助论》(*Mutual Aid*)、《面包与自由》(*The Conquest of Bread*)、《告少年》(*An Appeal to the Young*)等慷慨激昂的文本形式传世时,对很多当时的知识青年来说,无政府主义所代表的绝非

---

① Woodcock, George. *Anarchism: A History of Libertarian Ideas and Movements*. New York: The World Publishing Company, 1962, p. 10.
② Morris, Brian. *Kropotkin: The Politics of Community*. Oakland, CA: PM Press, 2018, p. 21.
③ Woodcock, George. *Anarchism: A History of Libertarian Ideas and Movements*. p. 10.
④ Morris, Brian. *Kropotkin: The Politics of Community*. p. 25.

洪水猛兽或幼稚之语,而是最具启迪性的进步真理。①

《间谍》中的无政府主义革命者形象基本上体现了自法国大革命以来人们对这个群体的固有印象,康拉德以极为辛辣的笔法在第三、四章集中勾勒了他们的群像。被称为"假释的使徒"(the ticket-of-leave apostle)的米凯利斯(Michaelis)刚摆脱了多年的牢狱生活,他"大腹便便,脸面肿胀,肤色苍白而略显透明,仿佛15年来愤怒的社会公仆蓄意要在阴暗潮湿的牢房里给他吃大量的增肥食物"。② 这位年迈臃肿的老一辈革命家在监狱里培养出了乐观主义精神,总是在无政府主义者沙龙上预言和畅想私有财产的末日将要到来。另一位同样老资格的是卡尔·云特(Karl Yundt),他形销骨立的身材正和米凯利斯截然相反,"黯淡无光的眼睛里依稀可见一股阴险恶毒的表情";此人又老又秃,性格上暴躁激进,称自己是"恐怖分子","怀着更为阴险的目的,充当了一名傲慢无礼、居心险恶的煽动家,鼓动着隐蔽的邪恶势力干尽了坏事"。③ 然而讽刺的是,这个"老恐怖分子"只是终日坐而论道罢了,他口口声声煽动暴力破坏,但自己"一生中从未对社会大厦动过一根手指"。④ 除了这两位代表"第一国际"时期的老派无政府主义者之外,还有正当壮年的奥西彭(Ossipon),他是19世纪八九十年代无政府主义运动的中坚。奥西彭以前是医科大学的学生(用"退化"这样的最新医学话语来描述斯迪威的傻里傻气),现在则是革命

---

① 20世纪初,无政府主义以"安那其"这个译名传播到了中国,陈独秀翻译的《告少年》极大触动了青年时代的巴金,他的笔名就是取自"巴枯宁"和"克鲁泡特金"。很多早期中共党员在信仰马列主义之前,都曾深受无政府主义、空想社会主义的影响。梁漱溟、晏阳初等人身体力行的中国乡村建设改革,也可被视为对无政府主义的一种实践。参见阿里夫·德里克:《中国革命中的无政府主义》,孙宜学译,桂林:广西师范大学出版社,2006年,第25页;以及王海侠:《无政府主义思想与乡村改造的实践回顾:从消去的无政府主义提取当代价值》,黄宗智主编:《中国乡村研究》第11辑,福州:福建教育出版社,2014年,第49—69页。

② Conrad, Joseph. *The Secret Agent*. p.46.

③ Ibid., pp.47, 51.

④ Ibid., p.51.

小册子《无产阶级的未来》的主要撰稿人。同样,康拉德毫不留情地揶揄他容貌的丑陋:"他塌鼻梁,嘴往外突,简直跟黑人的嘴巴鼻梁是一个模子刻出来的;他颧骨很高,一双杏眼没精打采地冷眼窥视着。"① 这些无政府主义革命者不仅形容猥琐,道德品行也颇为不堪。按照维罗克的冷眼旁观,他们这群人共同的缺陷就是"懒惰"。② 虽然言必称资本主义的腐朽堕落和革命的灿烂前景,但这些人都厌恶任何意义上的体力劳动——云特由一个他拐骗来的老女人照料生活,米凯利斯寄居在一个有钱的英国女贵族家中,而奥西彭则在危急时刻更为卑劣地骗取了温妮的信任和金钱,直接导致了她最后的自杀。

康拉德对栖居于伦敦的无政府主义者的这种形象的塑造,显然会让一些人深感冒犯,甚至连好友高尔斯华绥也私下提醒过康拉德要注意其"处理方式"(treatment)。③ 事实上,当时与康拉德同处一城的著名无政府主义者就是克鲁泡特金,这位俄国贵族流亡者在英格兰旅居了30年,他精通多国语言,知识渊博,文笔优雅,与英国当时诸多知识分子建立了深厚友谊,其公众形象可谓相当正面。④ 而且正如陆建德所言,当时的无政府主义政治在英国有着广泛的光谱,里面既有个人无政府主义(individualist anarchism),也有社群无政府主义(social anarchism),后一个阵营发展出了威廉·莫里斯的社会主义联盟(the Socialist League)和费边社(the Fabian Society)等等,他们主张和平渐进的变革方式,而且在当时的英国社会已经渐渐获得了政治影响力。⑤ 陆建德还进一步批评康拉德的政治立场,认为作家在小说人物

---

① Conrad, Joseph. *The Secret Agent*. p. 48.
② Ibid., p. 54.
③ Conrad, Joseph. *The Selected Letters of Joseph Conrad*. p. 204.
④ 当时与克鲁泡特金往来密切的英国友人包括"艺术与工艺美术运动"的领导人威廉·莫里斯、博物学家亨利·贝兹(Henry Bates)、苏格兰神学者威廉·罗伯逊·史密斯(William Robertson Smith)、苏格兰地理学家帕特里克·格迪斯爵士(Patrick Geddes)、工党创始人凯尔·哈迪(Keir Hardie)等等。Morris, Brian. *Kropotkin: The Politics of Community*. p. 40.
⑤ 陆建德:"序",《间谍》,张健译,北京:外国文学出版社,2002年,第11—12页。

塑造中对无政府主义者的这种挖苦,是"比正面批判更有效的攻击手段",这背后其实体现了作家想要"捍卫一种已不合时宜的社会制度"。①

而欧文·豪(Irving Howe)在《政治与小说》(Politics and the Novel)中对《间谍》中流露的保守主义思想有过更经典、更激烈的批判。豪指出,加入英国国籍后的康拉德对"小英格兰"有着一种怀旧之情——那个美好时代的英国已经发展出重商主义,但又尚未开始罪恶的全球殖民扩张,英国绅士的彬彬有礼与和谐优美的英国乡村代表了一种"美好的永恒秩序"。② 在豪的心理分析视角下,有着明确反帝国主义立场的康拉德居然在政治上如此厌恶无政府状态、支持保守的英国等级秩序,这体现了他这个"新英国人"内心深处的某种不安全感。进一步说,康拉德对于他所刻意远离的波兰民族主义及复国运动怀有愧疚感,而19世纪的民族主义和无政府主义在很多方面是互为镜像的,③这又导致小说家将对民族主义暴力与混乱的偏见投射到无政府主义者身上。在康拉德的童年记忆中,作为波兰激进民族主义者的父母曾参与过反沙皇阴谋,随即而来的镇压迫害让幼年康拉德饱受颠沛流离的惊吓,豪甚至认为康拉德"对无政府主义的厌恶,显示了他试图摧毁这段记忆"。④ 豪并不反对小说家以虚构的方式去讲述以无政府主义为题材的故事,但是他认为康拉德讲述的方式冒犯了人们对这个群体的常识性历史认知。⑤ 简言之,批评者认为正是由于康拉德意识深处对任何破坏现有秩序的社会运动和意识形态带有心理偏见,所以他无法公正客观地在《间谍》中呈现那个时代的无政府主义者形象。

---

① 陆建德:"序",《间谍》,第11—12页。
② Howe, Irving. *Politics and the Novel*. Greenwich, Conn.: Fawcett Publication, Inc., 1967, p. 82.
③ 关于19世纪无政府主义和民族主义相似性的说法来自欧文·豪,他同时认为保守主义和无政府主义也有可比性,因为"保守主义是富人的无政府主义,而无政府主义则是穷人的保守主义"。Howe, Irving. *Politics and the Novel*. p. 86.
④ Howe, Irving. *Politics and the Novel*. p. 86.
⑤ Ibid., p. 102.

关于康拉德的保守主义,涉及作家如何看待革命暴力杀人的问题,这历来在康拉德研究中备受关注,任何研究其政治小说的学者都无法回避这个问题,但对此常常会有迥异的看法。在1960年代之前,欧文·豪、古斯塔夫·莫夫(Gustav Morf)和埃洛伊塞·纳普·海伊(Eloise Knapp Hay)等都是从心理分析入手,推测康拉德与其波兰文化身份之间的冲突,将小说家成年后的保守立场解释为波兰独立运动留给他童年的创伤记忆。① 然而,近年来的西方康拉德研究开始反对这种给作家政治立场贴标签的做法。艾弗拉姆·弗莱希曼(Avrom Fleishman)在《康拉德的政治》(Conrad's Politics)中就率先提出,"'保守主义'或'自由主义'这样的词并不能准确界定他[康拉德]的政治观",因为他的小说是"复杂的政治想象的戏剧性表达,因此不能被归结为政治意识形态"。② 杰里米·霍索恩(Jeremy Hawthorn)也批评了先前那种将某种连贯的政治哲学加诸康拉德作品的做法,认为康拉德常常接受和表述自相矛盾的政治观点,这体现了作家的济慈式"负面接受力"(negative capability)。③ 而保罗·阿姆斯特朗(Paul Armstrong)则进一步认为,康拉德常常在小说中故意向读者传达自相矛盾的政治观察,这种做法是一种叙述和阅读伦理的策略,因为"他希望暴露他所处时代的局限性和不足,让读者充分承担自身的责任去探究复杂问题"。④

---

① 莫夫的主要观点是,康拉德毕生生活在波兰家国记忆的阴影下,他的小说是对自己远离故土解放事业的亏欠心理的象征性投射。海伊则认为,康拉德之所以关注无政府主义暴力,是因为它代表了一种注定失败的政治冲动,这种失败就如同他的祖国波兰对自己命运的抗争。Morf, Gustav. *The Polish Heritage of Joseph Conrad*. London: S. Low, Marston & Co., Ltd., 1930. Also see Hay, Eloise Knapp. *The Political Novels of Joseph Conrad: A Critical Study*. Chicago: The University of Chicago Press, 1981.

② Fleishman, Avrom. *Conrad's Politics: Community and Anarchy in the Fiction of Joseph Conrad*. Baltimore: The Johns Hopkins Press, 1967, pp. viii, ix.

③ Hawthorn, Jeremy. *Joseph Conrad: Narrative Technique and Ideological Commitment*. London: E. Arnold, 1990.

④ Armstrong, Paul. *Play and the Politics of Reading: The Social Uses of Modernist Form*. Ithaca: Cornell UP, 2005, p. 74.

我尤其赞同阿姆斯特朗的这个观点。在以当代的眼光来评判康拉德在某个历史时期的政治表达时,评论家常常会陷入某种视野的盲区或"后见之明"的沾沾自喜而不自知。事实上,对即将到来的世界历史之大变局,生活在 20 世纪初的康拉德无法像当代学者那样做出整体性的判断。正在生成的历史不断影响并改变着彼时的康拉德对英国民主、波兰独立、19 世纪无政府主义等问题的看法,甚至连我们现在惯用的"保守主义"一词,在那个时代也有着不尽相同的内涵和外延。可以说,康拉德在动荡的时代遍历了行将崩塌的旧帝国主义秩序,他的政治立场也必然只能动态地存在于某个发展的谱系中。我们应该如伽达默尔所说的,努力去实现一种过去与当下、自我与他者的"视域的融合"(fusion of horizons),而不是用固定的当代视域来看待康拉德彼时彼地的话语。必须看到,仅仅用"保守主义"这样语义不断变迁的标签,是无法准确概括《间谍》中含混矛盾的政治表达的。

我认为,解读康拉德政治小说艺术的关键,在于如何理解"反讽"二字。康拉德曾多次提及这个词,将之视为他所追求的小说风格的落脚点。譬如在 1907 年致康宁厄姆·格雷厄姆的信中,他就说自己创作《间谍》时"完全没有恶意",他"没有讽刺革命党人的世界",而是在"对情节剧主题做反讽式处理"。[①] 康拉德显然是有意区别"讽刺"(satire)和"反讽"(irony),两者的区分对于现代文学批评来说有着特殊意义。讽刺是带有鲜明立场性的一种文学贬损艺术,它的喜剧效果来自所嘲弄对象的愚蠢与邪恶,而反讽则是一种隐藏作者意图的复调艺术,或者依照瑞恰兹(I. A. Richards)的著名定义,反讽就是"把相反的、互补的冲动合在一起",它构成了诗的本质,其精髓在于"实现矛盾的态度和评价的平衡"。[②] 如果按照布斯(Wayne C. Booth)在《反

---

① Conrad, Joseph. *The Selected Letters of Joseph Conrad*. pp. 205, 216.
② 这两个文学术语的区别可参考艾布拉姆斯的《文学术语汇编》的相关词条。"Irony" in Abrams, M. H. *A Glossary of Literary Terms* (7th edition). New York: Heinle & Heinle, 1999, pp. 134-138; "Satire." pp. 275-278.

讽的修辞》(*A Rhetoric of Irony*)中的分类,还存在"稳定反讽"和"不稳定反讽"之分,前者隐含有作者确定的(但非贬损性的)态度,它有别于字面意义,而后者则毫无任何固定立场可言,意义停留在反讽造成的永恒不确定性中。①

当然,反讽不仅仅是一种"新批评"眼里的修辞,它甚至还可以成为一种世界观和认知模式。美国当代哲学家理查德·罗蒂(Richard Rorty)在《偶然、反讽与团结》(*Contingency, Irony, and Solidarity*)中对所谓的"反讽主义者"(Ironist)做了如下定义:"反讽主义者正视他或她自己最核心的信念与欲望的偶然性,他们如此秉持历史主义与唯名论,以至于不相信在那些核心的信念与欲望的背后,还有一个超越时间与机缘的东西。"②在罗蒂看来,"反讽的反面就是常识",反讽主义者也就是常识的反对者,而且他们"认为任何事物都没有根本的属性,没有真实的本质"。③ 当罗蒂将反讽的追随者归入历史主义者和唯名论者之列时,他实际上是在批评某些反讽主义者过于强调历史和社会对人的决定性,或者说,讽刺后结构主义者对于话语建构论的沉溺:"(反讽主义者)担心在社会化的过程中,会通过习得一种语言来成为人,但因为这种语言可能是错误的,所以反讽主义者也可能成为错误的人。"④不过,在罗蒂的"自由主义乌托邦"里,并非没有反讽主义者的位置;相反,那里理想的居民应该是"自由派反讽主义者"(liberal ironist),他们既对共同体、良心和道德义务有着坚定的承诺,同时也意识到这些承诺的语言背后存在偶然性。为了清楚说明这一点,罗蒂点出了自由主义和反讽主义的两个极端代表:"米歇尔·福柯是一个拒绝成为自由主义者的反讽派,而尤尔根·哈贝马斯是一个拒绝

---

① Booth, Wayne C. *The Rhetoric of Irony*. Chicago: The University of Chicago Press, 1975, pp. 3-9, 240-245.
② Rorty, Richard. *Contingency, Irony and Solidarity*. New York: Cambridge UP, 1989, p. xv.
③ Ibid., p. 74.
④ Ibid., p. 75.

成为反讽主义者的自由派。"①

理解反讽的另一个思想坐标,是德国浪漫主义。我认为这个坐标可能比罗蒂讨论的后现代思想语境更适用于康拉德本人。在"耶拿派"的重要人物施勒格尔(Friedrich Schlegel)看来,反讽非但不是在罗蒂那里需要节制使用的"唯名派"认识论策略,反而是完美思想的最高尺度。施勒格尔在他的《雅典娜神殿断片集》(*Anthenaneum Fragment*)中曾这样写道:"思想是抵达了反讽这个理想境界的概念,是绝对对立面的绝对综合,是两种矛盾思想具有自我创造力的持续交换。"②不难想象,德国浪漫主义文学以反讽作为最高美学纲领,唯有凭借反讽才能打破古典主义对文学创造的桎梏。在施勒格尔和他的追随者看来,反讽所制造的混乱和混沌绝不是一种需要克服的弊端;相反,反讽是艺术家的创造之源,是"对永恒的机敏和无限丰富的混沌的清晰意识"③。从哲学维度上来说,施勒格尔将苏格拉底尊为这种反讽的圭臬,而"苏格拉底式反讽"就是将一切事物视为"既戏谑,又严肃,既无保留的敞开,又深深的隐藏",这种反讽"源自一种绝对直觉化的和一种绝对有意识的哲学的结合"。④ 康拉德在《间谍》中试图追求的,正是这种饱含不确定性与互斥性的反讽艺术,这也是为什么他在"作者序"中说:"《间谍》是我的一部坦率真诚的作品。虽然它运用了**反讽的**手段来处理这类主题,但其纯粹的艺术目的是经过了深思熟虑的,我真诚地相信,只要采用这种**反讽的**手法,我就能够将想说的话以讥讽和悲悯同时表达出来。"⑤

---

① Rorty, Richard. *Contingency, Irony and Solidarity*. p. 61.
② Schlegel, Friedrich. *Philosophical Fragments*. Trans. Peter Firchow. Minneapolis: University of Minnesota Press, 1991, p. 33.
③ Ibid., p. 100.
④ Ibid., p. 13.
⑤ Conrad, Joseph. "Author's Note." *The Secret Agent*. p. 12. 值得注意的是,国内张健的译本和何卫宁的译本(北京:新华出版社,2015 年)将这段话中的"ironic"分别翻译为"嘲讽"和"讽刺",这显然是不够精确的。

为了进一步弄清楚康拉德同时想表达的讥讽和悲悯究竟指向什么,我们首先应该对无政府主义的理论家和无政府主义的实践者做一分为二的处理。这并非上文陆建德指出的那种政治主张的光谱区分,而是强调这个政治群体本身的二元悖论性;或如历史学家巴巴拉·塔奇曼(Barbara W. Tuchman)所言,这个群体中一半是克鲁泡特金这样热爱人类的乌托邦式思想者,另一半则是仇恨世界、滥用野蛮暴力的杀人犯或歹徒。① 因此,康拉德在信中对密友格雷厄姆倾诉道,他并未讥刺革命者的世界,因为他笔下那些不堪入目的无政府主义者"并不是真正的革命者——他们是假货"。② 在现实生活中,虽然康拉德与伦敦的无政府主义激进团体并无直接的来往,但他的朋友圈中并不乏亲近社会主义思想的人,其中有些还相当著名。譬如与康拉德一直保持密切书信往来的格雷厄姆,此人是苏格兰工党的创立者和英国社会主义运动的奠基人,思想一直左倾,曾是首位在选举中进入英国议会的社会主义者。康拉德将《间谍》题献给他所崇拜的威尔斯(H. G. Wells)。众所周知威尔斯不只是一位科幻小说家,他在1903至1908年间曾和萧伯纳等人一起积极参与了英国社会主义组织"费边社"。

当然,青年时代的康拉德曾对欧洲新兴的共产国际运动发表过悲观看法。但是,弗莱希曼认为,随着康拉德与格雷厄姆这些英国进步左翼的友谊不断加深,他已经改变了原来的观点,转而以更为成熟和欣赏的态度来看待格雷厄姆推动的政治事业,并在很多政治议题上和格雷厄姆有相同看法。③ 1900年前后,当康拉德在伦敦的肯蒂什镇(Kentish Town)文学沙龙上结识了萧伯纳和威尔斯以后,他对两人积极传播的社会进步主张也有了相当程度的认同,而不再以一种叔本华

---

① Tuchman, Barbara W. *The Proud Tower*: *A Portrait of the World Before the War*, *1890-1914*. New York: Ballantine Books, 1996, p. 108.
② Conrad, Joseph. *The Selected Letters of Joseph Conrad.* pp. 205, 216.
③ Fleishman, Avrom. *Conrad's Politics*: *Community and Anarchy in the Fiction of Joseph Conrad*. p. 25.

式的悲观主义来看待历史的可能。① 事实上，步入中年的康拉德并非如福特所言，只是一个"贵族保皇党卫道士"（aristo‐royalist apologist）②。出生于基辅的康拉德非常清楚，在俄罗斯帝国统治下发生的波兰人叛乱固然是民族主义者在追求解放的事业，但乌克兰仅有3%的波兰裔人口，包括康拉德其父在内的波兰贵族却占有了这里绝大多数土地，他们过去的优渥生活是以乌克兰人作为农奴为代价来维系的。③ 康拉德之所以在英国刻意与波兰复国事业保持距离，或许也是因为这个被奴役的民族本身就是奴役者。④ 日俄战争之后，他有感于沙皇帝国被亚洲小国击败，写下了著名的政论文章《专制与战争》（"Autocracy and War"），指出欧洲传统的君主制原则已告终结，被保留下来的君主制必须在此时吸纳新兴的民族主义思想，以确保人民享有更多的政治自由。⑤

由此可见，随着欧洲旧的政治秩序在20世纪初不断走向瓦解，康拉德与当时具有革命色彩的意识形态之间并无绝对的抵牾。俄国1905年爆发的革命让沙皇尼古拉斯二世启动政治改革，颁布俄罗斯帝国基本法并成立国家杜马，康拉德对此激动不已，认为有生以来第一次看到了俄国内部发生"理性进步"的可能，而这一切在一年前他

---

① Fleishman, Avrom. *Conrad's Politics: Community and Anarchy in the Fiction of Joseph Conrad.* p. 31.

② Ford, Ford Madox. *Portraits from Life*, Boston: Houghton Mifflin, 1937, p. 65.

③ Fleishman, Avrom. *Conrad's Politics: Community and Anarchy in the Fiction of Joseph Conrad.* p. 4.

④ 康拉德在伦敦几乎不和任何波兰人来往，也不用波兰语写作，朋友圈中仅有的同胞是波兰国际政治活动家约瑟夫·雷廷格（Joseph Retinger）。后者在回忆录中写道："他[康拉德]的爱国主义缺乏一个具体的支点。他不喜欢那种过于亲密的爱国主义。"1914年第一次世界大战爆发时，雷廷格成功劝说康拉德回到波兰访问，但这次旅行并不成功。波兰一位作家发文章批评康拉德抛弃自己的母语，并且缺乏爱国主义精神，没有利用自己的国际声望为波兰的解放事业发出声音。这篇文章曾让康拉德长期耿耿于怀，并导致他之后更加疏远波兰人。Retinger, Joseph H. *Conrad and His Contemporaries.* Miami, FL: The American Institute of Polish Culture, 1981, pp. 136–138.

⑤ Conrad, Joseph. "Autocracy and War." *Notes on the Life and Letters of Joseph Conrad.* New York: Doubleday, 1921, p. 96.

还认为是无法想象的。① 他怀疑的不再是威尔斯、格雷厄姆等人所描述的伟大蓝图本身,而是维多利亚时代那种过度乐观的理性主义。这种怀疑的依据,来自于这位写出了《黑暗的心》的作者对于人性根深蒂固的不信任。康拉德相信在资本主义社会培养出来的拜金主义会阻碍社会主义的实现,因为"所有政治体系都受困于人类的自私自利之网",现实中具有友人格雷厄姆这种纯洁本性的毕竟少之又少。② 于是,尽管康拉德将《间谍》题献给威尔斯,但他也知道自己崇敬的作家错误估计了人性的阴暗,而他小说中那些龌龊猥琐的无政府主义革命者,无疑就是在向乐观的"威尔斯主义"提出冷峻的反驳。这种世界观的差异也最终导致了他们友谊的终结,为此康拉德在1918年的一封信中如是描述他与威尔斯最后一次争吵时所说的话:"威尔斯,我们之间的分歧是根本性的。你并不关心人类,但认为他们会变好。我热爱人类,却知道他们无可救药。"③

如果说康拉德对于革命理论家描述的历史进步还有过谨慎的欣赏,那么他对于无政府主义运动的实际参与者则保留了更为无情的不信任。这里,欧文·豪再度质疑了康拉德的这种"反讽式处理",他相信康拉德将无政府主义描述为"憎恨一切有组织劳动"的懒鬼只是出于一种远离现实的个人狭隘偏见,这让读者进而思考"康拉德的小说和现实之间到底是何种关系";豪甚至认为,即使那些从未参与过该运动的人,也能看出康拉德的反讽写法显示了"令人惊讶的低俗"。④ 我希望在此为康拉德的人物反讽问题提出三点辩护意见。第一,《间谍》

---

① Hay, Eloise Knapp. *The Political Novels of Joseph Conrad*:*A Critical Study*. pp. 224-225.

② See Fleishman, Avrom. *Conrad's Politics*:*Community and Anarchy in the Fiction of Joseph Conrad*. p. 28.

③ Davis, Rupert Hart. *Hugh Walpole*:*A Biography*. London:Macmillan, 1952, p. 168. 关于康拉德和威尔斯后来的决裂,可参见 Dryden, Linda. *Joseph Conrad and H. G. Wells*:*The Fin-de-Siècle Literary Scene*. New York:Springer, 2015, pp. 109-122。

④ Howe, Irving. *Politics and the Novel*. pp. 100-101.

作为一部小说,必然处于作品与作品的文学关系中,康拉德的人物再现方式与同题材作品之间有着对话式的互文性。事实上,在维多利亚时代晚期和爱德华时期,英国曾涌现了一大批讲述无政府主义者进行城市恐怖袭击的大众文学作品,它们往往被笼统地称为"炸弹小说"(Dynamite Novel)。①在比较了史蒂文森(Robert Louis Stevenson)的《扔炸弹的人》(*The Dynamiter*,1885)、《间谍》和切斯特顿(G. K. Chesterton)的《名叫星期四的人》(*The Man Who Was Thursday*,1908)等作品之后,沙恩·麦克里斯廷(Shane McCorristine)提出了"玩笑恐怖主义"(Ludic Terrorism)的说法,因为"炸弹小说"中对于无政府主义者的刻画常常是脸谱式、滑稽化的,他们并非凶神恶煞的恶徒,而是暴露出各种幼稚缺陷、引人发笑的极端分子,这些人所从事的无政府—恐怖主义(Anarcho-Terrorism)往往漏洞百出、组织混乱,从而让故事本身充满了喜剧效果。②切斯特顿等人创作的爱德华时代的"炸弹小说"对无政府主义活动家的嘲笑,说明他们已经不再像十几年前那样是英国令人生畏的政治力量,"无政府主义呈现给人们的与其说是强烈的冲击,倒不如讲是捧腹的笑料"③。鉴于康拉德创作此书时对其商业效应的期望,不难理解为什么他戏仿当时这一类读者喜读的"炸弹小说"的惯常写法,去塑造带有诙谐喜感的无政府主义者形象。如果将

---

① 以1892年出版的《无政府主义者哈特曼,或大城市的末日》(*Hartman the Anarchist, or, the Doom of the Great City*)为例,作者福塞特(Edward Douglas Fawcett)想象了一个被无政府主义者闹得天翻地覆的20世纪初:那时,德国革命家哈特曼发明了一艘名为"亚提拉"号(这个名字源自曾在5世纪率军入侵欧洲并威胁罗马帝国的匈奴君主)的飞艇,它从空中将伦敦的大部分建筑摧毁。书内插图就触目惊心地展现了威斯敏斯特宫钟塔被炸毁沉入泰晤士河的恐怖情景。关于更多类似作品的介绍,参见马娅·亚桑诺夫:《守候黎明:全球化世界中的约瑟夫·康拉德》,金国译,北京:社会科学文献出版社,2018年,第107页。

② 这个说法借鉴了荷兰学者约翰·赫伊津哈(Johan Huizinga)的文化研究名著《游戏的人》(*Homo Ludens*)中"ludic"的概念。McCorristine, Shane. "Ludic Terrorism: The Game of Anarchism in Some Edwardian Fiction." *Studies in the Literary Imagination* 45.2 (Fall 2012), pp. 27-46.

③ 马娅·亚桑诺夫:《守候黎明:全球化世界中的约瑟夫·康拉德》,第112页。

《间谍》中的这种人物塑造方式仅仅归咎于作家对这个地下群体(以及斯迪威这类低智人士)的恶意偏见,显然是忽视了当时康拉德所处的大众文学环境对作品的影响。

  第二点辩护意见,则是源自现实本身。米凯利斯、云特和奥西彭等人物形象果真低于生活了吗?欧文·豪或许没想到的是,19世纪英国无政府主义者的"懒惰"恰恰来自这个群体内部的自我描述。根据谢利的考证,20世纪初伦敦至少有两本"前无政府主义者"写的书中以"好逸恶劳""懒惰""强烈抵制劳动"等字眼来评价他们当年的同道中人:一本是前面提过的罗塞蒂姐妹1903年写的《无政府主义者中的小女孩》,另一本则是哈特(W. C. Hart)出版于1906年的回忆录《一个无政府主义者的自白》(Confessions of an Anarchist)。① 更有趣的是,哈特提到了对这个群体中四种人的划分:(1)披着无政府主义外衣做其他勾当的罪犯或准罪犯;(2)警方密探;(3)为"行动宣传"辩护的人;(4)"完美之人"。② 康拉德笔下的奥西彭、维罗克、云特和米凯利斯显然正是分别对应这四种人,他们都不是出自小说家故意抹黑的杜撰,而是根据康拉德的调研有着确切的现实生活原型的。同时需要特别指出的是,康拉德笔下的革命者原型往往还不止来自19世纪的伦敦无政府主义团体,他也将社会主义者和当年"芬尼亚运动"中的一些激进分子杂糅融入到人物形象中。譬如带有圣徒光环的米凯利斯,谢利认为他在沙龙上发表的政治言论虽然很像是克鲁泡特金写的《互助论》,但此人原型是基于1877年假释出狱的爱尔兰民族主义者麦克尔·戴维特(Michael Davitt),后者在爱尔兰的影响仅次于帕奈尔(Charles Stewart Parnell)。③

  最后一点辩护,来自作家的自述。康拉德将"教授"和另外那些无政府主义者做了区分,他特别强调"教授"并不可鄙,是"无法被腐蚀

---

① Sherry, Norman. *Conrad's Western World*. pp. 250-251.
② Hart, W. C. *Confessions of an Anarchist*. New York: E. Grant Richards, 1906, p. 8.
③ Sherry, Norman. *Conrad's Western World*. pp. 260, 265, 269.

的"(incorruptible)极端分子。① 此人个子矮小,精通化学,专向同道中人提供自制的定时炸弹;他相貌丑陋,带着斯多葛主义者的淡泊。在康拉德的笔下,他并不是现代意义上的撒旦,因为此人思想单纯到极度禁欲的程度,拥有一股知识分子变革社会的狂热劲,毫无奥西彭那种人的革命投机心理。他的虚荣感并不是来自世俗的权力或地位,而是深信自己是一个"道德执法者"——为了实现心中的人类正义,就必须摧毁旧的社会秩序,而为了摧毁它就不得不采取集体或个人的暴力行动。② 在康拉德的价值体系中,虽然"教授"这种人是"极端类型的自大狂",但"每个极端分子都是值得尊敬的",他们至少远比那些混入革命团体钻营私利的"假货"要可敬。③ 也正是基于这份来自作家的"尊敬",康拉德才会在"作者序"里说:"在写作过程中,有时我自己就像是一个极端革命者,我不好说我比那些革命党人更信仰革命,但我确实比他们当中任何人在一生任何时刻都更加专注于自己的事业。"④作家的自述当然并非句句可信,可是康拉德这番话的诚意还是相当明显的。他认为自己并未以居高临下的姿态审视无政府主义者的暴力逻辑,而是试图在创作中亲身代入到他们的世界中。

康拉德与19世纪末帝国政治和无政府主义运动的这种复杂关联,决定了《间谍》所采取的反讽手法背后隐藏着作者极为暧昧矛盾的立场。海伊也批评了欧文·豪,认为他对康拉德的反讽理解过于简单,仿佛只有"热情或愤怒"两个选项;其实,在康拉德的反讽中对无政府主义者既有"饱含同情的亲密",也有"冷酷的嘲讽和温柔的玩笑"。⑤ 这种态度背后的不确定性、含混性和矛盾性与其说是出于

---

① Conrad, Joseph. *The Selected Letters of Joseph Conrad*. p. 216.
② Conrad, Joseph. *The Secret Agent*. pp. 76-77.
③ Conrad, Joseph. *The Selected Letters of Joseph Conrad*. p. 216.
④ Conrad, Joseph. "Author's Note." *The Secret Agent*. p. 12.
⑤ Hay, Eloise Knapp. *The Political Novels of Joseph Conrad*. p. 253.

康拉德的唯名论信仰，还不如说是小说家对于历史中的偶然性，对于人性情感的易变性的体认。在这个意义上，康拉德更像是 18 世纪末欧洲浪漫派的继承者，而非追求文学模仿生活的 19 世纪现实主义者。他以贯穿始终的反讽叙事，制造了《间谍》中时间的非线性、情节的碎片化，以及叙事视角自我暴露的局限性。更重要的是，康拉德以《间谍》重组了这部基于真实历史事件的小说的现实感，因为他以反讽手法打破了人们以为故事是生活而非艺术虚构的幻觉。

这里，说反讽构成了康拉德看待他所处的历史与社会的核心方式，并不意味着他质疑一切历史常识，而是因为他深刻意识到这样一个悖论：19 世纪的无政府主义作为资本主义制度的对立面，虽然有着可贵的进步主义和人道主义诉求，但其运动的实践原则和组织方式却走向了一种可怕的"基要主义"（fundamentalism）。《间谍》中的"教授"就是这种思维的典型代表，他虔信的核心信条就是毁灭即秩序，只要彻底毁灭了旧秩序，就能自发地生成全新的秩序。在这样的信念中，容不下一丝半点的反讽，一切都是单一绝对意志的体现。譬如，"教授"在和代表共产国际的革命家奥西彭等人辩论时指出：

> 打破对合法性的迷信和崇拜，应该是我们的目标。如果能看到总巡官希特带着他的人在光天化日之下射杀我们，并且公众还赞许他们，再也没有能比这种情况更让我快活的了。我们已经成功了一半：旧的道德秩序也将分崩离析。那将是你们的目标。但你们这些革命分子根本不理解这点。你们有未来计划，但你们迷失在幻想中，想从现有状态中发展出新的经济秩序；我们真正需要的是横扫一切的勇气，提出崭新的生活概念。那样的未来会自然而然出现，只要你们为之腾出空间即可。所以，我如果有足够多的炸药，我就要城市街角到处埋满炸药；然而我目前还没有，所

以我只能尽力制造出真正可靠的引爆装置。①

正如英国的浪漫主义文学研究者斯蒂芬·普里克特(Stephen Prickett)所言,现代社会的知识方法往往在"基要主义"和"反讽"之间做二选一,前者强调"一个固定不变的已知真理,它可能源自某种神启,也可能是政治教条使然",后者则相信"混淆、不一致性、矛盾"并非问题,而是产生积极意义的方法或机遇。② 或许正是因为罗蒂对反讽及反讽文化充满了相当的敌意(他认为反讽是常识的反面,并断言"反讽几乎不具备任何公共作用……反讽的理论也是自相矛盾之词"③),普里克特才将罗蒂归入了"基要主义"一类。④ 如果说哲学认识论意义上的基要主义固守的是"非此即彼"思维,那么政治上的基要主义(如极端的无政府主义者、民族主义者和宗教狂热分子)则往往演绎出恐怖的历史暴力。康拉德以"反讽"作为《间谍》的根本要素,或许正是希望能给19世纪末无政府主义运动中的基要主义倾向提供一副解毒剂。

然而,还有一个令人困惑的问题需要我们去思考——当康拉德在1906年将目光投向无政府主义者时,这个群体所谓"行动宣传"的暴力活动实质上已经在欧洲步入低潮。如亚桑诺夫所言,1906年"英国的无政府主义已成了不合时宜之物",从前外国无政府主义者聚集的苏豪区"从一个贫困而凶险的贼窝,变为了波西米亚式夜生活的潮流聚集地",社会关心的是更加迫在眉睫的危机,"譬如针对德国的战争"。⑤ 既然如此,为什么小说家还要在时过境迁后煞费苦心地重述

---

① Conrad, Joseph. *The Secret Agent*. p. 71.
② Prickett, Stephen. *Narrative, Religion and Science: Fundamentalism versus Irony 1700-1999*. Cambridge: Cambridge UP, 2004, p. 217.
③ Rorty, Richard. *Contingency, Irony and Solidarity*. p. 120.
④ Prickett, Stephen. *Narrative, Religion and Science: Fundamentalism versus Irony 1700-1999*. p. 201.
⑤ 马娅·亚桑诺夫:《守候黎明:全球化世界中的约瑟夫·康拉德》,第112页。

1894年的格林威治天文台未遂恐怖袭击？答案或许很简单：康拉德的用意不止于书写现代恐怖分子的原型，他更关注的或许是帝国的国家反恐机器与资本主义边缘反叛者之间的关系。

在进一步深入讨论这个问题之前，我们不妨先对19世纪欧洲的个人恐怖主义略做一番梳理。所谓个人恐怖主义，有别于法国大革命时期的国家恐怖主义，前者更多的是个体发动的独狼式袭击，而非有组织的集体行为。无政府主义暴力多为个人恐怖主义，其活跃期并不算长，基本可以从1881年沙皇亚历山大二世遭俄国极端组织炸弹暗杀开始，到19世纪最后10年进入高潮，并在第一次世界大战爆发后宣告终结。① 按照安东尼·伯顿（Anthony Burton）的说法，"从1885年到1914年间，每隔十八个月就有一位国家元首或重要部长遇刺——他们中大多数都是死于无政府主义者之手"②。在沙皇亚历山大二世遇刺后不久，备受鼓舞的无政府主义者在伦敦召开国际大会，正式推出了所谓"行动宣传"的原则，即"承认激烈的行动对大众的影响比几千份宣传册子要大"③。不过必须指出，当时无政府主义的精神领袖对暴力杀人的看法是颇为不同的，譬如克鲁泡特金就从不认可"行动宣传"这个原则。在他看来，"激烈的行动"不一定意味着恐怖暴力，他本人也一直谴责个人恐怖主义行为，认为它不等于革命的"反叛精神"本身，况且"有几百年历史的社会结构不可能被几公斤爆炸物

---

① 除了震惊世界的沙皇遇刺外，1892—1894年法国无政府主义者在巴黎实施了一系列的爆炸袭击，包括将炸弹扔进法国议会。此外，1894年，法国总统卡洛被意大利无政府主义者刺杀；1897年，西班牙总理卡斯蒂罗遇刺；1898年，奥地利女皇伊丽莎白（即茜茜公主）遭意大利移民劳工暗杀；1900年，意大利国王翁贝托一世被枪杀；1901年，美国总统麦金莱遇刺。

② Burton, Anthony M. *Urban Terrorism: Theory, Practice and Response*. London: Leo Cooper, 1975, p. 23.

③ Sonn, Richard D. *Anarchism*. p. 8. 值得注意的是，无论是"宣传"还是"行动"，无政府主义者始终无意于像社会主义者那样建立政党或夺取政权；任何暴力暗杀行为或对政府的反抗，最终召唤的都是普罗大众的自我觉醒和基层互助，因为他们希望以一种全新的生活方式来让国家权威沦为无用之物。

所摧毁"。① 虽然欧洲各国警察一直高度怀疑无政府主义组织内有一个自上而下的恐怖袭击阴谋,但事实上历史学家认为1890年代狂飙突进的"行动宣传"并非有组织的统一行动,而多是冠以无政府主义者之名的各自为战。② 这种暴力恐怖袭击实际上给无政府主义群体带来了巨大的污名和道德压力,也直接导致了他们后来放弃这个纲领,并在1895年之后转为议会斗争以及以无政府主义工会为基层单位的"无政府工团主义"(anarcho-syndicalism)。③

不管19世纪末无政府主义者掀起的这股个人恐怖主义狂潮曾经给社会民众带来多么巨大的恐慌,仅仅依靠一小撮亡命之徒的炸弹和手枪确实未能真正动摇资本主义制度,对此康拉德在写作《间谍》时显然是心知肚明的。但另一方面,也正是因为这些现代意义上的恐怖袭击的出现,英国才真正出现了专门反恐的秘密警察机构——"政治保安处"(Special Branch)。与当时俄、法、意大利和西班牙等欧洲诸国对无政府主义者的高压态势不同,英国维多利亚时代晚期的反恐政治一直有其独特性。其一,英国在1880年代的反恐对象主要是爱尔兰民族主义者。在《守候黎明:全球化世界中的约瑟夫·康拉德》一书中,亚桑诺夫梳理了1894年天文台爆炸案之前,发生在英国伦敦的一系列恐怖爆炸事件,它们都与无政府主义者无关,而是由爱尔兰民

---

① Morris, Brian. *Kropotkin: The Politics of Community*. p. 263. 关于克鲁泡特金对个人恐怖主义的立场,也可参见 Cahm, Caroline. *Kropotkin and the Rise of Revolutionary Anarchism 1872–1886*. Cambridge: Cambridge UP, 1989, pp. 92–115。

② 这里有一个重要的社会学解释:1890年代意大利人大量移民海外,这些信仰天主教的单身劳工常常因为社会不公和身份疏离感,而在移入国选择无政府主义的激进表达,从而加剧了欧洲和美国的社会动荡。See Sonn, Richard D. *Anarchism*. pp. 51–52.

③ 所谓"无政府工团主义",就是以无政府主义工会为单位,通过组织工人阶级总罢工来进行社会抗争。在克鲁泡特金看来,总罢工更有效地继承了"第一国际"所倡导的抗争传统,以非暴力的形式实现了"反叛精神",并直接动摇了资本主义制度的根基。由于无政府主义工会不向工人收取会费,在劳资谈判中表现出不妥协的姿态,也较少发生其他工会领导人之间的权力斗争,所以在20世纪初非暴力的无政府工团主义在西方一度有过较大的社会影响。See Morris, Brian. *Kropotkin: The Politics of Community*. pp. 268–270.

族主义分子(尤其是"芬尼亚分子")所为。① 后者选择在日常的通勤线路上发动袭击,针对标志性区域,为"现代恐怖主义奠定了剧本套路"②。为了应对爱尔兰自治运动中的恐怖主义,英国政府迅速通过立法和机构改革来进行反恐。1883年英国议会通过了《爆炸物法案》(Explosive Substances Act),接着又从都柏林抽调有经验的反恐警察,在伦敦警察厅成立特别部门"政治保安处"。因为该部门的主要任务是侦破"芬尼亚分子"对伦敦地区的恐怖炸弹袭击,所以它在1885年之前曾叫"特别爱尔兰保安处",只是在"芬尼亚分子"的爆炸袭击潮平息之后,"政治保安处"才开始"去爱尔兰化",将主要监控目标对准移民中的无政府主义者。③

其二,英国政府一直以其政治自由主义为荣,对欧洲大陆针对激进无政府主义者的反恐战争保持疏离态度。实际上,在19世纪的最后20年,当欧洲各国被无政府主义者的炸弹搅得心神不宁时,康拉德所在的英国反而相对平静。作为当时最强大的帝国,英国一直是各国流亡革命家、无政府主义者的避难所(譬如马克思和克鲁泡特金为躲避本国政府迫害,都曾长期定居伦敦)。英国也没有积极配合法俄等国引渡涉嫌炸弹暴恐、密谋暗杀政要的无政府主义嫌疑人的要求,反而坚持向革命者提供避难权。伯纳德·波特(Bernard Porter)认为,英国人的这种消极态度源于对本国社会制度的优越感和维多利亚时代中期形成的"天真",他们普遍相信无政府主义者的阴谋只是针对欧

---

① "芬尼亚分子"针对英国首都地区的爆恐袭击的高峰时期为1883年3月到1885年2月,据统计在伦敦发生了13起爆炸袭击,其中包括1881年发生在索尔福德和切斯特这两个军营附近的自制炸弹袭击;1883年发生在《泰晤士报》总部、白厅和伦敦地铁站的爆炸;1884年在苏格兰场的爆炸,以及同日在特拉法加广场的纳尔逊纪念柱底部发现的雷管;1885年在伦敦塔、威斯敏斯特大厅的地下室出现的爆炸。参见马娅·亚桑诺夫:《守候黎明:全球化世界中的约瑟夫·康拉德》,第103页。
② 马娅·亚桑诺夫:《守候黎明:全球化世界中的约瑟夫·康拉德》,第104页。
③ 关于"芬尼亚分子"在1880年代的伦敦恐怖袭击和"政治保安处"的建立背景,参见 Allason, Rupert. *The Branch*: *A History of Metropolitan Police Special Branch (1883-1983)*. London: Secker & Warburg, 1983, pp. 4-5, 7-8。

洲大陆那些缺乏自由的国家,而"进步的""坚不可摧的"英国社会,根本无需担心这种炸弹袭击。① 19世纪末期"政治保安处"仅处理了两起与无政府主义者恐袭阴谋有关的公共事件:一是1892年在伦敦沃尔索尔街(Walsall Street)查获的无政府主义者炸弹作坊,另一是1894年的格林威治天文台爆炸案。②

康拉德虽然没有在《间谍》中直接写明,但作为伦敦反恐中坚力量的"政治保安处"的影子却在小说中无处不在。希特探长在第五章登场时,叙述者介绍他隶属于伦敦警察厅"特别刑事部"(Special Crime Department),是本部门处理无政府主义者犯罪"最厉害的专家",也是公众心中"最狂热而勤勉的守护神",更是该市那些危险分子最痛恨的"眼中钉"。③ 谢利认为,康拉德对希特探长的这番描写,显然是基于当时伦敦叱咤风云的反恐主帅、"政治保安处"第二任总督察(Chief Inspector)威廉·麦尔维尔(William Melville)。④ 希特探长对付无政府主义者的方式,代表了1890年代伦敦秘密警察的反恐策略,即以内部线人的方式渗透到无政府主义团体内部,对其成员的活动进行密切监控。希特曾向上司夸下海口:"不管白天还是黑夜,他们当中没有一个人不是我们随时可以抓来的。他们每个人每个小时在干什么,我们都知道。"⑤当希特探长在街上遇到"教授",他严厉地告诉对方:"现在还不需要找你。需要找你的时候,我会知道该去哪里找。"⑥显然,向希特警长提供这些信息的,并非手下的探员,而是他豢养的那些像维罗克一类的秘密内线——这也恰恰是历史上麦尔维尔所在部门的办事

---

① Porter, Bernard. *The Origins of the Vigilant State*: *The London Metropolitan Police Special Branch Before the First World War*. London: Weidenfeld and Nicolson, 1987, pp. 1-2.

② Allason, Rupert. *The Branch*: *A History of Metropolitan Police Special Branch (1883-1983)*. pp. 12-13.

③ Conrad, Joseph. *The Secret Agent*. pp. 79, 93.

④ Sherry, Norman. *Joseph Conrad's Western World*. pp. 302-313.

⑤ Conrad, Joseph. *The Secret Agent*. p. 79.

⑥ Ibid., p. 86.

风格。19世纪末"政治保安处"的主要工作并非抓捕、镇压或引渡那些逃亡到英国的无政府主义者,因为这种强力镇压会招致英国民众对政府侵犯外国人庇护权的舆论声讨,不符合英国人引以为傲的自由主义国家形象。按照波特的研究,英国政府对无政府主义者带来的恐怖主义新威胁进退两难,既要照顾民意,不能像欧洲各国那样铁腕弹压,又不能完全放任这些危险分子进行颠覆活动,于是"政治保安处"的间谍式执法就成为伦敦各界可以接受的折中选项。①

然而,"政治保安处"的实质就是政治警察,其内部的另一个通称即为"政治处"(Political Branch),日常工作是给可疑外籍人士建档,依靠内线密切监视其行踪,将反馈上来的情报筛选甄别,再提交给内政部或选择性地分享给外国盟友,必要时也会对无政府主义俱乐部或印刷点进行袭扰。② 与伦敦常规的警察队伍不同,政治警察有两个最大的特点:(1)执行任务时不穿制服;(2)内部档案严格保密,不对公众公开。"政治保安处"是"英国历史上第一个针对国内的情报组织"③,虽然它的高度匿名性是为了应对恐怖分子暗中密谋的行事风格,但警察机构的不透明执法显然会带来一些严重的后果,譬如它为执法者的"流氓行为提供了庇护",同时外部也无法查证或监管这个秘密机构内部的流氓行为。④ 维罗克和希特警长之间这种见不得光的雇佣关系成为"政治保安处"的常规做法,每个政治警察都有自己的暗探圈子,而且从个人户头向线人支付报酬,这些办案经费的流动无需外部审计,其理由是线人身份需要严格保密,甚至在"政治保安处"

---

① Porter, Bernard. *The Origins of the Vigilant State*. pp. 112-113.
② Ibid., pp. 122-124. "政治保安处"的用线人秘密渗透的做法,最早可追溯到1883年对"芬尼亚分子"制造的伦敦地铁系统爆炸案的侦破。Also see Allason, Rupert. *The Branch: A History of Metropolitan Police Special Branch (1883-1983)*. pp. 6-7. 此外,据波特的考证,"政治保安处"在1890年代的规模并不大,总人数在21—25人之间。Porter, Bernard. *The Origins of the Vigilant State*. p. 118.
③ Allason, Rupert. *The Branch: A History of Metropolitan Police Special Branch (1883-1983)*. p. 15.
④ Porter, Bernard. *The Origins of the Vigilant State*. p. 68.

内部也不会相互泄露。① 在《间谍》中,希特警长认为自己之所以特别了解罪犯,是因为"盗贼和警官在思想和本性上并无二致"②。抓盗贼对他来说仍是一件严肃的事情,因为起码大家都是依照规则行事,但在他看来,无政府主义者都是一群疯子,"对付无政府主义者没有任何规则可言"③。应该说,康拉德笔下的希特警长这一形象在当时的"政治保安处"颇具代表性——麦尔维尔总督察和他的同事们乐于在法律灰色地带打击无政府—恐怖主义,执法者的知法犯法被认为是一种必要的策略。

康拉德对恐怖分子和反恐行动者之间的这种相似性显然颇感兴趣,他认为,两者之间绝非简单的正邪之争,他需要以同样的反讽笔法去刻画才能凸显各自的道德含混性。在康拉德所在的时代,"政治保安处"仍旧是高度神秘的反恐机构,他只是从"一位警察副总监写的回忆录"中才得以管窥一些,并在"作者序"中提及了该书作者"大概叫安德森"。④ 按照这些线索找到这本书的全称自然不难,它就是1888年至1901年担任伦敦警察厅助理总监(Assistant Commissioner)的罗伯特·安德森爵士在1906年著的《爱尔兰独立运动侧面见闻录》(Sidelights on the Home Rule Movement)。⑤ 作为负责当时首都反恐治安的高级官员,安德森为康拉德提供了一个来自政府内部的视角,展现出国家反恐机器对秘密政治警察的微妙态度。康拉德特别提及书中一处激发他创作灵感的话。当时的内政大臣(Home Secretary)威廉·哈考特(William Harcourt)在议院大厅与安德森就"无政府主义者最近的暴行"发生了争执,哈考特批评"(安德森的)保密策略就是让内政部蒙

---

① Porter, Bernard. *The Origins of the Vigilant State*. p. 124.
② Conrad, Joseph. *The Secret Agent*. p. 85.
③ Ibid., p. 89.
④ Conrad, Joseph. "Author's Note." *The Secret Agent*. p. 10.
⑤ 在伦敦警察厅(也叫"伦敦都市警部",俗称"苏格兰场")体系中,助理总监(AC)是第三高的职位,上面还有副总监(Deputy Commissioner)和总监(Commissioner)。

在鼓里"。① 康拉德从这条线索出发,构建了《间谍》中希特探长和他的上司(此人为苏格兰场助理总监)在处理格林威治天文台爆炸案时的明争暗斗,甚至直接把安德森回忆录中的那句话用到了小说里。在《间谍》中,希特警长掌握了维罗克涉嫌的证据后试图掩盖真相,准备将假释的米凯利斯抓来交差。前者是他合作了多年的在无政府主义团伙内部的线人,希特不惜枉法也要对他加以保护;而后者作为有过前科的革命者,被重新关进监狱并不会令公众起疑心。助理总监则不希望查办米凯利斯,他不便言明的顾虑是:他的妻子结交了一位贵妇,此人刚好就是供养米凯利斯的恩主。② 于是,这位助理总监向内政大臣埃塞里德爵士告状,获得授权,得以绕过希特警长去调查真相。

不难发现,康拉德在小说中不只是以反讽手法呈现了恐怖分子的思维与行动,也平行展现了帝国反恐的悖论逻辑。一如无政府主义者内部存在着多重面相,英国政府内部也存在着反恐思维上的"多重人格"。希特警长所代表的是那些与街头极端分子打交道的一线秘密执法人员,他们既不信任处于监视下的政治罪嫌疑人,也不信任缺乏实务经验的上级主管,习惯于以"无间道"的方式渗透到地下社会,并为了日后情报需要而竭力保护线人的身份,哪怕这个线人本身是吃里扒外的流氓告密者。助理总监和内政大臣埃塞里德爵士所代表的则是政治决策层的反恐,他们看重的是英国的自由主义政治传统和选区的民意,希望在个人和国家的政治利益在国际外交博弈中获得平衡,止暴治乱本身并非他们最迫切的考量。这里,康拉德让希特警长成为安德森的传声筒,后者在打击"芬尼亚分子"时的态度就是一种"去规则

---

① Conrad, Joseph. "Author's Note." *The Secret Agent*. p. 10. 不过,康拉德对于安德森书中回忆的和内政大臣哈考特争执的细节的描述似乎有误。两人就保密策略的分歧,其实是关于"芬尼亚运动"的线人情报分享问题,时间是 1880 年到 1882 年英国政府与爱尔兰独立运动领袖帕奈尔签订"卡勒梅堡条约"(Kilmainham Treaty)之时,此事与打击无政府主义恐袭并无关系。Anderson, Robert. *Sidelights on the Home Rule Movement*. New York: Dutton, 1906, pp. 88-101.

② Conrad, Joseph. *The Secret Agent*. pp. 100-101.

论":"英国的法律精神常常拘泥于形式。法律和违法者的斗争规则就如同拳击台。所有事情都必须公开操作,摆到明面上。对于台面上公开的犯罪,要使用合法性原则,但是这一套完全不适用于(芬尼亚分子恐怖爆炸)这样的罪行。因为要想对付敌方渗透,只能用反渗透。"① 像内政大臣哈考特这类人往往为了留下政治清名,公开反对在法律范围之外使用线人来反恐,他们相信"秘密化将削弱问责,而问责是制约(执法者)行为的重要手段"②。波特认为,当伦敦高级政客既需要希特警长这样的反恐前线力量在灰色地带"干脏活",同时又不希望在出现舆论压力时让下议院"背锅",就索性不去过问"政治保安处"的执法细节,从而逃避未来可能承担的责任。③ 当然,这种做法进一步催生了秘密政治警察在反恐中更多的非法作为。同时,由于反恐机构的上下级受囿于各自的游戏规则,对恐怖袭击之类线索、信息的认知反而如同"盲人摸象"。小说中,希特警长和助理总监都未真正获知天文台爆炸案的全部真相,维罗克死后留下的疑团只有书外的读者看得一清二楚。这种有限视角的拼贴一方面是出于康拉德的反讽策略,另一方面也表达了作家对帝国国家机器之反恐合法性和有效性的深刻质疑。

更值得深思的是,《间谍》谈论的绝非一时一地的恐怖主义及反恐对策成败问题,康拉德看到的乃是一个生成中的全球化"帝国"与其边缘反叛者之间永恒的共生性(symbiosis)。所谓"芬尼亚会""无政府主义者""政治保安处"或"大不列颠帝国"只是某个临时的能指,如果从更久远宏大的历史景深观之,这些能指的斗争背后透露出的是"帝国"在全球资本主义中制造的"控制社会"和其颠覆者之间的相互依存关系。譬如,希特警长、俄国外交官弗拉基米尔不仅需要维罗克输送无政府主义者在伦敦的情报,也需要他作为"间谍煽动者"(agent

---

① Anderson, Robert. *Sidelights on the Home Rule Movement*. pp. 127-128.
② Porter, Bernard. *The Origins of the Vigilant State*. p. 69.
③ Ibid.

provocateur)诱使或亲自策划事件,让恐怖袭击从口头的高谈阔论变成实实在在的铁血爆炸,从而为更激进的反恐战争本身提供合法性。正如迈克尔·弗兰克(Michael Frank)所言,康拉德小说中有一个重要的反讽叙事被美国当代读者有意或无意地遗漏了——格林威治天文台爆炸案只是"看上去像是恐怖主义行为",它实际上是"由国家派人煽动的一场任性的反恐行动"。① 在斯蒂芬·罗斯(Stephen Ross)的近著《康拉德和帝国》(*Conrad and Empire*)中,这种反恐与恐怖主义的相互依存被解释为"合法性"和"非法性"、"资产阶级社会"和"无政府主义"之间的矛盾式共谋。② 换言之,"(帝国的)生命政治生产中的主导文化技术必然会创造出它表面上试图抹除的那个主体"③,现代性文化和无政府主义只是同一个硬币的两面——康拉德提供的例证之一,就是《间谍》中执法者和犯法者在对道德原则和生命权力的漠视上,体现出了高度的同质化。

罗斯这里所说的"帝国",源自哈特和奈格里,它迥异于从前作为历史征服力量的旧帝国(如古罗马帝国、奥匈帝国、大不列颠帝国),而是一种没有时空边界的、超越民族国家范畴的存在。④ 如哈特和奈格里所言,全球化时代的"帝国"乃是一种新形态的治理方式,这个"帝国"并非专指今日的世界超级强国美国,甚至也不是历史的某个分期阶段,而是一种悬置历史的力量,它没有时间的边界,试图站在历史之外,以"一种新的主权形式来有效规控全球交换"。⑤ 当"教授"

---

① Frank, Michael C. "Terrorism for the Sake of Counterterrorism: Undercover Policing and the Specter of the Agent Provocateur in Joseph Conrad's *The Secret Agent*." *Conradiana* 46.3 (Fall 2014), p.152.

② Ross, Stephen. *Conrad and Empire*. London: University of Missouri Press, 2004, p.150.

③ Ibid..

④ 关于罗斯对哈特和奈格里"帝国"概念的借用与改造,参见 Ross, Stephen. *Conrad and Empire*. pp.6-11。

⑤ Hardt, Michael and Antonio Negri. *Empire*. Cambridge, MA: Harvard UP, 2000, pp.xiv-xv.

将炸药通过维罗克交给斯迪威,行动方已经非常清楚这次袭击只是象征性的,他们要攻击的不是某个具体的帝国主义国家的有生力量,而是世纪末大众心灵崇拜的现代科学,是那种让现代性的秩序得以在全球布展的理性观念与知识。① 正是在这个意义上,康拉德笔下的无政府主义者超越了历史上真实事件背后国际政治的波诡云谲,构成了一个罗斯所言"正在出现的帝国"(incipient Empire)的反抗者,他们从边缘向工具理性的中心(即格林威治所代表的全球标准时间)发动袭击,试图以"行动宣传"打破"帝国"对于叙事的垄断。②

康拉德以惊人的先见之明,早在 20 世纪初的政治小说中就窥见了这个无形"帝国"和它亲自制造的恐怖分子之间将会发生的延绵不绝的战争,从而打通了《间谍》与当代"后 9·11"世界的重大关联。但是,他如何看待这场永恒战争的走向呢?我认为,此处结论应该十分谨慎,因为康拉德对帝国及其不满者抱有同样暧昧复杂的态度。哈特和奈格里以左翼批判的立场,同情那些反抗"帝国"生命政治的"大众",认为"这些敌人通常被叫作恐怖分子,它是一种根植于警察思维的粗糙概念和简单化术语"③。然而与哈特和奈格里的乌托邦思想不同,康拉德并不认为"大众"在去疆域化的"帝国"里能实现真正成功的反叛。无政府主义者对天文台愚蠢而疯狂的进攻,已经昭示了来自边缘的反抗注定是虚弱和徒劳的,正如当代世界不可能有任何主权国家屈服于恐怖主义的袭扰并投降认输。

而另一方面,《间谍》也不能被简单视为针对反恐的讽刺之作。弗兰克认为,"政治保安处"在本质上损害了英国传统的自由主义精神,非但不会对内消除恐怖主义的隐患,反而会成为恐怖主义的根源,所以康拉德这部小说真正的批判对象,就是维多利亚社会晚期这类反恐机构,它非但无法保证社会安宁,反而带来巨大的社会成本,破

---

① Conrad, Joseph. *The Secret Agent*. pp. 40-41.
② See Ross, Stephen. *Conrad and Empire*. pp. 152-156.
③ Hardt, Michael and Antonio Negri. *Empire*. p. 37.

坏了法律的公信力。① 这些说法固然有道理,但或许未能看到康拉德对英国法律和政治的反讽乃是基于一个更大的现实立场。日俄战争之后,当旧帝国的崩溃已成为可见的现实,波兰民族主义者寻求的复国事业开始摆上了议事日程。在之后的世界大战中,"间于齐楚"的波兰到底是与俄国、奥匈帝国和德国站在一起以换取未来的自治承诺,还是向更遥远的西欧英法同盟寻求帮助?在康拉德看来,英国或许不是一个完美的民主典范,但它的法治精神依然远比一个斯拉夫化或日耳曼化的新波兰更值得向往。② 在《间谍》中,希特警长和副总监固然代表了英国向"警察国家"(police state)堕落的危险,但弗拉基米尔所代表的欧洲大陆反恐政治恐怕才是更让康拉德反感和警惕的。

人类的自私和愚蠢是康拉德小说中恒久的主题。20世纪的历史已经证明,他并没有杞人忧天,甚至可以算是一个伟大的先知。从"芬尼亚分子"到无政府主义者,再到今日的"基地组织"和ISIS,一百多年来实施恐怖主义活动的反叛者的身份一直在走马灯似地变化,但他们仇恨现代性的逻辑基本上并无二致,他们共同的敌人——现代国家的反恐机器——也没有变。"政治保安处"作为英国的标志性反恐机构,在"一战"后走出伦敦,在新加坡、印度等海外殖民地有类似机构设立,是大英帝国反政治颠覆的重要武器。而当"日不落帝国"成为明日黄花后,新的帝国开始在全球制造新的"反恐战争",并以国家安全的名义发明了"非法战斗人员"(unlawful combatant)、"非常规引渡"(extraordinary rendition)、"强化审讯技巧"(enhanced interrogation technique)等委婉语,它们有时候与"教授"这样的恐怖主义分子所笃信的

---

① Frank, Michael C. "Terrorism for the Sake of Counterterrorism." *Conradiana* 46.3 (Fall 2014), p. 173.
② 1916年,康拉德曾在《泰晤士报》发表《波兰问题笔记》("Note on the Polish Problem")一文,他反对波兰人与德奥签订密约,以在"一战"中支持德奥联盟的条件,换取未来建立德奥保护国的政治回报;康拉德认为波兰应该坚决"去斯拉夫化",选择英国和法国这样的西欧国家作为自己未来的文化与政治模式。See Fleishman, Avrom. *Conrad's Politics: Community and Anarchy in the Fiction of Joseph Conrad.* pp. 17-20.

暴力并无本质差别。

虽然历史的现实让人如此不安,我们或许还是应该认同罗斯的说法,即康拉德代表了一种"弱理想主义"(weak idealism)①。康拉德的小说要揭示的,并不只是这些恐怖分子为什么会失败,同时也关乎现代反恐机器内在的症候和矛盾。正是在这些悲凉的真相背后,我们看到了保持人性温度的必要性。康拉德在《间谍》中给当代社会留下了一笔意义重大却不易消化的文学和政治遗产,因为他的政治小说写作从来都是根植于20世纪转折时代复杂的国际政治环境和自身多元的文化身份冲突,这常常使得小说家以看似自相矛盾的反讽,来言说那些无政府主义者和他们的国家敌人。当9·11发生时,美国一些知识分子曾惊呼"反讽的时代已经终结了"②,而《间谍》作为"9·11小说"的典范特质,恰恰在于坚持了反讽的含混性。康拉德的小说可以告诫我们:需要防范的不只是恐怖分子的暴力思维和反恐机构对权力的滥用,也包括我们看待他们时所使用的思维方式本身。

---

① Ross, Stephen. *Conrad and Empire*. p. 188.
② Rosenblatt, Roger. "The Age of Irony Comes to an End." *Time* 24 Sept, 2001.

第四章　9·11小说与创伤叙事

她准备独自生活下去,以可靠的镇定态度独自生活下去;她和孩子们将会以撞楼飞机——划过蓝天的银色——出现前一天的方式生活下去。

——唐·德里罗《坠落的人》

我认识的大部分小说家在世贸中心恐怖袭击之后都经历了一段时间的自我反思和自我怨恨。我当然也不例外。有段时间,那种"创造出来的人物"和另类现实似乎显得很琐碎、很轻浮,甚至突然让人觉得有一种可怕的过时感。

——杰·麦金纳尼(Jay McInerey)

我们终于可以直接进入一般意义上的9·11文学了。无论从理论上如何迂回和梳理,无论在思想和历史的语境中如何提炼9·11的抽象意义,都必须老老实实地承认一点:对于亲历者而言,9·11首先是一次个人、家庭和社会的灾难体验。从经验上而言,当任何个体在现场面对两栋110层高的摩天大厦燃烧和倒塌,当我们徒劳地看着绝望的被困人员从高空跳落以求解脱,旁观者即刻的反应只能是一种无法喻理的恐怖。在恐怖袭击发生后,美国媒体通过不断重复双子塔的坍塌、纽约人的惊恐万状和废墟上的星条旗等画面,以"创伤"(trauma)为核心来构建这一历史事件。然而,如一些批评家指出的那样,"创伤"背后隐藏着一种修辞的政治,即美国是伊斯兰激进组织的恐怖主义行为的无辜受害者,这一切是无妄之灾。[①] 循此前提,少数宗教极端分子的恐怖行为被保守主义政客定义为"战争",基地组织及为其提供庇护的塔利班和萨达姆被想象为撒旦式敌人,美国于是可以通过国家战争机器合法地予以报复,无需反省乔姆斯基所说的"9·11前史"。

为了满足美国读者在灾难发生后对于抚慰心灵的文化产品的饥渴,大众文学市场中出现了大量的9·11创伤题材作品。譬如,凯伦·金斯伯里(Karen Kingsbury)2006年发表了世贸中心题材的小说三部曲。金斯伯里是一位白人女性,早年从事新闻记者工作,后来成为基督教作家,总共写了一百多本以信仰励志为主题的小说。在三部

[①] Breithaupt, Fritz. "Rituals of Trauma: How the Media Fabricated September 11." *Media Representation of September 11*. Eds. Steven Chermak, Frankie Y. Bailey and Michelle Brown. New York: Praeger, 2003, pp. 69-70.

曲的首部《一个星期二的早上》(*One Tuesday Morning*)中,男主人公杰克·布莱恩(Jake Bryan)是纽约市的消防员,也是虔诚的基督徒。恐怖袭击发生后,他奋勇地投入了世贸中心的疏散抢险任务。虽然他在双子塔倒塌之前侥幸逃出,但全身遭到严重烧伤,并且失去了记忆。他的妻子杰米(Jamie)起初都不敢确定这个被烧得面目全非的伤者就是她的丈夫,但在医院护理伤者的过程中,她通过丈夫留下的《圣经》和记录信仰历程的日记,一边试图帮助杰克恢复记忆,也一边让自己与早已疏离的基督教信仰重建关系。显然,这是一个称颂爱情、英雄主义、基督教信仰的9·11小说样本,它的励志与温情并不取决于9·11这个灾难事件的特殊性,而是借这样的背景来讲述一个见证信仰奇迹的故事。

　　类似《一个星期二的早上》这样的9·11题材类型小说还有很多。这里,灾难本身的意义被抽离为约伯式的受难,小说只是借此向读者提供宗教福音的滋养。当然,还有一些类型小说借9·11讲述青少年成长的故事,如菲利普·彼尔德(Philip Beard)的《亲爱的佐薇》(*Dear Zoe*, 2005)。不过,《出版者周刊》对这类作品有十分精确的批评:"9·11在小说中就如同一个巨大的衣帽钩,上面挂着一件小小(但可爱)的外套。"①当然,这种说法或许欠妥,因为任何一个人的死亡都并非微不足道,它们实际上都具有不可通约的悲剧性。不过问题在于,9·11题材的成长小说的叙事范型在想象灾难的方式上多半雷同,无法在事件的深层意义上进行特别的追索,其文学价值也多半乏善可陈。这类作品虽然满足了美国图书市场特定时间内对于该题材的需求,为特定的作者群提供了文化消费品,但随着时间的推移,当对于9·11事件的悲悼渐渐淡出美国人的公共生活,此类小说也渐渐失去热点效应的光环。因为失去了时效性,9·11主题的类型小说出版数量相较于十年前已经急剧下降。

---

① "Review on *Dear Zoe*." *Publisher's Weekly*. Web. Accessed on June 15, 2018. https://www.publishersweekly.com/978-0-670-03401-7. 访问日期:2018年8月21日。

那么，在流行小说、类型小说之外，严肃的美国当代文学该如何再现曼哈顿"归零地"所表征的创伤体验呢？卡普兰（E. Ann Kaplan）认为，9·11 所代表的历史创伤超越了弗洛伊德最初讨论的个人心理范畴，它本身带有文化重构的印记。① 大众媒体和流行文学中的 9·11 创伤再现，只是对某些加载了特定价值观的影像的强迫性重复，并未将之根植于可靠的历史叙事中。琳达·考夫曼（Linda S. Kauffman）则认为，政客和媒体的这种做法实际上是将 9·11 事件迅速地从"一场悲剧转化为景观，并使之成为官方叙事"②。相反，严肃文学中的 9·11 小说一方面试图突破视觉媒体再现的范畴，去捕捉普通个体不可通约的创伤体验，另一方面则对大众媒体主导的创伤再现加以批判性解读，让那些被遗忘的东西浮出水面。9·11 甫一发生，德里罗即敏锐地意识到，这个国家真正需要的是一种"反叙事"（counter-narrative），文学需要放下爱国主义、宗教救恩等宏大叙事，回到人性的基本层面，给予那些沉默的大多数（包括世贸中心幸存者和劫机犯）以言说和悲悼的权利。③ 德里罗进一步指出，这种反叙事存在于"人们携手从双子塔坠下"的"原始恐怖"中，作家的使命应是"赋予那片嚎叫的天空以记忆、温情和意义"。④

* * *

《坠落的人》是德里罗对自己 9·11 文学宣言的一次文本实践。如前所述，德里罗这位地地道道的纽约人，早在几十年前就不断在想

---

① Kaplan, E. Ann. *Trauma Culture: The Politics of Terror and Loss in Media and Literature.* New Brunswick: Rutgers UP, 2005.
② Kauffman, Linda S. "The Wake of Terror: Don DeLillo's 'In the Ruins of the Future,'" "Baader-Meinhof, and *Falling Man.*" *Modern Fiction Studies* 54.2 (Summer 2008), pp. 353–354.
③ DeLillo, Don. "In the Ruins of the Future: Reflections on Terror and Loss in the Shadow of September." *Harper's* 12 (2001), p. 35.
④ Ibid., p. 39.

象这个大都市与边缘恐怖分子间的欲望关系。萨缪尔·亨廷顿曾预言新世纪文化冲突的主战场将是伊斯兰和非伊斯兰文明交界的"流血的断层线"①,而德里罗早在1970年代就在《球员们》里预言了世贸中心的遇袭,后来的《地下世界》《毛二世》也曾隐晦暗示过双子塔的厄运。有学者据此认为,其实在9·11成为历史之前,德里罗就写出了启示录式的9·11主题小说。②然而,一语成谶后的德里罗并未在《坠落的人》中续写之前的那种后现代反讽,他更为关切的不再是这座摩天大楼必然的灾难宿命,而是"归零地"那些普通幸存者所昭示的人类生存处境。

从一开始,这部纽约城市的悼歌就以惨烈的细节,再现了残酷的灾难时刻:在北塔楼体倒塌之前,基思侥幸逃出,目睹了曼哈顿下城人间炼狱般的景象。身心严重受创的他鬼使神差回到了已分居的妻子的住处,一切似乎又回归到了日常生活的循环往复中。然而,因为错拿的公文包,他认识了同为北塔幸存者的黑人女性弗洛伦斯。两人很快成为情人,他们相互讲诉各自的逃生经历和作为幸存者的不安。这种关系并不只是为了宣泄,也是为了更好地理解自己经历的这一切。恰如很多创伤文学作品所展现的,这样的讲述时常陷入某种失语症:

> 她慢慢说着,一边讲,一边回忆,常常停下来,注视着前方,当时的情形一一浮现出来:天花板坍塌,楼梯阻塞了,四处烟雾弥漫,一直没有散去,墙壁倒塌了,没有涂泥灰的石墙。她停下来,考虑合适的字眼;他等待着,注视着她。她脑袋里一片空白,失去了时间感,她说。③

---

① 参见钱满素:《美国文明散论》,北京:东方出版社,2010年,第245页。
② O'Hagan, Andrew. "Racing Against Reality." *The New York Review of Books* 28 June 2007. http://www.nybooks.com/articles/archives/2007/jun/28/racing-against-reality. 访问日期:2018年8月21日。
③ 唐·德里罗:《坠落的人》,严忠志译,南京:译林出版社,2009年,第57页。

显然,9·11 的创伤体验让他们的讲述变得异常艰难。但恰恰因为两人拥有共同的创伤体验,所以这种无法向外部世界展开的倾诉,自然而然地只能向对方敞开(即使两人互为种族意义上的他者)。正如基思感受到的那样:

> 她希望告诉他一切。他觉得,这是显而易见的。也许,她已经忘记了,他当时也在现场,在双子塔楼里;也许,正是因为这个原因,他是她需要倾诉的对象。他知道,她没有向人讲过她的经历,没有以如此紧张的方式,向任何人讲过。①

不仅那些恐怖袭击亲历者需要疗救创伤,作为旁观者的纽约市民也"试图理解 9·11 那天生命与死亡的随意无常"②。基思的妻子丽昂是一位图书编辑,也从事古代文字的研究。她在东哈莱姆区定期组织老年性痴呆早期患者参加的故事会,不仅让他们讲述"世界上发生的事件和他们生活中的事情",还让他们写作文并相互朗读。③ 丽昂发现,在 9·11 之后,所有的参加者都开始"想写飞机";或者更具体地说,"他们写与那些飞机有关的情况。他们写撞楼时他们在什么地方。他们写自己认识的在双子塔楼里——或者在双子塔楼附近——的人,他们写上帝"。④ 于是,这样的故事会不再仅仅是为了帮助阿尔茨海默病患者抵抗因为脑部病变而导致的记忆丧失,它更成为纽约人以集体叙事的方式来治疗间接创伤的方式。按照当代"叙事疗法"的一般观点,"通过对群体性记录的口头复述,群体中就会产生一种团结一致的感觉。这是一种特殊的群体共鸣感形式,因为它不仅包含了分担痛苦的群体认同感,而且也包含了共享技能、知识、价值观以及经历

---

① 唐·德里罗:《坠落的人》,第 58 页。
② Kauffman, Linda. "World Trauma Center." *American Literary History* 21.3 (Fall 2009), p.650.
③ 唐·德里罗:《坠落的人》,第 30 页。
④ 同上书,第 64 页。

的认同感"①。然而,德里罗笔下的叙事治疗是因为"同"(相同的老年痴呆症)而开始,却并不是为了进一步制造群体共鸣的"同"。参与者对于9·11的反应是差异化的,譬如有的人"庆幸自己没有什么信仰,否则,经历这次袭击之后,他会失去信仰的",有的人说9·11之后"我离上帝更近了",还有一个名叫"奥马尔"(显然,此人是阿拉伯裔)的成员则说,自己在那天之后害怕到街上去,因为担心别人对他另眼相看。②

对丽昂来说,组织这样的叙事治疗也是在帮助自己去面对双重创伤。多年前,她的父亲在确诊阿尔茨海默病之后自杀,这一直让丽昂无法释怀,她无法理解丧失记忆这个事件本身为何在父亲身上形成如此巨大的恐惧,以至于盖过了对于死亡本身的恐惧。通过近距离观察这个正在慢慢失去记忆的人群,她开始慢慢与"父亲之死"——这个代表他者的黑洞——进行对话,她开始理解父亲当时的害怕与绝望,因为他所罹患的疾病意味着:

> 失去的东西和失去的事情,从心灵深处间或释放出来的令人恐怖的预兆显示——他们的心灵已经开始脱离人必须具有的依附性摩擦作用。它表现在语言中,表现在颠倒的字母上,表现在难以达意的句尾处没有出现的词汇里。它表现在可能失去控制的字迹里。③

值得注意的是,她本人是一个语言中心论者,这决定了她体验创伤的方式。她所希望编撰的一本关于古代文字的书,似乎代表了从语言出发的记忆和遗忘之间的激烈张力,因为那些远古文字是我们当代

---

① 大卫·登伯勒:《集体叙事实践:以叙事的方式回应创伤》,冰舒译,北京:机械工业出版社,2015年,第39页。
② 唐·德里罗:《坠落的人》,第64—65页。
③ 同上书,第31页。

人能够寻获的唯一的关于那个过去的记忆。她的另一层创伤,则是源自自己的丈夫。这更像是某种经由基思传递到她身上的创伤——当基思满脸尘土、面如死灰、浑身是血地出现在家门口,她是这个强烈的死亡意象的直接受话者。在那个可怖瞬间,她甚至无法区分他身上浸透的是否是自己的血,或他是否会伤重死去。丽昂的9·11创伤还体现为一种文化应激反应,它广泛存在于当时的纽约市民中。这种应激有时体现为对阿拉伯世界的文化符号产生本能的排异反应。她开始坚信楼下邻居埃莱娜传来的东方旋律是某种伊斯兰教的祷告音乐,情绪激动的她甚至动手袭击了自己的邻居。

丽昂的儿子贾斯廷虽然少不更事,但通过电视中不断出现的飞机撞击世贸中心的场景,也对大人讳莫若深的城市灾难产生了创伤反应。他开始和两个玩伴一起,天天用望远镜守望纽约上空,秘而不宣地希望能找到恐怖分子的踪影。这三个孩子在灾难发生后只用单音节词说话,他们以为自己获知了一份9·11的终极秘密,即幕后指使是一个叫"比尔·洛顿"的人,此人"留着长长的胡子,穿着长袍,会开飞机,能够讲十三种语言"①。孩童们对这个名字的以讹传讹,显然来自铺天盖地的电视报道和大人们对孩子们的欲言又止。但事实上,无论如何"试图让孩子们与时事保持安全距离"②,9·11对纽约城里所有人的心理伤害都是无法言喻的,家长不可能对孩童们隐瞒双子塔在曼哈顿天际线上消失这一残忍事实。未成年人于是以自己的方式,承受着9·11创伤文化的冲击,他们以单音节词去秘密构建关于"比尔·洛顿"这个盎格鲁-撒克逊式名字的虚构神话。贾斯廷告诉父亲,他们这些孩子之所以要在9·11后用单音节词汇造句,是因为"它帮助我思考时慢下来"。③ 由此可见,这种儿童语言的返祖变异,其实是一种面对创伤的心理策略,意义在于延缓思考的进程,帮助未成年

---

① 唐·德里罗:《坠落的人》,第80页。
② 同上。
③ 同上书,第70页。

人寻找更加准确的词汇,去命名无法命名的恐怖之痛,去对抗因为创伤而造成的失语。

卡普兰将创伤的影响描述为三类:心理身份的瓦解、日常生活中弥漫的威胁感以及受辱和缺乏之感。① 显然,基思一家所代表的纽约人都不同程度处于9·11所带来的创伤之中,他们无法摆脱的心理症结是9·11事件的超现实感对日常生活的侵入与破坏,其症状体现为用自我强迫式的重复去克服心理上的焦虑和恐惧。基思之所以要一遍遍听弗洛伦斯讲诉她紧急疏散的故事,是因为他"试图在那些人群中找到他自己"②。和其他幸存者一样,他处于某个无法走出的时间框架中,无法理解他的幸存究竟意味着什么。德里罗在《坠落的人》中描述的这些症状,完全符合著名的创伤理论批评家卡西·卡鲁斯(Cathy Caruth)对"创伤后应激障碍"(Post-Traumatic Stress Disorder, PTSD)的经典界定:

> 一种对压倒性事件的反应,它有时会延迟,其形式是源自该事件的重复的、侵入式的幻觉、梦境、想法或行为……这个事件当时并没有被完全地吸收或体验,而是延后……一个人受到创伤,完全就像是被图像或事件附体。③

值得注意的是,作为当年耶鲁大学保罗·德曼(Paul de Man)的学生,卡鲁斯认为创伤不只是一个心理学问题,它更是语言、历史和记忆相互纠缠的症候。或者更具体地说,个体对于创伤经验的探寻和把握,很像是解构主义者眼中我们认识历史真相的过程,即"历史"总是以"后见之明"的方式来言说的。尽管人们总希望去把握历史的本

---

① Kaplan, E. Ann. *Trauma Culture*. pp. 5, 12–13.
② 唐·德里罗:《坠落的人》,第62页。
③ Caruth, Cathy. *Trauma: Explorations in Memory*. Baltimore: JHU Press, 1995, p. 4.

质,但历史的真相又是本质上无法被我们把握的。基于这种相似性,卡鲁斯试图用解构主义的方法来分析文学和历史中的创伤叙事。她的这个立场深刻影响了近 20 年来人文学领域的创伤理论研究。

那么 trauma 这个词到底是什么意思?首先,该词源自古希腊文,原意是"受伤"(wound),指的是加诸肉体的伤害。但在弗洛伊德那里,创伤不再是对肉体的伤害,而是加诸心灵的无法治愈的伤害,它体现为一种强迫症式的重复,或者说是"不自知地重演那个无法忘却的事件"①。弗洛伊德对这种病症的认识,与他之前用心理分析治疗神经官能症是不同的。他之前更多的是从"性压抑"的角度解释神经官能症(如女性的歇斯底里等),其心理分析也是基于童年记忆等潜意识的内容。第一次世界大战以惨烈而旷日持久的战壕战著称,副产品之一就是"弹震症"(shell shock)。早在 1915 年 2 月,《柳叶刀》杂志就发表文章,探讨"一战"期间受炸弹袭击的英国士兵所产生的诸多生理和心理问题,如失眠、记忆丧失、视力变弱等。起初,医学界认为是炸弹的巨大震荡波导致脑脊髓渗入大脑组织并产生病变,但随后发现一些并未上前线的士兵也出现了"弹震症"的典型症状。当时的医学界于是改变治疗方案,更多从心理损伤(而非物理损伤)来理解这一病症。弗洛伊德正是主张用心理手段治疗"弹震症"的代表性人物。

不过,"弹震症"已经很难用弗洛伊德原有体系中的"性压抑"来解释了。为此,他在战后出版了《超越快乐原则》(*Beyond the Pleasure Principle*,1920)一书,这代表了他思想发展的重要转折点。在书里,弗洛伊德试图回答的是:为什么那些受到心理创伤的人会背离"趋利避害"的本能,不断在意识深处重返可怕的灾难现场?他就此提出了"死亡本能"(death instinct)这一概念,以修正他之前围绕性冲动建立的精神分析体系。具体而言,性冲动是基于"快乐原则"在人类潜意识中运作的,我们的梦与幻想是性冲动被压抑后在潜意识中寻找满足

---

① Caruth, Cathy. *Unclaimed Experience*: *Trauma*, *Narrative and History*. Baltimore: JHU Press, 1995, p. 2.

的表征。但弗洛伊德在其晚期著述中又告诉我们：与性冲动相对的是另一种基本冲动，即进攻（aggression），两者的矛盾冲突贯穿于个体生命的始终。① 性冲动背后是存续和保全自我的生命本能（life instinct），而在进攻冲动背后则是毁灭伤害他人或自身的死亡本能。弗洛伊德试图从生物学的角度来解释死亡本能的成因：

> 假如生命的目标就是实现那些尚未满足的事情，那么它与本能的保守本性是恰好抵牾的。相反，它必须是事物旧的状态，是生物在某个时刻的初始状态，于是生物在发育前进的过程中，也在寻找回路，努力返回这个初始状态。假如我们认定这样一个普适的真理，即一切生物都是因为内在的原因而死——再次成为无机物——那么我们就不得不说"所有生命的目标都是死亡"，而且追溯历史来看，"无生命物存在于有生命物之前"②。

必须指出，当代科学界（乃至大部分现代心理学家）都不认同弗洛伊德这种所谓"死亡本能"的存在，弗洛伊德关于生命物返回无机状态之冲动的假说在后世受到了普遍的质疑。③ 但对卡鲁斯来说，弗洛伊德在《超越快乐原则》中最重要的贡献，其实是描述了受创伤主体的强迫性重复（compulsive repetition）。这种重复并非是有意识的状态下发生的，但亦不属于神经官能症。④ 如卡鲁斯所言，它常体现为强迫

---

① Sánchez-Pardo, Esther. *Cultures of the Death Drive*: *Melanie Klein and Modernist Melancholia*. Durham, NC: Duke UP, 2003, p.138.

② Freud, Sigmund. *Beyond the Pleasure Principle*. Trans and eds. James Strachey. New York: W. W. Norton & Company, 1961, p.32.

③ 弗洛伊德的传记作者曾说，20世纪精神分析学界使用"死亡冲动"这个术语的学者寥寥无几，仅有的几位（如梅兰妮·克莱因、卡尔·奥古斯都·门宁格、赫尔曼·南伯格）也只是在临床意义上使用它，与弗洛伊德的文化分析理论大异其趣。See Sánchez-Pardo, Esther. *Cultures of the Death Drive*. p.137.

④ Zilboorg, Gregory. Introduction. *Beyond the Pleasure Principle*. Sigmund Freud. p. xiv.

性记忆:

> 精神在时间、自我和世界的经验中受到的破坏,不像身体伤害那样简单并且可治愈,它其实是一次事件……它被体验得过于迅速,也完全出乎意料,以至于它无法被完整地认识,所以它未被意识所获取,除非它能在重复的梦魇或幸存者的重复行为中不断出现。①

这种特殊的记忆机制对我们理解创伤体验特有的时间结构非常重要,它甚至可以从个体病征,扩展到整个文化史的范畴。弗洛伊德在晚年的《摩西和一神教》(*Moses and Monotheism*)中,将创伤理论和心理压抑机制结合起来,做了更复杂、更完整的文化阐释。弗洛伊德此时认为,创伤是一种被意外事件激活的无意识。或者说,创伤事件是一个触发器,将那些被主体意识长期压抑的早年创伤记忆带回意识经验中。② 于是,创伤成为一个从"遗忘"回到"记忆"的过程,就如同古代犹太人与摩西创立的一神教之间的忘和信的关系。创伤记忆夹杂着幻想和真实,共同塑造了个体乃至整个民族的创伤经验。弗洛伊德为此使用了一个心理学术语,即"抒泄"(abreaction),来描述病人如何在当下的创伤体验中重新意识到过去被压抑的创伤事件。《坠落的人》中的丽昂就是"抒泄"的典型案例,她在无法入睡的晚上阅读叙事治疗小组成员所写的关于恐怖袭击的作文,那一刻她眼前浮现的就是自杀的父亲。

卡鲁斯更进一步地将这种强迫性重复视为主体和他者的对话。她强调,这种对话并不一定发生在创伤主体的内部,它更多地体现为我们的社会成员对于受创伤主体的倾听,因为这些人类声音代表了

---

① Caruth, Cathy. *Unclaimed Experience*, p. 4.
② Kaplan, E. Ann. *Trauma Culture*, p. 32.

"从伤口发出的他者谜团"。① 不难想象,文学批评家之所以关注创伤叙事,与其说是寄希望于创伤患者的康复(这更多是专业的心理治疗师的工作),毋宁说是人文学者在寻求一条认识历史的道路,他们希望在看似病态的"创伤后应激障碍"中找寻被遮蔽的历史真相,并以符合伦理的方式,去理解那些历史创伤的受害者(即他者)。德里罗在《坠落的人》中书写的每一类创伤受害者,都是在这种伦理关系中去寻找倾诉和被倾听的可能。尤其当这种灾难是国家与民族的巨大事件(如奥斯维辛、南京大屠杀、广岛核爆或9·11)时,如何面对创伤、理解创伤、讲述创伤,就成了文学最重大的使命。

从创伤叙事的角度出发,卡鲁斯提出了一个核心概念,即"双重讲述"(double telling)。它对应于创伤叙事的两个层面——一个是与死亡遭遇的故事,另一个则是作为幸存者的故事。② 因此,双重讲述既是告诉我们人作为生命个体在重大历史暴力事件中是如何湮灭的,同时也是讲述那些亲历创伤事件的幸存者对于生存的复杂体验。显然,创伤只属于幸存者——它必须寄宿在有生命的肉体中,那些真正经历死亡的人们是免于创伤的。卡鲁斯的这个概念是对大屠杀叙事中"不可能的见证"这一说法的补充。幸存者不只是帮助死去的人做出不可能的见证,同时他们的证词也关乎自身作为幸存者的经验。这种经验既饱含着对生命的珍视,也有苟活的耻感。它的矛盾性不断折磨着当事人,并以创伤的强迫式重复威胁着将生命主体拖入深渊。所以,双重讲述实质上面对着两种危机:**死亡的危机**和**生命的危机**。像莱维这样的奥斯维辛幸存者在几十年后选择自杀,正说明这样的双重讲述是何等艰难、何等伟大。

表面上看,卡鲁斯似乎非常强调这种双重讲述及对其倾听的必要,但她的解构主义立场(部分也来自于拉康发展的弗洛伊德主义)

---

① Caruth, Cathy. *Unclaimed Experience*. p. 3.
② Ibid., p. 7.

使她不得不得出一个悲观的结论:无论在伦理上有多么重大的意义,这种讲述和倾听在本质上仍是无效的交流。受害者必定无法真正说出自己关于死亡和生命的双重危机,倾听者也注定无法真正有效地理解这种讲述。卡鲁斯对于创伤的不可言说性和不可再现性的坚持,是与西方后现代主义史学观保持一致的。关于这一点,我们不妨跟随卡鲁斯的文学批评实践,考察一下她所钟爱的法国作家杜拉斯的《广岛之恋》(*Hiroshima mon amour*)是如何证明上述立场的。

《广岛之恋》讲述了1957年一个法国女人和一个日本男人相遇相恋却无疾而终的故事。在偶遇时,他们各自携带着自己的秘密和创伤:日本男人是广岛核爆的亲历者,而法国女人则在自己的家乡内韦尔受到过公众的致命羞辱,因为她战时曾与一个德国士兵相恋。他们都曾在战争中失去各自的恋人,相似的人生经历自然催生出两人激烈的情爱。但杜拉斯此处不是要讲述东西方异国恋爱的浪漫桥段,而是在严肃探讨两种创伤相互讲述和倾听的可能。令人心痛的是,无论他们如何被对方所吸引,无论这种激情如何唤起了共情的倾听,两人都无法真正理解对方的故事——哪怕在历史上,他们的经历通常被归到同一场战争灾难。日本男人告诉她:"你在广岛什么也不曾看见。一无所见。"法国女人却说:"我都看见了。毫无遗漏。"①她还说:"和你一样,我知道要忘记的是什么。和你一样,我有记忆。我知道要忘记的是什么。"然而他却回答:"不,你不知道要忘记的是什么。你没有记忆。"②

为什么杜拉斯和卡鲁斯一样,认为受到创伤的主体没有记忆,也不知道要忘记的是什么呢?这当然不是说受创伤的人没有**任何记忆**,问题恰恰在于,他们强迫性重复的记忆是碎片化、幻觉化的,其内容和再现方式亦真亦假,并不能真正呈现历史。简言之,在创伤记忆

---

① 玛格丽特·杜拉斯:《广岛之恋》,谭立德译,上海:上海译文出版社,2005年,第17页。
② 同上书,第31页。

和真相之间,存在着永恒的断裂。正因为男女主人公对广岛核爆和法国沦陷的记忆都因为创伤而不可避免地充满罅隙和暗影,所以男主人公才说"你不知道要忘记的是什么"。创伤不断地让主体意识陷入过去的暴力经历中,同时也切断了语言和意识的通道,使得这种经验无法被语言完整地表达,也无法被我们的意识真正地认识。因此,卡鲁斯就《广岛之恋》评论道:

> 在这次相遇的过程中,这个女人看见的并不是那些曾为人所知的死亡如何被抹除,而是她并未真正理解的死亡在持续地重现,她不断看见的其实是自己的无知,即对生命和死亡之区别的不明就里。①

这种记忆和遗忘的无能,导致了创伤的无法言说。同时,人类个体经验之间的不可通约性,导致了听众注定无法通过创伤叙述抵达事件的内核。正如杜拉斯书写的这个悲剧所展现的那样,即使是欧洲"二战"的亲历者也无法理解广岛核爆幸存者的创伤。简言之,卡鲁斯认为创伤叙事中的双重讲述并不是对人类语言的某种赋能,而是对人类语言无力性的深刻暴露。

某种程度上,《坠落的人》的确佐证了卡鲁斯对创伤的这一经典见解。小说中的基思一家从一开始就陷入了某种似乎无法治愈的创伤和疏离中。基思在9·11之前就已经和妻子分居,恐怖袭击之后,他一度试图回归家庭,他甚至重新与妻子做爱。但两人之间的沟壑并未因为恢复了肉体亲密关系而消失,反而因为9·11变得更加深不可跨。基思所做的两件事情都指向了这种创伤叙事的不可能性:其一,他和同为幸存者的陌生黑人女性弗洛伦斯形成了跨种族的沉默者同盟;其二,他沉醉于扑克牌锦标赛,并以此纪念在世贸中心殒命的牌

---

① Caruth, Cathy. *Unclaimed Experience*. p. 37.

友。如果说基思的经历表现了创伤的不可言说性,那么妻子莉安娜则是在相反的方向努力——通过组织阿尔茨海默症患者进行写作,她试图拯救不断被大脑病变侵蚀的记忆。当然,因为阿尔茨海默症本身就隐喻了一种"不可能的记忆",《坠落的人》也就进一步靠近了卡鲁斯的解构主义立场,展现了记忆和遗忘过程中充满悖谬感的徒劳。

但是,新世纪以来,卡鲁斯关于创伤叙事的观点已经日益成为学术界挑战的对象,尤其是当卡鲁斯的老师保罗·德曼曾为纳粹德国进行反犹宣传的往事被揭露出来以后,解构主义史学的立场陡然变得十分可疑。其中一个重要的反驳声音,正是来自卡普兰。在那本写于9·11之后的《创伤文化:媒体和文学中恐怖和失落的政治》(*Trauma Culture: The Politics of Terror and Loss in Media and Literature*)中,卡普兰试图这样修正卡鲁斯关于创伤的不可言说性和不可再现性的观点:

> 我的论点是,讲述关于创伤的故事,尽管这个故事根本无法真正重复或再现过去发生的事情,但它却可能在一定程度上帮助受害者去"修通"(working-through)。它可能会带来一种共情的"分享",从而让我们继续向前,哪怕只能向前咫尺。(卡鲁斯的)理论建构似乎有问题的地方,在于该理论显然忽视了创伤同时导致解离和代际传递的现象。①

卡普兰对于卡鲁斯的修正,颇像米勒对于阿甘本关于大屠杀见证的修正——尽管从哲学上说,我们应该承认这里有不可再现性的深渊,但在现实的文化政治中,我们仍应该积极谋求叙述的可能性。当卡鲁斯强调创伤的不可治愈时,她是站在德里达的立场上强调一种对于历史认识的永恒延异;但当卡普兰肯定叙述创伤的意义时,她则是站在更现实的立场,强调改善创伤症状的可能。易言之,《广岛之恋》

---

① Kaplan, E. Ann. *Trauma Culture*. p.37.

或《坠落的人》中症候式的强迫性重复固然无法最终修复创伤,但却是走向疗救的第一步。在德里罗看来,如果不迈出这一步(无论它多么微小),那么将面对的更致命的敌人就会是健忘症,而遗忘即意味着另一种意义上的死亡。

于是,阿尔茨海默症在《坠落的人》中就成为一个重要的隐喻。它不仅是特定人群的生理疾病,更象征"后9·11"美国社会的一种文化健忘症。琳达·考夫曼指出,主流媒体过度消费了这场被景观化的恐怖事件,那些被重复播放的现场以及受害者的画面最终只是呈现了"空洞的移情",因为它们"无法提供哪怕半点语境,也无法讲诉地区政治、全球联盟和历史"。① 如果在如此重大的历史事件后,一个社会只是选择浅薄化的解读和选择性的遗忘,那么不仅恐怖与死亡的意义会被完全抽空,而且更大的灾难还可能会降临。在这个意义上,让"归零地"那些无力的创伤叙事发出声音,无论在哲学家眼里它们是多么力有未逮,这种言说都将比主流叙事操控的符号化9·11更具有积极的社会意义。

为了对抗美国社会根深蒂固的文化健忘症,小说里有个行为艺术家开始在恐怖袭击后的纽约街头不断表演名为"下坠之人"的行为艺术:他身着西装,腰系保险绳,从高处跳下。这个创意源自关于9·11的新闻史上的一张著名照片,它以被撞的世贸中心为背景,抓拍了某个绝望的办公室白领从高层自由下坠的瞬间。在这位艺术家看来,这是"归零地"人之处境的最佳写照。在全球资本主义的巨大符号坍塌之前,渺小的人类个体以跳楼自杀作为自由意志的最后实现。通过不断地将这个场景仪式化,这位艺术家试图提醒那些已经遗忘9·11内涵的纽约市民,悲剧的核心不是诸如"废墟上不倒的星条旗"这些意识形态浓厚的新闻符号,而是个体生命面对死亡时的恐怖与悲怆。如詹明信所言,被大众媒体操控和展览的爱国主义体现了后工业社会对

---

① Kauffman, Linda. "World Trauma Center." *American Literary History* 21.3 (Fall 2009), p.650.

人的异化,因为在国家意识形态之外我们丧失了悲悼的主体自由,"甚至连情感的反应都必须通过媒体的指挥和放大"①。由是观之,《坠落的人》正是在让不同的创伤叙事形成了复调的"悼歌",并由此构成了一种对抗主流的9·11文化的"反叙事"。

卡普兰等学者对于9·11创伤文化的研究,与先前的创伤研究相比有一个显著的区别:前人多从心理治疗的临床个案出发,或从大屠杀和战争等极限事件中寻找思想资源;而卡普兰所说的创伤,并非临床意义上的个案,也不是彻底不可见证的惊天浩劫,而是更多指向抽象层面的文化创伤,其发生机制与9·11事件的全球性媒体报道有密切关系。卡普兰特别强调的,是所谓的"媒介化创伤"(mediatized trauma),它不是直接暴露在9·11现场所造成的心理创伤,而是由于大众媒体对恐怖袭击影像的过度加载和传播所造成的。② 显然,这种媒介化创伤是一种间接体验的创伤(vicarious trauma)。它一方面对于更广泛的人群有着隐而不显的影响(如基思的儿子贾斯和他的小伙伴们就是这种媒介化创伤的严重受害者),另一方面媒介化的9·11影像及创伤话语有着令人不安的神话虚构成分。如卡普兰所言,它虚构了一个拥有共识的美利坚民族受创伤的形象,而这种所谓的"共识"又带有鲜明的欧洲中心主义和男性中心主义的特征。③

在研究9·11创伤文化时,卡普兰这样的学者意识到,他们其实需要在两条战线上进行论战。第一类敌人是虚假的创伤文化。这种被大众媒体中介化的创伤文化,已然成为国家意识形态的传声筒。曼哈顿"归零地"表征的国家创伤,不过是再次确认了美国"例外主义"的神话书写,仿佛受到创伤的不是一个个曾经鲜活的肉体生命,而是具身化的美利坚及其象征的自由民主制度、上帝的"恩宠"和先进的

---

① Jameson, Fredric. "The Dialectics of Disaster." *Dissent from the Homeland: Essays after September* 11. Eds. Stanley Hauerwas and Frank Lentricchia. Durham: Duke UP, 2003, p. 55.
② Kaplan, E. Ann. *Trauma Culture*. p. 2.
③ Ibid., p. 13.

西方现代文明。这样的创伤文化被某种集体审美、集体悲悼和爱国主义符码掏空了"归零地"死亡的内核,最后的结果无非是一类由晚期资本主义编码的创伤商品。这里,有批量生产的自助类、福音类或成长题材的类型化畅销书(如金斯伯里的《一个星期二的早上》),或是传递主流价值观、个人英雄神话的好莱坞电影(如克林特·伊斯特伍德的《美国狙击手》),或被批评家诟病的"归零地"观景平台,将创伤景观变成了文化商品,收取世界各国游客"到此一游"的门票。正是在这个意义上,德里罗呼吁小说家去书写一种"反叙事",让那些在燃烧的大楼上恐惧的、呼号的、祈祷的、绝望的、跃下的生命不再被通约成为空心的创伤文化抽象物。

另一类敌人,则是那些欧美的左翼知识分子,如鲍德里亚、乔姆斯基、德里达和齐泽克等人。诚然,他们的"后9·11"批评指向了创伤文化可疑的一面,即创伤背后可能隐匿的文化自恋主义、西方中心主义和对于美国全球干涉政策的健忘症。这些左翼批评家认为,创伤将美国塑造为这一场"逆全球化"抗争的无辜受害者,但对美国这个深度介入中东政治的超级全球帝国而言,是不可能具有天然的无辜性的。循此逻辑,那些从后殖民政治预设立场出发的"后9·11"文学批评家,对于美国9·11小说中的创伤书写多有非难,认为这种对自身苦难的抒情是与亚非拉第三世界中那些全球化暴力的受害者所承受的创伤历史不对称的。

针对这两者,卡普兰的研究试图打破"我们"的创伤和"后9·11"美国文化批判之间的二元对立,谋求在悼歌和批判之间的平衡关系。她写道:

> 将9·11袭击和美国过去的行动联系起来,将会损害事件和思想的不可通约性……双子塔对于恐怖分子(可能按照美国电影所宣扬的方式)而言,代表着后现代性、技术、城市、建筑奇迹、城市景观、未来高科技和全球化的世界。但是对那些周遭的人来

说,它们在现象学的意义上,其功能就是人们栖居和所属的空间的一部分,并不特别代表了美国的资本主义和美国强权。①

卡普兰似乎在暗示,恐怖分子和当地居民对双子塔及纽约的城市空间有着截然不同的认知。这种认知的错位决定了他者眼中的原罪式图腾,可能不过是我们日常生活中世俗经验的一部分。既然如此,为什么不能允许两种"后9·11"的文化批评同时展开?为什么我们对世贸中心"归零地"那些真实的创伤受害者个体的关注,就一定意味着对于世界其他地方地缘政治和全球化暴力受害者的怠慢或冷漠?卡普兰反问,"为什么我们不能一方面对美国在过去和当下的行为展开充分的政治分析,而另一方面欢迎社会去公开讨论创伤、创伤后应激障碍、间接创伤和治疗这些疾病的方法?"②显然,如果放下意识形态的褊狭,对9·11文学中的创伤书写进行研究不仅必要,而且完全不需要我们非此即彼地放下批判立场,去成为大众媒体和官方意识形态的共谋。

为了理解卡普兰这种创伤文化的研究进路,有必要进一步清理当代脑科学和人文学对于"创伤后应激障碍"的理解范式。事实上,卡鲁斯对创伤研究的心理学考察,主要基于1990年代美国心理学学会的主流定义,即创伤会导致解离(dissociation)的心理反应。卡鲁斯曾在1995年编撰的创伤研究论文集《创伤:记忆的探究》(*Trauma: Explorations in Memory*)中,收入了美国精神病学家贝塞尔·范德科尔克(Bessel van der Kolk)和荷兰学者翁诺·范德哈特(Onno van der Hart)在1990年代初合作发表的经典研究论文《侵入式过去:记忆的可塑性与创伤的刻写》。在该论文中,两位学者援引当时认知科学的观点,指出记忆是一种神经元组之间特定联结的生成,大脑认知必然伴随着一种

---

① Kaplan, E. Ann. *Trauma Culture*. pp. 15–16.
② Ibid., p. 16.

分类的过程,即将新感知的经验事物放入之前知识记忆的联结中。① 由于记忆的这种联结性被创伤的解离效应所破坏,创伤于是就成为一种特殊形式的记忆——事件在创伤记忆中只有情感(affect)维度,而没有实在的意义(meaning)。② 为了解释这一点,范德科尔克和范德哈特等心理学家以大脑生物学的进展来说明这一过程:创伤发生时,大脑中负责感觉的杏仁体被激活,而负责在大脑认知过程中生产意义的大脑皮层则处于被关闭的状态,因为这一区域接受了过量的信号刺激,超过了大脑皮层的处理负载。③

卡普兰认为,作为人文学者的卡鲁斯似乎将这种脑科学的解释模型视为理所当然的真理,并在后结构主义哲学的方向上做了进一步引申,认为创伤经验导致了意义的丧失,主体无法处理过去与现在的时间关系,只能以幻想、幻觉、梦境等非理性叙述作为应答。根据这个模型,弗洛伊德关于无意识和创伤经验的关系问题被重置了。卡鲁斯等人文学者认为,对无意识进行弗洛伊德式精神分析是无济于事的;或者说,这一派的创伤理论不再把无意识当成外部世界和内心意识之间的中介,无意识因为其复杂度和非结构性,也就不再是人文学的认知对象了。正如苏珊娜·拉德斯通(Susannah Radstone)对卡鲁斯为代表的创伤理论所做的批评那样:"创伤理论家并不认为创伤可以触发更多的关联,而是在本体论上将之视为无法承受的事件本质。"④ 所以,1990年代随着大屠杀研究而兴起的创伤理论,实际上在脑科学理论的指引下走向了反精神分析的方向,其后果是让后现代创伤研究对主体的创伤经验内容选择了一种不可知论的立场。

---

① Van der Kolk, Bessel and Onno van der Hart. "The Intrusive Past: The Flexibility of Memory and the Engraving of Trauma." *Trauma: Explorations in Memory*. Ed. Cathy Caruth. Baltimore: The Johns Hopkins University Press, 1995, p. 169.
② Kaplan, E. Ann. *Trauma Culture*. p. 34.
③ Ibid.
④ Radstone, Susannah. "Screening Trauma: Forrest Gump." *Memory and Methodology*. Ed. Susannah Radstone. Oxford and New York: Berg, 2000, p. 89.

但是,如卡尔·波普尔所言,科学知识的真理性恰好在于其可证伪性。事实上,1990年代范德科尔克等人对于创伤的脑科学机制的阐释,已经在科学共同体之内被不断地更新和修正,这也让卡鲁斯的理论陷入了"皮之不存,毛将焉附"的尴尬境地。卡普兰这里借用了美国心理学家马丁·霍夫曼(Martin L. Hoffman)的另一种脑科学阐释模型,将创伤视为多种进程同时存在的复杂状态,而不是仅仅用"解离"来解释创伤患者的记忆和认知障碍。霍夫曼的理论主要基于美国神经科学家约瑟夫·勒杜(Joseph LeDoux)对情感中焦虑和恐惧的脑科学研究。这里,创伤被描述为:

> 以电化学信号轰炸大脑杏仁体的剧烈非条件刺激……这些信号以突触的方式和感觉性图像相关联(如声音、视觉、嗅觉或战斗中血的味道),它们几乎同时到达杏仁体区……因为这些图像极为显著,且具有冲击力,所以可以绕过大脑皮层,在穿越丘脑区时找到捷径……于是,这些感觉性图像成为条件刺激—丘脑—杏仁体这个强大回路的条件刺激(CS)成分。①

表面上,与范德科尔克等人的理论一样,这个回路的存在似乎解释了创伤的情动机制,以及为什么创伤无法被人脑内负责理性思考的大脑皮层所处理。然而,霍夫曼和勒杜在动物试验中发现,即使存在这种解离的力量,"创伤后应激障碍"患者同样可以意识到创伤进程的存在,因为除了上述这个"条件刺激—丘脑—杏仁体"回路之外,还存在另外一些包含了大脑皮层的回路,从而使得记忆和认知成为可能。正是基于这样一种更复杂的神经科学模型,卡普兰认为创伤研究应该选择一种中间道路:既不宜像拉德斯通那样,过于强调无意识对于创伤的解释力,也不宜像卡鲁斯那样,过度强调创伤导致的"解离"

---

① Kaplan, E. Ann. *Trauma Culture*. p. 37.

效果。有相当多的临床案例显示,创伤是可以进入记忆和认知活动的,我们应该像弗洛伊德在上世纪初所做的研究那样,不只是把创伤视为一种外部事件的侵入,还要考察它如何在心理层面被主体中介化的过程(尽管卡普兰也警告我们,无意识中的幻想成分使得心理分析本身也具有不可靠性)。①

无独有偶,我们在《坠落的人》中读到的,正是这种"解离"与认知兼而有之的创伤再现。9·11之后,基思和弗洛伦斯虽然在情感和语言上都处于一种转变的时刻,但也并未完全陷入不自知的创伤后应激障碍中。相反,他们通过彼此的交流、联结和记忆的分享,试图疏通记忆的阻塞点,努力把创伤经验带回认知的层面。譬如,弗洛伦斯提到,她从楼梯疏散时看见一位男性熟人,手里拿着铁撬棍往楼梯上走,头上戴着安全头盔,身上还插着工具和手电筒。显然,和所有逆向而行的救援人员一样,他绝无可能在9·11中生还。但正是因为弗洛伦斯提到了这一细节,基思依稀记起自己当时也看见了这个男人,甚至还记得那根铁撬棍的一头是弯曲的。这看似微小的细节,却构成了两位世贸中心幸存者灾难记忆中最重要的一环——基思和弗洛伦斯当时身处楼里的不同位置,却见证了同一个平凡男人的英雄之举。那个带铁撬棍的男人已经无法为双子塔倒塌时自己经历的那一幕做出任何见证,可是因为两个幸存者的见证分享,"在这些交叉回忆中,他被带下来,出了双子塔楼,进入了这个房间"②。读到这里,我们难道还能够说这样的创伤记忆只有情感宣泄,而没有认知的意义内容吗?

弗洛伦斯的讲述行为所具有的操演性,还不只体现在对于死者的替代见证上。对于同为幸存者的倾听者来说,她的讲述还具有一种自我镜像的功能。每次,基思去往阿姆斯特丹大道那栋公寓楼的六层见弗洛伦斯。除了做爱之外,弗洛伦斯照例会将自己从楼里疏散的过程再讲一遍。这种讲述显然不是述事性的,它夹杂着很多当事人已经无

---

① Kaplan, E. Ann. *Trauma Culture*. p. 38.
② 唐·德里罗:《坠落的人》,第60页。

法区分的臆想,或是经由二手转述和想象的东西。但只要弗洛伦斯开始讲述,基思都会认真地重听,"他专心倾听,注意到每个细节,试图在人群中发现自己"①。不难发现,通过从记忆的罅隙中拼凑出这些意义的残片,两位小说人物都在与创伤的解离性力量进行不懈的对抗。尽管这种对抗并不一定会立竿见影地带来当事人彻底的康复,但这种朝向记忆和认知的积极尝试,构成了德里罗书写美国 9·11 创伤叙事的主要动力机制。

* * *

不难看出,近几十年来人文学者对于创伤理论的关注,其实有着不同的价值取向。以朱迪斯·赫尔曼(Judith Herman)等人为代表的创伤学者,试图与弗洛伊德基于性别的创伤心理阐释分庭抗礼,不再以菲勒斯中心主义来看待创伤患者的心理压抑,而是寻求一种更为普适的、更具社会人文关怀的创伤修复技术。赫尔曼著于 1992 年的《创伤与复原》(*Trauma and Recovery*)即为其中的代表作。而以卡鲁斯等人为代表的后结构主义创伤理论,则是师法保罗·德曼和德里达等人的解构主义史学,将创伤作为一种"历史意义必将付之阙如"的隐喻。如果说赫尔曼更多关注的是个人历史,其学说主要适用于心理咨询和临床上的创伤治疗,那么卡鲁斯则是对"后大屠杀"时代的文化状况进行批判。可惜的是,卡鲁斯以历史之名关闭了个人与社会的记忆和认知通道,从而也在其讨论中把社会性关在了门外。为了弥补卡鲁斯的这一缺憾,卡普兰的创伤研究试图将认知带回到创伤研究的中心。卡普兰相信当代媒介文化中的创伤现象与图像过载有关,但这不意味着我们只能作为这些刺激信号的接受者,而无法展开更为积极的社会与历史的认知。

---

① 唐·德里罗:《坠落的人》,第 62 页。

在《坠落的人》中，德里罗以辩证的方式再现了创伤中"解离"和认知的矛盾冲突。这里，丽昂成为创伤叙事的一个声部，她颇像卡鲁斯那种以语言为中心的创伤学者，在反记忆的创伤（其极端形式是阿尔茨海默症）中看到了语言内部无可逾越的巨大断裂，并由此陷入悲观主义。无论是因为父亲自杀而产生的代际创伤，还是因为丈夫和纽约城遭遇9·11劫难而产生的间接创伤，她在小说的故事发展中始终没有任何走出来的迹象，反而更深地陷入了抑郁症所导致的多疑与暴力倾向。她无法忍受邻居在屋内播放阿拉伯风格的音乐，于是挥拳袭击对方，这种应激反应正是无法释怀的创伤所导致的非正常宣泄。她虽然多次遭遇街头那位自称"下坠之人"的行为艺术家，却几乎无法从中汲取任何认知力量。作为小说家的德里罗显然无意为这种创伤背书，他更希望以对位的方式，去言说另一种从更广阔的历史辩证法中展开的创伤再现。换言之，德里罗的立场很像卡普兰，两人寄予希望的9·11的创伤文化非但不应该关闭我们对于过去的认知，反而应该开启更大的历史反思空间，让从前那些被遮蔽、被消音的历史重新浮出，从而建立更复杂多元的历史编纂法和历史哲学。

这里，让我们转向多米尼克·拉卡普拉（Dominick LaCapra）的创伤理论。与卡鲁斯不同，这位美国出生的欧洲思想史学者从创伤研究切入，思考的主要议题是创伤书写和历史（此处是大写的历史）书写的重大关系。更确切地说，拉卡普拉要讨论的不止是历史书写，还包括历史元书写、元评论。这些问题不仅关乎奥斯维辛之后当代史学的发展，同样也与9·11之后一系列尖锐的思想问题关系紧密。这或许解释了拉卡普拉为什么会在2014年修订重版了他在21世纪初出版的《书写历史，书写创伤》（*Writing History, Writing Trauma*）。在重版序言中，他格外强调当下"后9·11"语境对该书修订的重要性：

> 9·11针对双子塔的自杀式爆炸袭击，很快被当作了一种新的起源创伤，然而它不过是另一个源头可疑的神话……要想当一个好

美国人,甚至要想当一个好人,你在某种意义上就必须因 9 · 11 而受到创伤,并且携带着后创伤的影响印记,包括支持反恐战争。①

这里,拉卡普拉所说的"起源创伤"(founding trauma)明显是在戏仿文化研究中所谓的"起源神话"(founding myth),两者指的都是一个国家和民族历史上最重要的断裂—创生性事件。就美国而言,最典型的起源神话无疑是"五月花"号和独立战争,而最早的起源创伤则是南方奴隶制和美国内战。

拉卡普拉首先区分了两种历史编纂的方式。第一种是传统意义上基于实证主义的历史书写,它让历史研究面向一种真理主张(truth claim),即认为历史学家可以获得关于过去的事实证据,历史书写的内容是最重要的,而书写本身只是一种中性的媒介方式;第二种是后结构主义史学(如海登·怀特的"元历史")所说的建构主义(constructivism),它认为历史研究应该关注的是历史书写本身,是历史叙事中"操演性的、隐喻性的、审美的、修辞的、意识形态的和政治的要素",正是这些要素构成了历史叙事的结构。② 在当代人文学者看来,传统的实证主义历史研究有着显而易见的局限性,朱利安·巴恩斯在《福楼拜的鹦鹉》(*Flaubert's Parrot*)中对此做了极为精彩的揶揄。巴恩斯以他特有的后现代主义机敏,将过去比喻为"一只涂满了油脂的小猪",所有人都想抓住它,但却无计可施;或者,过去就如同"一个遥远而模糊的海岸",人们只能从船上安放的一个固定焦距的望远镜去眺望它,但随着船起航后在海中的起伏不定,这个画面注定大部分时候会处于失焦状态。③ 以海登·怀特和弗兰克·安可斯密特(Frank Ankersmit)为代表的"叙述主义的历史哲学"则认为,历史编纂

---

① LaCapra, Dominick. *Writing History, Writing Trauma*. Revised Edition. Baltimore: The Johns Hopkins University Press, 2014, p. viii.
② Ibid., p. 1.
③ Barnes, Julian. *Flaubert's Parrot*. London: Vintage Books, 1984, pp. 112, 101.

和文学虚构虽然不能混为一谈,但两者在修辞、叙述和语言结构上具有重要的相似性,甚至同一性。

如果说"历史是任人打扮的小姑娘"不过是一句俏皮话,用以概括历史建构主义并不严谨,那么这种历史哲学首先需要面对的一个巨大挑战,就是如何看待犹太人大屠杀这段历史。历史哲学的语言学转向,需要克服一个重大的伦理困境:如何在取消历史和文学界限的同时,不让那些试图否认或洗白奥斯维辛罪恶的"屠犹怀疑论"者得逞。为此,围绕历史书写如何再现大屠杀的问题,怀特以语言和修辞为核心的新历史主义理论从提出之初,就受到了学界内外众多攻讦和质疑。虽然怀特提出历史研究的叙述主义转向,其初衷并不是为了参与大屠杀历史再现的争论,但他本人也并未回避历史创伤和历史再现之间的悖论。对相信建构主义的历史学者来说,把历史编纂视为一种文学虚构,并不是否认历史(尤其是大屠杀这样重大的历史事件)的真实性和严肃性,也不是贬低历史编纂在讲述真实历史方面的能力;相反,他们认为小说的虚构叙事和历史编纂一样具有真理主张,小说家可以像历史学家一样进行历史书写。[①]

《宠儿》以鬼魂的超自然叙事来编构情节,但这并不妨碍莫里森在反现实主义的虚构中讲述关于奴隶制的历史真实。这种真实,不是历史实证主义的那种现实细节的严丝合缝,而是对历史过程所做的一种可信的(plausible)再现,它能为重大历史事件提供有价值的洞见,甚至探究传统历史实证主义无法涉及的领域(如历史中特定个体的心理运动和情感结构)。怀特相信,叙事"非但不是一个问题,反而可能是解决问题的工具",这个问题就是"如何将**认识**转化为**讲述**";而且,从 narrative 一词的拉丁文和梵语词源追溯考察,"叙述/叙事"一直是与"认识"(knowing)同根的。[②] 同时,恰恰因为小说叙事(尤其是那些具

[①] LaCapra, Dominick. *Writing History, Writing Trauma*. p. 13.

[②] White, Hayden. "The Value of Narrativity in the Representation of Reality." *Critical Inquiry* 7.1 (Autumn 1980), p. 5.

有公认的伟大文学价值的虚构作品)和历史编纂都具有真理主张,所以怀特才得以区分新历史主义和虚无主义的历史相对论。在怀特秉持的新历史主义中,允许对第三帝国的历史提供"相互竞争的叙事"(competing narratives),但那种"以喜剧或田园化的事件编织方式来叙述第三帝国"的修正主义叙事,是注定无法在历史学界被合法化的。①

那么,新历史主义青睐的讲述奥斯维辛的叙述方式到底是什么呢?如何做到既有真理主张,同时又体现出历史认识的延异?怀特提出了一种"中间语态"(Middle Voice)的历史编纂策略,这也被罗兰·巴特称为"不及物写作"(intransitive writing)。所谓"中间语态",对于当代大多数欧洲语言来说都是很陌生的,它仅存在于少数语言中,如梵语、冰岛语和古希腊语。顾名思义,这种语态介于主动语态和被动语态之间,主语在发出动作时,同时也是受动者或动作的受益者;或者说,第三语态描述了一种反身性动作。② 怀特当然并不是建议我们用梵语或古希腊语来书写历史,他认为中间语态的意义在于,它"似乎反抗了非此即彼的二元对立(譬如及物和非及物,主动和被动,过去和现在,或阳性和阴性)"③。怀特发现,这种居间性的语态特别适合用来书写那些处于模糊地带的历史创伤主题,它取消了主体和客体的差异,僭越了文类写作的边界,可以传达一种极端的含混和不确定性。不难看出,怀特所谈论的中间语态在历史创伤书写中仅仅是一种话语类比,它与其说是语言学层面的革新,毋宁说重新确认了古老语言系统中一种被遗落的虚构叙事风格或策略,即采取一种反身性的、含混的叙事(如现代小说中常见的"自由间接引语"),来表达创伤记忆中不可言说的极端恐怖事件。

与卡鲁斯的不可知论立场相比,怀特显然更进了一步,他不认为

---

① LaCapra, Dominick. *Writing History, Writing Trauma*. pp. 17-18.
② 古希腊语中的中间语态经常是反身的,指示主语做关于自身或为了自身的行动。如 *louomai* 这个动词,其意义是"我洗自己"(I wash myself),或者在 *louomai khitona* 这样的动宾搭配中,其表达的含义是"我为自己洗衬衣"(I wash the shirt for myself)。
③ LaCapra, Dominick. *Writing History, Writing Trauma*. p. 20.

重大的历史创伤性事件就一定是无法讲述的:

> 事实上,我不认为大屠杀、最终解决方案、浩劫、耶路撒冷圣殿被毁,或德国人屠犹比人类历史上其他事件更加具有不可再现性。只是它的再现,不管是用历史,还是用小说,都需要一种风格,一种现代主义的风格,这种风格可以用来再现现代主义所造就的那种社会经验,这种风格是很多现代主义作家都使用的,但其中的典范应该是普利莫·莱维。①

怀特真正的立场其实是说,既然"现代主义事件"(modernist events)中的历史创伤是时代独有的,那么就需要用现代主义的手法和风格加以叙述,正如同巴特盛赞的英国现代主义作家弗吉尼亚·伍尔夫,她的《达洛维夫人》和《到灯塔去》正是以"不及物写作"来叙述"一战"给欧洲人带来的精神创痛。如果说现代意义上的历史创伤以无可名状的、崇高的恐怖和杀戮为特点,那么现代主义的"中间语态"(或"不及物写作")作为叙事方法和风格则具有可贵的越界性和含混性。按照怀特的看法,正是凭借"中间语态"这充满反身性的现代主义风格特征,我们才得以"挑战事件和事实的区别,质疑过去与现在的分野,并且模糊现实和再现的界限"。② 换言之,以"中间语态"来书写和叙述历史时,文字指向的不只是过去发生的事件本身,同时也指向了再现"永不离去的过去"时语言所面临的困境。③

这似乎再度确认了怀特的新历史主义立场,即历史编纂中的真理主张是否得以实现,与作者选择虚构或非虚构无关,而是取决于历史

---

① White, Hayden. "Historical Emplotment and the Problem of Truth." *Probing the Limits of Representation: Nazism and the "Final Solution"*. Ed. Saul Friedlander. Cambridge, MA: Harvard University Press, 1992, p.52. 怀特这里是用莱维的《元素周期表》来举的例子。

② Paul, Herman. *Hayden White: The Historical Imagination*. Cambridge UK: Polity, 2011, p.135.

③ Ibid.

叙述的修辞和风格。同时我们也应该看见,怀特并不认为自己是后现代主义者,他所嘉许的历史叙述风格是现代主义的。然而,这种"中间语态"在大屠杀历史创伤叙事的实践中切实可行吗?怀特心目中的典范之作,是普里莫·莱维和阿特·斯皮格曼,因为两者都重视故事讲述,但同时又对历史再现的限度在作品中进行了自我暴露和反思。以《鼠族》为例,叙事者(一位漫画家)曾偶然向父亲(一位奥斯维辛的幸存者)提起集中营乐队的事情:据一些历史文献的记录,这个乐队在囚犯每天离开营区做苦力劳动时会进行演奏。但当时就身在集中营的父亲断然否认了这个流传甚广的说法,他表示自己列队上工时只听得到看守的吼骂声,从未见到或听到任何乐队的演奏。①

那么,到底是其他人的历史记录或历史学家的考证错了,还是这位父亲的回忆出了问题呢?有无可能集中营乐队的说法只是以讹传讹?或者父亲当时满脑子想的都是如何逃开看守的打骂,而无暇留意人群之外并不明显的乐队演奏?斯皮格曼无意对个体的回忆偏差做出任何裁断;相反,他将历史的"有"和"无"融为一体,以其特有的低像素黑白版画风格,让两幅画面上下并置。一个是乐队成员明确现身的画面,读者可以看见演奏的场面;另一个则是乐队被囚犯队列遮蔽的画面,似有若无地露出大提琴或指挥棒的顶端。斯皮格曼以漫画为媒介,将语言无法传递的历史与虚构的共存表达了出来,这或许就是怀特认为最值得期许的"中间语态",同时也示范了怀特情有独钟的另一个概念,即本雅明所说的"辩证的图像"(dialectical image)。②

然而,拉卡普拉依然对这种语态抱有某种怀疑态度,因为这种对于施动和受动的含混处理、对矛盾和不确定性的擢升,在作家笔下稍有不慎就"可能会导致某种滥用"。③ 为此,拉卡普拉举两个读者耳熟

---

① Spiegelman, Art. *Maus: A Survivor's Tale*, 2 (*And Here My Troubles Began*). New York: Pantheon, 1992, p.54.
② Paul, Herman. *Hayden White: The Historical Imagination*. p.147.
③ Sanyal, Debarati. Review of *Writing History, Writing Trauma*, by Dominick LaCapra. *Substance* 31.2/3 (2002), p.303.

能详的"中间语态"化的大屠杀作品为例。其一是曾任教于哈佛大学的学者丹尼尔·戈德哈根(Daniel Goldhagen)1996年著的历史题材畅销书《希特勒的志愿行刑者》(Hitler's Willing Executioners)。这本书被很多历史学者诟病,因为戈德哈根采取了某种"恐德"(Germanophobia)立场,试图对大屠杀所暴露的德意志民族劣根性进行整体性概括。戈德哈根(其父是奥斯维辛集中营幸存者)将奥斯维辛集中营解释为德国百年来深入人心的仇犹,并认为这种"灭绝式反犹主义"是德国民族独有的恶习。一部批判法西斯主义的历史著作,于是被演绎成了另一个极端版本的种族主义。拉卡普拉认为,戈德哈根的历史叙述最大的弊病,是他以想象性的臆断,来代替施害者进行历史讲述。这种史料运用貌似采取了怀特欣赏的"中间语态"叙述风格,但却从根本上背离了历史学术著作应有的持正立场,放弃了历史学科严谨求证的学术规范。① 在戈德哈根的案例中,对虚构和史实的刻意模糊,导致了真理主张上的严重硬伤,这似乎说明了"中间语态"的危险性。

另一个例子则是本哈德·施林克(Bernhard Schlink)的《朗读者》(The Reader)。这部在世界范围内广受好评的小说讲述了德国战后少年米夏·伯格和一个神秘女人汉娜的忘年恋情,两人曾因文学朗读结缘,在一起度过了疯狂而美好的时光。米夏成年后,见证了当初的情人因为曾在纳粹集中营担任看守而受审。围绕"汉娜是否签署了文件从而导致三百多名犹太囚犯死亡"这一关键细节,法庭展开了激烈的辩论,但汉娜宁愿认罪,也不愿意当庭承认自己是文盲,哪怕这会证伪她的文件签名,极大有利于她的减罪辩护。拉卡普拉对《朗读者》的不满之处在于,虽然施林克并未让汉娜以自由间接引语这种典型的"中间语态"来展开历史叙事,但小说中透过米夏的情人视角,实际上在读者心中已经构成了朝向纳粹守卫的"模棱两可的共情"。这种"中间语态"的文学处理导致汉娜居于读者的意识中心,而死去的犹太囚犯

---

① LaCapra, Dominick. *Writing History*, *Writing Trauma*. pp.114-140.

只是偶尔在法庭上被顺带提及,从而"在某种程度上让犹太受害者群体的苦难被边缘化和模糊化"。①

必须强调的是,拉卡普拉并不是完全否认海登·怀特和罗兰·巴特等人提出的"中间语态"的价值。他真正反对的,其实是对这种叙述风格的过度使用,因为其危险性甚至超过了它潜在的价值。拉卡普拉严厉地指出,滥用"中间语态""可能会系统地削弱或毁掉二元对立,甚至会在某些争议性的领域,取消受害者和施害者之间一切的差异,因为它似乎在一般意义上削弱了关于能动性和责任的问题"②。正是在这个意义上,拉卡普拉提出我们应该进一步明确"中间语态"的限度问题,尤其是在涉及大是大非的伦理责任的历史论述中,要确保"中间语态"的使用得到其他叙述方式的有效制衡。换句话说,拉卡普拉并不认可"中间语态"的历史叙述对于创伤叙事的普适价值,毕竟并不是每一个写作者都能成为斯皮格曼和莱维。

如果果真如拉卡普拉所言,"中间语态"存在较大的风险,那么应该选择哪种更稳妥的替代方式来书写奥斯维辛和9·11这样的历史创伤呢?拉卡普拉和新历史主义之间最大的龃龉之处,其实是关于如何认识创伤书写的价值。对于怀特来说,历史哲学中的叙述主义克服了过去实证主义史学的局限,释放了历史书写的多重可能性,但同时又坚守了真理主张。但拉卡普拉则认为,真理主张仅仅是虚构或非虚构叙事的价值之一,而非全部。在《书写历史,书写创伤》首版序言中,拉卡普拉如是写道:

> 我认为真理主张是历史学必要而非充分的条件,它必须和历史编纂的其他维度充分结合在一起,包括共情的、共鸣的理解,以及对语言操演性的、对话性的运用。③

---

① LaCapra, Dominick. *Writing History*, *Writing Trauma*. p. 201.
② Ibid., p. 26.
③ Ibid., p. xxxii.

的确,当代创伤理论的窠臼之处,或许恰恰在于围绕真理主张这个"必要而非充分"的条件打转,并从此衍生出各路理论——它们或是关于语言再现创伤的不可能性,或是建议用模棱含糊的"中间语态"来处理创伤经验中巨大的不确定性。当然,从卡夫卡的《城堡》、策兰的《死亡赋格》到贝克特的《终局》,以负面的方式去再现创伤的不可理喻性、历史经验的无法言说,的确能产生伟大的文学作品,传递出不言而喻的真理主张。但问题在于,这类创伤叙事依然是基于一种被称为"仿同"或"认同"(identification)的心理防御机制,即叙述者在无意识地、有选择性地吸收、模仿或顺从创伤对象的心理认知障碍。这种从创伤主体延伸到创伤叙事者的创伤症候,在心理学中被称为"移情作用"(transference)。

因此,拉卡普拉对于创伤理论的批判,主要是不满这些理论本身只体现出了理论的暴力和创伤的移情,尤其是在肖萨娜·费尔曼(Shoshana Felman)、卡鲁斯、齐泽克、巴特勒等人那里。这意味着创伤理论关注的仅仅是不断去行动化复现(act out)创伤,而无法让我们在当下谋求与过去的一种建设性关系,并在此过程中朝着"修通"(working through)的目标努力。① 移情在"创伤后应激障碍"中即表现为行动化复现,拉卡普拉将这种复现定义为"在一个人自己的话语和关系中重复或操演性地重演研究对象中活跃进程的趋势"②。美国精神病学家贝塞尔·范德科尔克认为,这种行动化复现对治疗"创伤后应激障碍"有着积极的作用。近年来,范德科尔克曾在"创伤记忆与自我恢复"研讨会上做过示范,用重演的方式帮助一位化名为尤金的伊拉克战争退伍军人治疗创伤。范德科尔克的具体做法是:

> 在场的人们应尤金的要求扮演各种特定的角色,帮助他重现

---

① Sanyal, Debarati. Review of *Writing History, Writing Trauma*, by Dominick LaCapra. *Substance* 31.2/3(2002), p. 303.

② LaCapra, Dominick. *Writing History, Writing Trauma*. p. 36.

那段深深困扰他的创伤。他对着这些人表露他的愤怒、悲伤、悔恨和迷茫,而他们则将依据所扮演的角色,对他做出相应的回应,或道歉、或宽恕,也可以认同他的感受。①

范德科尔克称这种复现式疗法为"构造"(construct)或"精神运动疗法"(psychomotor therapy)。他认为这种基于戏剧表演的方法克服了目前创伤治疗中两种常用方法的弊端,即认知行为疗法(cognitive behavioral therapy,简称 CBT)和暴露疗法(exposure therapy)。

所谓"暴露疗法",顾名思义,是让创伤患者不断借助实景或想象某种场景,从而让自身暴露于伤害源面前。这相当于让创伤患者以直接或想象的方式,进入触发创伤的源情境。这种疗法的目的是修复病人对恐怖刺激的错误认知,并借此消除由这种条件刺激引发的过度恐惧反应。范德科尔克认为这是"最糟糕的治疗法",因为"脱敏与痊愈是两个不同的概念"。② 而现在主流的认知行为疗法,也令范德科尔克不满,因为这位精神病学家认为,创伤本身是反认知的(也正是这一点当年启发了卡鲁斯的后结构主义创伤理论)。认知行为疗法试图效仿古希腊苏格拉底与学生的对话方式,在交谈中帮助患者认识到思想与情绪之间的控制失范,从而帮助患者自发地改变自己的行为。范德科尔克认为,"真正的问题在于,创伤改变了你的身体,让你觉得这世界很危险",他认定这种改变位于大脑原始结构的深处,是认知疗法所无法触及的。③

当代西方创伤治疗的这些争议,凸显了科学界对于行动化复现这种症候是否可以反作用于心理治疗的分歧。但是,拉卡普拉从人文学的立场出发,认为行动化复现无论是在患者身上,还是在那些理论家、

---

① Interlandi, Jeneen. "A Revolutionary Approach to Treating PTSD." *The New York Times* May 22, 2014.

② Ibid.

③ Ibid.

文学家的话语再现中，都无助于帮助人们改善创伤带来的痛苦。拉卡普拉对于语言操演性的青睐，让他更强调创伤书写作为一种言语行为所能实现的"修通"效果。英文中"work through"是一个颇值得玩味的动词短语，它指的是逐步解决某个困难问题，其潜台词是"无法毕其功于一役"，只能一步一个脚印慢慢进行，在过程中不断朝着最终解决去迈进。在心理治疗中，修通已经成为一个专门术语，它是创伤中解离的反过程，用以弥补解离导致的心理意识的断裂，并逐渐打通那些互不相识的局部，使得它们逐渐聚合为一个整体。用拉卡普拉的话说，"修通"是"一种抗衡性力量（并非完全不同的过程，甚至也不见得会带来治愈）"，但是正是凭借"修通"，我们可以不再沉溺于创伤带来的某种殉道士光环，而是"带着批评距离去审视问题本身，去区分过去、现在和将来"，并借此"让我们获得成为伦理行为人（ethical agent）的可能性"。①

可以说，拉卡普拉并不天真地认为"修通"能够实现瞬间治愈，但是以"修通"为目标的创伤书写，会比以行动化复现为目标的创伤书写更积极、更有益，因为前者至少谋求迈出第一步，而非停留在原地嗟叹创伤的无法治愈和无法认知。拉卡普拉如是总结他对于创伤理论家的批判立场：

> 我认为在沃尔特·本雅明那里，在德里达对本雅明心有戚戚焉的分析中（就是德里达怀有戒心地讨论本雅明的暴力批判一文时），或者在詹明信、海登·怀特这样的人那里，时常会出现的一种情形就是：你所做的分析似乎无法让人获得其他形式的修通；你似乎想要确认被创伤牵连是一种必要，但同时又想要获得政治上的方案。但最后得到的政治方案常常就是盲目的弥赛亚主义，是末日论政治，或者我称之为"对空洞乌托邦的希冀"——

---

① LaCapra, Dominick. *Writing History*, *Writing Trauma*. p. 144.

这个乌托邦是彻底空洞的,因为你无法言说它,它与当下你经历的进程没有任何瓜葛。①

现在,我们可以回到德里罗的9·11题材的小说中,继续关于创伤的讨论。拉卡普拉和卡普兰一样,都强调"修通"对于现实政治的积极意义,反对一味沉溺于不断展演创伤的解离效果。应该说,德里罗的小说不只是关注创伤的表征,同样也关注创伤的政治。《坠落的人》为这种创伤理论的批判做出了绝佳的背书,小说中既有行动化复现的创伤承载者(如丽昂母子),也有其他异质类型的创伤经验,如弗洛伦斯和基思对双子塔恐怖时刻的"构造"尝试,9·11劫机者哈马德从在佛罗里达的飞行学校受训一直到撞上北塔前的生活片段,以及妮娜和马丁在9·11发生后对纽约的不同感受等。德里罗以其惯用的断章式写作,拼贴了不同质地的创伤叙事,使得9·11创伤文化的异质性得以浮现。在德里罗笔下,恐怖袭击造成的创伤经验不再是带来共识感和同一性的文化黏合剂,而似乎变成了一个折射出不同色光的分光镜。马可·阿贝尔(Marco Abel)认为,德里罗的这种手法深受电影艺术的影响,属于"辩证的蒙太奇",它构成了作家审视9·11创伤的修辞方式。②

我认为,德里罗这种带有辩证特色的拼贴,展现了拉卡普拉所说的两种"修通"方式:一种是基于"悲悼话语"的"修通",另一种则体现为"批判"的"修通"。③ 这两种"修通"的共同特点,都是以历史思维来实现历史理解,它们常常是"修通"的一体两面,密不可分。甚至也可以反过来说,历史学或历史编纂本身就是一个"修通"的过程,即"尽可能地从历史中帮助那些被压迫者剥夺了尊严的受害者恢复尊

---

① LaCapra, Dominick. *Writing History*, *Writing Trauma*. pp. 152-153.
② Abel, Marco. "Don DeLillo's 'In the Ruins of the Future': Literature, Images, and the Rhetoric of Seeing 9/11." *PMLA* 118.5 (October 2003), p. 1237.
③ LaCapra, Dominick. *Writing History*, *Writing Trauma*. p. 178.

严"①。哪怕这种补偿性的努力可能永远都无法充分实现,但至少是"修通"过程的一部分。德里罗或许是美国当代文学中最具有历史思维的后现代作家,这一点从他的《天秤星座》和《地下世界》等作品中可以看得出来。前一部作品是关于刺杀肯尼迪的凶手奥斯瓦尔德的半虚构传记,后者则是通过一个棒球编织了美国冷战岁月的浮世绘。德里罗总是着力书写美国当代史的诡谲一面,在一个后工业化的社会中记录历史的超真实,而这恰恰是詹明信等人认为晚期资本主义时代的文学家无力为之的事情。

按照詹明信在《后现代主义,或晚期资本主义的文化逻辑》中悲观的看法,后现代主义不只是一种风格,更是一种历史认知的模式。当代文学和艺术已经被无孔不入的资本和广告所操纵和侵蚀,整个晚期资本主义文化是无深度的平面文化,复制着缺乏实在能指的鲍德里亚式拟像。詹明信非常怀疑后现代文学中是否还有真正意义上的历史小说,因为后现代意味着"历史性的危机"(the crisis in historicity),历史小说家的出发点"不再是去再现历史的过去",而是去"'再现'我们对那段过去的想法和成见(这就让过去成为'流行的历史')",而读者也就只能"借助我们自己的流行图像和历史的拟像来寻找大写的历史"。② 詹明信的推论是,后现代文化的主要构成是大众文化,它的无深度性使得历史思维已经不再可能。然而,德里罗这位由广告从业者转行文学创作的作家,恰恰证明了詹明信这一观点的武断。按照约翰·杜瓦尔(John N. Duvall)的说法,德里罗"之所以能成为1970年代以来美国最重要的小说家,正是由于他的小说不断地让我们进行历史思考"③。

---

① LaCapra, Dominick. *Writing History, Writing Trauma*. p. 178.
② Jameson, Fredric. *Postmodernism, Or the Cultural Logic of Late Capitalism*. Durham, NC.: Duke UP, 1991, p. 25.
③ Duvall, John N. "Introduction: The Power of History and the Persistence of Mystery." *The Cambridge Companion to Don DeLillo*. Ed. John N. Duvall. New York: Cambridge UP, 2008, p. 2.

德里罗小说中对于历史的执念,相当程度上呼应了拉卡普拉的历史哲学观。德里罗并不是简单地从海登·怀特的新历史主义出发,去书写关于美国历史的各种竞争性叙述。他的天才之处,不仅在于用历史化的视角来思考美国当代史,更在于他进入了历史元书写、历史元编纂,深刻批判了历史的构成和逻辑本身,并由此开启创伤书写的行动,帮助那些被历史暴力倾轧的渺小个体恢复主体的尊严。德里罗的后现代历史小说由此成为琳达·哈琴(Linda Hutcheon)论述的后现代诗学的典范之作,因为他的元小说反身性思考质疑了官方历史叙述的权威。哈琴由此创造了一个广为人知的术语,"历史编纂元小说"(historiographic metafiction),其代言人之一就是德里罗。表面上看,这种历史编纂元小说"有意地、自觉地模糊了历史和小说的边界,探索历史文献中的罅隙和缺席者",这一点与海登·怀特的出发点并无二致;但德里罗的小说还具有一种更重要的操演性力量,那就是"作为一种反作用力,通过对神秘主义的坚持来消弭历史的伤痕"。①

在《天秤星座》中,这种"历史的伤痕"(或者说,历史创伤)以两种形态存在。大写的历史伤痕,是肯尼迪的遇刺(以及之后其兄鲍勃·肯尼迪、马尔科姆·X 和马丁·路德·金等人所遭遇的一系列暗杀事件)给 1960 年代美国人留下的巨大文化创伤,它让美国自此陷入一种德里罗所说的"臆想症文化"。另一种历史伤痕则是小写的,它具体而微地体现在小人物奥斯瓦尔德身上,他构成了德里罗文学显微镜下的历史编纂的行为人。透过长达 26 卷的《沃伦报告》,德里罗揭示了小人物在大历史碾压下的创伤。奥斯瓦尔德这个具有人格障碍的"独行客"枪手,在童年、婚姻和工作上是彻头彻尾的失败者,他家庭不幸,儿时曾被鸡奸,仇恨在西方世界里充满魅力的肯尼迪总统,同时又被苏联当局弃如草芥。德里罗这种描述奥斯瓦尔德在与美国情报机构秘密接触之后行走在达拉斯市中心的感受:"他想,唯一结束孤独的方法

---

① Duvall, John N. "Introduction: The Power of History and the Persistence of Mystery." *The Cambridge Companion to Don DeLillo*. p. 3.

就是达到一种境界,即他和周围发生的真实斗争不再是分离的。我们把那种境界称作历史。"①

这样的句子,具体而微地代表着小说家与历史学家的角力。以"意外"来解释那些无法解释(或不方便解释)的历史事件,往往是我们对理性的一种有意悬置,它以有意的躲闪划定了历史认知的某些禁区,同时也将奥斯瓦尔德这种闯进历史的"冒失鬼"降格为次一等的人。我们可以说他们缺乏心理深度和健全人格,将他们不可理喻的行为指认为"疯癫"。然而,在德里罗看来,在这些小人物的意识中存在着与肯尼迪家族成员同样广袤精微的小宇宙,他们的情感与思想有着同等重要的道德力量。在小说那个如诗歌般隽永的开头,童年的奥斯瓦尔德喜欢站在纽约地铁第一节车厢的前端,"双手贴在窗玻璃上",看着"列车在黑暗中疾驰"两百英里,倾听着它在每个弧形转弯时发出的刺耳噪声,观察着隧道站台上形形色色的纽约人。② 这既是奥斯瓦尔德一直致力于寻找的"世界里的世界"③,也是德里罗展现给我们看的历史断裂处每一个原子人的内部可能蕴藏的深奥与无垠。

《坠落的人》中同样蕴藏着德里罗去救赎那个被遮蔽的"世界里的世界"、"修通"9·11历史伤痕的文学努力。此处,德里罗在基思一家人的远景处巧妙插入了两段历史潜文本。其一,是通过哈马德视角透视两伊战争给中东人民带去的巨大创伤记忆。在小说第一部的最后一节"在马里恩斯特拉斯街上",德里罗极其突兀地将叙述视角转向哈马德,以内聚焦的方式拼贴出他在成为本·拉登派向美国的"圣战士"之前所经历的心路历程。哈马德的个人创伤史被暴露出来,原来他曾是两伊战争时期萨达姆军队的士兵,在阿拉伯河畔使用卡拉什尼科夫步枪射杀伊朗方面发动的少年人肉冲锋。这些少年手无寸铁,他们认为自己是"阿亚图拉的殉道者",用血肉之躯引爆伊拉克布防的

---

① DeLillo, Don. *Libra*. New York: Penguin, 1991, p.248
② Ibid.
③ Ibid.

地雷,为自己军队的坦克进攻扫清道路。面对这种自杀式冲锋,那些像哈马德一样的防守士兵几乎无需瞄准就可以任意射杀这些未成年人,他们的人数多到以万计算,呼喊着口号前赴后继,死在哈马德及其战友的子弹下。15年来,哈马德一直生活在这些"阿亚图拉的殉道者"的阴影下,他内心感到双重忏悔:"首先是看着那些男孩死去,他们被派出来引爆地雷,葬身坦克之下,冲入枪林弹雨;然后是想到他们取得了胜利,那些孩子,以他们的'牺牲'方式挫败了我们。"①在哈马德后来的岁月里,那些脖子上挂着通往天国的钥匙的少年的叫喊声一直萦绕耳边,"不像昨天听到的声音,而是一直出现的回响,在一千年的历史中反复出现,响彻天空"②。

德里罗将这个声音作为小说里的历史创伤源之一,它极少见诸当代西方媒体的日常叙述,甚至在阿拉伯世界也被禁止谈论,几乎已湮没在我们的全球史记忆中。甚至当哈马德和其他旅欧宗教极端分子一起在德国的马里恩斯特拉斯街的据点观看"圣战"录像时,每当哈马德试图跟其他人讲起那些娃娃兵的故事,"他们用目光压制他,他们用语言压制他。他们说,那是很久之前的事情了,那些娃娃兵不过是些孩子,不值得费时间为其中的任何一个感到伤心"③。然而,德里罗试图借助哈马德这个创伤主体,将那些声音带出幽暗的历史深谷,因为它们与9·11发生时双子塔里的号叫是相似的,它们构成了一种反思历史极端暴力的反叙事。不仅如此,通过运用哈马德意识中的这些悲悼话语,小说家试图对9·11劫机犯(他们往往被媒体和西方大众想象为恶魔的非人化存在)进行一种人性的重构,让我们看见两伊战争中残酷的娃娃兵"殉道"与本·拉登策划的纽约恐怖袭击之间有着相似的历史逻辑。这种重构深植于德里罗的历史想象中,它试图将那些在历史暴力的碾压下解离的记忆重新联结起来,从而帮助我们在

---

① 唐·德里罗:《坠落的人》,第83页。
② 同上书,第84页。
③ 同上书,第85页。

"后9·11"文化创伤中实现某种意义上的"修通"。

如果说哈马德在小说中的角色功能更多是一种借助悲悼话语的"修通"方式,那么《坠落的人》中更重要的一个历史幽灵,则指向了拉卡普拉所说的批判式"修通"。这个历史幽灵正是1970年代活跃于德国的巴德-迈因霍夫集团(Baader-Meinhof),也称为"红军旅"(RAF)。小说中妮娜的情人马丁·里德诺表面的身份是艺术品商人、收藏家,但"恩斯特·赫钦格"(即小说第二部分的标题)才是其真名。他对自己的过去讳莫如深,但读者基本可以拼凑出他的秘密历史:1960年代末,马丁曾是德国左翼激进组织"一号公社"的成员,后来他可能还深度卷入了"红军旅"叱咤风云的暴力行动。按照妮娜的说法,马丁一直保存着德国政府1970年代初通缉"巴德-迈因霍夫集团"的海报,上面有19个恐怖分子的头像。无独有偶,9·11事件中报纸上刊登的劫机犯照片,也恰好是19张面孔的合集。这些诡异的巧合似乎让马丁相信,来自西方资本主义社会内部的白人"圣战者"与20世纪六七十年代的激进分子,甚至与基地组织派出的劫机犯之间,都有着某种共通之处。正如马丁所言:"他们全是同样的经典模式的组成部分。他们拥有自己的理论家。他们对四海之内皆兄弟的信念有自己的看法。"①

马丁这个西方激进左翼的同路人(他甚至可能是潜逃多年的恐怖分子)进入到德里罗小说的"修通"进程中,与妮娜构成了奇特的对位关系。这对老年情人并非基于现实主义的人物摹写,而是德里罗习惯的寓言式抽象。马丁可以被抽象地视为一种西方激进左翼政治的代言者,而妮娜这位美国中产阶级的知识精英则是艺术审美的抽象化身,她是20世纪静物画家莫兰蒂(Giorgio Morandi)的研究专家。妮娜和马丁在小说中围绕9·11所产生的争论,不仅体现了德里罗辩证想象中政治与审美的对话,同时也是创伤理论及其不满者之间的对话。

---

① 唐·德里罗:《坠落的人》,第159页。

妮娜认为,唯有诗歌才能抚平9·11恐怖袭击带给纽约人的创伤,因为诗歌代表了语言中崇高与美的存在。她说:"人们读诗。我认识的人,他们读诗,希望减缓袭击带来的冲击和痛苦,给他们自己一种空间,语言中某种美好的东西,寻求安慰或平静。"①然而,和奥斯维辛后策兰等人的大屠杀主题诗歌一样,语言也不过是不断地表达创伤带来的负面崇高,是移情作用下另一种形式的行动化复现罢了。马丁则针锋相对地指出,面对9·11人们可以做的,其实"还有另外一种方式":

> 那就是研究这个问题。退回一步,思考有关的要素……如果有可能,冷静地、清楚地思考。不要让它把你给打垮了。理解它,思考它……有事件,还有人。思考它。让它告诉你什么东西。理解它。让你自己可以面对它。②

显然,马丁所说的这种后退式思考,是进入历史中去寻求联结和理解,也就是拉卡普拉所说的"批判式修通"。

德里罗在这里大胆地指出了西方以共情去理解宗教极端主义的可能。妮娜对世界的视觉认知方式,是通过她观视莫兰蒂的静物画来传达的。她发现画家笔下的日常物品"引领你内转,向下和向内。我所看到的东西,半隐半现,有某种比事物或其形状更深的东西存在"③。正是在这种视觉意识和观视技术的指引下,妮娜在一幅莫兰蒂所作的厨房用品的静物画中,"看见了双子塔楼"④。艺术史学家公认,莫兰蒂的静物画往往是"对于日常生活物品的忧郁和挽歌式沉思"⑤。这种静物画虽然充满悲悼的气质,但往往缺乏景深,具有平面

---

① 唐·德里罗:《坠落的人》,第44页。
② 同上书,第44页。
③ 同上书,第118页。
④ 同上书,第52页。
⑤ Hodge, A. N. *The History of Art*. New York he Rosen Publishing Group, Inc, 2016, p.166.

化特征。莫兰蒂的绘画特征似乎潜移默化地影响了妮娜看待9·11的方式,使之缺乏马丁那种历史透视法的意识。所以,面对恐怖袭击后的城市,她无法思考和认知,而沉湎于凝固的悲悼。她坚决反对马丁的历史解读,并嘲笑他说:"他们先动手杀你,你却试图理解他们。也许,你最后会知道他们的名字。但是,他们得先杀了你。"[①]相反,马丁拒绝将9·11袭击仅仅归结于某种对于上帝的狂热,他认为现代恐怖主义无论是否用宗教信仰作为旗帜,它们都是源于"一种误置的不满情绪。它是一种病毒感染。一种在历史之外自身繁衍的病毒"[②]。马丁口中的这种"病毒",显然指的就是反现代性的暴力逻辑,它源自对于欧洲启蒙运动以降的历史进步理性的不满,它在不同的时代或是体现为砸毁机器的"卢德派",或是在芝加哥干草市场投掷炸弹的无政府主义者,或是在1970年代的德国实施街头绑架和爆炸的"红军旅",或是本·拉登在阿富汗沙漠里秘密训练的"圣战士"。在德里罗看来,仅仅用一种宗教狂热来解读9·11作恶者背后的动机,这无疑会遮蔽现代恐怖主义兴起的历史复杂性,也会切断历史编纂中"批判式修通"历史创伤的路径。

那么,马丁钟情的绘画艺术是什么呢?它又如何在"后9·11"的纽约与莫兰蒂的静物画构成了一种对位?其实,早在2002年的《纽约客》上,德里罗就发表了短篇小说《巴德-迈因霍夫》,它构成了我们理解《坠落的人》的绝佳的潜文本,也为我们理解马丁所代表的激进艺术观念提供了线索。故事发生在纽约现代艺术博物馆,女主人公长久驻足在当代著名的德国画家葛哈·李希特(Gerhard Richter)为1970年代左翼恐怖组织"红军旅"创作的组画前,百思不得其解。这个系列组画题为《1977年10月18日》,由15幅画构成,分别是关于巴德-迈因霍夫集团的几位核心人物在狱中遭受审讯、上吊自杀、葬礼等场景。最令她困惑的,是李希特以新闻图片为素材进行二度创作,但又故意

[①] 唐·德里罗:《坠落的人》,第120页。
[②] 同上。

令这些恐怖分子的影像处于暗影中,处于似笑非笑的失焦状态。她隐约认为这些青年用恐怖袭击的方式与国家暴力机器对抗,这种做法"具有意义。它虽然是错误的,但却不盲目和空洞"①。她在博物馆反复凝视这些抽象作品,并最终认为在李希特那幅题为《葬礼》的画中,她从恐怖分子送葬的场景背后看见了影影绰绰的十字架。而这个救赎符号的存在,似乎暗示了这位来自东德的先锋艺术家对于恐怖分子的某种同情与理解。与女主人公对话的男子则代表了主流的反恐战争立场,他反对将这些巴德-迈因霍夫集团成员在狱中的离奇死亡解释为政府的阴谋,而是坚持声称:"他们就是恐怖分子,对吧?如果他们不杀别人,就杀自己。"②

这里,德里罗对位展现了两种观看李希特的方式。男子以一种理性的傲慢,认为恐怖主义没有任何作为认知对象的价值,而女主人公则更愿意以仿同或认同(identification)的方式来与这些恐怖分子在艺术馆实现某种联结,她说:"这些画中有很多的悲伤……我能感觉到一种无助。这些画作让我感觉到一个人可以有多么无助。"③她的这番感受准确地反映了《1977年10月18日》中的人性维度。正如一位评论家所言:"(李希特画中的)这些人,看上去与我们如此迥异,但他们都有人性,而且太过人性。他们不像我们。他们**就是**我们。"④李希特本人在提到这组画背后的政治动机时,也强调了基于共同人性的认同。恐怖分子并不是全然外在于我们的绝对他者,哀悼他们的死亡并不意味着同情、认可他们的革命纲领和暴力原则,而是因为我们与这些人的理想及理想的伤逝之间存在着不可切断的联结。当被问及狱中死亡的骨干分子是否成为自身意识形态的牺牲品时,李希特进一步解释道:

---

① DeLillo, Don. "Baader-Meinhof." *The New Yorker*. April 2002, p. 80.
② Ibid., p. 79.
③ Ibid., pp. 79-80.
④ Danchev, Alex. "The Artist and the Terrorist, or the Paintable and the Unpaintable: Gerhard Richter and the Baader-Meinhof Group." *Alternatives* 35.2 (2010), p. 145.

是的,当然是。但他们并不是任何特定的左翼或右翼意识形态的牺牲品,而是这种意识形态的姿态立场的受害者。它关乎一般意义上永恒的人类困境:为一场革命而奋斗,然后失败。①

显然,李希特的艺术批判指向的并非特定的意识形态本身,而是激进地迷恋某种意识形态的悲剧后果。在他看来,那种以为"暴力斗争能将生活中不尽如人意的问题通通解决"的想法,本身就是一种"幻觉"。② 如果说《葬礼》中暗示了某种救赎的存在,那么画家希望的应该是将我们从这种导致暴力流血的"幻觉"中救赎出来。《1977年10月18日》与其说是向"红军旅"致哀,毋宁说是为暴力革命的退场而做的挽歌。

德里罗笔下的女主人公不一定真正理解了李希特希望表达的暴力批判。在故事的后半段,人物关系走向了一个反讽的逆转:男子在博物馆成功搭讪女主人公后,去到她租住的公寓,并试图与之发生性关系。错愕的女主人公此刻才明白男子的用意,她惊恐地将自己反锁到洗手间里,直到男子知趣地离开。她在那个时刻经历了一次顿悟,"她现在看任何东西都变得不同了……几乎房间里的一切都有了双重效果——它们表面上是什么,以及它们在她脑海中的联想"③。显然,德里罗在这里批判了创伤文化中的两种盲目。第一种盲目,是男子面对李希特画作时的麻木和武断,是他拒绝在9·11之后的纽约博物馆去认真观视并试图理解那些关于"红军旅"的画作,是他以自己惯有的方式和陌生女性调情时的自以为是,是他觉得自己作为"狩猎者"能够看透眼前"猎物"的能力。透过这个无名男子观画以及与他人对话的细节,我们不难想象此人代表了大众社会中典型的美国人——他们是9·11创伤文化的主体参与者,他们往往有着不自知的

---

① Richter, Gerhard. *Writings 1961-2007*. New York: DAP, 2009, p.232.
② Ibid., p.213.
③ DeLillo, Don. "Baader-Meinhof." *The New Yorker*. April 2002, p.81.

自大,追求行动的功利主义和视觉的确定性,资本主义的话语逻辑潜在地塑造了他们的审美和欲望。

德里罗对另一种盲目的批判,则更为隐晦。女主人公一方面具备较为专业的当代艺术鉴赏力,以及朝向极端他者的共情力,但另一方面却体现出对日常生活中普通事物的无知(譬如她甚至不明白男子谈话中多次明显的性暗示)。女主人公的这种盲目,恰恰呼应了前面提到的行动化复现或移情的创伤书写。更具体地说,她可以在某种程度上隐约感觉到李希特对于德国20世纪六七十年代左翼激进分子——海因里希·伯尔(Heinrich Boll)称之为"那场靠六个人来对抗六千万人的斗争"①——所代表的历史创伤的暧昧感情,但是却无法进一步超越认同的悲悼,在李希特惯用的灰色和模糊化中进入"修通"的地带。她的艺术审美是去历史化的,这造成了她在日常生活中观看的低能。她在故事结尾获得的对房间里日常物件的"双重效果"(double effect)的顿悟,实则是一种从艺术馆向日常生活、从当下向历史延伸的联系能力,也代表了德里罗对于美国9·11创伤文化的积极忠告。而在《坠落的人》中,妮娜虽然以艺术评论家的鉴赏力从莫兰蒂的日常生活静物画中看到了双子塔,但本质上和《巴德-迈因霍夫》中的女主人公一样,缺乏真正的历史深度思考能力,从而也失去了"修通"历史创伤的可能通道。

德里罗的良苦用心,当然不只是为了文学虚构中的那些人物。事实上,他选择纽约现代艺术博物馆作为故事背景有着深刻用意。2002年,该馆不仅举办了李希特"巴德-迈因霍夫"主题的组画特展,而且宣布购入并永久收藏这批当代艺术领域公认的杰作。欧洲激进艺术家以"模糊"方式来再现那些被欧洲左翼激进青年视为偶像的"白人恐怖分子",这种艺术作品足以让尚生活在9·11阴影下的纽约人如坐针毡。在这个敏感时刻,现代艺术博物馆又宣布将这些作品作为该

---

① Oltermann, Philip. "The Well-Read Terror." *The Guardian* Nov 15, 2008. https://www.theguardian.com/books/2008/nov/15/red-army-faction-baader-meinhof. 访问日期: 2018年8月21日。

城的永久文化财富展出,这势必要在当时的美国社会激起轩然大波(李希特的这组画1980年代在德国首次展出时也激起了民愤)。针对现代艺术博物馆的绘画展,纽约艺术评论家杰德·佩尔(Jed Perl)在2002年4月《新共和》封面文章中愤怒地宣称:"葛哈·李希特不过是个乔装成画家的狗屎艺术家。"①佩尔的评论或许颇能代表当时很多纽约人的心声,因为他们理想的艺术不应掺杂这种左翼的激进历史观,他们无法接受在悲悼9·11这样重大事件的严肃时刻,艺术家居然引领观看者去理解恐怖分子的死亡。

其实,早在展览开始之前,李希特就已完全预料到了他的画作可能在纽约引发的巨大争议和道德谴责,但围绕艺术产生争论并不一定是坏事,唯一需要担心的是这种争论会不会堕入两极化的立场选择。李希特认为,当代艺术的一个重要功能,是"让过去的事物在当下变得可视",他的创作目标因而就是"去煽动和帮助物,让物变得可以看见,可以发声"。② 也正是在这个意义上,德里罗的"后9·11"小说和李希特的绘画一样具有了操演性,两者都试图成为一种抗衡的、破坏性的介入力量,以改造美国创伤文化中的缺陷和盲区。他们都是在"激活记忆,而非擦除记忆",其后果并不是"在当下整合出稳定的立场,也不是与过去的形象进行清晰的认同"③,而是希望在公共空间激发出某种复杂的反思与协商,让社会在创伤文化中努力迈向"修通"。

* * *

毋庸置疑,德里罗的《坠落的人》已经成为任何9·11文学研究者

---

① Jed, Perl. "Saint Gerhard of the Sorrows of Painting." *The New Republic* April 1, 2002. http://faculty.georgetown.edu/irvinem/visualarts/JedPerl-NewRepub-GerhardRichter-04-2002.html. 访问日期:2018年8月21日。
② Rabinow, Paul. *Unconsolable Contemporary: Observing Gerhard Richter*. Durham NC: Duke UP, 2017, p.72.
③ Ibid.

都无法绕过的一本书。尽管他所力图呈现的"反叙事"对于打破当时美国创伤文化的短视和狭隘有重要意义,但围绕这本小说展开的争议却在近年来愈发激烈,讨论的焦点就是"小说家到底该如何在9·11文学中再现创伤"。

不妨先以比利时学者韦尔思鲁伊斯(Kristiaan Versluys)的《凭空而至:9·11和小说》(Out of the Blue: September 11 and the Novel)为例。此书出版于2009年,在很大程度上是对卡鲁斯、卡普兰等人"创伤研究"的借用。作者梳理了创伤与叙事的基本关系,指出9·11是"一个极限事件,它粉碎了文化中的象征之源,打垮了意义生成和语义学的正常过程",因此被认为是"语言边界之外的"创伤性事件。[①] 9·11事件的创伤效果一方面阻隔了语言的意指功能,另一方面个体却需要凭借叙述和指号过程(semiosis)来寻求创伤的治愈。所以,韦尔思鲁伊斯认为9·11小说的创伤叙事不仅仅是一种再现,也变成了一种治疗的文本,它旨在通过讲述来缓解焦虑,甚至修复创伤所导致的语言断链。[②] 而且,作为一次"被全球见证和分享的间接体验",9·11事件所导致的创伤亦是全球性的,所有人都"需要去理解、去解释和去恢复"。[③] 韦尔思鲁伊斯进一步认为,这种创伤的巨大性和受众的普通性带来了9·11叙事的一个悖论,即这种创伤叙事的聚焦点必须极小,必须施加于日常生活中的平凡个体,由此才能用语言来讲述最大范围的灾难。[④]

于是,韦尔思鲁伊斯将9·11小说作为一种提喻式想象——曼哈顿的那次灾难是日常生活中的断裂事件,它帮助普通人意识到家庭和信仰的可贵。不过他转而又警告说,这类"爱国主义或基督教复兴题

---

① Versluys, Kristiaan. *Out of the Blue: September 11 and the Novel*. New York: Columbia UP, 2009, p. 2.
② Ibid., p. 5.
③ Ibid., p. 6.
④ Ibid., p. 12.

材的9·11小说虽然销售量巨大,但文学价值上却乏善可陈"①。为了避免将9·11的悲剧性叙述为一种"缺乏真正悲悼的胜利主义",韦尔思鲁伊斯建议小说家去谋求一种"诗学伦理转向"(poetic turn),即让诗学与伦理学合二为一,既在小说中充分表现出对语言本身限度的自省,同时又对9·11事件中的那些他者做出一种"补偿性想象"。②他以阿特·斯皮格曼的图绘小说《在无楼的阴影下》(In the Shadow of No Towers)和乔纳森·萨福兰·弗尔(Jonathan Safran Foer)的《特别响,非常近》(Extremely Loud and Incredibly Close)为例,分析了语言在9·11事件之后的叙事限度,并将厄普代克的《恐怖分子》(Terrorist)奉为诗学伦理转向中实现他者视角的典范之作。

如果说韦尔思鲁伊斯还只是中规中矩地停留在后结构主义创伤理论的框架内,总结了9·11小说中创伤书写的得与失,那么英国学者理查德·格雷(Richard Gray)的《倒塌之后:9·11之后的美国文学》(After the Fall: American Literature Since 9/11)则以更为战斗的姿态,提出了"何为好的9·11小说"的问题,从而将9·11文学与后殖民批评理论结合了起来。格雷首先区别了悲悼(mourning)和忧郁(melancholia),指出美国社会主流对于9·11的反应是属于病态的后者,未能实现真正的悲悼,从而体现出了一种政治上的失败。③他认为,美国作家对于9·11的书写也显得过于沉溺于一种讲述"不可能的讲述",这一点显然和拉卡普拉对后结构主义创伤理论的批评是一致的。但是,格雷尖锐地批评了德里罗的《坠落的人》和弗尔的《特别响,非常近》,认为这两部小说坠入了"私人化"和"家庭化"的陷阱,给读者带来一种"想象力的麻痹"。④格雷进一步断言:

---

① Versluys, Kristiaan. *Out of the Blue: September 11 and the Novel.* p.18.
② Ibid., pp.13-14.
③ Gray, Richard. *After the Fall: American Literature Since 9/11.* Mal-den, MA: Wiley-Blackwell, 2011, p.9.
④ Ibid., p.22.

只有混杂(the hybrid)才是唯一可能的空间,从而让不同文化真正进入,让对创伤的见证真正得以发生。这样的小说拒绝沉默的挑战,它们运用的话语是真正的混交而成,具有过渡性,从而可以颠覆主流评论中的对立性语言,如我们和他们,西方和东方,基督教和穆斯林。①

格雷的观点非常明确,他认为理想的9·11小说就应该是各种文化、族裔的声音交汇和争鸣的场所,麦金纳尼(Jay McInerney)的小说《美好生活》(The Good Life)之所以失败,就在于未能提供这样一种多元化的视角,甚至连德里罗的《坠落的人》也多多少少囿于家庭内部的叙事空间。格雷借用霍米巴巴关于"民族是一种叙事"的看法,认为9·11小说应该努力去拥抱混杂性,解构二元对立,让9·11事件中凸显的文化身份冲突变为一种操演和竞争。② 在这种基于后殖民理论的规定性(prescriptive)批评模式下,9·11小说的价值首先体现在叙事视角背后的政治立场,因而厄普代克的《恐怖分子》、奥尼尔(Joseph O'Neill)的《地之国》(Netherland)和哈米德(Mohsin Hamid)的《拉合尔茶馆的陌生人》(The Reluctant Fundamentalist)等小说就成为格雷心目中9·11文学的范本。

一个让人困惑的问题出现了。既然格雷和拉卡普拉对于后结构主义创伤理论有相似的批判起点(譬如两人都更加强调9·11文学的操演性,而非坚持创伤的不可叙述性或单纯的真理主张),那么为什么会从各自的批评逻辑中得出对于德里罗同一部小说的不同看法呢?我认为,问题的关键在于,拉卡普拉的创伤理论批判依然是围绕创伤展开的,他希望文学叙述和历史叙述最终能帮助实现的是"修通";相反,格雷对于创伤理论的不满,使得他完全抛弃了创伤本身,更多的是在激进的后殖民主义批评中展开思考。简言之,格雷希望从9·11文

---

① Gray, Richard. *After the Fall: American Literature Since 9/11*. p. 14.
② Ibid., p. 39.

学中谋求的不是创伤的修复,而是**正义**本身。这种正义更像是一种**补偿性正义**,格雷认为必须更倾向于第三世界的他者声音。尽管德里罗在《坠落的人》中拼贴加入了哈马德这个恐怖分子的极端他者视角,但从叙述结构的比例来看,显然远不及基思一家的故事来得重要。相较之下,厄普代克的《恐怖分子》则几乎完全围绕具有埃及和爱尔兰双重血统的普通男孩艾哈迈德展开,体现了这个美国白人作者设身处地去理解一个本土恐怖分子的心理及思维的文学尝试。两相对比的差异,或许就是格雷褒奖厄普代克、贬低德里罗的原因。

美国9·11文学批评中"反对创伤叙事"的声音早在恐怖袭击之后的第二年就出现了,使得创伤问题成为当代批评理论中鉴别政治立场的标识。迈克尔·罗斯伯格(Michael Rothberg)曾在2003年指出,如果在文学及文化批评中频繁使用"创伤"作为文本的阐释框架,将可能导致保守主义的政治和媒体策略,并以此来简单化地解读恐怖袭击。罗斯伯格这样写道:

> 如果只是关注单纯作为接受结构的创伤,一个最令人不安的可能,就是最终会……无意中强化美国自由派与保守派那种压迫性的共识,即认为试图解释这些[恐怖袭击]事件等同于为这些恐怖分子开脱。①

用更简明的语言说,罗斯伯格之所以担心以创伤作为"后9·11"文学的再现框架,乃是因为他觉得创伤研究是一种基于个人或家庭的身体—精神接受的取向,将会导致这种文学的去政治化(depoliticization)。

这里,"去政治化"在罗斯伯格眼中必然是危险的、不正确的,因为

---

① Rothberg, Michael. "'There Is No Poetry in This': Writing, Trauma, and Home." *Trauma at Home: After 9/11*. Ed. Judith Greenberg. Lincoln: University of Nebraska Press, 2003, p.151.

它意味着回避讨论孕育恐怖袭击的地缘政治,以及回避反思9·11对于全球化的深刻影响。潘卡杰·米什拉也有类似的看法。他对于美国文学中新近产生的9·11小说表达了深深的失望:"难道我们真打算像德里罗和麦金纳尼那样,将家庭的不和谐作为后9·11时代美国的一种隐喻吗?"①在2009年《美国文学史》杂志的9·11特刊中,理查德·格雷撰文进一步抨击了德里罗的《坠落的人》、麦金纳尼的《美好生活》、根·卡尔弗斯(Ken Kalfus)的《这个国家特有的混乱》(*A Disorder Peculiar to the Country*)和克莱尔·马苏德(Claire Messud)的《皇帝的孩子》(*The Emperor's Children*)等9·11小说代表作,认为这些作品"只是简单地将陌生事物同化为熟悉的结构。危机的真正意义在于'家庭化'这个词"②。罗斯伯格在米什拉和格雷的批判立场上进一步做出呼吁,希望美国小说家能改变再现9·11的方式,从围绕家庭结构开展的创伤叙事中走出来,转而去书写"关于国际关系和本疆域之外那些公民的小说"③。

不难看出,创伤叙事成为美国9·11小说"家庭化"和"去政治化"罪名的替罪羔羊。然而,我认为罗斯伯格、格雷和米什拉的这种批评立场存在极大的偏见,因为他们眼中的创伤理论似乎只有一种理论模型,看不到这个领域内从人文学者到脑科学、心理学之间的各种竞争性理论。如前所述,卡普兰和拉卡普拉的创伤理论非但没有放弃政治讨论,反而以一种"修通"历史创伤的方式,开启了宏大的政治对话空间。作为针锋相对的回击,约翰·杜瓦尔(John Duvall)和罗伯特·马奇(Robert Marzec)在《现代小说研究》杂志(*Modern Fiction Studies*)上也组了一期9·11特刊,批驳了这种"政治先行"的观点。

---

① Mishra, Pankaj. "The End of Innocence." *The Guardian* May 19, 2007. https://www.theguardian.com/books/2007/may/19/fiction.martinamis. 访问时间:2018年8月21日。

② Richard, Gray. "Open Doors, Closed Minds: American Prose Writing at a Time of Crisis." *American Literary History* 21.1 (Spring 2009), p. 134.

③ Rothberg, Michael. "A Failure of the Imagination: Diagnosing the Post-9/11 Novel: A Response to Richard Gray." *American Literary History* 21.1 (Spring 2009), p. 150.

杜瓦尔和马奇在特刊导言中做了一个漂亮的反驳：

> 假如我们反过来将(格雷、罗斯伯格和米什拉的)视角施用于"一战"之后的小说，我们就会不得不说，弗吉尼亚·伍尔夫的《达洛维夫人》和海明威的《太阳照样升起》都是失败之作，因为它们没有直接讨论历史创伤的根源问题，伍尔夫的赛普蒂默斯·史密斯和海明威的杰克·巴恩斯都是以个人的方式，来想象作为老兵的创伤。①

这里，杜瓦尔和马奇试图提醒我们，无论是创伤叙事也好，还是"家庭化"或"去政治化"也好，它们本身并不构成文学作品段位高低的指标。不仅如此，阿林·基布尔(Arin Keeble)还向罗斯伯格、格雷等人发难，认为将"政治化"或"国际视角"(尤其是后殖民视角)当成评判9·11小说的金科玉律，这本身就是无理蛮横地命令文学作品必须政治化。②

基布尔的贡献之一，是将近15年的9·11小说做了一个简单的历史分期。他认为，9·11小说在当代美国文学中成为"演进中的正典"，其中第一个时期是9·11发生后前5年(2001—2005)，这个时期的创作特点是"用突破常规的文学形式去写作，以及作家竭力平衡历史和个人创伤"，代表作是弗尔的《特别响，非常近》和斯皮格曼的《在无楼的阴影下》(两者都将大量的视觉元素加入到文字叙述中，以弥合语言本身面对创伤的局限性)；第二个时期是2005年至2007年，这短短的3年不仅涌现了像德里罗的《坠落的人》和科马克·麦卡锡的《路》这些来自美国当代小说大师的9·11文学经典作品，而且美

---

① Duvall, John, and Robert Marzec. "Narrating 9/11." *Modern Fiction Studies* 57.3 (2011), p.384.
② Keeble, Arin. *The 9/11 Novel: Trauma, Politics and Identity*. Jefferson, North Carolina: McFarland, 2014, p.13.

国 2005 年席卷新奥尔良的"卡特琳娜飓风"也成为影响 9·11 文学再现的一个分水岭,对日常生活断裂处的末日想象进一步在美国当代小说中凸显;第三个时期的转捩点是 2007 年巴基斯坦裔作家哈米德的《拉合尔茶馆的陌生人》的横空出世,它标志着美国 9·11 小说转向了国际政治小说的风格,与之呼应的佳作还有奥尼尔的《地之国》和瓦尔德曼的《屈服》(这两部作品中都有典型的后殖民主义视角),它们都关注"文本内的紧张关系和冲突感,也开始指出和解的可能,从而让'连续性'和'非连续性'能够更加适意地共存"①。

虽然我和约翰·杜瓦尔等学者一样,反对以解域化的后殖民政治作为评价 9·11 小说的标准——这几乎和那种单纯用后结构创伤理论来阐释这些文本一样不可取——但"断裂"(rupture)和"连续"(continuity)确实是美国 9·11 小说叙事光谱的两端。更具体地说,"断裂"指的是反历史认知、文化自恋主义和西方中心主义的 9·11 创伤叙事,它已经在那些令人诟病的类型小说中出现得太多了;而"连续"则是一种空间和时间意义上的延伸,它试图从特定时空的"归零地"出发,去联结不同地域(如阿富汗或西印度群岛)、不同历史(如奥斯维辛、广岛或德累斯顿)的其他"归零地",它们都是历史创伤的现场,9·11 文学正是在这种联结的尝试中,获得了历史与政治的阐释纵深。我也认同基布尔的判断,即 2007 年之后的 9·11 小说叙事空间在族裔构成上更加趋于多元化。这一方面是因为随着时间的推移,公众对于 9·11 创伤的敏感度确实在下降,但另一方面则是因为,反恐战争和 2001 年之后频发的全球恐怖主义,已经让 9·11 不再单纯成为美国某个特定城市的悲歌,而是变成了世界各地当下都在体验着的逆全球化暴力斗争。9·11 作为一个生成中的事件,在 21 世纪以来的 20 年进程中正在不断显示出它的影响和意义,对它的指涉和阐释方式也在日趋全球化的 9·11 文学中获得了更新。我们甚至可

---

① Keeble, Arin. *The 9/11 Novel: Trauma, Politics and Identity*. pp. 14-15.

以说,9·11小说在近10年已经从原先的国别小说、城市小说,日益成为"世界文学"的范畴,变成了真正意义上的"全球小说"(Global Fiction)。

安·凯尼斯顿(Ann Keniston)和珍妮·福兰斯比(Jeanne Follansbee)在2008年出版的论文集《9·11之后的文学》(*Literature After 9/11*)中断言,9·11小说呈现了"从断裂叙事到连续叙事的过渡"。① 这种说法我认为有一定道理,然而更谨慎的说法或许应该是:近年来的9·11小说虽然更多地滑向了"光谱"的另一端,开始试图超越曼哈顿的"归零地",成为国际风格的小说,并寻求建立更为广泛的时空连续性,但这并不意味着早期9·11小说中完全不存在联结的尝试,更不意味着近期的9·11小说(即便强调后殖民语境的全球小说)已经不再关注暴力创伤造成的各种断裂。以《特别响,非常近》和《转吧,这伟大的世界》(这两部作品分别在《坠落的人》之前和之后出版)为例,就可以看到在断裂和连续之间并不存在绝对的二元对立。越是优秀的9·11小说写作者,越是在自觉地探索两者间的辩证统一关系。

2005年,年纪轻轻的乔纳森·萨福兰·弗尔这本《特别响,非常近》刚一出版,就获得了广泛的好评。一些评论家认为,这个从普林斯顿创意写作班走出来的新生代小说家可能写出了迄今最好的9·11故事,并将他认定为乔纳森·弗兰岑(Jonathan Frazen)这一级别的国民作家。后来,著名导演史蒂芬·戴德利(Stephen Daldry)将这部小说改编搬上了大银幕,主演是汤姆·汉克斯,这也进一步提升了弗尔作品的全球影响力。弗尔显然深谙战后犹太见证文学的"无法言说"和"不得不说"的纠结。他曾在著名作家乔伊斯·卡罗尔·欧茨(Joyce Carol Oates)的指导下完成本科论文,研究对象是自己的祖父,一位大屠杀幸存者。毫不奇怪的是,弗尔承认那场恐怖袭击的不可再现

---

① Keniston, Ann and Jeanne Follansbee. Introduction. *Literature After 9/11*. Ed. Ann Keniston and Jeanne Follansbee. London: Routledge, 2008, p. 3.

性,他故意将这部小说"去9·11"化,让双子塔的燃烧和倒塌成为小男孩奥斯卡眼中的远景,六次响起的电话铃变成那个"最可怕的一天"的终极提喻。

但如果仅仅认为弗尔是逃遁到一个成长小说里来调谐9·11题材的美学困境,却又实在低估了这个作家的天才。《特别响,非常近》在小说结构上的最大特色,就在于它是两条叙事线索齐头并进:一个是受到创伤的奥斯卡寻找父亲留下的钥匙背后的秘密,另一个是神秘"房客"艰难地回归家庭并面对儿孙。在小说里,这两条线索交替出现,读者不仅面对奥斯卡的天真讲述,同样还需接受两个老者(奥斯卡的祖母和"房客")暮年视角的冲击。戴德利电影改编最大的失败之处,在于他舍弃了原著的双重叙述模式,单独聚焦于奥斯卡的城市探险。原本只是和另一线索平分秋色的追寻童话,在影片中耗掉了绝大部分的镜头时间。"房客"和祖母的历史讲述基本被省略了,取而代之的是快节奏的运动镜头和蒙太奇拼贴,难怪有人抱怨戴德利拍出了一部儿童"公路片"。然而,被戴德利省略的线索,却是至关重要一把钥匙,凭借它才能打开这个故事的硬壳(无独有偶,这家人的姓氏Schell正是shell的谐音),抵达弗尔对9·11创伤的历史化解读。寄居在奥斯卡祖母家的德国房客原来正是他离家出走的祖父,也正是他传下来了那台老式相机,让奥斯卡用来记录"后9·11"的纽约。这个拒绝说话的老人亲身经历过惨绝人寰的德累斯顿大轰炸,失去了所有的亲人,还有刚刚怀上他骨肉的恋人安娜。与奥斯卡一样,他无法从这样巨大的创伤中走出来,并且始终活在幸存者的羞耻中。他无法理解为什么"他们"要死,而"我们"却活了下来。

弗尔将9·11和德累斯顿大轰炸、广岛核爆并列,这无疑是一种需要勇气的"反叙述"。如果读过冯内古特的《五号屠宰场》(*Slaughterhouse-Five*),就会知道那次轰炸背后的伦理拷问:盟军用燃烧弹屠杀一个没有军事目标、未设防的文化历史名城,造成十几万德国平民的死亡,这种做法在"二战"结束的前夜是否道德?于是,"德累斯顿"

和"广岛"一样,变成了民主自由国家宏大叙事背后,从未真正被反思的"不方便的真相",成为20世纪历史创伤的痛点,也是亟待我们在历史书写和创伤书写中去直面的。弗尔试图以更大的历史景深,来探索西方文明社会的这种结构性野蛮。德累斯顿大轰炸构成了9·11前史的一环,既赋予了9·11更为普适的能指,同时也似乎为我们"修通"德累斯顿大轰炸沉默的意义开启了一条通道。从这个意义上说,这部小说确实如弗尔所否认的那样,并不是单纯的9·11小说,而是关于非理性杀戮之后人类思考存在与死亡意义的想象性文本。

然而,弗尔这种将"前9·11"的历史创伤和9·11并置的做法,是否就一定意味着创伤认知通道的开启?或者,我们不妨反问:**联结**了不同历史创伤经验,是否等同于**联通**这些异质经验本身?一些学者得出了截然相反的看法。韦尔思鲁伊斯认为,这种并置是有意义的,它让"这部看上去似乎非政治的家庭小说在每个句子里都重写刻入了历史"①。韦尔思鲁伊斯用了一个奇怪的表达:"重写"(palimpsestically)。这个词源自 *palimpsest*,在用羊皮纸卷作为书写媒材的古代,人们有时会将羊皮纸上全部或部分的文字刮去,然后继续书写。韦尔思鲁伊斯似乎在暗示,弗尔采取了一种擦除和再写入的叙述方式。被擦除的是奥斯卡爷爷无法完成的历史回忆录或家信,而再度写入的是9·11遇难者家庭的创伤经验,它们相互重叠和映照,但那些擦除的痕迹犹在,时刻提醒我们这种重写的性质。然而,基布尔对这种并置历史创伤的评价则是否定的。事实上,他认为弗尔未能像斯皮格曼的《鼠族》那样,在两种创伤经验之间建立起有机联系,"弗尔对于历史的影射基本上是肤浅的"②。由于他认定这种并置或拼贴并未实现有效的联通,基布尔进一步认为奥斯卡注定无法理解这些灾难的历史根源。这个男孩只能将9·11理解为导致其丧父的家庭悲剧,9·11对他来说只能是"最糟糕的一天",从而让这部小说沦为"实质

---

① Versluys, Kristiaan. *Out of the Blue: September 11 and the Novel*. p.81.
② Keeble, Arin. *The 9/11 Novel: Trauma, Politics and Identity*. p.40.

上非政治的"(virtually apolitical)小说。①

我认为,基布尔对弗尔的这种批评其实殊为可疑。基布尔看到了弗尔将"断裂"和"连续"同时放入早期9·11小说里的尝试,但是却认为这种"连续"是历史创伤事件简单的并置而已,并未实现相互联通的效果,因为两位主人公——奥斯卡和爷爷托马斯——虽然在9·11之后的纽约碰面了,却未能真正实现沟通。一方面,奥斯卡年纪尚小。虽然他是不折不扣的神童,可以熟练地引用《哈姆雷特》中论述死亡的段落,也可以向霍金写信求教《时间简史》的问题,但这种惊人的早慧依旧无法让他此刻明白双子塔的倒塌和父亲突然的去世,更无法理解"人为什么存在"这样奥妙的哲学问题。② 弗尔用奥斯卡的天才形象,反衬了9·11创伤及它所激发的一些存在主义诘难的复杂无解。另一方面,托马斯因为"创伤后应激障碍"导致了严重的语言表达障碍,他几乎丧失了说话的能力,只能用手语或书写来表达自己。奥斯卡真的可以理解托马斯无法走出的德累斯顿梦魇吗?真的可以体会托马斯为什么要抛弃妻子和儿子独自在德累斯顿生活吗?真的可以想象那个打字机竭力敲出但却无法言明的历史之痛吗?答案只能是否定的,因为奥斯卡只有9岁,虽然智力超常,但情感发育并不成熟,他无法摆脱自身的年龄限制,按照基布尔这些批评家期待的样子,去进入爷爷托马斯的创伤经验中并追问和思考其原因。反之亦然,托马斯的语言障碍和常年的分别,也限制了他去理解奥斯卡在纽约的一家人。

但是,问题的关键在于:小说内部人物之间的对话无能和理解缺位,是否意味着外部读者也不能从这种创伤叙事的并置和重写中获得阐释的机会?换言之,当基布尔批评《特别响,非常近》的主人公未能走出个人创伤的囚笼去质询历史比较的意义,他似乎并没有看到这种

---

① Keeble, Arin. *The 9/11 Novel: Trauma, Politics and Identity*. p.62.
② 乔纳森·萨福兰·弗尔:《特别响,非常近》,杜先菊译,北京:人民文学出版社,2012年,第3、11页。

历史比较的议程其实是弗尔向读者设置的,而非给一个9岁孩子或垂垂老矣的语言障碍者提出的任务。读者透过奥斯卡和托马斯的交替视角,体验他们各自的悲痛和负罪感时,可以避免代入单一化、同质化的创伤叙事,从而遏制移情作用的负面影响。读者真正的任务,是要追问双方试图讲述但未能传递的历史诘问:为什么双子塔会倒塌?为什么那些被困在楼里的人会死?为什么德累斯顿会被燃烧弹轰炸?为什么第一轮轰炸之后还会有第二轮?当基布尔抱怨小说的叙事效果导致了对一切灾难的"感伤主义"认识(即认为所有灾难和受难都是可怕的)时,他或许低估了读者在批评距离之外反思创伤,并谋求"修通"的意愿和能力。①

围绕弗尔小说的另一个主要争议,是他对于视觉叙述的运用。在小说正文中间,弗尔插入了数十张静物摄影(still photography)图片。这些照片既是对小说阅读的中断,同时也构成了一种再现创伤的尝试。在词语失效的地方,文字求助于图像。对于被过度影像化的9·11现场,弗尔聪明地避开,转而用高度隐喻性的静物图片来建立意义的关联——这些图片可以是一只高高跃起的小猫,普通的门锁,动物眼睛的特写,或是纽约的渡轮。弗尔在这里开创了一种非常有趣的"视觉写作"(visual writing)模式。他不仅将照片大量插入书页,还在文字印刷中想出了各种怪招:大面积的留白、字间距的变化和标点符号的创新等。这些实验性的做法其实不过复兴了一种现代主义诗歌的信念:印刷在纸上的文字,不仅仅只是表义的符号,它们的排列本身也具有一种建筑美,具有被雕塑的潜能。如迈克尔·舒兰(Michael Shulan)所言,静物照片可以构成一种对媒介有效的批评工具,更好地帮助我们批判性介入物本身,以对抗全景式动态记录的9·11现场影像过载的影响。② 基布尔进一步指出,静物照片所蕴含的时间性使其成为一种更适合再现和认知创伤经验的载体,因为按照卡鲁斯的

---

① Keeble, Arin. *The 9/11 Novel: Trauma, Politics and Identity*. p. 63.
② Ibid., p. 57.

理论,创伤正是一种时间感丧失的状态。①

不过,评论家对于这种视觉叙事的效果却评价不一。劳拉·弗罗斯特(Laura Frost)认为,弗尔希望将静物摄影作为"解决创伤问题的工具",但同时又在全书用手翻书(flip book)做结尾,这种因为人类视觉暂留而形成的动画效果变成了奥斯卡让父亲死而复生(即让坠落的人反向弹起)的美好希望,从而"激烈质疑了通过摄影解决坠落之人创伤的有效性"②。弗罗斯特的图像批评虽然很有启发性,但认为图像所代表的凝固瞬间在类比意义上如同创伤后强迫性重复所代表的时间性悬置,这仍然是过于简单化地理解创伤本身。如苏珊·桑塔格在《论摄影》中所言:

> 在构成并强化被我们视为现代的环境的所有物件中,照片也许是最神秘的。照片实际上是被捕捉到的经验,而相机则是处于如饥似渴状态的意识伸出的最佳手臂……拍照是核实经验的一种方式,也是拒绝经验的一种方式——也即仅仅把经验局限于寻找适合拍摄的对象,把经验转化为一个影像,一个纪念品。③

桑塔格这番话其实是在告诉我们,创伤虽然与静物摄影之间有着某种关联,但这种关联绝不意味着静物摄影是解决创伤的一种工具。如果我们认同创伤复杂的脑科学机制,以及拉卡普拉对于"修通"的强调,那么就会相信创伤根本不存在什么一劳永逸的解决方案。

弗尔其实无意用图像来治愈创伤,但静物摄影毫无疑问有着"修通"创伤的作用。作家选择图像的目的,一方面固然有写作创新性的考虑,但另一方面也是看中了图像的这种传递经验和拒绝经验的矛盾特质。某种意义上,摄影在小说中像9·11创伤那样中断了时间的进

---

① Keeble, Arin. *The 9/11 Novel: Trauma, Politics and Identity*. p. 57.
② Frost, Laura. "Still Life: 9/11's Falling Bodies". *Literature After 9/11*. p. 185.
③ 苏珊·桑塔格:《论摄影》,黄灿然译,上海:上海译文出版社,2008年,第4页。

程,但它由此形成的"纪念碑感、我们感觉到的无可挽回的改变感"①,却不等同于创伤本身。摄影和文字既是在小说里双峰对峙,同时也是相互交流(当然,需要非常优秀的读者才能破解这种对话的内容)。然而,从这种跨媒介的创伤写作中,基布尔看到的更多是一种"再现危机",认为图像与文字并列时展现出的是"冲突性"和"调谐叙事的失败"。② 这种悲观的看法倒很像美国摄影大师刘易斯·海因(Lewis Hine)说过的那句话:"如果我能用文字讲故事,就不必拖着一部相机。"③不过,我仍然坚持认为,弗尔对于图像的密集调用,并不是出于对"再现危机"的艺术妥协,其目的更不是用形式上的不调谐去模棱两可地讲述历史创伤。弗尔在《特别响,非常近》中的主要成就,依然是文字层面上的。在某种程度上,弗尔并不惧怕用语言去再现极端的暴力场景,他笔下对德累斯顿大轰炸的极度狰狞的书写,甚至超过了冯内古特。试读这样的句子:

> 我看见一个女人的金发和绿衣着火了,她手里抱着一个毫无声息的婴儿奔跑着,我看见人融化成一池浓稠的液体,有的有三四英尺深,我看见人体像灰烬一样脆裂,狂笑,还有成群的人的尸体,他们为了逃出火海,头朝下跳入湖泊或池塘,他们沉在水下的那一部分身体完好无损,而水面之上那一部分则焦得无法辨认,炸弹不停地降落,紫色的、橘黄色的和白色的,我跑啊跑,我的手在不停地流血,透过建筑倒塌的声音,我听见了那个婴儿沉默的呼喊。④

---

① Hirsch, Marianne. "I Took Pictures: September 2001 and Beyond." *Trauma at Home: After 9/11*. Ed. Judith Greenberg. London: University of Nebraska Press, 2003, p. 71.
② Keeble, Arin. *The 9/11 Novel: Trauma, Politics and Identity.* p. 45.
③ 苏珊·桑塔格:《论摄影》,第 183 页。
④ 乔纳森·萨福兰·弗尔:《特别响,非常近》,第 215 页。

即使是海因这样伟大的摄影师,可能也无法用莱卡相机讲述这么可怖的人间炼狱,当代高速摄影机和电脑特效恐怕也难以企及这些句子所唤起的巨大惊悚。弗尔用这些连缀的文字意象足以证明,小说在表现人类极限境遇时,可以比图像走得更深、更远,文字可以敲打出"那个婴儿沉默的呼喊"。

爱尔兰裔作家科伦·麦凯恩和弗尔一样,也是美国当代小说家新生代人物。《转吧,这伟大的世界》出现在基布尔所说的9·11小说书写的第三阶段,获得了比《特别响,非常近》更高的评价。《转吧,这伟大的世界》在2009年获得了"国家图书奖",成为第一部被美国主要文学奖加冕的9·11小说。麦凯恩在这部小说中采取了比弗尔、德里罗更为复杂的编织方式。故事不止是两个线索、两种历史叙事平行进展,而是涉及纽约大都市的横切面——这里有在世贸中心双塔走钢丝的法国杂技师珀蒂(Philippe Petit),有参加越战丧子母亲聚会的克莱尔和丈夫法官索德伯格,有利用刚出现的互联网为走钢丝打赌的电脑黑客,有从爱尔兰来到纽约黑人贫民区传教的年轻牧师科里根和哥哥凯兰,有以卖淫来换取毒品的街头母女娼妓蒂莉和爵士琳,有游走在纽约地铁里的涂鸦少年……如果说弗尔、德里罗、麦金纳尼等人的9·11小说聚焦于某个核心家庭的创伤问题,那么麦凯恩则试图书写整个城市,用笔下这些各色各样的人物来代表整个纽约的居民。

麦凯恩这种万花筒般的拼贴写法,得以让罗斯博格、格雷和基布尔等9·11文学批评家转悲为喜,因为他跳出了所谓"家庭化"的窠臼,或者至少是以更多元化、更具民主精神的方式来审视纽约的家庭生活。此其一。麦凯恩的另一个突破,在于他的国际视角。科里根兄弟代表的爱尔兰身份,对故事的展开非常重要。科里根代表着让天主教成为与创伤、死亡进行对话的宗教话语,而凯兰所经历的爱尔兰本土的恐怖主义又和9·11背后的宗教极端组织恐怖主义构成了某种对位关系。这种宗教和政治话语的引入,使得麦凯恩在小说里全景展现的1970年代纽约城市政治(如贫困、毒品、卖淫、反战、种族主义等问题)获得了更具分析性的阐释框架。这种小说内的政治化取向,正是罗斯博格、格雷和基布尔等人所激赏的。此其二。最后,麦凯恩选择了从 1974 年夏天世贸中心刚建成时珀蒂惊世骇俗的高空行走作为联结所有叙事线索的引子,而不是像德里罗和弗尔那样将 9·11 和"归零地"前景化。麦凯恩的这种时间性安排似乎表达了这样一种 9·11 史观:理解这次灾难必须基于足够宽宏深远的语境,而不是像官方叙事一样以 2001 年 9 月的那个星期二为起点。叙事时间点上的后移,使得 9·11 恐怖袭击所造成的悲情冲击得到了最大程度的缓冲。这种与世贸中心遇难者及其家庭的距离感,也让令批评家不满的 9·11 叙事感伤主义或创伤自恋主义得以退场,从而更像是格雷眼中那种"好的 9·11 小说"。此其三。

尽管《转吧,这伟大的世界》作为 9·11 小说似乎更为"政治正确",但我认为麦凯恩写作的核心任务,并不是如基布尔所期待的那种政治化,即去"解决创伤或解释'为什么'和'如何'这种问题"。[①] 在后殖民主义批评的阐释框架里,预设了帝国和被压迫民族的二元紧张关系,批评家往往试图去阐释"谁有罪"这个问题。然而,麦凯恩的 9·11 叙述框架并不是追寻基地组织反美主义的前史,因为他似乎无意去历史中寻找美国遭遇恐怖袭击的因果链条;它更像是一种非线性的历史观,取消了"现在"和"过去"的分野,以循环式的时间视角看待世贸中心的生前逝后。正如麦凯恩在访谈中申明的那样,"只有理解了过去,我们才能更好地理解现在"[②]。因此,《转吧,这伟大的世界》带读者返回到 1970 年代的纽约,万花筒式地展现了这个城市的复杂肌质和历史伤痕。小说中 1974 年的特殊性,不仅仅在于它和世贸大厦落成有关,更因为那是美国人刚刚经历了轰轰烈烈的 1960 年代,正

[①] Keeble, Arin. *The 9/11 Novel: Trauma, Politics and Identity*. p. 61.
[②] 麦凯恩的这种循环史观受福克纳影响颇深,所引部分见 2009 年 7 月 31 日《纽约时报》对作者的访谈。http://graphics8.nytimes.com/podcasts/2009/07/31/31bookreview.mp3. 访问日期:2018 年 8 月 20 日。

处于幻灭的转折期,既有漫长越战的阴影,还有尼克松因"水门事件"而让国民蒙受的羞辱。也正是在那一年,影响下个世纪最重要的发明——互联网开始出现。多年后,劫机者开着波音飞机撞向双子塔,美国大兵开赴伊拉克战场,而世界已经进入信息化时代。在麦凯恩看来,这一切在冥冥中都体现了某种对称性,或者说历史的规律。

因此,作者有意用结构主义手法来编织叙事的锦缎:珀蒂走钢丝事件作为插曲放置在叙事段落中间,作者在其前前后后拼贴了十多个不同人物的故事,这些人物虽然背景各异,但凭因缘际遇而相互联系,并恰好在曼哈顿附近见证了四百米高空的"神迹"。他们虽然肤色各异,宗教和政治信仰各异,社会阶层各异,却通过珀蒂获得了一种神秘联结。更重要的是,麦凯恩暴露了寻常一天背后每个大小人物的创伤故事。麦凯恩如同一个高超的口技者,赋予这些独立的故事以不同的叙事腔调,同时又巧妙地将他们的命运和珀蒂疯狂的云中舞蹈联系在一起,昭示他们冥冥中的结局是如何被世贸中心那天的奇观所改变。此处,我们发现一个巧合:麦凯恩与德里罗不约而同地以行为艺术表演作为全书的象征核心,前者是历史上真有其事的双子塔走钢丝,后者则是模拟9·11坠楼遇难者的街头艺术。这两种象征在空间方向上恰好垂直。如果说下坠的肉身是《旧约》式"堕落"(fall)的能指符号,那么在高空中的水平行走又意味着什么呢?

我认为,麦凯恩要用珀蒂的高空行走来象征一种诗性的联结。这种联结看起来脆弱而危险(在四百米高空走钢丝的危险不言而喻),但又充满了神性的崇高感。如果说9·11小说的使命之一确实是寻找"断裂"和"连续"之间的微妙平衡,那么《转吧,这伟大的世界》显然是用高空钢丝行走象征着这种平衡。此处,麦凯恩并非符号化地挪用珀蒂的壮举,他不惜笔墨书写了珀蒂艰苦训练时的心理历程,这里充满了恐惧、期盼、野心、失败和信念,但更重要的是一丝不苟的专业精神。珀蒂知道表演成功的运气部分取决于天气,取决于双塔摆动对钢丝的影响,但他需要在技术层面确保万无一失的是"绞车、紧绳夹、扳手、拉直、校正、数学、阻力的计算"①。珀蒂表演的平衡和联结,是从日常生活中艰难升华出来的一种奇迹表演,也似乎暗示了我们在全球化时代艰难谋求这种联结的困难和价值。世贸大厦在书中不仅仅是纽约的提喻,也不只是象征着全球化资本主义的庞大欲望,它更以其独特的双生结构,组成了关于这个结构世界的隐喻。因此,小说里处处可见成对出现的主题和意象:信仰与欲望、爱与迷失、罪与拯救、母女与母子等。珀蒂的这次高空杂耍虽然历史上真有其事,但麦凯恩故意隐去其名,因为作家认为两楼间的钢丝行走本身具有无限的诗意,并将之称为一种"移动着的纯粹"(pureness moving)②。

于是,一根钢丝不仅仅是将南北塔连接起来,更是对二元对立世界的沟通尝试。杂技大师在高空的行走(甚至还有舞蹈),既是向地面上的芸芸众生展现通往救赎的虚拟之桥,也代表着一种高难度平衡的可能,因为一旦失去了平衡,走钢丝者会堕下惨死。麦凯恩笔下的珀蒂在训练中曾摔下钢丝一次,险些毙命,但他相信那次失败带来了新的平衡,它不仅仅是技巧上的,更是宿命上的。麦凯恩写道:

> 走到另外一头,是他的一种信仰。训练当中,他只掉下来过一次,只有一次,所以他觉得不可能再次发生,不存在这样的可能性。出现一个缺陷反正也有必要。任何美的作品,都会略有瑕疵。③

如果对珀蒂来说,跳跃在云端是一次职业生涯中美的杰作,那么对纽约全城仰望围观这场不宣而至的演出的众人来说,眼前的景象则成为了宗教意义上的天启——那个高空的小黑点不再是凡夫俗子,而

---

① 科伦·麦凯恩:《转吧,这伟大的世界》,方柏林译,北京:人民文学出版社,2010年,第196页。
② 同上书,第198页。
③ 同上书,第194页。

是被人间注视的天使。人类肉身在双子塔楼体之间的高空悬停和行走,正好构成了与德里罗书中那个"坠落的人"相反的意象,也是对9·11终极视觉象征的一次改写。

那么,这种寓言叙事又如何暗含了双子塔未来厄运的机锋呢?虽然麦凯恩几乎一字未提9·11,但却在全书中间插入了一张当时的新闻图片:右下角是珀蒂渺小的身影在两楼间钢丝上行走,而左上角是一架客机飞过世贸中心上空,并给人一种即将撞上的错视。① 这一看似巧合的构图,给人以启示录般的意义,它似乎代表了未来的9·11处于杂技行走的对位,前者的毁灭意象被珀蒂的诗意建构所抗衡,因为钢丝行走代表着沟通的努力,象征着平衡的可能。如果说恐怖主义在西方主流媒体中被想象为大写的他者,那么麦凯恩则试图告诉读者:第一,他者的形成往往是由于主体视角的受限;第二,超越他者的途径在于沟通和交流。因此,这部多声部小说让几个主要人物在不同叙事视角里出现,并通过差异性对比来突出单一叙事的不可靠性。在9·11叙事的语境下,对叙事不可靠性的克服,取决于不同信仰、不同种族、不同代际的人群间的互信与沟通尝试。而小说中少年黑客运用新兴互联网从西岸实时追踪珀蒂的壮举,说明在麦凯恩那里因特网构成了一种类似南北塔间那道钢丝的修辞格。只要勇于建立联结和沟通,只要信仰那伟大的平衡,9·11所启示的末日图景就有了更多救赎的希望。

总而言之,《转吧,这伟大的世界》的成功之处非但不是它的政治性,反而是它对政治的超越。更进一步说,麦凯恩作为小说家其实无意去叩问和解释纽约2001年恐怖袭击的原因,但文学的神奇之处在于,通过重访和书写1974年的双子塔及其周周居民的故事,我们获得了关于如何在9·11之后"修通"创伤、生活下去的当下经验,读者被鼓励朝着看似不可能的联结和无法抵达的另一端去努力。在这个意

---

① 这张照片出现在兰登书屋2009年原版的第237页,但并未出现在人民文学出版社的中文译本中。

义上,麦凯恩的确传递出了比德里罗、弗尔和卡尔弗斯等作家的创伤书写更积极的信号。譬如,麦凯恩以心理现实主义的笔触书写了两个创伤母亲的联结尝试。越战中痛失爱子的白人母亲克莱尔和经历了女儿车祸死亡的黑人妓女蒂莉同样有着无法走出的内心伤痛,作家通过意识流的写法,精妙地刻画了两位失去孩子的母亲如何在回忆里挣扎和沉沦。克莱尔通过与底层黑人朋友格罗利亚的友谊而实现了自我救赎,而蒂莉虽然最终在监狱里选择了自杀,但她与爱尔兰传教士科尔根跨越种族藩篱的情感联结却并非没有意义。

　　麦凯恩似乎还在暗示我们,在"后9·11"时代,超越压迫性、不平等政治的努力中还包含着对于审美的坚持,"在艺术中求真"也成为某种救赎性的9·11叙事美学。蒂莉虽然一直处于社会最底层,早早就操持皮肉营生,没有受过好的教育,但是她一生中最甜蜜的记忆是被某位中东男子包养的几周,而他给予蒂莉的最大馈赠是古波斯诗人鲁米的诗集。在"无论谁带我来到这里,也将会把我带回家"①这样的神秘主义诗句中,蒂莉感受到了灵魂的提升和救赎的希望,让她即使在自杀前也记挂着诗集。另一个西裔少年同样也生活在城市的边缘,他喜欢在纽约地铁里用相机抓拍隧道墙上那些涂鸦作品,因为它们隐匿于黑暗中,"移动的地铁灯光将其照亮,在他眼前一闪而过,他都怀疑自己是否真的看到了"②。此处,无论是东方诗歌,还是地铁涂鸦,都和双子塔的高空行走一样,以艺术的形式构成了对那些在黑暗中挣扎的生命的某种神秘启示。当然,和德里罗小说中人物所凝视的画作一样,这种启示的意义又始终是晦涩不明的。而这种不确定性正是9·11创伤叙事的美学真谛所在。

---

① 科伦·麦凯恩:《转吧,这伟大的世界》,第69页。
② 同上书,第202页。

第五章　极端他者和暴力

我们的罪犯不再是那些手无寸铁的孩童,他们用爱为借口来替自己开脱。相反,现在的罪犯是成年人,他们有完美的托词:哲学。哲学可以用于一切,甚至可以把谋杀犯变成法官。

——阿尔贝·加缪《反叛者》

第五章　极端他者和暴力

如果说创伤叙事是围绕暴力受害者及其疗愈展开的讨论,那么本书接下来要进入一个不同的领域,那就是透过文学文本的再现和中介,将聚焦点放在极端暴力或极端暴力欲望的行为人身上,思考"他们究竟是谁""他们到底对我们做了什么"以及"我们该如何与他们相处"等问题。注意,这些问题的提出方式首先是可疑的,它们预设了"我们 vs. 他们"这种二元对立。反思并扬弃这种对立关系,当然是当代批评家的使命,但为了更好地展开接下来的讨论,我必须借助这样的文化身份二元对立框架。毕竟,如果没有"我们"对于"他们"的西方中心主义的好奇及主观想象(这里常含有刻板化印象的知识生产运作),那么对他者身份的追问也就成了一个伪问题。对于 21 世纪的全球化公民来说,那些在芝加哥干草市场或伦敦摄政公园游荡的无政府主义者,已经成了模糊不清的历史暗影,关于当代世界他者的标志性影像,是藏身于阿富汗山洞里的本·拉登,是《纽约时报》刊登的 9·11 事件中 19 位劫机犯的照片,是"伊斯兰国"斩首视频中的蒙面行刑者。

或许没有任何人比里兹·阿迈德(Riz Ahmed)更熟悉这种被西方媒体建构的他者形象有多么深入人心了。9·11 之后,这位出生于英国伦敦、毕业于牛津大学的巴基斯坦裔男演员去曼哈顿一位朋友家参加聚会,席间大家聊到星座和占星术的话题。一位白人女性突然对他说:"你可真像是一个恐怖分子!"阿迈德非常愤怒,但又不明就里,旁边友人打圆场说:"其实她是觉得你像射手座。"①阿迈德更为人熟知

---

① 射手座(Sagittarius)是半人马座的另一种通俗说法,常被描绘为半人半马的男子手持弓箭进行攻击,常与暴力联系在一起。

的,是其饰演的影视角色。他曾主演过《通往关塔那摩之路》(*The Road to Guantánamo*)和《拉合尔茶馆的陌生人》。前者以纪录片风格讲述了三名未经审判的英国穆斯林在被送往美国关塔那摩监狱的路上以及狱中遭受的非人待遇,该片曾荣获2006年第56届柏林电影节"银熊奖"之"最佳导演奖";而后者则改编自莫欣·哈米德的同名9·11题材畅销小说。阿迈德虽然是土生土长的英国人,但那副"恐怖分子"的面容却成为9·11后屏幕上再现宗教极端分子的模板。他曾心有戚戚焉地将种族标签比喻为脖子上的"项链":

> 我意识到,对少数族裔的刻画是分阶段进行的,所以我必须要做好长期奋战的准备。第一个阶段,是平面化的刻板印象——小型出租车司机/恐怖分子/街角商店店主。它让项链套得更紧了。第二个阶段,是颠覆性的刻画,它出现在"族裔"领域,却试图去挑战现存的刻板印象。它让项链套得更松了。而第三个阶段才是应许之地,这里你饰演的角色与其族裔并无本质关联。这里,我不再是一个恐怖嫌疑人,也不是包办婚姻的牺牲品。这里,我的名字甚至可以叫戴夫。这里,压根就没有什么项链。①

从英国到美国,阿迈德已经参演了多部属于"第二阶段"的影视作品,但"第三阶段"的到来依然遥遥无期。或者说,随着时代的进步,阿迈德脖子上的"项链"有了更舒适的佩戴法,但无论怎样,这个"项链"始终还在。他作为演员的价值,依然首先是提供了一幅让西方观众在9·11之后想象代表阿拉伯少数族裔的他者之脸。只要那个"项链"还存在,那么不管身份政治的博弈双方(通常是保守主义和自由主义)如何互有胜负,"我们 vs. 他们"的观念框架就会依然奏效,并在潜意识中影响大众的思想与行为。在9·11文学批评中,身份政治

---

① Ahmed, Riz. "Typecast as a terrorist." *The Guardian* Sept. 15, 2016. https://www.theguardian.com/world/2016/sep/15/riz-ahmed-typecast-as-a-terrorist. 访问日期:2018年8月23日。

的这种局限性也体现得很明显。一些从后殖民视角出发的批评家(如格雷和韦尔思鲁伊斯等人)以先入为主的政治标准对9·11小说提出了规范性要求,认为好的9·11小说应该在解域化的同时,与他异性保持密切关系。然而,韦尔思鲁伊斯所提出的"后9·11的诗性伦理"看似公允持正,但"他们希望用诗性伦理——即通过诗学所实现的伦理——来处理他异性、混杂性和跨国空间,却过分依赖了他们所试图解构的二元对立本身"①。

同时,在9·11文学批评中还掺杂着另一个有问题的倾向,那就是不对"基要主义他者"(fundamentalist other)和"一般的他者性"(otherness in general)加以区别。② 这无疑导致了另一种刻板印象,即任何迥异于本族文明的他者都有成为潜在的恐怖分子的可能。然而,这与其说是一种无心之失,不如说是某些批评家故意为之的修辞策略,因为这种批评话语往往吸纳了当代哲学的他者概念。从哲学上说,对他者的研究是区别于西方主体哲学的,而传统意义上的主体哲学又包括了本体论和认识论这两部分。所谓他异性(alterity),指的就是他者的属性(otherness),而 alter 在拉丁文中意思是"两者中的另一个"。在现象学的传统中,他异性是与同一性相对的,指向"我"与"非我"之间的区分。在列维纳斯的哲学中,他有意将传统形而上学中以"我"为中心的哲学,转变为"非我"(即他者)的哲学。列维纳斯所说的他者,是"一个绝对的无限的他者,一个超越理论和本体论的他者,它不接受主体、理性、同一、整体和本质的还原和归化,逍遥于它与它一直以来被赋予的一个二元对立关系,因而它便是一个永远的秘密,一个理性和光明永远无法达及的幽灵,一个不可知的康德的自在之物"③。当

---

① Derosa, Aaron. "Alterity and the Radical Other in Post-9/11 Fiction: DeLillo's *Falling Man* and Walter's *The Zero.*" *Arizona Quarterly: A Journal of American Literature, Culture, and Theory* 69.3 (Autumn 2013), p.158.

② Ibid.

③ 金惠敏:《无限的他者:对列维纳斯一个核心概念的阅读》,《外国文学》2003年第3期。

然,哲学家所谈论的"他者"有自身的思想语境,我们很难在哲学语域之内证伪列维纳斯的这种他者观。但是,当列维纳斯的他者哲学经由德里达、鲍德里亚等极具影响力的法国哲学家,开始主导并形塑西方9·11文学批评中的他者话语时,一些文学批评家就希望将这种哲学中的他者概念延伸到文学,赋予文学作品中的他者一种列维纳斯式哲学的内涵。

从分析策略上来说,哲学和文学的相互借用是非常常见的,但从9·11小说这个与现实政治密切接壤的文本类型来说,高语境的、充满哲学意味的他者其实更应被视为概念的游戏和思想的抽象,它更接近于"死亡"或"上帝"这样的无限状态,并不符合我们现实生活中的他者问题,也未必属于小说家塑造的日常生活中普通他者的形象。事实上,除了极少数的一些9·11小说(如《坠落的人》中直接写到了9·11劫机犯)之外,大多数时候读者看到的他者都是普通的阿拉伯裔,尤其是大量生活在西方世界的穆斯林移民。当格雷、罗斯伯格和韦尔思鲁伊斯呼吁9·11小说家去拥抱一种"他者的视角"时,我们需要明确一点,这种去中心化的修辞策略,实际上意味着去再现普通人(这类普通人已经占世界人口的四分之一到三分之一)①,而非真正意义上的恐怖分子(即那些真正策划并实施杀戮和制造恐慌的罪犯)。

如果不认真区分作为普通穆斯林的他者和作为恐怖分子的他者,那么读者可能会受理论家影响,把普通他者当成"理性和光明永远无法达及的幽灵"。阿伦·德罗萨(Aaron Derosa)担心这样会导致两种后果:

---

① 根据2011年发布的一项研究结果,伊斯兰教在全球拥有18亿信徒,占世界人口的23%以上,其中在西欧伊斯兰教是仅次于基督教的第二大宗教,占总人口的6%。据美国独立民调机构"皮尤研究中心"2015年发表的研究报告《世界宗教的未来》称,到2050年全球信仰伊斯兰教的穆斯林人口将增至27.6亿人,约占全球人口的29.7%。

其一，它否认了一大批小说的价值，这些作品可能从很多方面来看都是成功之作，却仅仅因为没有涉及穆斯林和阿拉伯裔而遭到贬低。学者如果特别青睐普通穆斯林或阿拉伯叙事，并在某种情况下将之视为再现9·11他异性的唯一路径，就会忽略掉尘埃中升腾起的众多声音，将9·11扁平化为单一议题。其二，那种要求作家从伦理上密切关注"普通穆斯林"的做法是有问题的，因为"普通穆斯林"并不适用于那个由19名劫机犯杀害了2995人的9·11的情形。普通穆斯林不多不少，就是普通人。这些批评家谋求和另一个人口群体做伦理接触和交流，并认为这样就能让我们理解恐怖分子的秉性。①

显然，这两种后果都是本书竭力希望避免的。在此处，我们看见了当代9·11文学叙事和批评建构的两难处境。一方面，9·11事件的全球性使得文学家和评论家谋求"对位叙事"（contrapuntal narrative），即从第三世界的视角、从穆斯林文明的内部视角来看待9·11事件及其引发的后续议题（如反恐政治、反移民、欧洲民粹主义和极右的兴起、反全球化等）。另一方面，当小说家为了克服"伊斯兰恐惧症"而力图从普遍人性的方面再现普通穆斯林与西方社会的共通点时，又难免会用普通他者混淆了9·11事件的真正历史行动人（即极端他者），从而以脱敏的修辞策略为借口，保持了对真正威胁我们的恐怖主义的无知。

* * *

不妨先从那些与9·11恐怖阴谋无关的普通他者入手。这些普通他者的"普通性"（ordinariness），并不是指他们具有和西方资本主义

---

① Derosa, Aaron. "Alterity and the Radical Other in Post-9/11 Fiction: DeLillo's *Falling Man* and Walter's *The Zero*." p.158.

社会同等的世俗性或精神结构,而是说他们并没有真正参与煽动、策划或实施针对平民的恐怖事件。在这个前提下,普通的穆斯林他者并非和9·11毫无瓜葛,他们本身可以有反西方的言论和思想,同时也会被动地成为猎巫式反恐政治的嫌疑人及受害者。因为少数极端他者的行动,而导致以十亿计的全球人口成为他者,这本身就是"后9·11"时代最令人忧虑的文化景观。2016年的一个盖洛普民意测验显示,"三分之一的美国人认为所有穆斯林都同情基地组织,同时只有不到一半的受访者认为美国穆斯林是忠于美国的"①。9·11小说所要书写的,绝不只是一次恐怖袭击本身,更包括其后的一系列连锁反应。它们从文化和政治等多个层面,重新塑造了西方目光下的穆斯林他者形象。

莫欣·哈米德出版于2007年的《拉合尔茶馆的陌生人》正是这样一部关注普通穆斯林在9·11事件前后在美国境遇变化的作品。哈米德之所以如此引人关注,很大程度上是因为他是最早从非西方人的视角来叙述9·11的作者,其作品又恰好出现在以创伤和缅怀为主基调的9·11小说达到了某种瓶颈的时刻。《拉合尔茶馆的陌生人》是典型意义上的"全球小说"(the Global Novel),这并不是说小说人物遍历了全球各地,有着复杂多样的文化背景,而是强调其内在的思想性是针对一个未来的共同体,它"关乎(各民族)共享的未来以及由此产生的责任"②。当然,在哈米德之前,美国小说家已尝试过从阿拉伯/穆斯林的他者视角来展开叙述,如德里罗、厄普代克和弗尔等人的9·11小说。但在被称为"萨义德继承者"的潘卡杰·米什拉看来,美国白人作家无论以多么进步的人文立场来书写第三世界和西方国家的少数族裔,他们始终都囿于自己的肤色和文化背景,没有办法真正

---

① Saad, Lydia. "Anti-Muslim Sentiments Fairly Commonplace." *Gallup.com* Aug. 8, 2006. http://www.gallup.com/poll/24073/AntiMuslim-Sentiments-Fairly-Commonplace.aspx. 访问日期:2018年8月23日。

② Barnard, Rita. "Fictions of the Global." *Novel* 42.2 (2009), p.214.

理解笔下这些异质的人物。并且,这些白人作家"最终依赖的,是那些已有的关于愤怒穆斯林的定见",从而让"同情心陷入瓦解……将个体及其行动简单化为刻板印象的动机"。① 在言说他者这个方面,哈米德无疑具有西方白人作家无可比拟的优势。他出生在巴基斯坦的拉合尔,幼年时追随在斯坦福大学访问的父亲去往美国,后来回到巴基斯坦念高中,又进入普林斯顿大学就读(他早期在校园创作的作品还获得过托妮·莫里森本人的指点),工作足迹从哈佛大学、纽约律师事务所,一直到伦敦的管理咨询公司,近年来又回祖国巴基斯坦定居。

可以说,哈米德受到了良好的东西方文化的共同熏陶,他对巴基斯坦及它所代表的世界有着深刻的感情,但同时又熟稔于西方世界的文化、商业、政治话语模式,这使得他特别擅长描写变动中的边界和动荡的全球化经验。《拉合尔茶馆的陌生人》是对英文原标题"不情愿的基要主义者"(a reluctant fundamentalist)的意译。小说不只是**关于**穆斯林他者,也是由一个贯穿始终的他者声音主导的独白叙事。哈米德精心设计的戏剧反讽在于,他让昌盖兹(Changez)与一个对读者来说处于隐身状态的美国游客进行了一次"伪对谈"。在这个过程中,昌盖兹的独白声音是压倒性的,从而让美国声音处于彻底的边缘化、匿名和失语状态。这种讲述方式,正是对那种由西方男性声音主导的9·11叙事的一种主奴关系的倒置。与他对话的美国人,可能只是一个普通游客,也可能是执行海外反恐任务的特工;美国人最后意欲掏出的那个东西,可能是一张普通的商务名片,也可能是一把致命的手枪。对这个身份暧昧不明的听众,昌盖兹要讲述的正是他如何从一个单纯幼稚的美国梦追随者,到产生幻灭感并接受了相对激进的反美思想,最终变成了这个全球帝国的反对者。简言之,昌盖兹本人就是那个在9·11之后完成了激进化转变的"不情愿的基要主义者"。

---

① Mishra, Pankaj. "The End of Innocence." *The Guardian*, May 19, 2007.

何为"基要主义"？简单地说，它指的是一种试图回归宗教原初要义的运动。它并非某个宗教独有的现象，而是现代性语境下随着宗教力量的式微而造成的一种反拨。犹太教、基督教和伊斯兰教中都有自己的基要主义，它们的背景、信仰和目标相去甚远，但是对现代历史的阐释方式有着惊人的相似性。[1] 如美国历史学家斯科特·阿普尔比（R. Scott Appleby）所言，基要主义者的思维模式几乎如出一辙，他们往往认为自身信仰在近现代的际遇是一部"被折磨"（tortured）的历史，所以需要以激进的行动回归宗教本身，将信仰"从屈辱的历史中救赎出来"。[2] 然而，哈米德这里选择"基要主义者"一词，还有另外一层鲜为人知的深意。他曾在2006年《巴黎评论》上发表了过一篇短篇小说，标题就叫"关注基本之事"（Focus on the Fundamentals）。无独有偶，在《拉合尔茶馆的陌生人》中，他同样使用了这个表述。昌盖兹的同事韦恩莱特曾对他说："你是在为人工作，伙计……别忘了，不管你干还是不干，你在忙的这桩交易总会进行下去的。还是管好最基本的事吧。"[3]在中译本中，"还是管好最基本的事"这句话已经很难让中国读者联想到标题中充满刻板印象的"基要主义者"，但哈米德原文的选词显然颇具匠心。他紧接着又让昌盖兹以独白的方式，对韦恩莱特的话作了一番反思：**管好最基本的事**。这就是恩德伍德·山姆森公司的指导原则。从我们第一天工作起就钻进我们的脑子。它要求我们一心专注于财务上的具体细节，梳理出那些决定一个产业价值的各种驱动因素的真本质。"[4]不难发现，哈米德一方面提醒我们"基要主义者"这个当代恐怖分子的近义词所可能具有的含混意义，另一方面则将昌盖兹所投身的恩德伍德·山姆森公司视为晚期资本主义的基

---

[1] Appleby, R. Scott. "History in the Fundamentalist Imagination." *The Journal of American History* 89.2 (Sept. 2002), p.503.
[2] Ibid., pp.498, 505.
[3] 莫欣·哈米德：《拉合尔茶馆的陌生人》，吴刚译，上海：上海译文出版社，2009年，第89页。
[4] 同上书，第89—90页。

要主义提喻。这个公司主营业务是在世界各地评估资产,并为资本并购提供投资咨询服务,其"估价"行为是典型的资本主义运作。按照马丁·兰德尔(Martin Randall)的说法,昌盖兹在学徒期接受的资本主义教育的本质,是学会了"无情的美国资本主义的核心构成中这些经济上的基本之事",它们相当于"让昌盖兹以不情愿的方式,戴上了美式基要主义者的人格面具"。①

所以,昌盖兹在小说中并不是完成了**一次**"极端化"(radicalization)的过程,他其实经历了**两次**截然相反的"极端化"。前一次,他以普林斯顿大学优秀毕业生的身份,几乎顺利地成为资本主义的基要主义者;后一次,他回到了故乡,重新与自己的穆斯林身份获得联结,成为另一种我们更熟悉的反对美国霸权的基要主义者。促使这个转变发生的,当然是9·11事件。正是在这个事件之后,他突然意识到自己新近获得的美国身份不过是一个迷梦。在"后9·11"的美国公众的怀疑目光下,他被打回了原形,只能在美国扮演穆斯林他者这一给定角色。9·11不仅意味着他生活于其中并日益熟悉的城市的劫难,也代表了他曾经竭力认同的"美国梦"的毁灭。如昌盖兹所言,在9·11之后的两个月,"美国被一股越来越盛并且自以为是的怒火给攫住了。您的国家,如我所预料的那样,像一头猛兽被大大地激怒了"②。美国的穆斯林社区陷入流言带来的恐慌:"他们说巴基斯坦的出租车司机遭到了殴打,不敢离开他们的生活区一步;联邦调查局最近常常突击检查清真寺、店铺甚至他们的住家;穆斯林男性常常失踪,可能是进了秘密的拘留中心接受盘问或者说更糟的事情。"③昌盖兹当然也感受得到同事对他的警惕和疏远,但直到美军正式入侵阿富汗时,他才发现"原先那套自欺欺人的法子已经没法再把他自己蒙蔽

---

① Randall, Martin. *9/11 and the Literature of Terror*. Edinburgh: Edinburgh UP, 2011, p.138.
② 莫欣·哈米德:《拉合尔茶馆的陌生人》,第85页。
③ 同上书,第86页。

得严严实实了";也正是在阿富汗战争爆发的那一天,他"发现自己很难把注意力集中到最基本的东西上去",而这是他"过去最擅长不过的事了"。①

这种转变绝不意味着昌盖兹对自身美国经验的彻底清零。事实上,从一种基要主义者,变成另一种基要主义者,意味着昌盖兹获得了观察家乡的**双重视角**。在9·11之后的那年冬天,昌盖兹回到家乡拉合尔探亲,此时他发现"自己看东西的时候也带上了美国眼光"②。他开始敏锐地感觉到新帝国的地缘政治、全球化的资本主义给他的故乡带来的巨大的结构性不平等。于是,他进一步对自己的"帝国之眼"(imperial eyes)展开了反身性批判,开始重新认识到自己的家乡"经受了时间考验的高贵"③。昌盖兹认识世界的视角转变,相当于颠覆了他从美国投资咨询行业习得的资本计算法则和价值标准。美国反恐战争带来的连锁效应,也让印度和巴基斯坦这一对历史冤家的边境局势变得格外紧张,而可能爆发的战争与杀戮会有着堂而皇之的名义,那就是"反恐"。昌盖兹和他的先祖所栖居的拉合尔曾是旁遮普省富庶之地,这里有着和纽约同等的人口规模。然而,1947年"印巴分治"让这里爆发了惨烈的种族冲突,因为英国殖民者选择在宗教、民族混杂程度最高的旁遮普划定那条所谓"雷德克里夫线"。当美国人因为9·11的恐怖主义暴力而感到不可理喻时,昌盖兹想到的却是自己祖辈生活的土地所曾遭受的战乱和暴力戕害。面对眼前的那位美国听众,昌盖兹愤懑地说道:

在您所来自的那个国家,在活着的人们的记忆中,除了偶尔遭到的偷袭和恐怖行为外,他们的国家还没有在自己的土地上打过仗,因此要您想象在离您住的地方一天可往返的路程内,有为

---

① 莫欣·哈米德:《拉合尔茶馆的陌生人》,第91页。
② 同上书,第113页。
③ 同上书,第114页。

数达一百万左右的敌方军队随时有可能发动全面的入侵,恐怕会让您觉得不可思议。①

昌盖兹的双重视角,源于他曾作为跨国资本主义代理人和动荡的穆斯林世界土生子的双重身份。这两种身份之间的张力,构成了《拉合尔茶馆的陌生人》最主要的戏剧性冲突。他的讲述指向了被西方国家遗忘的"后殖民残余",就如同圆明园的废墟,现在极少进入西方社会的官方记忆,却一直存在于北京的海淀区,无时无刻不在提醒那里的游客,这是英法联军1860年毁坏的现场——毕竟,"暴力的实施者总比那些受其权力所害的人更加健忘"②。哈米德在这里批判了西方中心主义的选择性失明,在全球反恐战争中"可以看见什么""不可以看见什么"本质上是由世界秩序中的权力关系决定的,而昌盖兹所代表的属下阶层的抗争就是要让"那些不可见的东西变得可见"。③

当然,无论是9·11自杀式袭击,还是基地组织以巴勒斯坦为借口展开的反美"圣战",它们都并不是哈米德希望在小说里去介入探讨的。这种叙事策略让哈米德的小说在保持批判美国的锋芒同时,也尽量避免了在9·11和巴勒斯坦等更敏感的话题上触雷。进一步说,昌盖兹尽管有着较为激进的反美思想,但他并不是真正意义上的恐怖分子。与其说哈米德书写了一个巴基斯坦"恐怖分子"从亲美到仇美的转变历程,还不如说9·11和昌盖兹是哈米德拿来做文化"压力测试"(stress test)的实验工具。这个实验最终检验出了西方文明的核心地带所裹挟的一种固有的偏执、狭隘和伪善。事实上,哈米德早在9·11发生之前已经基本完成了这部小说的人物和故事架构,2001

---

① 莫欣·哈米德:《拉合尔茶馆的陌生人》,第116—117页。
② Young, Robert J. C. "Postcolonial Remains". *New Literary History* 43. 1 (Winter 2012), p. 21.
③ Ibid., p. 23.

年的纽约恐怖袭击只是给了他新的契机,去完成这部少数族裔的文明批判之书。

在这个意义上,昌盖兹并不是极端他者,而是普通穆斯林在全球化时代的典型代表。另一个文本证据,是昌盖兹在智利出差时遇到的一位当地出版公司老总胡安·巴蒂斯塔。巴蒂斯塔对诗歌有着浓厚兴趣,他甚至对昌盖兹提到的旁遮普省诗人也愿意刨根问底。显然,他是作为第三世界文化艺术的鉴赏家及估价者出现的,这与昌盖兹所做的针对这家出版公司的收购评估工作颇为不同。在一次深谈中,巴蒂斯塔问他是否听说过土耳其苏丹的禁卫军(janissary),并解释说:

> 那些禁卫军战士其实原先是信基督教的孩子,被土耳其人抓去之后,经过训练,成为一支军队里的战士,这支队伍是当时世上最彪悍的军队。他们打起仗来骁勇残暴,对苏丹忠心耿耿,死心塌地;他们通过战斗所毁掉的是他们自己的文明,因此他们再也无家可归了。①

昌盖兹此时经历了一次顿悟,他意识到自己就是"一个现代版的苏丹禁卫军战士,正在为美利坚帝国效劳"②。他此时已决意与恩德伍德·山姆森公司和它所代表的美国彻底决裂,不只是因为在9·11之后他和身边的穆斯林裔受到了不公对待,更是因为昌盖兹开始将自己视为母体文化危亡时刻的继承者。换言之,9·11事件让他痛感自己处于延宕千年的"文明的冲突"中,他需要在此刻重申自己对于母体文化的忠诚。

昌盖兹的忠诚是政治和文化意义上的,它基于西方教育洗礼后产生的后殖民主义批评立场,而不是一种自杀式的"圣战"冲动。需要特

---

① 莫欣·哈米德:《拉合尔茶馆的陌生人》,第137—138页。
② 同上书,第138页。

别指出的是,极端化本身并不意味着恐怖主义,因为思想或理论的暴力,不能和行动上针对平民的暴力画等号。后殖民批评一直有根深蒂固的激进传统,无论是传统意义上的西方主流后殖民理论家,如萨义德、霍米·巴巴和斯皮瓦克,还是强调殖民地现实和马克思主义解放政治的阿赫默德(Aijaz Ahmad)和德里克(Arif Dirlik),他们都致力于揭示宗主国和殖民地之间的权力关系(尤其是政治、经济和文化这三个范畴)。按照英国后殖民批评家罗伯特·杨(Robert J. C. Young)的说法,后殖民理论涉及广泛的政治目标,如"重建西方知识的组成,重新定位伦理规范,颠覆世界的权力结构,从下至上去重塑世界"等等。[1]

昌盖兹返回拉合尔之后,成为受学生爱戴的大学教师,其中一个重要的原因,是他在课堂上结合自己的旅美经历,讲述巴基斯坦与西方帝国之间的后殖民关系。他的立场无疑是激进的、反西方的,但这种左翼知识分子的思想暴力是作用于前殖民地人们思想的解放,希望让被殖民者或前殖民地的成员摆脱帝国的压迫性文化政治,并借此走向民族或族裔主体意识的重建和独立。或者用昌盖兹的话说,他"把课堂上宣扬如何摆脱对你们国家的依附作为自己的使命"[2]。昌盖兹的课堂自然会吸引一些有着激进政治倾向的巴基斯坦青年学生,他们所参与的街头政治变成了反美的暴力抗争,但昌盖兹坚称:"我是一个信仰非暴力主义的人,除非是进行自卫,否则我对流血是深恶痛绝的。"[3]

然而,必须承认,任何反殖民的解放政治都不可能是完全脱离暴力的,弗朗茨·法农(Frantz Fanon)对此有深刻的论述。在他发表于1952年的代表作《黑皮肤,白面具》(*Black Skin, White Masks*)中,法农

---

[1] Young, Robert J. C. "Postcolonial Remains." *New Literary History* 43.1 (Winter 2012), p. 20.
[2] 莫欣·哈米德:《拉合尔茶馆的陌生人》,第162页。
[3] 同上书,第165页。

从理论上论证了殖民地革命运动的合法性,因为既然殖民主义本身就是一种历史上的暴力现象,那么现实中的反殖民斗争必然只能表现为一种暴力。这里,法农在一定意义上继承了黑格尔的主奴辩证法,他坚持认为,奴隶如果想成为自由人,前提条件必须是获得原主人的承认。他明确指出:"我绝不至于天真到相信诉诸理性和尊重人的尊严可以改变现实,对于那些在甘蔗园里苦苦劳作的黑人来说,出路只有一条:起来战斗。"①虽然印巴独立的政治实践是以非暴力的方式取得的,但宗主国英国祸患无穷的印巴分治方案给旁遮普省等边境地区播下了可怕的暴力种子。据官方统计,仅在印度独立后的几个星期内,就有50万人死于种族仇杀,有1200万人因为两国战争而流离失所。印度和巴基斯坦也成为帝国代理人战争的桥头堡,9·11之后美国借助印度在边境陈兵百万,给巴基斯坦施压,这一切都是帝国霸权在解殖后的巴基斯坦施加影响的又一明证。所以,法农坚持认为,首先,被殖民者的暴力是因殖民者的暴力而起,殖民者武力镇压反抗的被殖民者,这种仇恨的种子势必会引来报复;其次,被殖民者只有借助反抗的暴力,才能走出殖民者的精神奴役,重建被殖民地人民的主体性。②昌盖兹本人虽未直接卷入巴基斯坦的反美斗争,但他作为精神导师传授给青年人的后殖民批评观念,必然会滋生出革命暴力的斗争形式。

昌盖兹这个从"美国梦"中醒来的巴基斯坦人,某种意义上成为了激进的民族主义者。这种基于萨米尔·阿明(Samir Amin)"世界依附"概念的左翼理论,的确孕育出了针对美国的极端化思想,但思想的暴力(或者说,反资本主义全球化宰治的政治思想暴力)是否等于9·11所代表的极端恐怖主义暴力呢?我认为,答案是否定的。

---

① Fanon, Frantz. *Black Skin, White Masks*. Tans. Charles Lam Markmann. New York: Grove Press, 1967, p. 224.
② 弗朗茨·法农:《黑皮肤,白面具》,万冰译,南京:译林出版社,2005年,第171—176页。

昌盖兹在独白中表达的反美情绪,很大程度上是因为反恐战争中体现出的美国式霸权和傲慢,其具体形式是将第三世界的反美情绪视为恐怖主义的同谋来加以弹压,似乎只要反对"阿富汗战争"和"伊拉克战争",就意味着选择成为本·拉登或萨达姆的同路人。昌盖兹认为,"恐怖主义的定义指的仅仅是由不穿军装的杀手对平民所进行的有组织的和有政治目标的杀戮",然而美国政府出于一种"美国利益至上"的观念,以"反恐"为幌子进行海外战争,哪怕这意味着阿富汗和伊拉克众多平民的伤亡。① 因此,反恐战争的合法性背后隐匿着一种命价的不平等,只要这场战争是服务于消灭一小撮恐怖分子这个特定目的,那么就如昌盖兹所言,"我们这些和恐怖主义杀手居住在同一片土地上的人的生命就变得毫无意义了,除了成为连带的牺牲品"②。

兰德尔认为,哈米德以昌盖兹的人生变轨,阐明了他对于9·11的批判立场:"9·11不是一个孤立的、非理性的行动,针对的也不是一个'无辜的'国家,而是美国殖民、经济和军事力量的直接结果。"③兰德尔进一步指出,这种后殖民主义的帝国政治批判,恰恰是之前的9·11小说未能企及的。无论是厄普代克笔下的艾哈迈德,还是德里罗笔下的哈马德,或是马丁·艾米斯笔下的阿塔,都没有能够真正再现一个9·11他者的精神世界——这些他者形象要么是宗教狂热的洗脑产物,要么是充满历史悲情的"独狼"恐怖分子。兰德尔认为,正是在《拉合尔茶馆的陌生人》中,读者才第一次见证了"后9·11"时代普通的穆斯林/阿拉伯他者所经历的心灵危机,这种危机的实质就是潘卡杰·米什拉所说的"存在的不连贯性"(existential incoherence)④。它不是恐怖主义分子那种病态的、本质主义的思维偏

---

① 莫欣·哈米德:《拉合尔茶馆的陌生人》,第162页。
② 同上。
③ Randall, Martin. *9/11 and the Literature of Terror*. p. 143.
④ Ibid.

执,而是在全球资本主义中寻找身份认同和他异性过程中的摇摆、挫折和去魅。

当然,我们不能简单地将《拉合尔茶馆的陌生人》视为一份小说版的"后殖民反美宣言"。全书不确定的结尾体现了哈米德"希望读者一同参与到道德的思考决定中",而非简单接受某个来自作者的固定的政治教诲。① 正如哈米德在访谈中所言:

> 我当然是故意写了一个含混的结尾,这个结尾能够反映出读者自身携带的世界观。取决于读者对小说所展现的世界的不同看法,他们有可能将这部小说视为惊悚小说,或解读为两个古怪男人的不期而遇。我邀请读者展开的旅程是充满情感的,也是令人不安的,所以我希望有一个强有力的叙事推动,加入神秘要素来让他们的阅读变得迫切紧张。我希望这个结尾就是这些努力的顶点。②

我认为,哈米德的这种文学实践可谓是一种政治性的介入,他以这样的结尾来让文本与读者的道德习惯和世界观发生摩擦,读者可能在这样的考验中不自知地成为西方意识形态的共谋,也可能借此跳出固有的认知习惯来重新审视"帝国"与属下阶级的关系。

最后,他所塑造的他者仍需要与极端恐怖主义哺育出来的极端他者进行小心的区分。两者之间并不是"好穆斯林"和"坏穆斯林"的区别,而是说基要主义在这里被哈米德巧妙地进行了脱敏处理,它不再是一种宗教狂热的来源,而是西方文明和东方文明内部共有的精神结构。一旦"后9·11"的东西方文化紧张关系被纳入现代性和反现代

---

① Mendes, Ana Cristina and Karen Bennett. "The Refracting Fundamentalism in Mira Nair's *The Reluctant Fundamentalist*." *American Cinema in the Shadow of 9/11*. Ed. Terence McSweeney. Edinburgh, UK: Edinburgh UP, 2012, p.112

② Blankenship, Michelle. "Interview with Mohsin Hamid." *Mohsinhamid.com*. March 2007, n/d.〈http://www.mohsinhamid.com/interviewharcourt2007.html〉

性的宏大话语中加以考察,那么昌盖兹这样的极端分子所代表的,就只是启蒙运动之后普适的他者愤怒,其对象是帝国霸权、殖民暴力、工具性思维、极端重商主义、科学至上主义和资本主义残酷无情的市场交换法则。哈米德将9·11恐怖主义政治的讨论,解释、置换为一种反现代性的抗争,从而证伪亨廷顿"文明的冲突"的假说,这与米什拉在《愤怒的时代:当下的历史》(*The Age of Anger: A History of the Present*)中的思维逻辑不谋而合。在哈米德笔下,昌盖兹的愤怒当然也可能是暴力的,但究其根本,他仍是20世纪左翼政治的产物,迥异于那种宗教"圣战"的"牺牲"式无差别杀戮,也不是源自19世纪末无政府主义者"行动宣传"的暴力逻辑。哈米德的创作从跨国主义的角度,分析了当下很多重大的社会议题,有些议题本身也是反恐政治的产物。不过,他显然还是绕过了最棘手的宗教问题,绕过了自杀式袭击者的思想成因问题。如果读者希望从9·11文学中洞悉极端他者的秘密,那么《拉合尔茶馆的陌生人》恐怕还不能告诉我们真正的答案。

* * *

如果说普通穆斯林不多不少,就是普通人,那么9·11叙事中的极端他者是什么?他们并非如列维纳斯所言,是完全外在于我们的他者(这样的他者只能是上帝或死亡本身),也不是德里达说的那种"彻底的他者"。我们不妨在更具体的语境下,将之定义为"因为极端宗教教义或政治目的,选择自杀式袭击来造成重大平民伤亡,并由此散布暴力恐慌的恐怖组织成员或追随者"。这样的极端他者当然并非特殊材料制成的人类一员,而是和我们一样的血肉之躯,但他们的特殊之处在于以死亡为武器、甘愿自我毁灭、不忌惮杀害无辜平民的暴力冲动。这种将有限身体放大为极端杀戮工具的做法,使之区别于一般意义上的战场战斗人员,成为让文学家和批评家为之困惑并好奇的极端他者。或者用心理学家鲁斯·斯坦的话说,极端他者所信仰的东西,彻底地"不同于我们关于道德和同情的西方理想和人文主义价值观"①。

约翰·厄普代克的《恐怖分子》就是一部典型的关于极端他者的9·11小说。这位以用现实主义手法记录美国社会(尤其是信仰新教的中产阶级小镇生活)而闻名的白人作家,其实很少创作时事政治色彩如此浓厚的作品。9·11发生时,厄普代克正好在纽约探望家人,他目击了双子塔倒塌的全过程。但真正促使他去写这部小说的,不止是他当时的恰好在场,也是他"强烈感觉到自己有资格谈论为什么年轻人愿意成为人肉炸弹。我多多少少能理解,而我不确定有多少美国人能做到这一点"②。与哈米德笔下的昌盖兹不同,《恐怖分子》的主人公艾哈迈德是一个确凿无疑的恐怖分子,厄普代克在访谈中坦承,他从一开始就知道选择这样的视角去构建小说,会让很多人大感不快。③ 艾哈迈德生于长于新泽西北部一个工业小城,其生父是埃及留学生,为了绿卡才与他爱尔兰裔的母亲结婚。由于父亲在他年幼时就离家出走,艾哈迈德成为一个缺少父爱的穆斯林混血后代。他的浅褐色皮肤介于黑与白之间。他不是真正意义上的爱尔兰裔白人,但也无法融入美国的阿拉伯裔群体。艾哈迈德这种身份的混杂性,使得他在成长过程中一直谋求纯粹牢固的认同。他在11岁接触到《古兰经》,这让他将伊斯兰教视为锻造纯洁身份的殿堂。他接受了也门阿訇拉希德的宗教教育,开始仇恨西方文明,并将阿訇视为父亲的替身。艾哈迈德在黎巴嫩移民查哈伯的家具店工作时,被阿拉伯恐怖组织招募,决定驾驶汽车炸弹,去炸毁纽约重要的地标——林肯

---

① Stein, Ruth. "Evil as Love and as Liberation." *Psychoanalytical Dialogues* 12.3 (2002), p.396.

② Updike, John. "Holy Terror: Updike Goes inside the Mind of a Muslim Teen." Interview by Alden Mudge. *BookPage* June 2006. https://bookpage.com/interviews/8355-john-updike-fiction. 访问日期:2018年8月23日。

③ Updike, John. "An Interview with John Updike: In *Terrorist*, a Cautious Novelist Takes on a New Fear." Interview by Charles McGrath. *The New York Times* May 31, 2006. http://www.nytimes.com/2006/05/31/books/31updi.html. 访问日期:2018年8月23日。

隧道。

按照弗朗西斯·福山新近提出的看法,在冷战结束后,身份认同及身份政治成为西方国家当下最重要的社会议题和冲突源。关于当代政治中身份认同的渴求,福山做了如下解释:"身份认同首先源自于一个人真实的内在自我和社会规范组成的外部世界之间的差异,因为这个外部世界并未充分承认内在自我的价值或尊严。"①简言之,福山用"尊严"一词将身份认同和当代激荡的仇恨政治做了勾连。认同政治不是寻求关于主体性的知识(即"我是谁?"),甚至也不是后结构主义者、文化研究学者关注的话语建构对主体性的影响(即"我可能成为什么?"),而是要寻求一种主导身份与他者身份之间的平等认可。进一步说,寻找尊严与肯定,是身份政治的动力基础;谋求平等而不得,则是身份政治转向仇恨政治的原因。福山从柏拉图的《理想国》中借来了 thymos 一词,认为它是人类灵魂中理性与欲望之外的第三种要素,它指向价值的判断,意味着人对个人荣誉、自我价值获得外部承认的精神需求,因而成为当代身份政治的基石。②

福山这里所说的"承认"(recognition)作为思想概念当然也大有深意,它源自经由俄裔法国哲学家科耶夫(Alexandre Kojève)阐释的黑格尔。福山理解的"历史的目的",就是黑格尔所说的人类历史上关于"普遍承认"的主奴辩证式斗争,它构成了历史向前的终极动力。③ 然而困难的问题在于,现代民主制度的出现虽然不再主张少数精英身份至上,而是倾向于各种主体身份的原则性平等,但民主国家无法真正解决或满足所有人群在内心中对 thymos 的主张,尤其是当经济和文化的全球化加剧了少数族裔或亚文化群体人士的屈辱感、挫败感或疏离感时。这里,福山认同法国的中东学者奥利维尔·罗伊(Olivier

---

① Fukuyama, Francis. *Identity*: *The Demand for Dignity and the Politics of Resentment*. New York: Farrar, Straus and Giroux, 2018, p. 18.
② Ibid., p. 27.
③ Ibid., p. 18.

Roy)的一个观点,即"圣战恐怖主义"更多是基于个人和心理的成因,而非宗教使然,这背后体现了某一类人(如西方世界的第二代穆斯林)在两种异质文化罅隙中遭遇的身份认同问题。① 福山的推论是显而易见的:既然身份政治中寻求"承认"的主张在西方社会是无穷无尽、无法满足的,那么在未获承认的尊严感驱使下,所谓"怨恨的政治"(the politics of resentment)就开始出现了。艾哈迈德的经历,正是这样一种从身份政治转向"怨恨的政治"的产物。

厄普代克以成长小说的方式,试图更立体地展现一个恐怖分子的精神结构的形成过程,而不是仅仅将恐怖分子视为某种无法解释的反人类罪行的施暴者。韦尔思鲁伊斯十分赞赏这部小说,称厄普代克是"极少数在全球恐怖主义的语境下探讨他异性的小说家",并认为该作品"试图去充分揭示他者的观点视角"。② 韦尔思鲁伊斯甚至做出了一个惊人的判断:"约翰·厄普代克的小说是一次最为精细的尝试,它试图去理解恐怖分子的心灵。"③接下来的问题是,小说家如何能够进入恐怖分子的心灵,并精微地叙述其成长轨迹呢? 当然,只能依靠想象性虚构,但同时辅之以人类学知识和共情的能力。身为第三世界的知识分子,米什拉显然不相信西方白人作家,无论是德里罗还是厄普代克,能够凭借对伊斯兰世界的好奇心,在"仓促的研究"中进入这种异质的心灵。④ 无论他们的出发点是多么充满善意,无论他们多么努力避免先入为主的刻板印象,米什拉都不相信西方作家可以摆脱自身目光的局限,进而对笔下恐怖分子的精神突触做出令人信服的阐释。

米什拉对德里罗塑造的哈马德这个人物形象提出一个重要质

---

① Fukuyama, Francis. *Identity: The Demand for Dignity and the Politics of Resentment.* pp. 63-64.
② Versluys, Kristiaan. *Out of the Blue: September 11 and the Novel.* p. 16.
③ Ibid., p. 167.
④ Mishra, Pankaj. "The End of Innocence." *The Guardian* May 19, 2007.

疑,那就是这个人物充满了色欲。① 无独有偶,兰德尔也发现了马丁·艾米斯笔下的阿塔同样存在这个问题,仿佛恐怖主义暴力冲动和阿拉伯恐怖分子无法满足的过度色欲有关。② 如果想一想萨义德在《东方学》中对西方学者再现阿拉伯民族的批评,就会明白将阿拉伯人与色欲联系起来,其实是东方主义式知识生产中源远流长的传统,其源头或许可追溯到西方读者对《一千零一夜》的猎奇式解读。厄普代克虽未将艾哈迈德写成色欲旺盛的少年,但却走向了另一个极端:这位青春期的男孩成为禁欲的圣徒典范,仿佛是那个色欲横流的美国社会的绝缘体。在小说一开始,厄普代克就写道:"**魔鬼**,艾哈迈德心想,**这些魔鬼想夺走我的主**。从早到晚,市中心中学的女生们都在游手好闲,炫耀着柔软的肢体和迷人的秀发。她们裸露的小腹上镶嵌着耀眼的脐钉,刺了庸俗的紫色文身,仿佛在问,还剩什么看点呢?"③

不难看出,厄普代克依然循着一种东方主义的二元逻辑,以构建穆斯林他者的人格样式:他们要么是色情狂,要么是纯净的禁欲者。难怪米什拉会失望地说道:"尽管德里罗、厄普代克和艾米斯努力去定义文化他者性,却未能认识到信仰和意识形态其实是一种看不见的压倒性力量,它藏身于那些关于处女的艳俗幻想之后。"④厄普代克虽然摆脱了"好色的阿拉伯人"这种文化刻板印象,但始终无法跳出对于他者的个体性欲或情动的阐释框架。在米什拉看来,西方人理解不了伊斯兰信仰就是一种形而上的精神体系,一种基于穆斯林世界生活习惯的文化现实,和厄普代克从小接受的基督教信仰比起来所差无多。我认为,对于西方作家在9·11文学中再现文化他者的努力,米什拉的判断或许显得过于苛求了。他总是强调西方作家未能真正理解伊斯兰教艰深的教理,或没有充分展现穆斯林世界的复杂异质性。事实

---

① Mishra, Pankaj. "The End of Innocence." *The Guardian* May 19, 2007.
② Randall, Martin. *9/11 and the Literature of Terror*. p. 50.
③ 约翰·厄普代克:《恐怖分子》,刘子彦译,北京:人民文学出版社,2009年,第1页。
④ Mishra, Pankaj. "The End of Innocence." *The Guardian* May 19, 2007.

上,即便是巴基斯坦或伊拉克作家写的9·11小说,也无法完全公正客观地呈现其宗教社会的多重面相。谋求对恐怖分子的信仰经历做现象学的还原,这本身就是无法完成的任务。尽管厄普代克为了写作此书曾深入研读《古兰经》,走访新泽西和亚利桑那的清真寺,并有过在埃及和摩洛哥的旅行经历,但全面深入地阐释伊斯兰教和9·11恐怖主义的关系,并不是他的文学目标。

或许更公允的说法是,厄普代克无意参与阐释《古兰经》关于"圣战"的教义(这个话题广博艰深,且充满政治风险),而是试图通过对世俗社会欲望的泛滥和宗教的式微的描述,烛照出艾哈迈德这个生活在多元文化熔炉里的美国人是如何借助他者化的伊斯兰教,寻找一种绝对纯洁的信仰身份,以满足自己对于尊严的需求。进一步说,厄普代克并不认为是伊斯兰教本身煽动了艾哈迈德的极端化,使之成为试图炸毁林肯隧道的本土恐怖分子。问题恰恰出在艾哈迈德成长过程中接受信仰和身份认同的方式。他对"圣战""殉道"这类宗教宣传的轻信方式,根植于厄普代克眼中那个问题深重的美国当代社会。某种程度上,是美国放任的新自由主义和消费文化导致了艾哈迈德对自己边缘化身份焦虑的加剧,也诱发了他对缺乏真正信仰的主流文化的极度失望和仇恨。因此,艾哈迈德的极端化过程,不仅源于也门阿訇巧言令色的洗脑,更源于美国社会令人不安的堕落现实对主人公的催化作用。艾哈迈德成为小说家的一面镜子,折射出极端他者眼中的美国形象,而这些负面的观察"与厄普代克长期以来对美国文化中物质主义和自毁倾向的批评是存在吻合之处的"①。厄普代克的《恐怖分子》表面上是描摹一个极端宗教信仰者的心灵肖像,但更重要的任务则是对美国当代社会的文化批判,而这正是"兔子三部曲"作者一直以来所擅长的。

从艾哈迈德内聚焦的视角看,美国宗教信仰的崩坏和堕落,正是

---

① Herman, Peter C. "Terrorism and the Critique of American Culture: John Updike's *Terrorist*." *Modern Philology* 112.4 (May 2015), p.700.

他与这个社会疏离的主要原因。按照他的说法,美国学校是这样不堪的状态:

> 老师们要么是信仰淡漠的基督徒,要么是不守教规的犹太人。他们作秀般地将思想品德和正确的自律精神教授给学生,但闪烁的目光与空洞的话语暴露了他们缺乏信仰的本质。老师之所以教这些,是因为新普罗斯佩克特市和新泽西州付给他们钱。他们缺乏真正的信仰;他们没有走上正道;他们是肮脏的。①

艾哈迈德并不是痛恨美国主流社会不能像他那样信仰《古兰经》,事实上他痛恨的是"缺乏真正的信仰"这个事实本身,无论这种信仰是基督教、犹太教,还是伊斯兰教或巴哈伊教。与信仰的缺位相对的,则是虚假信仰、虚假价值观在美国的弥漫。一切行为和说教都是金钱驱动、利益至上,是科学主义和实用主义主导的"假信仰"。当这种堕落发生在学校时,它意味着整个教育系统将无法塑造出未来一代美国人的精神信仰。艾哈迈德的精神导师拉希德则说得更为直接,他认为美国看似倡导的是"多元化的宽容社会",但"这种相对主义的做法令宗教变得肤浅,暗示宗教并不太重要。你信这个,我信那个,我们都处得来——那是美国的方式"。②

如果说艾哈迈德这个18岁少数族裔青年在小说里以自由间接引语的方式发表的这些看法显得非常愤世嫉俗,那么另一个主要人物杰克·利维——此人是心理辅导老师,在艾哈迈德就读的学校为学生提供心理咨询——对美国社会无信仰状态的尖刻看法,则或多或少印证了艾哈迈德的部分观察。在利维这位"不守教规的犹太人"看来:

> 美国铺满了厚厚的油脂和沥青,整个国家就是个沥青宝

---

① 约翰·厄普代克:《恐怖分子》,第1页。
② 同上书,第38页。

库,把我们统统粘住了。甚至连我们引以为荣的自由也没什么可骄傲的,只是让共产主义者上不了台而已;这种自由更便于恐怖分子四处流窜,租飞机,租货车,建立网站。①

利维的"沥青论",实则是对美国立国基石——自由主义的批评,因为在他看来,这个国家不仅缺乏对宗教的虔诚,就连对自由的信仰也是庸俗而实用主义的。同时,这种虚假的自由主义又成为国家安全的掣肘,让恐怖分子有机可乘。利维的极端看法,和他本人的亲身经历不无关系。他的妻子贝丝曾是路德教派的虔诚信徒,而他则认为自己继承了犹太人的美德,"然而在新泽西北部共同生活三十六年后,有着不同信仰和种族背景的两个人已经被修剪成单调乏味的同一人"②。贝丝因为饮食无度、过度肥胖,成为"巨鲸般的女人"。她陷入自身脂肪中无法动弹的模样,大概就是利维对美国"沥青论"的一个活生生的注脚。甚至那个在黑人教会唱诗班担任独唱的学生约丽琳也不是真正的信主,她能用美丽的歌喉在教堂演绎赞美诗,但这一切只是为了虚荣。小说家最辛辣的讽刺是,约丽琳这个看似离宗教最近的女同学,在毕业后反而成了站街的妓女,被恐怖组织找去为即将执行自杀任务的艾哈迈德破处。

厄普代克在小说中从不同视角对美国"后9·11"社会进行了激烈的文化批判。小说家的用意,显然是敦促我们重视社会环境对本土恐怖分子的影响和塑造。换言之,《恐怖分子》不是一部试图为**所有**伊斯兰激进分子描画精神肖像的文学作品,而是在为美国制造的**本土激进分子**做出一种社会—文学阐释。艾哈迈德并不属于他精神上选择认同的中东阿拉伯世界,他如拉希德所言,无论多么刻苦攻读《古兰经》,本质上都是一个美国人。③ 艾哈迈德这个"畸人"之所以对美国

---

① 约翰·厄普代克:《恐怖分子》,第26页。
② 同上书,第24页。
③ 同上书,第150页。

文学非常重要,恰恰是因为他是美国诸多社会问题(如消费社会的过度增长、宗教信仰的蜕化淡漠、自由主义的羸弱无力、传统工业城市的困顿)共同型塑的产物。微观地说,艾哈迈德对于所谓"正道"的追寻,源自典型的美国单亲家庭带来的父爱缺失,同时也是母亲特蕾莎那种自由派艺术家的政治立场使然。她当年决定嫁给那个埃及留学生,是出于对第三世界的浪漫式同情,她用跨种族婚姻这个行动,说明她作为西方白人女性是可以追求自由和自我解放的,而不是因为她对伊斯兰教有任何了解或认同。① 特蕾莎同样天真地认为,尽管她16岁就放弃了天主教信仰,但儿子在11岁时找到的信仰"看起来似乎很美丽"②。而宏观地说,艾哈迈德生长的城市,乃是美国旧工业城镇破败的缩影。它在两个世纪前被命名为"新普罗斯佩克特"(New Prospect),用"编织厂、丝绸印染厂、皮革厂、还有生产火车头、车厢和缆索的工厂"吸引了来自南部的黑人劳工和海外移民,但现在随着产业升级和制造业的海外迁移,"这个老旧的工业小城已经慢慢死去,变成了第三世界的丛林"③。厄普代克用了一个与艾略特所说的"荒原"很像的词,即"瓦砾海"(lake of rubble),来指代这个凋敝城市的中心,那里"基本被各类棕色皮肤的人所占据",少数一些留下来的非盎格鲁-撒克逊的"白色面孔显得诡异而邋遢"④。在厄普代克看来,艾哈迈德的宗教极端主义不是凭空而至的,其思想的变轨与家庭和社区环境的这些变化密不可分。

然而,从家庭和社会的角度解释一个美国异端的形成,只是小说再现极端他者的第一步。即便读者认同环境对于极端宗教思想的诱发作用,厄普代克还需要说服我们一点,即这个普通的青少年是怎样从对安拉的狂热崇拜,变成一个甘愿接受自杀式任务、不惧于杀死大

---

① 约翰·厄普代克:《恐怖分子》,第88页。
② 同上书,第87页。
③ 同上书,第10、32页。
④ 同上书,第10—11页。

量平民的冷血恐怖分子的？从普通他者到极端他者的转变，其实需要跨越巨大的沟壑。厄普代克所面临的挑战，是揭示这种转变背后的秘密心理结构。起初，我们看不到艾哈迈德有任何暴力倾向，甚至会发现他是一个极为单纯温良、学业良好的高中生。他在学校最引人注目的特点，就是"每天穿一件漂亮的白衬衫，搞得像个传教士"①。显然，对熨烫干净整洁的白衬衫的沉湎，体现了他所追求的伊斯兰教的"清洁"(cleanness)精神。他对于"圣战"的态度问题，则是厄普代克创作中最为棘手的。一方面，当发展他加入恐怖组织的查理问他是否站在"圣战"这一边时，艾哈迈德立刻引用了《古兰经》中的句子，坚定地说道："我怎么可能被排除在外呢？"但另一方面，他的宗教知识又告诉他，"'圣战'不一定意味着战争……'圣战'的意思是斗争，沿着主的道路。'圣战'可以指内心的斗争"。② 当他的导师拉希德明确告诉他，需要他执行自杀式任务去袭击敌人，成为一名舍西德（即阿拉伯语中的"殉教者"）时，他的回应颇值得玩味。他先是表示"我会献身的"，但随即陷入沉默，之后才承认说，"如果这是真主的意志"。③ 这段沉默之后带出的条件句，似乎说明厄普代克所想象的艾哈迈德依然是有着主体性追求的信教者。至少，他需要确认这个"圣战"的意志来自于何方。或者说，他驾驶装满爆炸物的货车开往林肯隧道，不是因为查理或导师拉希德的命令，而是因为他确认这是来自真主的要求。

　　对于艾哈迈德对信仰身份的追寻，厄普代克有着诸多令人动容的刻画。其中感人的一点，是他深埋于心的与也门阿訇的分歧。按照拉希德的教诲，信徒绝不可以把真主想象成人类的某种形象，这是"一种亵渎，应该永远经受地狱之火的惩罚"④。但在艾哈迈德隐秘的心中，真主"是多么孤独，待在他用意志创造出的那片星光密布的空间之

---

① 约翰·厄普代克：《恐怖分子》，第 7 页。
② 同上书，第 154 页。
③ 同上书，第 247 页。
④ 同上书，第 238 页。

中",所以他试图以个人的方式去接近真主,甚至去像人和人一样,关心这种孤独的"自我存在",去思考真主"是否在受苦,他是否喜欢做现在的样子。他在世界上看到什么,是否从中得到过乐趣"①。对于什么样的命令代表了这位"孤独的主"的意志,艾哈迈德内心并不盲信,而是充满了辩难。查理"像在背书似地"告诉他,9·11中的死难者并不无辜,因为"那些人做金融,为美帝国谋利益,这个帝国支持以色列,每天都在为巴勒斯坦人和车臣人、阿富汗人和伊拉克人带去死亡。在战争中应该把怜悯放在一边"②。但艾哈迈德却表达了对双子塔中那些跳楼者的同情,还指出许多死难者"只是保安和服务员",而且也有穆斯林在9·11中被恐怖分子以"圣战"名义杀害。③ 同样,当阿訇为了说服他在"圣战"中无差别地杀死异教徒是不足惜的,用苍蝇和蟑螂做了比喻:"那些从墙脚和水池里爬出来的蟑螂——你可怜它们吗？那些在桌上食物的周围嗡嗡乱飞、抬起刚刚在大便和腐肉上跳过舞的脏脚,然后在食物上踩的苍蝇——你可怜它们吗？"④但艾哈迈德确实是同情这些昆虫的,"他对在主一般的人类脚下繁衍生息的庞大昆虫家族抱有极大兴趣",只是他把这种态度藏于心内,并未公开反驳老师。⑤ 艾哈迈德的这种思想历程,深刻地体现了斯图亚特·霍尔(Stuart Hall)对于身份认同过程的一个经典看法,即"身份认同是一个将不同要素进行连接、缝合的过程,它是一种过度的决定,而不是概念的包含。也就是说,身份认同总是'太多'或'太少'——要么是过度的决定,要么就是不足的,但从来不是恰到好处的总体"⑥。

这位美国恐怖分子的自我剖白,似乎揭示了厄普代克对于伊斯兰

---

① 约翰·厄普代克:《恐怖分子》,第237页。
② 同上书,第196页。
③ 同上。
④ 同上书,第78页。
⑤ 同上。
⑥ Hall, Stuart. "Introduction: Who Needs 'Identity'?" *Questions of Cultural Identity*. Eds. Stuart Hall and Paul Du Gay. London: Sage, 1996, p. 3.

教的一种批评性建构。它以艾哈迈德从《古兰经》中关于爱的思考出发,直接瓦解了伊斯兰激进组织的行动哲学基础。这里,艾哈迈德以个体化的经验感受,试图通过一种类比思维,建立人和神的关系。他在执行任务之前有过一次宗教顿悟,那时他已决意成为舍西德。某天早晨,他在停车场混凝土地面上发现了一只黑色甲虫,它四脚朝天,挣扎在死亡的边缘。然后,艾哈迈德开始思考"这只虫子来自何方",思考自己和眼前的虫子之间不可捉摸的机缘。他"大发慈悲把这个小动物翻了过来",以造物主式高高在上的姿态,欣赏他对自然界秩序的慈悲干预;虽然几分钟之后虫子一动不动,完成了自己的死亡,但艾哈迈德确定这是"超自然的经历",自己在虫子死亡之后"留下一种不属于这个世界的广阔"①。艾哈迈德以反身性的思考,把"虫与人"的关系放入"人与上帝"的类比中。虽然虫子到死都无法理解是何种力量帮助它翻身,但这种似乎非理性力量的介入,却表达了一种宇宙中的慈悲。这种爱的慈悲,而非惩罚异教徒的暴怒和无情,才是真正吸引艾哈迈德的宗教光芒,也是厄普代克认为跨越宗教的共同信念。

所以,当阿訇和查理不断激励艾哈迈德成为舍西德时,他心里始终有一种源自个体宗教经验的朴素人道主义。拉希德的布道中充满了各种暗喻,异教徒和蟑螂、苍蝇之间的本喻体关系即为一例。"在艾哈迈德看来,他老师似乎把暗喻当作是抵挡现实的盾牌,就像谈到天堂时那样。"②艾哈迈德并未全盘接受这种暗喻思维,对他而言,蟑螂和苍蝇无论如何低级污秽,也是生命的一种形式。当然,当杰克·利维最后凭借匪夷所思的巧合③,坐上了艾哈迈德装满爆炸物的货车,并试图劝说他放弃袭击时,这个舍西德的内心是极度矛盾的。殉教对他来说有着难以抵抗的诱惑力,即使当艾哈迈德明知道自己被恐怖主

---

① 约翰·厄普代克:《恐怖分子》,第267—268页。
② 同上书,第79页。
③ 按厄普代克的情节设计,利维的小姨子恰好是华盛顿特区的国土安全部部长的秘书,向利维传递了政府高层反恐的机密信息。这种巧合显然过分情节剧化,相当程度上削弱了厄普代克现实主义叙事的可信度。

组织和反恐部门利用,只是马前卒或诱饵,他仍然相信炸弹是"一个小小的入口,可以把主的力量引入这世界";同时,成为舍西德,可以"从他体内激发出神圣的潜质"。①

那么,在最后时刻瓦解这些暴力信念,并最终阻止他成为人弹的是什么呢?答案依然是艾哈迈德内心中反对暗喻的思维。虽然杰克·利维在卡车副驾驶座位上不断劝告艾哈迈德悬崖勒马,但是让他最后时刻放弃扳动引爆装置的,并不是利维的反恐说教,而是车流中的一对黑人兄妹。这两个孩子刚好坐在货车前方的一辆沃尔沃 V90 旅行车后座上,梳着粗辫子的女孩透过车窗,试图用微笑引起艾哈迈德的注意,她的弟弟也用明亮的黑眼睛凝视着货车里艾哈迈德和利维的一举一动。当艾哈迈德意识到火车已经到了预定引爆的隧道最低点——在这里引爆即使不会彻底毁掉外部钢架,也会破坏通风系统,导致隧道内尚存一息的所有人被呛死——他眼前这两个孩童活生生的脸庞,在他内心却无法按照阿訇教导的那样,被隐喻为可以无所顾忌去消灭的蟑螂和苍蝇。相反,这些孩子代表的是无辜而鲜活的生命,他们有着脆弱的肉身,会在他决意追求永恒、按下引爆器的那一刹那,痛苦而惊恐地死亡。望着孩子的眼睛,按下爆炸的按钮,这是对那些童真笑靥最残忍的背叛。此时艾哈迈德想到的,还有《古兰经》中的一些关键段落,这些字句告诉他,"主不想去破坏;世界正是他创造的";他领悟到在创世的巨大爆散过程中,真主"不希望我们通过自愿的死亡去亵渎他的创造。他希望的是生命"②。正是这个对生命价值的顿悟,让他放弃了舍西德的暴力冲动。厄普代克以特有的人文主义立场,让艾哈迈德的自杀式任务成为这个少年的成长仪式(rite of passage)。他因为宗教说教而陷入褊狭和极端,但也因为对宗教的重新领悟,而摆脱了恐怖主义的洗脑影响。

与很多评论家分析的相反,我认为厄普代克在《恐怖分子》中并没

---

① 约翰·厄普代克:《恐怖分子》,第 324、251 页。
② 同上书,第 325 页。

有塑造一个典型的被洗脑的人肉炸弹死士。相反，小说家再现了一个**几乎**成为极端他者的美国男孩的信仰历程。厄普代克在小说中大量嵌入的《古兰经》原文似乎说明，他无意于浅尝辄止地再现一个世界性宗教与9·11背后"圣战"思维的因果关系。到底《古兰经》中说"对外道应是无情的"，所以没有任何异教徒是无辜的，还是按照另一种译法，将第48章第29节中的这句话翻译并理解为"对外道是庄严的"？到底应该把成为舍西德视为伊斯兰教信仰者的最高追求，还是把真主想象为充满恩慈的造物主？厄普代克对这些棘手问题的处理方式，说明他并不满意于用中东政治、耶路撒冷问题、巴以矛盾、美国全球霸权等现实问题来解释恐怖主义的成因，他更希望把9·11事件中极端他者的问题放到社会与宗教的二元结构中进行探究。厄普代克希望以这样的文学方式，来克服反恐政治中对于伊斯兰教和穆斯林人群的偏见或刻板印象。他并不讳言艾哈迈德这个美国社会养育的他者是因为对宗教的执迷而选择了危险的殉教之旅，但最后时刻让这个非典型恐怖分子放弃自杀袭击的，也恰恰是源自对《古兰经》奥义探索的进阶。

* * *

虽然《恐怖分子》问世后备受批评界的诟病，但它依然是厄普代克代表美国当代文学所做的一次勇敢尝试。它以全知全能的视角，透析恐怖分子进行自杀式袭击的前因后果，描摹极端他者的精神镜像。厄普代克的可贵之处在于，他并不将主人公视为病态的反社会人格存在，而是怀着无限的共情去描摹这个少年的成长。小说中充满了读者熟悉的恐怖主义和反恐主义话语——前者是通过阿訇和查理来代言，后者则是用国土安全部部长的话来表现——但主人公并不是被极端激进主义的"圣战"理论洗脑那么简单。艾哈迈德对于宗教中爱与死亡的关系，有着自己独特的探索，哪怕这种探索在博学的宗教学者眼中可能显得幼稚而简单。在这个意义上,艾哈迈德只是厄普代克塑造的一个**非典型**恐怖分子,一个**非典型**的舍西德,因为他并没有真正丧失人性,并没有不惜牺牲众多平民的生命,来寻求进入为"烈士"准备的"美好天堂"。小说以"这些魔鬼想夺走我的主"开头,又以"这些魔鬼夺走了我的主"结尾,反讽的意味不言而喻。被夺走的那个主,其实只是阿訇和查理希望他去虔信的那个主;或者用利维的话说,"把主当成最高的虐待者""把主当成种族屠杀之王"。① 事实证明,这种被曲解的极端信仰是艾哈迈德无法接受的。

厄普代克的狡黠在于,他让"成为舍西德"变成了一次戛然而止的失败事件,从而使读者在极端他者的深渊边缘处,窥见了自杀袭击者的思想底色。值得注意的是,"舍西德"(Shahid)在阿拉伯语中的词源是"见证者"或"见证"(witness)。这不由得让我们想到了前面提到的奥斯维辛见证文学的悖论,即死于毒气室或成为"被淹没的人",是无法被真正见证的事件,因为他者无法代替这些死者(或集中营Muselmann那样的亚赤裸生命)见证。在好莱坞电影《疯狂的麦克斯:狂暴之路》(Mad Max: Fury Road)中,有个经典镜头就是 Nux 死前的一刻高喊"见证我!"在那个瞬间,他在成为舍西德的同时,也关闭了见证的通道,因为没有别人可以代替他见证死亡降临那一刻到底发生了什么。同样,雅斯米纳·卡黛哈(Yasmina Khadra)的《袭击》(The Attack,国内译作《哀伤的墙》)构成了另一个关于极端他者的文学案例,可以拿来与厄普代克《恐怖分子》做一些对位的思考。这位从阿尔及利亚流亡到法国的穆斯林作家试图回答的问题是:"为什么普通人会沦为恐怖分子,甘愿当人肉炸弹?"2006 年,卡黛哈在接受一家德国电台访问时说得颇为直白:"西方国家用自己喜欢的方式去诠释这个世界,同时还发展出一套能够配合自己世界观的理论,但那些理论无法完全反映现实。身为一个伊斯兰教徒,我建议西方世界要用新的视

---

① 约翰·厄普代克:《恐怖分子》,第 312 页。

点去看待阿富汗人、宗教狂热主义以及宗教苦难。西方的读者往往只碰触到问题的表面,而我的小说……给了他们一个机会去了解问题的核心。"①

毋庸讳言,无论厄普代克多么努力共情,他的小说视角都依然是美国式的,他的人物依然根植于美国的社会文化,甚至他在解读伊斯兰教圣典时还带着基督教人道主义的情怀。而《袭击》的作者是北非穆斯林,小说男主人公阿敏是在特拉维夫医院工作的阿拉伯贝都因人,显然从文化身份和地理位置上更为靠近9·11他者。阿敏和妻子丝涵住在特拉维夫,生活优渥。突然有一天,医院附近发生了惨烈的自杀式炸弹袭击,丝涵也在死者之列。让所有人惊讶的是,调查显示丝涵就是那个人弹,她不仅毁了自己和十几条无辜的生命,也毁了阿敏的生活。为什么这个共同生活多年的结发妻子,会做出如此有悖人伦的事情?痛苦的阿敏决心去往丝涵的家乡和她死前待过的地方,去往以色列隔离墙另一边的世界——耶路撒冷、伯利恒和杰宁——找出究竟是谁将他的妻子变成了一个他所不认识的人。阿敏在旅行中虽然见证了中东战乱对于普通老百姓生活的蹂躏,见证了他自己作为"恐怖分子丈夫"而遭受的屈辱对待,也见证了招募人弹的宗教极端组织的残忍,但归根结底,卡黛哈无意也无法真正揭示丝涵选择参与自杀式袭击的内心动机。正如一位评论家所言,所有关于人弹的虚构作品,都是"试图去探索那些似乎思不可及的领域——去与那些未来的死士和谋杀犯共情,去详细勾勒那些可能让某人走向不归路的过程中有意识和无意识的层面"②。

在小说结尾时,阿敏和招募丝涵加入抵抗组织的阿戴勒有了一番重要对话。在回答"为什么丝涵有着幸福家庭,却要作为人弹去激烈

---

① 转引自黄荭:"此刻,谁在墙的另一边哭泣?"《新京报》,2016年9月24日。http://www.bjnews.com.cn/book/2016/09/24/417931.html. 访问日期:2018年8月26日。

② Thomas, Samuel. "Outtakes and Outrage: The Means and Ends of Suicide Terror." *Modern Fiction Studies* 57.3 (Fall 2011), p.429.

赴死"这个问题时,阿戴勒告诉阿敏:

> 丝涵不要这种幸福。这样让她良心不安。唯一让自己心安理得的办法就是加入我们的行列。对原本就受苦受难的人民而言,这是很自然的进程。一个人没有尊严是不会幸福的,没有自由是不会有任何梦想的……身为女人的事实并不会降低或剥夺她作为抗争斗士的资格。男人发明战争,女人发明反抗。①

然而,这样的慷慨陈词却不能说服阿敏。在这位失去妻子的丈夫看来:"我很清楚他要传递的讯息,但无法苟同。我试着去理解丝涵的作为,但既不觉得她是出于良知,也不认为她值得原谅。"②阿敏作为医生,他认为这次启蒙性质的旅程最大的意义,就是让他理解了生命的意义,这是对他来说"唯一真正重要的真理"③。于是,他所希望去加入的"圣战"不是屠杀和复仇,而是去治病救人,"在死亡选择好要加以操弄的地方上,重新创造出生命"④。作为旅居巴黎的北非作家,卡黛哈无意为巴勒斯坦和以色列这对老冤家中的任何一方辩护,他更希望表达的是一种普适的人道主义关怀。不难发现,厄普代克和卡黛哈的小说虽然都触及了9·11政治中最敏感的话题(即宗教激进分子的自杀式袭击),但都选择对恐怖主义极端他者做了某种特殊化处理,要么用人道主义立场来中和这种仇恨冲动,要么避免直接再现恐怖分子的内心。

美国学者斯科特·塞利斯克(Scott Selisker)将新世纪出现的这一系列从恐怖分子视角出发的影视和文学作品,描述为"对莱昂内尔·特里林所言的'自由想象'(liberal imagination)之限度的探

---

① 雅思米纳·卡黛哈:《哀伤的墙》,缪咏华译,上海:上海三联书店,2016年,第242页。
② 同上书,第242—243页。
③ 同上书,第248页。
④ 同上书,第249页。

查",即"作者究竟在多大程度上可以去想象那些与自己迥异的人物及其意识,而读者又在多大程度上可以通过阅读这类作品让自己心灵变得更开阔"①。显然,与官方的《9·11报告》相比,文学的优势在于探查人物幽微的内心世界,在于分辨主体性细微的成色,在于拒绝将人物(哪怕是极端恐怖分子)视为被洗脑的"自动化机器"(automaton)。但是,文学家这种"自由想象"并非是毫无限度的,因为经由共情出发的主体想象毕竟与基于经验和实证的社会科学相去甚远。甚至在宗教研究中也存在"自由想象"滥用的问题。如芝加哥大学宗教史学者布鲁斯·林肯(Bruce Lincoln)所言,西方大多数宗教研究长期以来都是基于美国文化人类学家克利福德·格尔茨(Clifford Geertz)对于宗教的界定,这种研究总是围绕"象征、情绪、动机和概念"等抽象之物,其正统性在近十几年来正日益受到塔拉勒·阿萨德(Talal Asad)等学者的有力挑战。②

这里,有必要将当代文学、传统宗教学基于"象征、情绪、动机和概念"的处理方法,和当下的人类学研究做一个对比,以帮助我们更好地思考恐怖行动施暴者复杂多变的心理维度。塔拉勒·阿萨德在2007年出版的《论自杀爆炸》(*On Suicide Bombing*),是从民族人类学视角阐释宗教激进主义的一部力作。阿萨德长期任教于纽约城市大学,其父是20世纪西方著名的伊斯兰学者兼外交家穆罕默德·阿萨德(Muhammad Asad)。阿萨德写作此书,可谓是与亨廷顿"文明冲突论"的一种针锋相对。在《论自杀爆炸》开篇,阿萨德不仅公开反对那种把"宗教激进主义"(Islamic jihadism)视为当代恐怖主义根源的流行看法,而且他更反对"那种认为独立的文明内部必然有固定不变的价值观"这一史观。③ 相反,他认为"宗教激进主义是现代社会的认识论对

---

① Selisker, Scott. *Human Programming: Brainwashing, Automatons, and American Unfreedom*. Minneapolis: University of Minnesota Press, 2016, p. 152.
② Hartnell, Anna. "Violence and the Faithful in Post-9/11 America: Updike's *Terrorist* and the Specter of Exceptionalism." *Modern Fiction Studies* 57. 3 (Fall 2011), p.489.
③ Asad, Talal. *On Suicide Bombing*. New York: Columbia UP, 2007, p.2.

象",为此我们需要对其进行理论化(即回答"什么是宗教激进主义?"),同时还要更具体地收集实际信息(即回答"我们该如何避免这种危险?")。① 换言之,阿萨德希望知识分子能从**一般性**和**特殊性**两个方向着手,处理当代恐怖主义这个棘手的问题,同时思考自杀和谋杀这两种行为。

阿萨德以驳论的方式来展开论述。他在书中列举了五种理论模型,然后一一加以反驳。阿萨德认为,基于这种历史考量,斯特伦斯基的"人弹献祭论"就不攻自破了,因为穆斯林人弹并不属于上述三种情况。至少在伊斯兰教传统中,"献祭牺牲"这个仪式并不会让祭品的接受方或提供方神圣化。应该说,厄普代克就是按照这个动机论进行创作的,但阿萨德认为,这样写作的弊端在于,它将当代宗教激进组织自杀袭击者放入了前现代的阐释框架内进行思考,这些袭击者的道德观因而更多携带着原始社会的烙印,使之有别于那些在世俗政治和理性范式下进行杀人行动的恐怖分子(如19世纪的无政府主义者)。

第二种理论模型则是基于政治主体性,代表人物是巴勒斯坦女学者梅·杰育思(May Jayyusi)。杰育思认为,要想理解巴勒斯坦地区的自杀式袭击,就应该关注具体的权力语境,考察特定语境中发展出的抵抗政治及其指向的新型政治主体性。这些权力各方,包括以色列军方、加沙地带和约旦河西岸的犹太定居者、巴勒斯坦当局、伊斯兰"圣战"组织和哈马斯等等。在这个分析中,有个关键的时间节点,即2000年9月开始的"第二次巴勒斯坦人大起义"(Second Intifada)。这次起义是巴以关系的转折点,巴勒斯坦方面认为,这次起义是针对2000年9月28日以色列前总理沙龙访问处于阿拉伯人管辖区的耶路撒冷圣殿山。这次起义彻底葬送了奥斯陆和平进程,在此之后的5年中,共有6000多名巴勒斯坦人和约1000名以色列人丧生。更值得注意的是,正是在第二次起义的次年元旦,首次出现了针对以色列的自

---

① Asad, Talal. *On Suicide Bombing*. p. 2.

杀式爆炸袭击。9个月之后,纽约和华盛顿特区遭到了基地组织的恐怖袭击。杰育思借用卡尔·施密特关于"例外状态"和阿甘本关于"牲人"的理论,把自杀式爆炸袭击视为第二次巴勒斯坦人大起义这个例外状态的政治产物。她把阿甘本的论点做了一个颠倒的表述:"假如'牲人'指的是能够被杀死、却不能用于献祭的人类生命,那么巴勒斯坦的'烈士'在这里扭转了自己和主权的关系,将自己转换成为可以被献祭、却不能被杀死的生命。"①

与斯特伦斯基不同,杰育思不将自杀式袭击者放在前现代的宗教思维中,而是将之和世俗的现实政治紧密联系起来——那些巴勒斯坦'死士'(其中不乏女性和孩子)愿意穿着自杀炸弹背心,去引爆自己并杀死以色列人,并不是要通过这种肉身献祭获得天堂的犒赏;他们为之战斗的目标,其实是奥斯陆和平进程中以色列当局承诺过却未兑现的巴勒斯坦建国方案。巴勒斯坦人拒绝成为没有国家的民族,于是在第二次起义中选择以死亡作为武器,去对抗成为"牲人"的命运。但是,杰育思和斯特伦斯基一样选择了"牺牲"这个字眼,只是对前者来说,巴勒斯坦人的"牺牲"是献祭给一个抽象的建国信仰。阿萨德指出,与其说把这种自杀式袭击看成是"牺牲",还不如说是巴勒斯坦人民在选择成为舍西德的道路,袭击者在爆炸中的死亡也构成了一种见证(这是舍西德的另一层含义),即见证巴勒斯坦人对抵抗以色列暴力占领的信念。② 然而,阿萨德依然不满于这种理论建构,因为它虽然避免了宗教恐怖主义的窠臼,却将自杀式暴力当成了一种文化特征,写入巴勒斯坦的民族政治中。事实上,伊斯兰传统意义上的"圣战"并不包括让战士(*mujahid*)通过殉教行为(*istishhad*)成为舍西德。阿萨德认为,这种作战方式完全是一种现代发明。③ 虽然阿萨德并不反对这个特征的现实存在,但担心这种理论阐释会引发误读,让西方

---

① Asad, Talal. *On Suicide Bombing*. p. 48.
② Ibid., p. 49.
③ Ibid., p. 52.

读者以为该文化特征是穆斯林文化社群独有的。①

阿萨德要与之论战的第三种理论模型,是研究北非穆斯林文化的法国社会学家布鲁诺·艾蒂安(Bruno Étienne)提出的。艾蒂安受到弗洛伊德心理学的影响,认为自杀式袭击者源自一种不可控制的死亡冲动,而这种冲动的失控又是因为以色列建国后带来的延绵不绝的领土战争、军事占领、阿拉伯起义反抗等暴力活动的泛滥。艾蒂安写道:"死亡冲动来自因为无法进行再现,而被释放出来的过度能量:当什么都不再存在,没有政治典范,没有乌托邦,没有希望,没有解决方案——当可能性的再现屡次遭到挫败,人们就选择了自我爆炸!"②艾蒂安的这种解释,当然会敦促我们更加关注加沙城及其周边的巴勒斯坦居民长年遭受的人道主义灾难,但在阿萨德看来却存在不可救药的漏洞。阿萨德无法接受"巴勒斯坦人更容易屈服于死亡冲动"这个说法,这相当于认定该民族的成员更容易在政治想象力方面遭受失败(即无法想象现实苦难的出路),同时也暗示了"政治和暴力是互斥的选项"(即一旦政治对话无法进行下去,弱小一方就只能选择玉石俱焚)。③

围绕自杀式袭击所产生的第四种理论模型,是芝加哥大学政治学教授、反恐问题专家罗伯特·帕普(Robert Pape)提出的战争策略论。帕普从巴以军事力量的悬殊对比出发,指出巴勒斯坦在第二次起义中选择自杀式袭击,其实是军事上有效的以小博大策略。帕普的证据是,宗教激进组织发动的恐怖袭击中只有3%是自杀式的,但造成的伤亡人数却占到了所有恐怖袭击伤亡的一半左右(即使将伤亡最大的9·11事件排除在外)。④ 帕普认为,既然所有恐怖袭击的政治目的都是逼迫敌对军事力量撤出自己的领土,那么为了达到这个目标,自杀

---

① Asad, Talal. *On Suicide Bombing*. p. 50.
② Ibid., p. 52.
③ Ibid.
④ Ibid., p. 54.

式恐怖袭击被认为是最划算的军事策略。和阿萨德一样,帕普不认为宗教是这一切背后终极的推手,宗教更多的只是作为某种宣传工具被策略性地使用,其目的是招募作战人员,或获得更大范围的同情和支持。毫不意外,阿萨德并不认可这套理论说辞。他同样从具体数据出发,指出第二次起义的五年当中自杀式袭击并未帮助巴勒斯坦获得任何军事优势;相反,以色列修建了隔离墙,有效遏制了自杀式恐怖袭击的出现,同时借助全球反恐的浪潮,以色列当局也在巴勒斯坦的人弹袭击中获得了西方国家更为广泛的同情和支持。[①] 同时,由于帕普的理论完全停留在军事利益的算计层面,也就无法回答为什么会有特定的人群愿意选择成为人弹。

最后一种理论模型是基于汉娜·阿伦特的政治理论,其提出者是美国政治学者罗克珊·乌宾(Roxanne Euben)。乌宾的理论特色在于绕过了关于自杀式恐怖主义常见的二分法路径,即要么将之解释为政治行动,要么将之归结于宗教传统。乌宾认为,伊斯兰"圣战"要谋求的,既有世俗的一面,同时也有宗教的一面。表面上,穆斯林世界是在为巴勒斯坦独立建国而战,背后的政治理念确实是要建立一个更普世的政治共同体,即阿拉伯语中的 umma(相当于英语中的 community)。[②] 它颇像是阿甘本所说的"未来的共同体",现在仅仅作为一种政治理念存在。为了早日迎接 umma 的到来,全球穆斯林需要和当下的"无知时代"(即阿拉伯语中的 jahiliyyah)作战。或者说,为了实现阿伦特所说的永恒不朽的理想政治体,暴力被认为具有合法性——它虽然在此时此地以自杀式袭击的方式伤害了无辜者,但从末世论(eschatology)的角度来看,这种可怕的暴力服务于全人类最伟大、公正、美好的福祉。阿萨德反唇相讥,指出乌宾犯了与艾蒂安类似的错误,即没有区分埃及、巴勒斯坦、阿富汗、伊拉克等地所进行的"圣战"个案之间的区别。事实上,并非整个阿拉伯世界都认同"圣战"的

---

① Asad, Talal. *On Suicide Bombing*. p. 55.
② Ibid., pp. 56-57.

目的是建立一个终极的政治共同体 umma，这里不存在统一的政治理念或纲领。① 如果对参加"伊斯兰国"的激进分子做一个思想图谱的扫描，会发现他们参战的动机其实是多样化的。同时，阿萨德也指出了乌宾理论和阿伦特不相容的地方。阿伦特虽然有超越世俗政治共同体的理想，但不管怎么样，她始终是坚定反对暴力政治的，不可能认同用暴力手段来实现永恒的政治蓝图。

如果我们认同阿萨德对这些人弹理论的批判，那么《论自杀爆炸》最后是否给出了更优化的阐释模型呢？可惜的是，阿萨德在书中基本上"只破不立"，他在驳论之外并没有给出自己的答案。或许，恰恰因为阿萨德看到了人弹袭击背后存在多元而异质的社会环境和心理动机，所以他本人才拒绝去为这种恐怖主义提供某种一般化的理论。进一步说，阿萨德认为自杀爆炸袭击是特殊的研究对象，但这种特殊性并不是来自袭击者的动机——动机有时各不相同，有时暧昧不明，有时甚至并无明确动机。一味沉溺于解释"为什么那些穆斯林要成为人弹"，只会将复杂无序的众多心理个案做简单化的归约处理，并由此生成对于当代穆斯林社群或其文化的一般性看法。在阿萨德看来，这些一般性看法（无论是宗教的、政治的，或介于两者之间的）毫无例外都存在偏见、误读和盲区，体现出了理论的暴力。或许，阿萨德眼中更务实的做法，是反对理论阐释，不去纠结于对自杀式袭击的动机做总体化归纳，而是更关注这些袭击所关联的具体环境，因为只有这样才能避免更多人在未来沦为这种暴力的受害者。

* * *

显然，阿萨德的理论贡献"破"多"立"少。他坚持认为，自杀式袭击者的动机具有不可通约性，并以此为理由来回避对恐怖主义做一般

---

① Asad, Talal. *On Suicide Bombing*. pp. 57-58.

性判断。然而,正如他自己所言,"恐怖主义是现代社会的认识论对象",这种认识论依然需要在理论上展开,而不是简单认为伊斯兰文化内部不存在关于暴力自杀的统一价值观,并由此放弃对恐怖主义暴力的一般性言说。阿萨德很好地帮助我们认识到当代自杀式恐袭背后极端复杂的环境变量,但对于第一个任务(即"理论化"的工作)他并未真正展开。我认为,9·11文学批评不应该回避对暴力进行整体性批判,前提是这种批判不能服务于特定的政治意识形态,不能是对某个特定宗教或文化进行定罪审判,而要立足于对人类社会的现代性进程做出整体性反思。

按照查尔斯·泰勒(Charles Taylor)的看法,陀思妥耶夫斯基对现代恐怖主义的思想构造有过最为深刻的观察。这种深刻不是从某个特定类型的宗教或政治制度出发的,而是从全人类历史进程中看到了恐怖分子在思考邪恶、使用暴力上的共通之处。表面上看,厄普代克的《恐怖分子》是关于宗教恐怖主义,书写的是极端宗教教义如何诱惑一个少数族裔的美国少年成为自杀式袭击者,而卡黛哈小说里的激进组织更多是在巴以冲突的现实层面展开,丝涵是为了巴勒斯坦的自由和解放而杀人。或者说,两个文本分别从宗教和政治两个维度,代表了9·11小说再现极端他者的文学尝试。然而,如果借用泰勒对陀思妥耶夫斯基《群魔》的批评,我们可以窥见这两部小说有着惊人的共性:丝涵和艾哈迈德都不是在走投无路的绝境下选择了死亡冲动,两者都是在安定优渥的生活中,感到了一种与当下自己所归属的世界进行彻底分离的欲望。

泰勒指出,抛开那些恐怖分子常常放在台面上的策略性目标(譬如给以色列政府施压,释放在押的恐怖分子嫌疑犯,或逼迫美国在中东政策上改弦易张等),恐怖主义往往有一个隐而不显甚至不被当事人承认的动机,那就是"分离意识"(sense of separation),即认为这个世界陷入了系统性的罪恶和压迫中,为了从"罪恶的结构"(structure of sin)中脱离,并追求彻底的纯洁性,就需要诉诸革命的暴力行动。① 可以说,泰勒强调如果要理解人类之恶,就必须从人的动机出发(这与阿萨德显得颇为不同),因为只有这样才能回答一个问题:"究竟是什么推动了人们去作恶,去伤害、残害、攻击,或是压迫他们的人类同胞?"②而陀思妥耶夫斯基的当代意义在于,他在《罪与罚》《卡拉马佐夫兄弟》和《群魔》中体现了对这些动机"非常特殊的洞察"。③

如阿萨德所言,人的动机是非常复杂的,很难一言以蔽之。为此,泰勒从三个层次来分析人类作恶的动机。第一个层次是单维度的动机驱动,推动人们作恶和行善,都是为了实现利益的最优化;第二个层次则复杂一些,它假定人不是为了恶本身去作恶,而是在高级欲望和低级欲望的不断冲突下,屈从于激情的诱惑。在前两个层次中,人的作恶都不是自由意志的结果,只有在第三个层次,人主动地将作恶作为自我的一个激进选择。那么,是什么导致人做出这种恶的选择?泰勒在陀思妥耶夫斯基的小说中读出了一个重要的答案,那就是作恶者对于某种观念的痴迷(fascination)。④ 更具体地说,泰勒将这一种痴迷命名为"分离"(schism),该词源自《罪与罚》男主人公拉斯柯尔尼科夫,其名字在俄语中的意思就是"分离"。在陀思妥耶夫斯基笔下,阿廖沙、斯塔夫罗金、基里洛夫、拉斯柯尔尼科夫等人物都具有这种从此在的世界彻底脱离出去的冲动。泰勒认为,这里存在一个更可怕的悖论:"一个人越是敏锐,或者说心地越是高尚,对于恶的感受越多,他也就越不禁想要从这个世界中分离出去,这正是对于恶的厌恶所致。"⑤换言之,《群魔》中的那些"魔鬼"革命党人之所以要杀人,其实是出于看似高尚的动机,即对全人类的爱。

---

① Taylor, Charles. "Dostoevsky and Terrorism." *Lonergan Review* 4 (1993-1994), p. 133.
② Ibid., p. 135.
③ Ibid., p. 134.
④ Ibid., pp. 135-138.
⑤ Ibid., p. 140.

爱世人，怎么可能成为杀人乃至从事恐怖主义事业的借口？或许我们先要了解一些《群魔》的写作背景。《群魔》的故事原型是1869年在莫斯科发生的"涅恰耶夫案件"。涅恰耶夫出生于莫斯科北部一个工匠家庭，在彼得堡大学当旁听生期间，他曾积极参与彼得堡的学生运动，并在日内瓦获得了巴枯宁关于无政府主义的亲传。涅恰耶夫被称为现代政治恐怖主义的鼻祖，他编写过一本著名的小册子《革命者教义问答》，被学界称为"恐怖主义圣经"。在这本小册子中，他强调："我们的任务是可怕的、整体的、普遍的、无情的摧毁……将人民锻接到一个单一的、无法被征服的、毁灭一切的力量中——这是我们的目标，我们的阴谋，我们的任务。"①1869年，涅恰耶夫受巴枯宁委托在莫斯科组织秘密反政府组织，还成立了"人民惩治会"。同年11月21日，他借口组织里一个叫伊万诺夫的成员可能会向当局告密，迫使"人民惩治会"成员在莫斯科附近暗杀了伊万诺夫。发表于1872年的《群魔》，就是用文学的形式来讲述涅恰耶夫主使的革命团体内部的暗杀事件。几十年后，当俄国"路标派"宣布与从事政治恐怖主义的革命组织决裂，当"十月革命"前社会革命党公然宣称"杀人犯就是民族英雄""只有杀戮方能解救百姓"，甚至将恐怖主义正式列入党纲，陀思妥耶夫斯基在《群魔》中深刻批判的俄国激进主义正在这片土地上以革命为名大肆杀人。仅仅在1907年一年，据统计就有多达2500人在俄国遭到革命党人暗杀。

陀思妥耶夫斯基以一种近乎预言家的深刻观察，看到了在俄罗斯这片土地上不断孕育的杀人狂热。泰勒称这种观察为"一种神学观点"，它说明了巨大的恶如何从一种爱世界的能力中生根发芽。②那些试图把自己从世界中抽离出去，并从外部观察这个世界的"分离派"，他们对世界的失望和愤怒，乃是因为世上的恶让他们无法忍受。

---

① Nechayev, Sergey. "The Revolutionary Catechism." *Marxist. org*. https://www.marxists.org/subject/anarchism/nechayev/catechism.htm. 访问日期：2018年8月26日。
② Taylor, Charles. "Dostoevsky and Terrorism." *Lonergan Review* 4 (1993-1994), p.142.

分离之后往往面临两个选择:其一,像《群魔》中的斯塔夫罗金那样去自杀,因为对人类的爱让他们感到彻底的绝望,那种无能为力感使得他们陷入极端的耻辱情绪;其二,是像《群魔》中的基里洛夫那样,在抽离后采取激烈的行动。泰勒认为:"陀思妥耶夫斯基试图传达出来的重要洞察是,很多革命者表面上是由对人类的爱所推动,最终却走向了对人类的恨。"①所以,《群魔》给了20世纪风起云涌的各种暴力革命(乃至全球恐怖主义所处的当代世界)一个重要的诤言:不要认为你可以凭一己之力去爱人类,因为这种爱非但无法实现,而且很可能会走向反面。在人类漫长而多灾多难的20世纪,有多少政治狂人宣布为拯救世人而来,却妄图以自己的方式控制世界,一旦世界未能如他们所愿,就宁可摧毁它。

  泰勒敏锐地看到了陀思妥耶夫斯基小说中这种"爱"和"恨"的辩证法,但并未更进一步为"反分离派"提供行动的指南。我认为,从《群魔》出发建立了更宏大的恐怖主义暴力批判体系的人,是阿尔贝·加缪(Albert Camus)。泰勒解读《群魔》的一个重要语境,是加拿大"魁北克战线"曾经的恐怖主义行为,而加缪是出生在阿尔及利亚的法国作家,亲历了纳粹德国对法国的占领,以及战后戴高乐政府时期阿尔及利亚殖民地的独立运动,对于暴力有着更为深刻的切肤之痛。事实上,加缪关于"反抗者"的哲学,是和他关于"荒诞"的哲学紧密联系在一起的,只是人们往往更熟悉他的《局外人》和《西绪福斯的神话》,而对他 1951 年出版的《反叛者》(*The Rebel*)不够重视。作为毕生钟爱《群魔》的读者,加缪认为这部小说有着和《伊利亚特》《战争与和平》《堂吉诃德》和莎士比亚戏剧一样重要的地位。和泰勒一样,加缪认为陀思妥耶夫斯基是一个伟大的预言家,他在文学作品中探讨的革命党杀人集团,代表了从法国大革命后出现的一种新型的作恶者——这些人不是因为激情杀人,而是按照某种理性的哲学逻

---

① Taylor, Charles. "Dostoevsky and Terrorism." *Lonergan Review* 4 (1993-1994), p.144.

辑,去剥夺他人的生命。加缪在《反叛者》中剖析的,正是这种"以对人类的爱为理由所进行的屠杀"①。

　　让我们先回到那个推石头上山的西绪福斯。作为 20 世纪五六十年代最有影响力的法国存在主义者,加缪用西绪福斯这个神话中的英雄,说明我们应该如何面对荒诞的世界。如果说法国存在主义相信世界的存在是荒诞的,那么这绝不意味着人在世界的存在也毫无意义。加缪相信,生活虽然是荒诞的,但"不意味着人就要厌世遁世,以躲避不可知命运的喜怒无常"②。意义,并不是先验地存在于宇宙中,而是当人通过选择、通过行动,然后才赋予存在以意义。这里有一个重要的推论:既然荒诞的世界需要人以行动去对抗无意义,那么人的生命必须是这种行动的绝对前提。换句话说,如果人被剥夺了生命,那么荒诞世界中唯一有意义的行动源就不复存在了。正如加缪在《反叛者》的开篇所言,"要想说生活是荒诞的,一个人首先必须要活着"③。加缪由此确立了存在主义哲学中最为重要的人道主义立场:无论是出于何种高尚目的(哪怕是为了建立人类的理想国),谋杀或针对普通生命个体的恐怖暴力,都不应该被视为是合理的。在 1950 年代左翼激进主义盛行的巴黎,加缪的反暴力立场显得非常格格不入,甚至换来了好友萨特与他公开的决裂。萨特曾在 1952 年撰长文公开批驳加缪的《反叛者》,认为加缪"置身于历史之外,是一个空洞的、实际上不道德的道德主义者",而加缪坚持反对"以未来的名义实行暴力和'历史反抗'",因为与这种反抗同行的种种革命"实际上只给这世界带来了恐怖、暴政和专制"。④ 1957 年,在加缪去往斯德哥尔摩领取诺贝尔文学奖期间,他在接受报纸采访时被问及为什么不支持

---

① Camus, Albert. *The Rebel*, trans. Anthony Bower, London: Penguin, 2013, p. vii.
② Willhoite, Fred H. "Albert Camus' Politics of Rebellion." *The Western Political Quarterly* 14.2 (June 1961), p. 401.
③ Camus, Albert. *The Rebel*. p. x.
④ 参见徐贲:《人以什么理由来记忆》,长春:吉林出版集团有限责任公司,2008 年,第 136 页。

阿尔及利亚独立运动,结果他愤怒地回应:"人们现在在阿尔及利亚的有轨电车上放炸弹。我母亲也许将乘坐其中一班有轨电车。如果这就是正义,那我宁愿选择母亲。"①

表面上看,萨特和加缪的决裂是政治立场的龃龉使然,即知识分子到底该如何对待革命中作为手段的"暴力"与"恐怖",以及是否应该在政治参与中保持干净的道德之手。②萨特认为,不排斥暴力才能介入现实,而加缪则主张"不当受害者,不当刽子手"。如徐贲所言,这是法国存在主义哲学中革命的非道德主义和道德完美主义之间的针尖对麦芒。③从更深层次来看,加缪是试图对人类现代社会的暴力逻辑进行一次整体性的批判,它超越了战后法共和阿尔及利亚独立运动的现实层面,体现了加缪更为深远的人文立场。用加缪的话说,"在意识形态的时代,必须清理杀人的问题。如果杀人有其道理,则我们的时代与我们自己必将遭受其后果。若杀人无道理可言,我们便处于疯狂之中,没有别的出路,只有重新找到一种后果或者改变方向"④。9·11之后,围绕批判恐怖主义暴力的话题,萨特和加缪的历史分歧重新成为美国知识界讨论的焦点,但罗纳德·阿伦森(Ronald Aronson)指出,两位法国知识分子对暴力问题的冲突立场依然在继续困扰着我们这个时代,历史公案并未在当下获得解决。⑤

在《反叛者》这部洋洋洒洒的历史哲学著作中,加缪提出了一个叫作"反叛者"(rebel)的全新概念:

---

① Bakewell, Sarah. *At the Existentialist Café: Freedom, Being, and Apricot Cocktails with Jean-Paul Sartre, Simone de Beauvoir, Albert Camus, Martin Heidegger, Maurice Merleau-Ponty and Others*. New York: Other Press, 2016, p. 246.
② 徐贲:《人以什么理由来记忆》,第139页。
③ 同上书,第163页。
④ Camus, Albert. *The Rebel*. p. viii.
⑤ Aronson, Ronald. "Camus versus Sartre: The Unresolved Conflict." *Sartre Studies International* 11.1/2 (2005), p. 303. 关于加缪对美国学术界反恐研究的影响,可参看 Paul Berman, *Terror and Liberalism* (New York: W. W. Norton, 2003)。

> 何谓反叛者？一个说"不"的人。然而，他虽然拒绝，却并不放弃：他也是从一开始行动就说"是"的人……总之，这个"不"肯定了一条界限的存在……反叛行动同时也就是对视为不可容忍的侵犯予以斩钉截铁的拒绝，朦胧地相信他有一种正当的权利。①

对加缪来说，"反叛"有着双重意义：它既是指"以自然和幸福的名义，个人和集体对于死亡和荒诞的拒绝"，同时也指"对身体或政治压迫的反抗"。② 不难发现，这个说"不"的反叛者，首先是从一种主奴关系中跳脱出来的人类个体，他可以是拒绝神旨的普罗米修斯，也可以是攻占巴士底狱的革命群众。其次，加缪的反叛者不是泰勒所说的俄国19世纪小说里的"分离派"，因为后者在说"不"的同时，并不是一个说"是"的人。陀思妥耶夫斯基笔下的"分离派"在跳出世界并以超然姿态来摆布人类历史的命运时，并没有肯定界限的存在，而是在实践一种绝对的自由。为了进一步强调反叛对于人类社会的意义，加缪借用了笛卡尔的名言，宣称"我反叛，故我们存在"（I *rebel*—therefore we *exist*）。③ 从单数的"我"，到复数的"我们"，加缪想要陈述的并非反叛这个行动如"我思"（*cogito*）对于个体存在的重要性，而是说反叛是朝向人类共同福祉的个体行动，在反叛中体现了我们对于人的尊严和价值的确认（斯巴达奴隶之所以要起义，是因为要确认奴隶作为人，不应该被杀害），并最终昭示了人类共同体的团结。

加缪对反叛者的界定，表面上似乎无甚新意，甚至让人觉得他不过是在肯定"被压迫者造反有理"的左翼革命立场。然而，《反叛者》中大部分的篇幅与其说是在论述反叛者的哲学内涵，不如说是在时间脉络中梳理人类的反叛史，揭示这些反叛如何背叛了反叛者的初衷。

---

① Camus, Albert. *The Rebel*. p. 1.
② Willhoite, Fred H. "Albert Camus' Politics of Rebellion." *The Western Political Quarterly* 14. 2（June 1961），p. 404.
③ Camus, Albert. *The Rebel*. p. 10.

理解全书的钥匙是两种反叛,分别被称之为"形而上的反叛"(metaphysical rebellion)和"历史上的反叛"(historical rebellion),它们往往以"革命"的面貌出现,但并不是加缪真正认可的那种反叛。前者之所以是形而上的,是因为该反叛"否认人与创造的目的",其反抗者的形象通常是反抗奴隶主、国王和上帝的奴隶,它们表达的形式可以是"王侯将相,宁有种乎"或"上帝已死",但更本质的原型是"盗火者"普罗米修斯——宁可接受神祇的永恒惩罚,也要誓死反抗。加缪认为,这种普罗米修斯的反叛精神在18世纪下半叶出现于浪漫主义思潮中,构成了现代性精神的核心。

然而,无论是代表极端浪漫主义精神的萨德侯爵,还是俄国小说中的伊万·卡拉马佐夫或是哲学家尼采,这种形而上的反叛都会陷入某种追求统一性(unity)的迷思,最后产生的就是绝对主义的思想。这些形而上的反叛从质疑上帝、谴责上帝,进而变为对整个人类的质疑和谴责。这种萨德式的暴力逻辑可以表述为:"既然上帝杀害和否定人,那么没有什么可以禁止人们去杀害与否定同类。"①伊万·卡拉马佐夫则从另一个角度攻击上帝:既然上帝允许人间这些受难和不公的存在,那么即使上帝的救恩真的存在,伊万也拒绝得救。伊万从神义论的角度否认了神:"即使上帝存在,即使基督教奥义中蕴含着真理,即使沙俄的村长佐希姆有理,伊万也不能同意这种真理应该以恶、苦难与横加于无辜者的死亡为代价。"②所以,这种绝对主义的原则就变成了"拯救所有人,否则无一人得救"(All, or no one)③。加缪发现,在这样的整体性拒绝当中,形而上的反叛就滑入了虚无主义的泥潭,在这个泥潭中没什么是不可为的,也没什么是必须做的,甚至杀人也无法受到对错的评判。在这样的反叛中,人弑杀了上帝,然后自己成为上帝。

---

① Camus, Albert. *The Rebel*. p. 15.
② Ibid., p. 33.
③ Ibid., p. 34.

那么，历史上的反叛又是怎样的下场呢？从浪漫主义的思想到浪漫主义的革命，历史上的反叛其实就是革命的历史，是"革命将思想注入历史经验中，而反叛不过是从个人经验走向思想的运动"①。加缪进一步指出，"革命是形而上的反叛的合乎逻辑的延续"，这种否定为了追求绝对的自由，势必走向血淋淋的断头台——不要忘记，法国大革命的断头台，正是国家恐怖主义的标志性产物，"断头台就代表了自由"②。在这种历史上的反叛中，恐怖成为罗伯斯庇尔口中的美德，而《群魔》也深刻再现了俄国土地上那些为了反抗沙皇和农奴制，而产生的"高尚的杀人者"。这种受到黑格尔主奴辩证法影响的革命，在实践中走向了同一个悲剧结局，即奴隶的反叛并不是对抗主奴辩证法本身，而是要在新的专制制度中成为新的主人。所以，加缪大声疾呼的一个历史教训是，形而上的反叛和历史上的反叛追求的是摧毁性的革命（这里我们应该注意 revolution 一词的词源，它原本指的是"回到原点"），而革命不过是误入歧途的反叛。人为了获得自由、整体性和意义，而选择成为路西法，但最后"革命却听命于虚无主义，这的确已背离了其反抗的根源"③。如加缪所言，"原则的革命杀死了上帝在人世间的代表，20 世纪的革命杀死了上帝在原则本身中的残留之物，并使历史上的虚无主义神圣化"，那些虚假的反叛者"打着反对不合理这个旗号而涌入历史，同时又大喊历史无任何意义的人们遇到了奴役与恐怖，进入集中营一般的世界"。④显然，任何没有遗忘 20 世纪血腥历史的读者都会知道加缪所指的是什么——它们是希特勒的死亡集中营等。

于是，《反叛者》成为一部振聋发聩的批判暴力（尤其是恐怖主义暴力）的著作。成为一个真正的反叛者，在加缪看来就必须拥抱新的

---

① Camus, Albert. *The Rebel*. p. 59.
② Ibid., p. 78.
③ Ibid., p. 191.
④ Ibid.

人文主义,将人的生命视为需要去加以捍卫的界限。对于伊万·卡拉马佐夫这样的人来说,杀人是一个停留在荒诞层面的逻辑问题,是虚无主义的行动选项。而对于真正的反叛者来说,杀人意味着一种痛苦,因为这将摧毁人之为人的尊严。加缪由此提出:"从逻辑上讲,可以说杀人与反叛是矛盾的,即使只有一个主人被杀,反抗者也不再有资格谈论什么人类共同体,而其他行为的合理性正由此而来。"①但接下来的诘问是:如果反叛者在历史逆境中拒绝杀人,那么他如何能够摆脱奴役并获取自由? 加缪的回答是:

> 反叛丝毫没有要求完全的自由……反叛者所要求的并非普遍的独立性,而是要人们承认,只要在有人生存的地方,自由皆有其界限,此界限恰恰是人反抗的权利……反抗的结果是否定杀人的合理性,因为其原则就是反对死亡。②

毋庸讳言,加缪的"反叛者"带有浓厚的道德理想主义色彩。试问:如果法国地下抵抗力量和盟军不采取暴力杀人的方式,如何能将纳粹德国占领军赶出领土? 如果代表阿尔及利亚民族主义的"民族解放阵线"不用暴力对抗宗主国法国的暴力镇压,这个殖民地是否能获得完全的独立? 加缪的暴力批判在激进思想盛行的20世纪五六十年代欧洲显得相当另类,可谓应者寥寥。法国现象学大师梅洛-庞蒂在1947年著的《人道主义和恐怖》(*Humanism and Terror*)中,就为无产阶级政权的暴力做了如下辩护:

> 我们无法在纯洁和暴力之间做选择,只能在不同类型的暴力之间选择其一。因为我们都是活生生的人,暴力是我们的宿命……暴力是所有政权的共同起源。生活,讨论和政治选择只是

---

① Camus, Albert. *The Rebel.* p. 223.
② Ibid., pp. 226-227.

在暴力的背景下才会发生。真正重要的,我们需要去讨论的,不是暴力本身,而是它的意义或将来。①

梅洛-庞蒂甚至声称,"鼓吹非暴力只会巩固已有的暴力",人类历史要朝着更加公平人道的方向前进,就必须诉诸革命的暴力行动。② 加缪和梅洛-庞蒂的根本分歧在于,后者将历史的目的视作比手段更重要的东西,而前者则主张坚守人类共同的底线,即对生命权的捍卫。加缪当然知道,人类历史的每个角落都布满了暴力犯罪的血迹,但正如利昂·罗斯(Leon Roth)总结的,加缪发现"正是在我们的时代,使用暴力已经成为一种被认可的公共行动模式,它既是司空见惯的,也被认为是合法化的……当前的思维方式已经让谋杀犯变成了法官,让法官变成了谋杀犯"③。在这个意义上,加缪的确是一位"道德主义者",他致力于批判的就是这种将谋杀合法化、将恐怖工具化的道德虚无主义立场,而这绝不是什么古已有之的现象,而是现代性的问题。

在《暴力批判》("Critique of Violence")一文中,本雅明承认人类文明史上暴力历来就是维护法律功能的手段,就像霍布斯所说的那个代表国家暴力机器的怪兽"利维坦"——人民通过遵守法律、限制自身的暴力,以换取国家对公民的法律保护,而这往往意味着国家对于暴力的垄断。诚如本雅明所言:"暴力,当它不是在法律手中被使用时,对法律的威胁不是体现于暴力追求的目的,而是暴力存在于法律之外这个简单事实。"④因此,法律之所以成为法律,就必须基于对暴

---

① Merleau-Ponty, Maurice. *Humanism and Terror: An Essay on the Communist Problem*. Trans. John O'Neill. Boston: Beacon Press, 1969, p. 109.
② Merleau-Ponty, Maurice. *Humanism and Terror: An Essay on the Communist Problem*. p. xviii.
③ Roth, Leon. "A Contemporary Moralist: Albert Camus." *Philosophy* 30. 115 (October 1955), p. 295.
④ Benjamin, Walter. "Critique of Violence." *Reflections: Essays, Aphorisms, Autobiographical Writings*. Trans. Edmund Jephcott. Ed. Peter Demetz. New York: HBJ Book, 1978, p. 281.

力的垄断,一旦这种垄断被打破,那么法律赖以存在的根基——暴力——也就岌岌可危了。① 我们在国家生活中遇到的法律暴力,被本雅明称为"护法的暴力"(law-preserving violence),它是确立国家主权和社会秩序的工具。但本雅明更感兴趣的一种暴力,其实是"立法暴力"(law-making violence),它体现在古希腊尼俄伯的神话故事中。尼俄伯由于挑战命运和权威,而遭到了阿波罗和阿尔忒弥斯的惩罚,将她变成了一座界石。这个界石是人和神之间的界石,一旦跨越这个边界,神话暴力就会让人获罪并加以惩罚。与立法的"神话暴力"相反,还有一种被本雅明称为"神圣暴力"(divine violence)的存在:

> 假如神话暴力是立法的,那么神圣暴力就是毁法的;假如前者划定了界限,那么后者则抹除了这种界限;假如神话暴力带来的是罪愆与惩罚,那么神圣暴力仅仅是赎罪的;假如前者进行威胁,那么后者就反击;假如前者是血腥的,那么后者带有一种不流血的致命性。②

在本雅明的理想中,现代社会最能体现这种不流血、不以杀人为目的但却能够毁灭法律正当性基础的神圣暴力,就是法国哲学家乔治·索雷尔(Georges Sorel)在《论暴力》(*Reflections on Violence*)中提到的"无产阶级总罢工"(proletarian general strike)。这种罢工不同于与资本家讨价还价的政治总罢工,而是对资本主义社会的基本原则和法律暴力加以整体性的拒绝。我认为,本雅明的"神圣暴力"和加缪的"反叛者"某种意义上有几分相似,两者都是以否定的表达来完成一种肯定的言说,都是以暴力的方式完成僭越,但最终目标不是篡夺暴

---

① Abbott, Mathew. *The Figure of this World: Agamben and the Question of Political Ontology*. Edinburgh: Edinburgh UP, 2014, p. 108.
② Benjamin, Walter. "Critique of Violence." *Reflections: Essays, Aphorisms, Autobiographical Writings*. p. 297.

力的垄断权,以新的主人或上帝姿态去向世界施加立法的、护法的暴力,而是以救赎的姿态确认人类某种共同的价值观和尊严。

当然,作为反法西斯运动的亲身参与者,加缪并未天真地认为每个人都可以远离暴力,因为这个世界的运转与暴力或象征法律暴力的"尼俄伯之石"密不可分。加缪其实是以矛盾的心态来看待暴力,他并不绝对反对暴力,而是说:

> 绝对的非暴力消极地造成了奴役与它的暴力行为;而一贯的暴力又积极地毁灭了人类大家庭以及我们由它而获得的存在……它[暴力]若是不可避免,则应该始终与人的责任及眼前的危险联系起来……反叛者把杀人看作他在死去时应该认可的界限。同样,暴力不过是对抗另一种暴力的极端界限,例如在起义时。如果过分的非正义行为使起义成为不可避免,反叛者事先便拒绝让暴力为一种学说或国家理性服务。①

同时,如徐贲所言,暴力本身也有多种形式,既有加诸个人身体的直接暴力,也有萨特强调的国家和制度暴力(如殖民暴力),甚至还有作用于头脑的不见血的文化暴力,等等。② 但我们应该清楚,加缪笔下的反叛者最终划定的界限是杀人(murder),其字典上意义为"一个人以非法的方式有预谋地杀害另一个人"。在 9·11 之后的今日世界,一个国家以"主义"为原则,大肆杀人的惨剧并不那么常见了,但恐怖分子和极端他们依然相信,有某种理论或信仰在证明其杀人的合理性。我们阅读和阐释 9·11 小说的意义,或许就在于进一步暴露并批判这种凭着逻辑去制造杀戮的伪理性。

---

① Camus, Albert. *The Rebel*. p. 233.
② 徐贲:《人以什么理由来记忆》,第 164 页。

第六章 他者伦理和共情

他者的脸是实现超越的场域,因为它唤起了那种对自为存在(being for itself)的我的质疑。

——列维纳斯《总体与无限》

他者即地狱。

——萨特《存在与虚无》

9·11文学对于暴力和恐怖主义的批判必然指向另一个问题:为了确保我们不被恐怖主义暴力伤害,当下的社会共同体该如何组织其自身的交往方式,以怎样的伦理准则来期待"我们"和"他们"之间的相互关系。他者伦理问题是一个古老的文学母题。奥德修斯在海上历尽艰辛,漂浮了两天两夜,最后被冲到了费阿克斯岛,那时的他已经完全没有希腊英雄的模样,衣不蔽体,狼狈不堪,在岛上居民看来正是彻底的他者。在大屠杀和现代性的讨论中,以集中营里犹太人为表征对象的他者问题,成为20世纪学术的焦点。正如9·11文学在再现恐怖、创伤书写等方面与大屠杀文学有着重要的承继关系,萨特、列维纳斯等思想家的他者伦理也顺理成章地成为研究当代9·11文学重要的批评资源。

让我们先从哲学梳理开始,然后再回到具体的小说文本。"二战"结束后,萨特出版了哲学名著《存在与虚无》(*Being and Nothingness*),他在书中区分了两种存在,即"自在存在"(being-in-itself;*en soi*)和"自为存在"(being-for-itself;*pour soi*)。前者是客观世界的物,它只是意识的对象,而非意识的主体,也没有任何变化的可能;后者是人的典型存在方式,它不仅能够产生自我意识,还能思考自身的存在,并与自身发生联系。萨特的这个观点被称为"现象学的本体论",是对笛卡尔"我思故我在"的一种修正和继承。正因为萨特强调"存在先于本质",所以这个有意识的、思考着的存在,是具有自由潜能的存在,甚至是一种不受限制的存在。它可以完成对自身的否定和超越,但也可能因此陷入到虚无之中。当人可以摆脱"人之本性"的框定,并在存在中进行自我定义,那么人显然也面临着滥用自由的可能——或者说,人之为人的价值,将取决于他或她如何去使用这种自由,"人就要对自己是怎样的人负责"①。

值得注意的是,"自为存在"并非意味着一种"唯我论"的主观主义,或者独尊人的"主观能动性"。事实上,一个人从出生之日开始,几乎就是生活在与他人组成的社会之网中,"自为存在"从来不可能仅仅是从自我精神维度出发来进入生活。萨特指出:

> 存在主义的第一个后果是使人人明白自己的本来面目,并且把自己存在的责任完全由自己担负起来。还有,当我们说人对自己负责时,我们并不是指他仅仅对自己的个性负责,而是对所有的人负责……当我们说人自己作选择时,我们的确指我们每一个人必须亲自作出选择;但是我们这样说也意味着,人在为自己作出选择时,也为所有人作出选择。②

萨特这里点出了存在主义对于"我"和他者之间伦理关系的重视,同时他也特别看重他者对人之存在的重要性。然而,令人困惑的是,为什么萨特会说出"他者即地狱"(Hell is other people)这句惊世骇俗的警言呢?

有人常常从字面意思上误读这句话,以为萨特是在妖魔化他者。其实,萨特在"自为存在"之外,还区分了一种存在,并称之为"他为存在"(being-for-others)。萨特认为,人的"自为存在"必须寄居在客体化的身体中,尽管自我意识和反身性思考可以帮助主体摆脱"自在存在"的窠臼,但主体在与他者的交往中仍免不了以客体化的外貌呈现在对方眼睛里,而他者对"我"的凝视使得"自为存在"被降格为"自在

---

① 让-保罗·萨特:《存在主义是一种人道主义》,周煦良、汤永宽译,上海:上海译文出版社,1988年,第8页。
② 同上书,第8—9页。

存在"。以女性主义批评为例，男性对女性的凝视，即意味着一种将意识对象客体化或物化的危险。在这个意义上，"他为存在"可能导致对"自为存在"的压迫，他者的凝视让"我"有堕入地狱的危险。或者说，地狱即指人失去"自为存在"的"自在存在"。我认为，萨特笔下的"他为存在"，更像是外界对于意识主体的一种"他者化"，它是一个双向的过程，不仅"我"可能将他者进行物化，而且他者也可能将"我"视为一成不变的、死寂凝固的"自为存在"。要言之，"他为存在"是人类个体之间凝视暴力的产物，它可能会导致一种存在的失控；但另一方面，"他为存在"又构成了"自为存在"去实现自我更新、自我超越的契机。

萨特存在主义哲学中的"自为存在"和他者观，是对阿伦特在《艾希曼在耶路撒冷》中提出的"恶的平庸"的回应。阿伦特认为，奥斯维辛之所以存在并运转，是因为德国党卫军、平民及其合作者的"不思考"(unthinking)，这让他们心甘情愿地成为希特勒巨大杀人机器中的螺丝钉。萨特则从本体论的角度，论证了这些在德国科层制度中服从命令的个体其实是有罪的，因为他们必须为自己的选择承担责任。自我做出的选择，让他们成为"自在存在"的大屠杀机器零件，也放任了"他为存在"对谋杀几百万犹太人这一惨绝人寰行为的自我合法化。换句话说，他们未能真正地将"犹太人—他者"作为"自为存在"的生命个体，而是把他们当成了阿甘本所说的"牲人"。当然，萨特的理论也启发我们更审慎地看待恐怖主义和反恐战争中的行为个体——他们不应该被认为或自我认知为某种观念、信仰或意识形态的走卒。当他们选择在恐怖主义或反恐的名义下杀人，他们都已经在意识中屈服于"他为存在"的暴力，将他者带入了可怕的地狱。

* * *

相比强调主体意识的存在主义哲学，列维纳斯似乎更看重伦理行动,后者有意识地跳出西方以自我为中心命题的本体论传统,更鲜明地体现为一种关于主体间性(inter-subjective)的他者哲学。列维纳斯出身于立陶宛的犹太人家庭,他的哥哥、母亲和父亲都被纳粹枪决,他本人也曾身陷纳粹集中营(尽管并非奥斯维辛、布痕瓦尔德那样的死亡集中营)。这些萨特不曾亲历的惨痛往事,或许让列维纳斯比其他哲学家更加意识到人类应该如何思考自己对他者的伦理责任。在列维纳斯的思考中,人如果希望实现超越,就必须克服自我意识的促狭,从主体间的关系出发,在自我和他者的问题中寻找途径。和萨特一样,列维纳斯并不相信任何先于存在的内在性(immanence),认为唯有跳脱、跨越、离开甚至僭越物质世界限定的"自在存在",才能进入神性的彼岸维度。这种超越的体验,很像是詹姆斯·乔伊斯《死者》("The Dead")的结尾,男主人公加布里埃尔面对都柏林漫天大雪时有了顿悟,他感到自我身份消融到了一个更为广袤、无法理解的世界,他开始意识到死者(真正意义上的"彻底他者")的奇特存在,哪怕彼时的他尚且无法真正理解这种闪烁的神秘性。

萨特所说的他者更像是自我的镜像,所以他的他者伦理更关心的是一种相互原则(reciprocity):"在我与他者的关系中,凡是适用于我的,也都适用于他者。尽管我试图将自己从他者的控制中解放出来,他者也在努力摆脱我的操纵;一方面是我想奴役他者,另一方面则是他者想奴役我。"① 然而,对于列维纳斯来说,他者即意味着一种无限性(infinity),几乎就等于神秘不可知的上帝,尽管注定无法抵达,却是主体在超验中努力企及的对象。列维纳斯更喜欢用的词,是"他异性"(alterity),它不是在与"我"的同一关系中建立起来的。换言之,"他异性"必须完全外在于"我",和"我"不构成任何意义上的镜像关系。"他异性"与"我"是有关的,但因为这种彻底的外在性,"我"必须离开自我才能开始认识他者。用一个简单的数学概念来说,他者和

---

① Sartre, Jean-Paul. "Others." *Jean-Paul Sartre: Basic Writings*. Ed. Stephen Priest. London: Routledge, 2001, p. 227.

"我"是切线(tangential)的关系,这个切点存在的处所就是"脸"——列维纳斯另一个费解的概念。

列维纳斯把"脸"作为"他异性"对"我"的呈现方式,它比萨特说的"外貌"(look)更具体,包含的是眼耳口鼻这些头部身体器官。在法语中,"脸"这个词是 *visage*,它和德语中的 *Gesicht* 一样,首先指的是"看"(seeing)与"被看"(being seen)。当"我"遭遇他者时,指的并不是一般意义上的交往接触,而是脸和脸的相遇,必须有"看"与"被看"的过程。可以说,脸的这种视觉性是超语言的,脸所试图表达的"他异性"无法用语言完全涵盖,甚至构成了一种具有事件性、操演性的行动。列维纳斯指出,当他者的脸呈现在"我"的目光中,"脸即在对我说话,并以此邀我进入一种关系中,这种关系与权力具有不可通约性"①。列维纳斯认为,这种超语言甚至超越福柯式话语权力的"对话",是完全未经任何中介的。同时,脸作为通往无限性的入口,又是一种超越身体器官的象征,同时拒绝成为知觉和经验的对象。列维纳斯以奇特的语言告诉我们:"在他者的脸上闪烁着坚定而不可战胜的光芒,它是对谋杀的无限抵抗,表现在他者毫无遮拦、彻底裸露的眼睛里,表现在超验之物裸露在外的绝对的开放性中。"②

与加缪基于存在主义哲学论述的反暴力立场不同,列维纳斯更简洁地在"脸"上立起了反暴力的伦理界碑。他者之脸的呈现,即意味着"你不可以杀我"(Thou shall not kill),也意味着"对正义的要求"(demands justice)。③ 列维纳斯甚至更决绝地说,"脸带来了最初的意指","脸是所有意义的显现之源","脸开启了原初的话语,其中第一个词就是责任"。④ 正是因为脸的存在,我们不仅不可以去杀害他者的生命,也不可以放任他者处于死亡危险而置之不理。他者之脸所

---

① Levinas, Emmanuel. *Totality and Infinity: An Essay on Exteriority*. Trans. Alphonso Lingis. London: Kluwer Academic Publishers, 1991, p.198.
② Ibid., p.199.
③ Ibid., p.294.
④ Ibid., pp.207, 297, 201.

具有的全然的外在性,不仅与"我"签订了生命守望的伦理契约,同时也赋予了"我"超越的契机。如列维纳斯所言:"要想实现超越,除了通过主体性的危机之外,别无他途。危机中的主体发现自身面对无法掌控或吸纳的他者,他者让主体陷入自我质疑中。"①所以,脸的照片成为大屠杀博物馆最强有力的控诉极端暴力的武器。在波兰奥斯维辛集中营纪念馆、在柬埔寨的吐斯廉集中营旧址,游人能看见照片墙上那些囚犯的登记照。我们与照片对视的时候,就是在遭遇那些他者的脸,这些脸无法被通约成冷冰冰的数字,每一张脸都构成了列维纳斯所说的他者的无限性。

列维纳斯的立场显然是反现象学的。他者的无限性是主体无法从本质上认知和掌握的,因此总体性(totality)思维也必然要被排除到列维纳斯的哲学主张之外。他写道:"如果总体无法被构成,那是因为无限不允许自身被整合进去。阻止总体化的不是'我'的欠缺,而是他者的无限性。"②乍一看,列维纳斯似乎以无限他者的名义,行神秘主义不可知论的道路。然而,集中营幸存者最希望捍卫的,其实是每一张裸露的、易受伤害的脸背后人的非同一性(non-identity)。这个无限的、神秘的"他异性"不断"溢出"它自身,吸引"我"去否定自我,朝向他者这个无法抵达却诱人向往的"黑洞"。用冯冬的话说,

> 思想总是已经在努力思及那凭借它自身之力量无法思及的东西。从本质上说,关于他者的思想接近于一种无限的思想,或者说无限溃败的思想,然而它却在自身的失败中获得了满足与荣耀。③

---

① Levinas, Emmanuel. *Alterity and Transcendence*. Trans. Michael B. Smith. New York: Columbia UP, 1999, p. xiv.
② Levinas, Emmanuel. *Totality and Infinity: An Essay on Exteriority*. p. 80.
③ 冯冬:《不可能的他者:列维纳斯与文学研究》,《当代外国文学》2013年第1期。

米勒也强调,现代社会共同体的沦落和他者的这种彻底与决然,并不应该让我们终止或减少与他者进行交流,而是应该恰恰相反。从南希、德里达和列维纳斯那里,米勒获得的教训是,"我"和他者的交流在不是基于排他性、趋同性的共同体之内,而应该是一种共现(compearing),即每个"异在"(singularity)都完整保留自己的特殊性,和而不同地出现在一起,但同时不谋求任何"共同的内在性"(common interiority)或"联结"。简而言之,就是交流,但不建立共有(communion)。米勒认为,正是在乔治·爱略特的《米德尔马契》这样伟大的文学作品中,"他者,在最深的层次上,自始至终地保持了彻底的他者性",文学语言中具有施为性的各种书写(如对爱和坚韧的表达),"让彼岸的他者在我们无法靠近的黑暗中发出了巨吼"。①

　　然而,无论米勒多么肯定一些伟大小说对于列维纳斯他者思想的应答,我们或许都应该更清醒地看到,这种彻底反总体性、反一般性、反西方形而上学的列维纳斯哲学,实际上也将文学批评推入了绝境。文学批评不可避免地涉及价值评价和意义生成,无论这种操作如何冠以"反身性"或"自我批判"的立场,都将他者放在了知识生产、话语协商、理论抽象的操作下。如果将列维纳斯的无限差异性或非同一性视为金科玉律,当前主流的后结构主义文学/文化批评(如女性主义批评、后殖民批评、族裔文学研究等)可能都要陷入尴尬境地,更遑论之前以结构主义文本阐释为能事的英美新批评。诚如冯冬所言,"如果以列维纳斯的他者哲学为参照,我们可以看到福柯、萨义德、巴巴等研究者对他者的构想中已包含了权力的运作,他者总是已被带入与同者的相互作用、确认、构建的关系中,他者一再处于同者的饱含权力的凝视之下或者反之"②。实际上,完全由符号系统构建的他者性,在批评实践中是寸步难行的,因为任何批评话语都或多或少是对他者性的某

---

① Miller, J. Hillis. *Others*. New Jersey: Princeton UP, 2001, pp. 78-79.
② 冯冬:《不可能的他者:列维纳斯与文学研究》,《当代外国文学》2013年第1期。

种抽象的、整体的言说。如果批评家的工作只是一再强调"不可说,说即是错",那么批评就会陷入自身的合法性危机中,甚至如保罗·德曼质疑的那样:"批评行动有必要发生吗?"①当然,列维纳斯称赞保罗·策兰的诗歌真正地代表了朝向他者的切近,"它是从语法以及修辞的断裂之处闪现出来的,它的在场经由符号中介但并未被符号完全捕捉",但毕竟策兰是文学中的异数,而诗歌亦只是一种文学形式罢了。正如吉尔·罗宾斯(Jill Robbins)所言:"列维纳斯的哲学不能被视为文学艺术作品的一种外在的分析方法,换言之,它无法被运用。"②

同样无法被运用,却能够敲打当代思想,并时刻提醒它注意自身限度的,是德里达关于"他者"和"好客"的理论。9·11 之后不久,德里达在接受博拉朵莉(Giovanna Borradori)的访谈时指出,基督教世界一直引以为傲的"宽容"(tolerance)传统其实是有问题的。宽容,是强势一方的主人给予弱势一方的客人的馈赠,它存在于产权关系明确的家(或主权地位牢固的国)的内部。如德里达所言:

> 宽容是一种处于密切审查下的好客,总是处于监视中,小心翼翼地保护自己的主权地位……我们表现出好客的条件必须是其他人遵守我们的规则,我们的生活方式,甚至我们的语言,我们的文化,我们的政治制度,等等。③

历史上著名的"南特敕令"就是这样的例子。16 世纪,随着加尔文教在法国的传播,胡格诺派和天主教的斗争愈演愈烈,于是法国国王亨利四世在 1598 年颁布"南特敕令",用宗教宽容的政策来结束

---

① De Man, Paul. *Blindness and Insight: Essays in the Rhetoric of Contemporary Criticism*. Minneapolis: University of Minnesota Press, 1983, p. 8.

② Robbins, Jill. *Altered Reading: Levinas and Literature*. Chicago: University of Chicago Press, 1999, p. xx.

③ Borradori, Giovanna. *Philosophy in a Time of Terror: Dialogues with Jürgen Habermas and Jacques Derrida*. Chicago: University of Chicago Press, 2003, p. 128.

"胡格诺战争"。这样的法令并不是真正保证胡格诺教派获得与天主教同等的地位；相反，这个欧洲历史上第一份保证宗教宽容的法令其实是为了加强王权，保证法国的国家统一。德里达认为，这样的宽容其实只是"有条件的好客"，其局限性需要通过"无条件的好客"这个概念加以烛照。

德里达首先告诫我们，由主人给予客人的宽容式好客是基于"邀请"，不请自来的客人并没有资格进入客人的家。如果各国践行康德所说的世界主义（cosmopolitanism）并将这种待客之道扩大化，那么可能就会出现9·11之后欧洲所面临的难民潮问题。自2012年起，由于叙利亚和利比亚等国恶化的国内局势，加之"伊斯兰国"在中东的蔓延，大量的无辜平民如潮水般涌向欧洲（尤其是就业机会最多、接待难民条件最宽容的德国），从而形成了战后最大规模的难民潮。光是在2014年，进入欧洲的难民就达到了28.3万人，2015年则爆炸性地增加到100万人以上。从某种意义上看，这些难民都是21世纪初9·11事件的产物。正是因为美国2001年和2003年先后出兵阿富汗和伊拉克，这些地区的安全局势才会迅速恶化，从而给了各种宗教极端力量可乘之机。旷日持久的叙利亚内战，就是最惨痛的例子。由于这些难民中相当多数是穆斯林，他们的存在也给了欧盟的"待客之道"最重要的考验。当穆斯林难民在欧洲的接收国继续选择一种仇视西方的文化价值观时，很多右翼人士就开始激烈争辩：如果"他们"不能融入欧洲的"民主价值观"，"我们"是否还应该施与这种"好客"和"邀请"？近年来，一些欧洲国家民粹主义的兴起，已经日益说明了德里达的忧虑具有高度的远见。生活困顿的穆斯林难民和当地居民紧张的关系，正在导致欧洲政治光谱的右移。它不仅会引发欧盟内部的政治危机（如英国的脱欧之举），而且会导致"欧洲"作为一种世界主义的政治愿景陷入到空前巨大的质疑和麻烦中。

德里达认为，无条件的宽容或好客应该放弃"邀请"作为先决条件，而基于一种天然存在的"访问"（visitation）权利。这种将"好客"作为绝对道德律令的做法，很像列维纳斯哲学中描述的他者之脸和"我"之间的伦理责任。"好客"作为一种无条件的他者伦理，要求我们将自己的家庭空间开放给他者进入，无论他者是否受到邀请，也无论他者是否符合我们的预期。那种拥有无限的差异性、极端溢出预期的他者访客，被德里达称为"全然的他者"（wholly other）。① 那么，在现实情境下，这样"全然的他者"不仅在哲学认知上带给主体同一性思维以巨大的冲击，更可能意味着实际的安全风险。他们可能是宣扬自杀式袭击的宗教激进主义者，也可能是基地组织派往欧洲执行恐怖主义行动的潜伏者。事实上，德里达也承认这种"好客"在现实层面的风险，它相当于要求社会作为有机体放弃自己的"免疫系统"。② 如前所述，德里达将恐怖主义和反恐暴力比喻为一种"自体免疫性疾病"，它们让身体不再区分自身正常细胞和入侵的有害细胞。或许，德里达更多的是将这样的"好客"当成一种思想实验（thought experiment），因为唯有当主人将自己的家彻底地、无防备地暴露给"全然的他者"，这样的"好客"才是无条件的、真正的好客。

尽管德里达已经充分意识到，这样的"好客"对政治生活而言不具备可操作性，甚至可能带来国家生活的巨大灾难，但在他看来，这两种"好客"却凭借绝对的对位性而具有不可分隔的联系。更具体地说，"无条件好客"和"有条件好客"作为政治光谱的两端，时刻处于协商交易中，前者在道义上的纯粹性显示了后者的局限性，而后者则在政治操作上的可行性又为前者进入现实提供了基础。德里达认为，正是在这样的交易中，"政治、司法和伦理责任才得以生成，每次生成都是独一无二的，就如同事件一样"③。由是观之，德里达对他者伦理显然有着更为适意、更为务实的立场，他不是在列维纳斯的绝对律令下将他者推上神坛，或是认为他者垄断了自身的意义，并绝对禁止一切意

---

① Borradori, Giovanna. *Philosophy in a Time of Terror*. p. 129.
② Ibid.
③ Ibid., p. 130.

向性的理解。相反,德里达主张将同者与他者的政治实践放入"来临中的欧洲"(The Europe-to-come)这个生成性事件中加以考察。德里达认为,9·11实际上是两种政治神学的冲突,即美国的"自由民主政治"和伊斯兰教的神权模式,而真正能跳出这种冲突的解决方案,只能是更具世界主义基础的欧洲——或者说,那个"来临中的欧洲"。

从列维纳斯那种准神学的上帝般他者,到德里达在两种"好客"模式"交易"中产生的"来临中的欧洲",我们已经更为具体可感地看到了他者伦理在"后9·11"时代的实践方向。但仍必须承认,德里达对于"交易"的具体机制依然是语焉不详的,因为他采用了海德格尔意义上的"事件"哲学,"交易"只是他用来描述事件在一对矛盾概念中得以产生的神秘通道。然而,"交易"作为一种商业的类比,必然涉及更符合现代理性实践的因素,比如买卖双方、市场原则、交易规则和合同条款等。吉尔安娜·博拉朵莉在访谈录《恐怖时代的哲学》中的另一个对谈者是德国哲学家哈贝马斯(Jürgen Habermas),后者提出了思考"后9·11"时代他者命运的不同范式。哈贝马斯最为人熟知的,当然是他在1980年代发表的《交往行为理论》中提出的"交往理性"(communicative rationality)。哈贝马斯的理论同样是基于他者,和列维纳斯非常不同的是,他认为我们与他者的交往不仅可以是有效的,也可以指向整体性的认知。简言之,当我们与他者交往得越多,就越可能增进对于自身和他者的理解。

严格意义上说,9·11是哈贝马斯所指的"第一次具有历史意义的世界事件",因为"那种冲击、爆炸、缓慢的倒塌——所有一切都不再是好莱坞电影,而是可怕的现实,眼睁睁地发生在全球公众的'共同见证'下"①。在哈贝马斯看来,真正可以和9·11相提并论的不是日本人偷袭珍珠港,而是1914年爆发第一次世界大战的那个夏天。两个事件的可类比性,并不是因为"一战"广泛涉及了东方和西方、新旧帝

---

① Borradori, Giovanna. *Philosophy in a Time of Terror*. p.49.

国,也不是因为在这次世界大战中有更大的死伤,而是因为9·11和"一战"都凸显了仇恨外国人的排外情绪。这种对于他者民族的不信任,敌国和盟友间的相互算计,最终将很多国家拉入未曾预料的战争泥潭。哈贝马斯由此表达了他关于9·11的核心论点:如果说康德所说的启蒙指的是"自由并公开在任何事情中运用自己的理性",那么无论是"一战""二战",还是后来欧洲冷战和9·11事件,都不是启蒙理性本身带来的灾难,而恰恰是因为我们没有忠于并贯彻启蒙运动对于理性的主张。①

既然20世纪一系列人为的历史灾难不能归咎于启蒙理性本身,那么问题出在现代社会的什么地方呢?哈贝马斯从政治哲学和法哲学的立场出发,认为德国思想家卡尔·施密特的"民族国家"(nation state)概念或许才是真正的罪魁祸首。按照"民族国家"的设想,一个国家的主权合法性并不是基于公民自由情况下的政治自决,而仅仅是基于某个种族或族裔的独一无二性。这种基于同质化族裔身份的国家想象,实际上在国际政治中实现了"敌友关系"(friend-foe)的本体化。它最后不仅带来了狭隘的民族主义的泛滥,而且成为服务于法西斯政治的思想工具。② 追求德意志民族的"生存空间",并以此为借口去驱赶和屠杀犹太人,侵占欧洲其他国家,这不正是希特勒基于施密特的政治哲学设计出的政治纲领吗?欧洲在20世纪的灾难充分说明了这种思想的危险性,尤其对于历史上民族、族裔分布非常复杂和紧密的欧洲大陆而言。战后开始的欧共体、欧盟、欧元区的实验,正说明了欧洲希望吸取两次世界大战的教训,从"非我族类,其心必异"的狭隘民族主义思维中走出来,选择康德所描述的那种世界主义道路。

值得注意的是,虽然哈贝马斯和德里达都强调了"好客"原则在新型的世界主义欧洲的重要性,但后者更多是用思想实验来敲打基督教中的"宽容"概念的限度,而前者却是立足于超越敌我二分法的国际

---

① Borradori, Giovanna. *Philosophy in a Time of Terror*. pp.50-51.
② Ibid., p.53.

法准则来思考"好客"的效用。在康德的意义上,所谓"好客"即意味着"陌生人在到达别人的领域时有权免受恶意的对待"①。不过,这种友好对待并不意味着一种人道主义的施舍,而是作为世界公民所具有的天然权利,它源自我们对于地球表面土地的平等分享。哈贝马斯接续康德的观点进一步指出,陌生人可以主张的权利并非"作为客人的权利",因为这即意味着主人有责任和义务友好地对待他;相反,陌生人的权利应该是一种"造访权"(the right of resort)。② 换言之,哈贝马斯并不认可那种"无条件的好客",陌生人能否成为客人完全取决于主人,陌生人拥有的权利应该仅仅限于一种他者社会的在场权。至于陌生人如何与主人相处(或更具体地说,今天涌入欧洲的穆斯林难民该获得何种程度的社会福利或照顾),将取决于发生在公共空间的进一步的交往对话和协商(或更具体地说,取决于布鲁塞尔的欧洲议会通过合法议事程序达成的最大共识)。

可以说,哈贝马斯是在现实政治和法律的层面思考"陌生人闯入后怎么办"的问题。他并未考虑给予他者任何高于同者的特权,任何朝向他者的交流、对话和认知,都必须基于启蒙理性下设定的政治原则。对于9·11事件所揭示的反全球化情绪和极端宗教思想的复兴,哈贝马斯的看法与齐泽克、鲍德里亚、乔姆斯基等左翼知识分子恰好相反。他认为,问题并不是单纯出在某个超级国家的霸权政治留下了祸患,而是因为民族主义威权政权让一些地区的人民对政治感到了失望和幻灭,转而在宗教中寻找"更具有主观性的说服力"③。然而,恐怖主义并没有任何政治上切实可行的目标和基础,它只是利用了全球化时代复杂系统的某些弱点(譬如边界的可渗透性,互联网带来的信息流通便捷和匿名性,等等)。为了克服当代全球恐怖主义的威胁,哈贝马斯认为最重要的是回到康德所说的"公共领域"(public

---

① Borradori, Giovanna. *Philosophy in a Time of Terror*. pp. 54-55.
② Ibid. , p. 55.
③ Ibid. , p. 56.

sphere)的建设中去,谋求陌生人与同者世界更适意的互动交流基础。在这个意义上,哈贝马斯已经摆脱了德国批判理论(如法兰克福学派)和福柯话语理论背后渗透的悲观看法,即认为晚期资本主义的消费文化和同质化的大众媒介让主体无处可逃,只能成为失去抵抗能力和行为能力的异化对象。交往对话理论的积极之处在于,它并不是以批判或质询某种文化症候为目的,而是要试图约束并建立一种切实可行的公共领域的**对话机制**。

作为民主制度最忠实的信徒,哈贝马斯认为建设的工作应该从日常语言的民主化开始,并以此来对抗大众传媒对个体的塑造和影响。换言之,当列维纳斯把"主体间性"作为一种哲学抽象来加以论说时,哈贝马斯则用"交流"作为主体间的存在方式来加以具体的型构。那么,何谓"日常语言的民主化"?用博拉朵莉的话来总结,哈贝马斯的核心论点就是:"每次我们相互交流时,就自动地致力于恪守一种自由达成的对话性协议,按照该协议的原则,更具说服力的论点将会胜出。"[①]这种反对独白的对话性,和巴赫金的对话主义有异曲同工之妙,不过哈贝马斯在此加入了"有效性主张",以取代传统的"真理主张"。如此一来,公共空间的辩论交流不是为了寻找客观不变的真理,也不是因为真理越辩越明,而是从自我与他者的对话语境出发,确认某种观点陈述在主体间具有较大的合理性,从而能够成为民主协商认可的最优项。"有效性主张"服务的是社会日常运作,而不是探究真理的哲学思辨,它总是适用于具体的说话者和受话者。同时,这样的对话并不存在一劳永逸、一成不变的"有效性主张",因为随着社会交流成员的不断变化,随着利益诉求和社会关系的不断发展,彼时的"有效性"需要被新的"有效性"取代,这即意味着巴赫金说的对话的"永不完结性"。在现实政治中,美国1787年的制宪会议和之后在此基础上总结出来的"罗伯特议事规则",都体现了这种包容理性、激情、妥

---

① Borradori, Giovanna. *Philosophy in a Time of Terror*. p. 56.

协、意外的交流实践范式。

然而,这绝不意味着哈贝马斯和理查德·罗蒂一样,主张完全放弃"真理"的一般性。事实上,作为启蒙运动坚定信徒的哈贝马斯坚决反对价值的相对主义,他认为仍然存在普适的有效性,这与公共空间日常语言中暂定的有效性并不矛盾。① 以美国制宪会议为例,无论各州在联邦权力和州权的分配问题上怎样讨价还价,无论南北方就奴隶制的现实存在怎样做出妥协,所有的辩论都不可能抛弃共和制的政治理想,转而指向君主制或独裁。与会者的分歧仅仅在于如何更好地设计民主共和,而不在于是否要选择民主共和。同样,哈贝马斯一方面坚定地支持普世主义,哪怕这种普世主义会被左翼学者诟病为一种西方中心主义的政治传统,一方面也相信可以在公共空间中找到对话的机制,让"我们"和"他们"不断交流,从而谋求最具有效性的伦理与政治共识。哈贝马斯的这种立场并不是一种骑墙,而是基于苏格拉底对"知识"和"观点"的区分。② 对于前者,不存在协商交流的必要(譬如不能让国会投票决定"地心说"还是"日心说"更正确,也无法想象有朝一日欧洲议会投票决定到底是要"世俗化",还是"政教合一"),否则就会掉入相对主义的陷阱;对于后者,则要建设理想的话语表达渠道,让不同立场的观点在公共空间得到充分呈现。

关于全球恐怖主义,因此就有了一个顺理成章的推论:恐怖分子之所以选择以暴力作为表达方式,是因为交流的失败。或者说,因为在现实生活中,公共空间未能实现"我们"和他者的有效交流。正如哈贝马斯所言,"暴力的泛滥最初就是因为交流的不断扭曲,它导致了一系列无法控制的相互不信任,最后带来交流的解体"③。因此,西方知识分子在9·11之后的首要任务,不应该只是继续批判全球资本主义的傲慢、贪婪和盲目,同时也要去修复在全球化的公共空间中受损

---

① Borradori, Giovanna. *Philosophy in a Time of Terror*. p.61.
② Ibid.
③ Ibid., p.64.

的对话机制。哈贝马斯的乐观之处在于,他相信这种受损的交流是可修复的,并且在西方自由民主制度的内部,存在行之有效的修复方法。所以,哈贝马斯坚决反对亨廷顿所谓的"文明冲突论",因为伊斯兰世界和西方世俗社会的紧张关系并非不可避免,两者的矛盾可以在交往对话理性的框架里得到有效解决。

为了进一步反对这种文化差异的绝对化,哈贝马斯主张用胡塞尔的"生活世界"(life-world)概念,来进一步明确这种公共领域得以生产的处所。① "生活世界"并非玄而又玄的理论抽象,而恰恰是反理论、反预设的。胡塞尔希望可以将一切预设放入括号中,设想那个被自然科学和人文科学的知识方法、理论话语阐释之前的世界的状态,它应该是作为主体的我们在未经任何中介的直接经验中认识到其存在的那个东西。哈贝马斯对于"生活"的这种强调,说明他希望公共空间是具体可感的,摆脱了公共领域和私人领域的分化,剥离了任何意识形态和知识方法的结构化(或殖民)痕迹。只有在这样的地方,"我们"和"他们"才能以世界公民的方式,平等地栖居于世界上。在这个地方所产生的对话交流中,每个主体都是独一无二的肉体生命,不必同一于族裔、宗教、性别、阶级等身份标签。

当然,除了在克拉克、刘慈欣这些作家的科幻作品中,理想化的"生活世界"目前大概是不存在的,权力和差异划定的界限依然主导着海德格尔所说的"世界化"(worlding)的过程。无论是布鲁塞尔的欧洲议会,还是历史上的美国制宪会议,都无法真正做到将一切观念前设放入括号里。不过,哈贝马斯并未因此就对9·11之后的欧洲丧失希望;相反,他认为肇始于欧洲的现代性观念和历史进程非但没有失败,反而需要进一步加以推动。哈贝马斯坚决反对马克斯·韦伯对于现代性的负面批判。韦伯对启蒙理性的负面看法,源于知识的世俗化所导致的"世界的去魅",最后占据主导位置的是服务于实用目的的

---

① Borradori, Giovanna. *Philosophy in a Time of Terror*. p. 65.

工具理性，人们不再对世界的神秘性保持惊奇，亦不再怀有超越此在世界的冲动。① 这种对于现代性的批判，几乎贯穿了19世纪下半叶和整个20世纪，尤其是当我们反思两次世界大战、奥斯维辛大屠杀和广岛核爆这样的恐怖灾难时，前有斯宾格勒提出的"西方的没落"这样带有悲观色彩的比较文化形态分析，后有齐格蒙特·鲍曼在《现代性和大屠杀》中对两者因果联系的阐释。

与主流的现代性批判不同，哈贝马斯坚定支持启蒙运动及其理性传统。在他看来，与其将20世纪的这些灾难性事件归咎于现代性本身，还不如将之解释为"未完成的现代性"或"尚待推进的启蒙"。哈贝马斯进一步反思了宗教激进主义和现代性的关系，他认为现代性的话语不是要取消宗教或实现去魅，9·11并不是世俗化和去世俗化的紧张对峙问题，更不是基督教世界和伊斯兰世界的文化冲突。宗教激进主义的最大问题，不是在科技理性占据主导位置的今天依然选择信仰宗教，而是应该以什么样的方式来信仰宗教。哈贝马斯指出，"现代性对于宗教的要求是，通过他人的眼睛来审视自身"②。这种"反求诸己"的立场是公共空间中任何宗教对话和有效性主张得以实现的前提，而与恐怖主义暴力密切相关的宗教激进主义（无论来自哪一种宗教内部，也无论是在西方或东方），恰恰缺乏这样一种对自我视角的距离意识。从另一方面看，这种要求的存在也说明哈贝马斯理想的公共空间（其实就是德里达理想化的"来临中的欧洲"）与"无条件的好客"不可以兼得。

德里达之所以批判"宽容"这个启蒙理性中的核心概念，是为了说明基督教世界"慈爱"（charity）传统的家长制特征。但对于哈贝马斯来说，"宽容"是值得被继续捍卫的西方文化观念，只是需要有一个前提条件，即现代意义上的"宽容"必须存在于民主化的社群中。这样就意味着"宽容别人"和"被别人宽容"是宽容不可分割的一体两面，而

---

① Borradori, Giovanna. *Philosophy in a Time of Terror.* p. 69.
② Ibid., p. 72.

不是单向度的给予。当然,尽管宽容需要基于某个前提条件(譬如选择恐怖暴力的宗教激进主义就不配得到民主社会的宽容,无论它以怎样神秘化的他者面目踏入我们的生活世界),但这种前提条件并非由一方独断的设定产生,而是在交往对话理性中出现的,需要符合程序的正义。

* * *

现在,让我们回到具体的9·11小说文本,来进一步探讨列维纳斯、德里达和哈贝马斯等人在哲学层面思考的他者伦理问题。英国小说家伊恩·麦克尤恩的《星期六》(*Saturday*)2005年出版时,美国书评人角谷美智子(Michiko Kakutani)将之归入"后9·11小说"的行列。① 这种划分当然不只是美国文化界对于伟大的"9·11小说"的期待使然,而是因为这部小说的确对于新世纪全球恐怖主义议题(尤其是如何在西方社会看待全然他者或极端他者的问题)有着显著而重要的关切。

故事发生在2003年2月15日伦敦爆发大规模反战游行的一天,此时距离纽约恐怖袭击刚刚过去18个月。《星期六》借助小说人物之口,预言了9·11之后国际政治的两个重要发展,即在英国本土出现的城市恐怖袭击,以及陷入泥潭的伊拉克战争。在小说的结尾,刚刚经历了家宅被歹徒侵犯的贝罗安感叹道:

> 偌大的伦敦其实和他所居住的这个角落一样脆弱,就像其他上百座城市一样随时都有被投放炸弹的可能。交通高峰期应该是最危险的时间。场面可能类似于帕丁顿车站的那场事故——

---

① Kakutani, Michiko. "A Hero With 9/11 Peripheral Vision." *New York Times* March 18, 2005. http://www.nytimes.com/2005/03/18/books/a-hero-with-911-peripheral-vision.html. 访问日期:2018年8月20日。

扭曲的铁轨，彼此相连的翻倒的车厢，担架从打破的窗户里传递出来，医院实施应急预案。柏林、巴黎、里斯本这样的城市遭受恐怖袭击是迟早的事，这一点政府早就坦言过。①

在贝罗安与女儿黛西因为反战游行而起的争执中，黛西坚持认为用"巡航导弹播种种子"只会导致"宗教的极端主义者更加疯狂"，而贝罗安用50英镑打赌"进驻伊拉克三个月后，就会有言论自由，互联网的监控也会取消"②。贝罗安和黛西各说对了一半：美军的确在两个月内就捣毁了萨达姆政权，伊拉克有了民选政府和形式上的民主政治，同时卡扎菲等独裁者也相继被推翻；但另一方面，伊拉克、叙利亚今天的局势也的确如黛西预料的那样，"只会有更多的恐怖分子……变成一团糟"③，极端主义势力横行，伊拉克人民一直生活在"伊斯兰国"和恐怖炸弹的可怕阴影下。

当然，作为一部介入时代议题的9·11小说，《星期六》更应被视为一部具有鲜明欧洲风格的作品。麦克尤恩在1980年代的访谈中就表示，他一直以来的文学兴趣就是"发现公共与私人领域之间的关系，探索两者间如何冲突、如何相互折射，以及政治世界如何侵入私人世界"④。透过英国普通中产阶级的旁观视角，在维多利亚小说传统的社会问题意识下，麦克尤恩思考的是大西洋另一端的恐怖袭击如何"入侵"了那些生活在"后帝国"时代的英国普通民众的私人生活。在曼哈顿恐怖袭击发生后不久，麦克尤恩即在《卫报》上发表文章坦承："最近，我们大多数人都停留在可怕的现实和关于灾难的白日梦之间。当我们清晨醒来，即将出门上班时，我们都会幻想自己卷入这种事件

---

① 伊恩·麦克尤恩：《星期六》，夏欣茁译，北京：作家出版社，2008年，第231—232页。
② 同上书，第160页。
③ 同上书，第158—160页。
④ Ross, Michael L. "On a Darkling Planet: Ian McEwan's 'Saturday' and the Condition of England." *Twentieth Century Literature* 54.1 (Spring, 2008), p.76.

中。万一倒霉的人是我怎么办？"①正是出于这种对日常生活脆弱感的怀疑,当子夜时分醒来的贝罗安看见飞往希斯罗机场的飞机着火时,立刻陷入了对恐怖袭击的恐惧。虽然该货机之后被证明是故障导致引擎着火,但麦克尤恩所意图揭示的"英国的状况"已经跃然纸上,即一种关于未来的永恒恐惧。

关于《星期六》所携带的欧洲风格,还有另一层更重要的指涉,那就是麦克尤恩在文学风格和文化趣味上对英国文学近现代传统的继承。维多利亚时代大批评家马修·阿诺德(Mathew Arnold)的名诗《多佛海滩》(*Dover Beach*)是全书最外显的互文文本。被劫持的黛西正是凭借背诵这首诗,改变了几乎一触即发的厄运,让巴克斯特放弃了对她的性侵。从文学叙事的层面细察,不难发现《星期六》和《达洛维夫人》有着惊人的相似之处,譬如两者都是从一个伦敦智识精英的内在视角出发,记录了主人公在一天之内的人生遭遇和心理波折。从阿诺德的维多利亚时代,到伍尔夫的1920年代,再到麦克尤恩身处的21世纪开端,究竟是怎样的时代共性的勾连,才让这位当代英国最重要的作家重返维多利亚时代的文化政治和英国现代主义小说的传统,以此为互文场域去曲折再现当前最为棘手和迫切的恐怖主义及反恐战争？

首先,从政治状态上来说,《多佛海滩》和《达洛维夫人》分别代表的1850年代和1920年代与《星期六》的背景相似,它们都是急遽政治动荡的转折当口,是帝国的权威与秩序受到挑战的危机时刻。1848年,欧洲各国爆发了一系列的革命,给欧洲各国君主和贵族体制带来了沉重打击,也由此触发了巨大的社会和文化变革,那种末日般的情绪构成了《多佛海滩》的底色。伍尔夫写于"一战"之后的《达洛维夫人》也丝毫没有战争结束的平静喜悦,因为这次浩劫的巨大震荡仍然

---

① McEwan, Ian. "Only love and then oblivion. Love was all they had to set against their murders." *The Guardian* September 15, 2001. https://www.theguardian.com/world/2001/sep/15/september11.politicsphilosophyandsociety2. 访问日期:2018年8月26日。

让无数欧洲人无法摆脱噩梦,隐约中人们已预感到更大灾难在形成之中。麦克尤恩也正是在这种欧洲末日论的传统意识下写作《星期六》(Saturday 在很多欧洲语言中即意味着"安息日",本身带有某种终结的色彩),通过贝罗安在 2 月 15 日这一天的全部遭遇,来审视一场由"无知的军队"组成的"反恐战争"可能会如何改变我们普通人的日常生活。

主人公在小说开篇的子夜冥思,深深浸润着对于恐怖分子向文明社会宣战的担忧。夜空中的异象令贝罗安深感震撼,但他又不愿意相信这是"冥冥之中的安排,是一种外在的智慧想要展示或者告诉他某件重大的事情"①。相反,他坚持认为正是"过度的主观,想要按照你的需求来规划世界的秩序,同时又无法认清自己的微不足道",所以才会导致"飞机上的灾难"以及由此衍生的"丧心病狂和血腥屠杀"。② 在麦克尤恩看来,对于信仰的极端思维方式,不仅酿成了宗教激进主义的恶果,事实上也是对于整个 20 世纪人类血腥杀戮史的一次盖棺定论。上午,贝罗安与街头混混巴克斯特的狭路相逢,一方面是因为伦敦声势浩大的反战游行导致多处封路,另一方面也是恐怖主义预言的一种自我实现,从而让他真正意义上面临着一次弱肉强食的野蛮对决。贝罗安虽然熟知各种现代社会的暴力理论,但第一次被巴克斯特重拳击倒在地时,"八岁以后就没有和别人徒手打过架"③的他感到了真正的骇然。

巴克斯特在傍晚时分对贝罗安家宅的入侵,与其说是对即将发生的伊拉克战争的一种预演,不如说更像是 9·11 恐怖袭击的一个微缩版。对于贝罗安一家来说,这本是难得的全家团聚时刻,但巴克斯特及同党对律师妻子的劫持,以及随后针对贝罗安岳父和女儿的犯罪行为,却变成了一次微型的恐怖主义袭击——突如其来的来自文明边缘

---

① 伊恩·麦克尤恩:《星期六》,第 13 页。
② 同上。
③ 同上书,第 73 页。

的血腥暴力,无法理喻的仇恨,针对无辜者的施暴。蒂姆·高蒂尔(Tim Gauthier)认为,贝罗安一家人降服这个街头恐怖分子的方式,和美国政府的反恐战略有几分相似,即"在9·11之后使用它的主导地位和力量,以抹除其自身弱点的痕迹"①。如果说黛西的诗歌朗诵,是以阿诺德式的"文化"初步降服了巴克斯特式暴民的无政府主义,那么贝罗安两次在巴克斯特面前化被动为主动,其实都是凭借其医学权威话语对后者大脑病变的诊断,并诱以某种并不存在的神奇治愈方案。这种危机的解决方式,正是以西方话语的绝对霸权来压制他者的暴力表达。巴克斯特最后在贝罗安父子的合攻下滚落台阶受伤,也进一步说明了这种科学与文化话语背后的暴力性。

除了这种政治状态的相似,我们还可以看到《星期六》似乎更多地指向了9·11之后的英国文化状态。麦克尤恩意图在小说中承载的,绝不止于对新世纪欧洲、美国和中东政治反恐时局的文学表达,而是一种承接自阿诺德那个维多利亚时代的文化批判,但同时麦克尤恩又赋予了这种文化批判一种鲜明的时代特征。在《文化与无政府状态》中,阿诺德将英国人划分为三大阶级,即野蛮人(Barbarians)、群氓(Populace)和非利士人(Philistines)。其中,野蛮人是阿诺德对于英国贵族阶级的一个别称,他们代表了欧洲文化的精英,既有外在的文化特权,也内在地代表了强健的个人主义。而群氓是阿诺德在维多利亚时代最为惧怕的一种新生力量,他们"愿上哪儿游行就上哪儿游行,愿上哪儿集会就上哪儿集会"②。这种底层力量在英国的兴起不仅带来一种无政府状态及随之而来的无政府主义暴力,同时更意味着一种"将来权力的形态"③。非利士人也是阿诺德大加批判的一个阶级,它

---

① Gauthier, Tim. "'Selective in Your Mercies': Privilege, Vulnerability, and the Limits of Empathy in Ian McEwan's *Saturday*." *College Literature* 40.2 (Spring 2013), p. 20.
② 马修·阿诺德:《文化与无政府状态:政治与社会批评》,韩敏中译,北京:生活·读书·新知三联书店,2008年,第73页。
③ 同上书,第94页。

代表着英国庸俗市侩的中产,象征着一种"真正的英国式狭隘"①。

麦克尤恩很大程度上继承了阿诺德对英国阶级的划分法,并用黛西、西奥和他们的诗人外公作为"野蛮人"精神的传承者,而巴克斯特和街头的反战示威人群则代表"群氓",一种可疑而又在民主国家里日趋强大的政治力量。当然,像贝罗安夫妇这样的伦敦高收入职业人士是当代的非利士人代表,被他们奉为教条的是实用主义和科学工具主义。拂晓时,贝罗安在楼上窗前窥看广场上夜班归来的市民,他感觉自己"不仅仅是在注视着她们,更像是在守护,带着一种神祇般的轻微的占有欲监督着她们的一举一动"②。贝罗安对自己的阶级优越感并无反省和自察,因为他对于人的理解是基于分子的机械论:"人类就像热血的小型生物发动机,有着可以适应任何地形的两足动物的技能,体内是数不清的深埋在骨膜下、纤维里和暖肌原纤维细丝中的分支神经网,其中流动着无形的意识流——这些生物发动机规划着自己的运动轨道。"③甚至对于后帝国时代的伦敦,他也持这样的科学唯物主义认识:"这座城市是一项伟大的成就,一个辉煌的发明,一个生物学上的杰作。"④

另一方面,我们应该看到,阿诺德的阶级区分论并非为了贬低中产阶级和底层民众,他的文化悲观主义其实更多是出于对欧洲现实的忧心忡忡。作为《星期六》结尾那个戏剧化的"解围之神"(ex machina),《多佛海滩》其实本身也指向战争与文学、文化的时代关系。阿诺德写作这首诗的背景,正是 1848 年欧洲革命、锡克教革命和克里米亚战争爆发之时。同时,科学和工业的急剧发展正在改变人们的思维方式,信仰的力量如海水退潮般消亡。诗人在帝国的盛世中,看到的是"黑暗的旷野"和"无知的军队在黑夜中相互冲突"。这种对于信

---

① 马修·阿诺德:《文化与无政府状态:政治与社会批评》,第 68 页。
② 伊恩·麦克尤恩:《星期六》,第 9 页。
③ 同上。
④ 同上书,第 3 页。

仰革命的恐惧,其实在同时代的韦伯那里也有鲜明的体现。在韦伯看来,现代性带来的惊天巨变是一种"对世界的祛魅化"①,它腐蚀着传统生活的基础。人们于是不再敬畏自然的神秘感,过度利用启蒙理性将世界的知识世俗化,其后果是一种极端的工具理性和实用主义。正是在这个意义上,韦伯认为启蒙文化本身就包含有让文明走向自毁的种子。② 阿诺德和韦伯所预言的这种混乱果然应验,整个20世纪的政治暴力史都在为这两位思想家的文化悲观主义背书。

在贝罗安生活的这个新时代,虽然旧帝国已经坦然接受了衰落这一现实,但新帝国在全球的霸权却开始受到挑战。9·11带给普通美国人的或许更多是"凭空而至"的灾难创伤,可对贝罗安这样的欧洲人而言,却更多想到欧洲在20世纪的灾难与混乱。在阿诺德的时代,恐怖分子针对平民的袭击事件极为鲜见,而在21世纪的英国,恐怖主义却是一段连续的历史记忆,以至于贝罗安会说,"作为一个伦敦人,你有时会怀念爱尔兰共和军",因为他们至少有一个可以通过政党合作而达成的"统一的爱尔兰这个崇高的理想"。③ 相比之下,贝罗安认为宗教极端分子"要的是完美无瑕的世界……为了实现一个乌托邦,而不择手段,在革命的大旗下无所不用其极"④。同时,贝罗安在自家阳台上满怀优越感"检阅"的那个广场,其实是一种有别于维多利亚时代的公共空间,在这里他看到的是一个由少数族裔(如在沃伦大街报亭工作的印巴裔年轻人)占据的、多元文化并存的伦敦户外。⑤ 这个异质的、杂糅的城市空间,是整个英国乃至欧洲在21世纪的缩影,他们的诉求和可能爆发冲突的方式,都有别于阿诺德笔下的

---

① Webber, Max. "Science as a Vocation." *The Vocation Lectures*. Eds. David Owen and Tracy B. Strong. Trans. Rodney Livingstone. Indianapolis, Indiana: Hackett Publishing Company, 2004, p. 13.
② Borradori, Giovanna. *Philosophy in A Time of Terror*. p. 70.
③ 伊恩·麦克尤恩:《星期六》,第28页。
④ 同上。
⑤ 同上书,第47—48页。

19世纪以阶级身份为标签的"群氓"。

  接下来另一个问题出现了。《星期六》在完成了对政治和文化的时代诊断之后,又该如何面对"忧伤的退潮的咆哮",并循着阿诺德、韦伯等人对现代性的消极批判,去寻找一种可能的出路呢?《多佛海滩》以抒情的笔调给出了阿诺德的回答,即坚守在爱人身边,用私人空间里"爱情的忠诚"来对抗这个苦难深重的黑暗旷野。《星期六》似乎也呼应着这种人文主义的立场,灾难变成夫妻爱情的黏合剂,而家庭则是躲避恐怖主义暴力的港湾。贝罗安与罗莎琳早年相识相爱,就是因为后者患上脑疾,是贝罗安通过手术让她的眼睛重新看到光明。贝罗安在故事发生的这一天,从早晨与妻子甜蜜做爱,到晚上两人愈发强烈地肌肤相亲,说明这对夫妻似乎是麦克尤恩笔下近乎完美的伴侣关系。事实上,这个家庭的成员们之间虽然也有一些矛盾,但每个人都几乎完美到令人难以置信——贝罗安是伦敦最优秀的脑科医生,收入优渥;罗莎琳是伦敦最优秀的律师,地位极高;儿子西奥是天才的蓝调音乐人,黛西则是天才的女诗人,即将出版诗集处女作……这样完美的伦敦中产阶级白人家庭构成了一个美好的港湾,为恐怖时代的伦敦人提供最重要的情感慰藉和支持。尽管这个家庭遭到了巴克斯特的象征性入侵,但最后极端他者非但没有破坏这个家庭共同体,反而使之变得更为亲密牢靠。所有人都在意外事件中获得了有益的道德教训,贝罗安甚至还获得了令人称道的共情能力,并不顾前嫌地为巴克斯特掌刀做脑外科手术。

  然而,按照麦克尤恩对当代英国家庭生活和婚姻关系惯有的复杂再现,我们似乎更应该推断,贝罗安的完美家庭或许只是作者故意为之的寓言虚构。在这个意义上,我认为班维尔(John Banville)对《星期六》的批评不够精确。在班维尔看来,麦克尤恩不过是在小说里传递了一种糟糕的"新自由主义"(或所谓"维多利亚式自由主义"),因为作者并未对贝罗安的阶级意识和西方知识话语的霸权做出评判,而是放任故事进入一种"家庭化"的自我解脱之中。① 高蒂尔也批评贝罗安的"共情性同情"过于虚伪,因为主人公对巴克斯特一直保持着生物视角的俯视,并未在任何意义上接近于理解这个恐怖分子的他者性。② 这两种批评恐怕都过于武断,它们简单地将主人公的局限性等同于麦克尤恩本人,而未能充分考虑到另一种可能性,即作者在意的并非贝罗安是否符合现实主义文学的标准,也无意于让笔下人物符合欧洲多元文化主义的政治正确。麦克尤恩真正关注的,或许不是反恐时代的族裔和阶级政治,而是更为宏观地回到了欧洲启蒙话语与现代性的存续问题上,为后9·11时代寻找一种作为他者伦理的"崇高"范式,并以此来消解并超越主流政治叙事中的反恐话语。

在阿诺德的时代,无论是康德还是伯克所说的"崇高",依然都是资产阶级的美学范式。从朗吉努斯那里开始,古典意义上的"崇高"就是一种关于美和悲剧的修辞,凭借它们可以抵达神这样的崇高对象。伯克的"崇高",则是一种基于生理和感觉的心意状态,它作为一种愉悦体验来自痛感和恐惧。康德美学中的"崇高",则是对朗吉努斯和伯克之间矛盾的调和与超越,它和伯克美学一样从痛感或惧怕出发,但最后并非止步于对自身死亡的豁免或逃脱,而是指向了经验世界、现象世界之外的宇宙理性或纯粹理性。③ 康德在1790年的《判断力批判》中进一步认为,当人类个体面对令人骇然的自然暴力(如1755年里斯本大地震)或无垠的自然(如浩瀚的海洋)时,虽然在想象力中感到了必然的贫瘠和无能,但凭借理性的力量却能在自我意识之外觉知到一种更高意义上的存在。④ 在康德美学中,"惧"与"喜"构成了神人

---

① Banville, John. "A Day in the Life." *New York Review of Books* 26 May 2005. http://www.nybooks.com/articles/17993. 访问日期:2018 年 8 月 20 日。

② Gauthier, Tim. "'Selective in Your Mercies': Privilege, Vulnerability, and the Limits of Empathy in Ian McEwan's *Saturday*." p. 17.

③ Shaw, Philip. *The New Critical Idiom: The Sublime*. London: Routledge, 2006, pp. 4-6.

④ Ibid., p. 84.

合一的"崇高",它不是源自自然本身,而是源自人类的一种反身性意识,借助此种意识我们可以发现一种比自然和想象力更为伟大的理性。

贝罗安在小说叙事中反复强调自己久未触碰过任何文学艺术类的书籍,自己信仰的是科学精神而非人文精神,但他所描述的各种日常体验均闪烁着这种康德—伯克式的"崇高"。他起初将燃烧的飞机当作进入大气层的陨星,后来又想象为太空彗星,这种天空异象让他开始将想象力"扩展到了太阳系的尺度",意识到某种东西在"亿万英里之遥,远在宇宙深处,沿着永恒的轨迹环绕太阳运行"①。他将这种心头升起的心意描述为"感恩",从而"庆幸能亲历这真真正正超凡脱俗的一幕"。② 巴克斯特与《多佛海滩》的遭遇,则说明了自然之外的另一种"崇高",即凭借文学艺术所再现的诗化自然,唤起人们的愉悦和恐惧兼而有之的心意状态。这些诗句"就像一句悦耳的魔咒",不仅让巴克斯特放弃了进一步侵犯黛西的企图,还让他心悦诚服地说道:"它很美,居然是你写的……你怎么想到那些的?"③"崇高"的这次降临携带着美和哀伤,对巴克斯特的影响绝不只是单纯的修辞之术,而是让他想起了自己童年长大的地方。④ 巴克斯特的这种描述,恰好呼应了哲学家南希对于"崇高"的另一个定义:"崇高与其说是我们要返回的地方,还不如说我们是从那里来的。"⑤

但是,《星期六》最重要的文学价值,并非小说里这些传统意义上的"崇高"体验。在我看来,麦克尤恩更意识到了一种属于当下时代的"崇高"的形成。吉恩·雷(Gene Ray)认为,奥斯维辛和广岛之后,"崇高"不再是从自然灾难中生发出的审美体验,因为整个20世纪昭

---

① 伊恩·麦克尤恩:《星期六》,第10页。
② 同上。
③ 同上书,第187—188页。
④ 同上书,第187页。
⑤ Nancy, Jean-Luc. "The Sublime Offering." *Of the Sublime: Presence in Question*. Trans. Jeffrey S. Librett. Eds. Jean-Francois Courtine et al. Albany: SUNY Press, 1993, p.1.

示的人类文明的恐怖,不止是一种人类走向自毁的现代性黑暗宿命,更关键的是大屠杀和核爆中那种无法言说的将人变为"多余"之物的邪恶。① 换言之,奥斯维辛之后的"崇高",是一种关于恐怖的"崇高",它不是康德意义上对人之理性的喜悦和敬畏,而是对暴力限度的一种想象力的失败,它夹杂着对"人生而为人"的羞耻之痛。② 我认为,麦克尤恩在《星期六》中的独特贡献,在于描画了一种"后9·11"的"崇高",它从奥斯维辛之后的"崇高"演化而来,被写入了贝罗安对飞机、燃烧的大楼、萨达姆的国家恐怖、宗教激进组织的日常恐惧和想象中。但是,它又不等同于吉恩·雷所说的那种关于恐怖的"崇高",因为其根源并非纳粹集中营、广岛核爆这样的极端杀戮,而更多的是来自主体对于恐怖时代极端他者的一种去中心化的意识体验。

更具体地说,麦克尤恩超越了维多利亚时代阿诺德和赫胥黎之间科学与文化的争论,将科学话语本身变成一种激发崇高意识的来源。从斯诺(C. P. Snow)和利维斯(F. R. Leavis)之间的著名论战,再到1990年代的"索卡尔骗局","两种文化"的争论在整个20世纪延绵不绝。麦克尤恩通过对贝罗安家庭成员的对位设计,让科学与文化成为某种联姻的共同体。贝罗安一再申明自己充满了对文学艺术的无知,他更笃信的是通过修理人的大脑来改变思维,他对巴克斯特所代表的"恶"采取了一种医学、生理学的唯物主义理解,即"当第四号染色体上的某个不为人知的基因上的三核启酸序列复制了超过四十次以上的时候,任何人都逃避不了和巴克斯特一样的命运"③。然而,当贝罗安在小说结尾打开这个刚刚侵犯他家庭的恐怖分子的脑壳时,却对这种基于生物决定论的邪恶观产生了动摇。他把手指压在巴克斯特大脑皮层表面,期待着轻轻的抚摸可以治愈病变及其产生的反社会

---

① Ray, Gene. *Terror and the Sublime in Art and Critical Theory: From Auschwitz to Hiroshima to September 11*. New York: Palgrave Macmillan, 2005, p. 5.
② Ibid.
③ 伊恩·麦克尤恩:《星期六》,第176页。

人格,但这个貌似无所不能的脑科医生终于承认,"现实和神经外科一样有局限性:面对着这些无法破解的密码,这些密密麻麻、纷繁复杂的血脉和经络,贝罗安和他的同事们所能做的只有锲而不舍地疏通阻塞"①。

在那个时刻,麦克尤恩笔下的"科学人"意识到了科学的局限,这和他早上自豪地回忆起当代脑科手术的精妙过程形成了戏剧性反讽。2月15日一天的非凡经历,让贝罗安的科学精神免于固化成狭隘的科学主义。这里,脑科学既是一种和诗歌一样精密、复杂的系统,同时又和诗歌一样,对大脑产生的思想和意识充满无限好奇。在科学话语和文学艺术话语进行对话的过程中,诗歌和开颅刀相互烛照出彼此的边界。阿诺德的诗歌和贝罗安的手术只是短暂地安抚了巴克斯特的暴力生命体,面对他"无法治愈的大脑",面对令人望而却步的大脑中线后部的"感觉带",人的生命和意识依然是人文学者和科学家的千古之谜。麦克尤恩笔下的这种"后9·11"式"崇高",超越了单纯的地缘政治和恐怖暴力,超越了启蒙理性之后"祛魅"和"返魅"的缠斗,在科学与文化的张力下显示出"生命的庄严和伟大"。② 简言之,这样的崇高就是主体对于他者无限性的认知。或许,我们可以用吉恩·雷的一句话来作为总结:"每当我们无法站在正义一方反思团结,我们就会发现崇高与之对立而存。"③ "团结"(solidarity)在这里是一个哲学术语,它在传统中意味着"我们每个人根本的人性与其他人的是相通相似的"④。然而,正如罗蒂所言,人类政治中诉诸共性的团结,其实暗中具有强大的排他性,不断分化着人类社会中"我们"与"他们",并由此界定出那些"非人"或"劣等人"的存在。⑤ 这样的团结诉求,不仅是欧洲民族主义兴起背后的历史动因,也构成了全球反恐话语的一种元

---

① 伊恩·麦克尤恩:《星期六》,第213页。
② 同上书,第212页。
③ Ray, Gene. *Terror and the Sublime in Art and Critical Theory*. p.12.
④ Rorty, Richard. *Contingency, Irony and Solidarity*. p.189.
⑤ Ibid.

逻辑。《星期六》所昭示的正是"后9·11"时代这种团结背后的非正义性,也敦促读者从超越团结的正义出发,去反思"我们"和他者的伦理关系。

巴尼塔指出,"后9·11小说的一个本质属性,就在于它具体地暗示出我们对于恐怖的体验如何能被升华为一种共情的行为准则"①。当然,断言贝罗安在小说结尾时已经跳出了他作为阿尔法男人的"婆罗门意识",并不再以社会的知识精英自居,显然还为时过早。事实上,对于主人公而言,"崇高"并非一种已抵达的意识境界,而是在小说的特定时空、特定时刻被巴克斯特和《多佛海滩》所意外触发的共情。这种触发最后可能带来更积极的道德理性或行动,也可能只是贝罗安转瞬即逝的顿悟。但无论如何,当主人公目击狂暴的巴克斯特被诗歌降神时,当他凝视着他者大脑皮层的沟壑时,那是一个确凿无疑的"崇高"时刻,就如同双子塔的倒塌对无数双眼睛所意味着的"崇高"那样。谢克纳(Richard Schechner)在《9·11是先锋艺术吗?》中认为,这些时刻不是因为其暴力、恐怖、骇人本身而成为一种审美,它们的"崇高"在于对"想象力的成功破袭",因为正如康德所言,在这样的观看过程中,我们目击的"并非自然界的事物本身,而是蕴藏其中的关于我们自身的理念"②。

* * *

不难看出,在麦克尤恩的"后9·11"文化想象中,**共情**是至关重要的暴力解药,它能打破以自我为中心的狭隘主体意识,甚至还能让自我在对他异性、同一性的反思中激发出"崇高"体验。在1970

---

① Banita, Georgiana. *Plotting Justice: Narrative Ethics and Literary Culture after 9/11*. Lincoln: University of Nebraska Press, 2012, p. 295.
② Schechner, Richard. "9/11 as Avant-Garde Art?". *PMLA* 124.5 (2009), p. 1824.

年代兴起的西方文化批评中,"差异"变成一种令人文学者顶礼膜拜的东西——族裔差异、阶级差异、文化差异、性别差异等等,仿佛从"差异"生发出来的身份政治自发地带有一种解放色彩。然而,9·11文学从暴力反思和恐怖主义的伤痕出发,更希望谋求的是基于他者伦理的创伤弥合和共识的建立。在这个意义上,共情与9·11文学有着独特的关系,前者暗示了在恐怖时代处理极端他者问题的解决方案,它基于情感和人之为人的共同联结,比反恐战争更符合西方传统的人文主义精神。蒂姆·高蒂尔认为:"共情可以开启我们与各种不同类型的他者之间进行潜在互动和理解的通道。共情在本质上需要积极主动和有意义的参与,能创造出有自我意识的、自我批判的共情者,这种共情者往往能更好地评估和实施对于共享世界的他者的伦理责任。"①

然而,"共情"一词在9·11文学批评中的争议性,恐怕不亚于本书先前着力讨论过的"创伤"概念。两者确实有颇多共通之处,譬如它们都源自现代心理学,同时又都在当代脑科学中获得进一步的解释,并作为文学批评概念,在人文学科中获得了广泛的应用。追溯"共情"的概念史并不容易,但它作为德语的舶来品却是不争的事实。共情(empathy)最先由德国哲学家弗里德利希·费肖尔和其子劳伯特·费肖尔在19世纪后期提出,当时使用的德语词为 *Einfuhlung*,用于描述美学体验中观看者将自己的内心感受投射到自己所看到的事物之上。从字面意义上看,*Einfuhlung* 就是"情感的进入"(feeling into),国内常误译为"移情",但这显然会和弗洛伊德精神分析中的另一个术语 transference 产生不必要的混淆。劳伯特·费肖尔在他1873年的博士论文《视觉的形式感》(*On the Optical Sense of Form*)中如是描述"情感的进入"是如何在审美中实现的:

---

① Gauthier, Tim. *9/11 Fiction, Empathy, and Otherness*. New York: Lexington Books, 2015, p.29.

> 我自己身体组织的象征,我像穿衣一样,把那形式的轮廓穿到我自己身上来……那些形式像是在自己运动,而实际上只是我们自己在它们的形象里运动。①

1909 年,这个概念从德国心理美学进入更广泛的心理学领域。英籍美国心理学家爱德华·铁钦纳(Edward Titchener)第一次将德语中的 *Einfuhlung* 翻译为 empathy,他认为共情就是将客体拟人化并感受到自己进入客体内部与其共通的过程。铁钦纳以阅读活动为例,如是解释共情的发生:

> 我们具有一种天生的倾向,去让自己的感觉进入感知或想象的对象中。当我们读到关于森林的文字时,可能就仿佛自己成了探险家;我们自己能感觉到那种阴暗、沉默、湿度、压抑、潜在的危险;一切都很奇怪,但这种奇特的体验已然发生在我们身上。②

不过,当时主流的心理学倾向于将共情的产生视为一种纯生理的现象。在维多利亚晚期,生理学、心理学、脑科学的进一步发展让人们将躯体作为解释情感认知的主要场域,譬如美国心理学家威廉·詹姆斯(William James)在 1890 年出版的《心理学原理》中,提出了"朗格-詹姆斯假说"(Lange-James Hypothesis),认为并不是精神感知与意识活动触发了情感,而是身体在外部刺激下产生的生理运动决定了情感的具体形式。③

英国美学家、小说家弗农·李(Vernon Lee)在铁钦纳的基础上发

---

① 朱光潜:《西方美学史》(下卷),北京:人民文学出版社,1979 年,第 602 页。
② Titchener, Edward B. *Experimental Psychology of the Thought Processes*. London: Macmillan, 1909, p. 198.
③ James, William. *Principles of Psychology*. Vol. 2. New York: Henry Holt and Company, 1890, p. 449.

展出了一种共情美学,试图挑战詹姆斯"身体反应先于心理"的理论。① 如果"朗格-詹姆斯假说"成立,那么在美学领域它则意味着个体的审美或审丑都与思维活动无关,而是受制于身体官能对外部刺激所产生的反射。李承认躯体主体性对于主观视觉的影响,但她拒绝将观察者的审美感受完全解释为生理过程。相反,她强调视觉感知与思维性理解之间的密不可分性,因此审美的过程绝不仅是观察者机械地、被动地接受外部形式影响,同时也必然关乎认识的生成。用李自己的话来说,"伴随着依据(观察者的)先前经验对可见之形状所达成的理解"②。这里,"看"不再是古典视觉科学中那种光从"暗箱"外部射入主体内部的投射,而变成了主体将个体化经验与记忆从内部向外部观察对象的投射,即所谓的 *feeling into*。尤其值得注意的是,共情的意义不止于"自我"向"非我"进行投射。对弗农·李来说,共情性的理解不仅是对可视化物体本身的认识,更关乎观察者本身在历史维度上的生命体验。观察者在凝视中所进行的脑内之"思",既取决于辨识线条、颜色和形状的视觉认知成规,也取决于观察主体先前的生活经

---

① 李对于这种建构心理学的扬弃也经过了一个过程。1897 年,弗农·李与其同性爱人汤姆森(C. Anstruther-Thomson)在《当代评论》(*Contemporary Review*)杂志发表了一篇题为《美与丑》的论文,她们所试图证明的就是特定形式的审美与生理反应的强关系。借用"朗格-詹姆斯假说",两位作者希望实证地描述个体观察者的主观视觉如何被具体而微的形式感知所决定。汤姆森作为原型观察者,观看了一把 4.6 英尺(约1.37 米)高的椅子,并以主诉方式记录自己从椅脚细部往上观察时,双眼追随特定的椅身结构和椅面线条所产生的各种生理变化,比如两个眼球焦点的分配、呼吸和心跳频率、肌肉紧张度、胸腔起伏、双脚着力点等。然而,李在 1912 年以书的形式出版的《美与丑》中推翻了自己过去的看法,她怀疑其实验前提"朗格-詹姆斯假说"本身可能是错的,而且汤姆森的主述难以确保真实和全面,这种过度依赖某个观察者形成的审美报告无法形成科学的结论。在德国心理学家提出的"共情"学说影响下,李转而认为人类的审美感受虽然与身体感知形式的生理机制有关,但感受本身具有个体性差异,不能简单视为由身体内各种运动所决定。Lee, Venon and C. Anstruther-Thomson. *Beauty & Ugliness and Other Studies in Psychological Aesthetics*. London: John Lane, the Bodley Head, 1912, pp. 27, 163-167.

② Lee, Venon and C. Anstruther-Thomson. *Beauty & Ugliness and Other Studies in Psychological Aesthetics*. p. 28.

验和记忆。这些认知活动的质料原本尘封于大脑深处,在被这种审美共情所激活后,以幽灵的姿态重返当下的意识活动现场。正是在这个意义上,弗农·李认为共情作为一种复杂的心理现象,是对我们过去状态的"复活"(reviviscence),它包含了记忆和大脑认知活动,而非仅仅是生理意义上的情动。①

随着20世纪脑科学的进一步发展,科学家对共情的大脑实现机制有了更清楚的认识。1980年代,研究人员发现人与猴子大脑中都存在一些神经元组,它们在个体进行某些动作以及观察别人进行同类动作时,都会产生大脑反应,这些神经元组因此被称为镜像神经元(mirror neuron)。② 另一个重要发现则是,临床观察到的自闭症和亚斯伯格综合征与共情能力缺陷之间的密切关系。③ 可以说,共情力是人之为人的基本条件,与人类社会的进化戚戚相关,我们无法想象缺乏共情力的人类在地球上继续繁衍生息的样子。一些科学家也相信,"我们的生存取决于社会语境下有效的运作,而感觉到他人所感并与之共情,是这种生存成功的要素"④。现在,研究人员不仅可以用共情量表(empathy scales)来测量、比较个体的共情能力,还能利用 fMRI(功能性磁共振成像)实时观测共情者不同脑区的活动情况。科学界往往将共情分为三个层级。第一个层级由镜像神经元主导,由此产生的动作模仿或情绪感染仅仅属于最原始、简单的共情。第二层共情可以表述为"感同身受",是主体对于想象中的他者的痛苦或喜悦所产生的类似感受(比如我们看见杂技演员从高空跌落,心里会本能地

---

① Lee, Venon and C. Anstruther-Thomson. *Beauty & Ugliness and Other Studies in Psychological Aesthetics.* p. 55.

② 关于共情和镜像神经元的科学机制,可参考 Gallese, Vittorio. "'Being Like Me': Self-Other Identity, Mirror Neurons, and Empathy." *Mechanisms of Imitation and Imitation in Animals.* Eds. Susan Hurley and Nick Chater. Cambridge, MA: MIT Press, 2005, pp. 101-18。

③ Hammond, Meghan Marie and Sue J. Kim. "Introduction." *Rethinking Empathy Through Literature.* Eds. Meghan Marie Hammond and Sue J. Kim. New York: Routledge, 2014, p. 8.

④ Keen, Suzanne. "A Theory of Narrative Empathy." *Narrative* 14. 3 (October 2006), p. 212.

一颤)。科学家认为,这个过程依然绕过了大脑高级皮层的分析机制,依然属于情动的范畴。第三层共情则复杂得多,它需要大脑进行有意识的思维活动,并将之发展成为价值判断。此时的共情不只是动作或感觉的复制而已,而成为主体高级认知活动的引导机制。如果说铁钦纳、詹姆斯等人所说的共情更多地属于第一、二层,那么弗农·李探究的审美共情则属于情感和认知兼而有之的第三层。

9·11文学研究中所要讨论的共情,通常指的也是第三层共情,它涉及镜像神经元、记忆、抽象认知等一系列复杂的神经活动,是读者通过9·11文学叙事这个媒介对虚构人物所达成的共情。弗农·李研究的审美共情主要是通过对造型艺术的视觉活动激发的,而本书要探讨的审美共情则是借由语言文字(包括其节奏、声音、意象、语义、叙事角度等文学要素)形成的——用苏珊妮·基恩的话说,即为"叙事共情"(narrative empathy)。叙事共情和我们日常生活中的人际共情经验有着重要的区别,因为小说读者在对人物产生共情的同时,无法期待获得交互性的反馈,"虚构的本质使得我们与那些和我们相似的虚构人物之间的社会契约变得空无效力"①。无论我们在阅读中如何情同此心,热切地将自己代入到曹雪芹的林黛玉、奥斯丁的爱玛或爱略特的多萝西亚的情境中,都不可能获得对方的主体应答。

对于文学批评家的共情研究而言,他们关注的是人如何在文学文本之内(或经由文学文本)与他人"与思"(thinking with)或"共感"(feeling with)的过程,这个过程既可能存在于小说人物当中,也可能存在于文本和读者之间。② 如果说科学家关心共情的生物化学实现机制,那么人文学者更关心的则是共情对于社会的意义,它可以分解为以下五个问题:(1)谁感觉到共情;(2)谁值得被共情;(3)共情是怎样的过程;(4)社

---

① Keen, Suzanne. "A Theory of Narrative Empathy." *Narrative* 14.3 (October 2006), p. 212.

② Hammond, Meghan Marie and Sue J. Kim. "Introduction." *Rethinking Empathy through Literature.* p. 1.

会—历史状况(包括酷儿政治和种族主义)可能对共情产生的影响;(5)共情在特定的文学形式中如何运作。① 显然,共情作为主体间性的意识活动,不可避免地在"后9·11"语境下成为具有政治色彩的批评关键词。"我们如何与创伤对象共情?""我们可否与恐怖分子共情?""共情能消弭恐怖暴力对于日常生活的伤害吗?""文学有助于巩固或加强社会成员的共情能力吗?"诸如此类的问题,一直盘旋在我们阅读德里罗、麦凯恩、厄普代克、麦克尤恩等人的9·11小说的审美活动中。

社会心理学家已经在实验研究中发现,社会历史状况与文化身份对共情的对象有着重大影响,我们往往倾向于在共同体的内部施加共情力,而在后天教育和社会经验的影响下,主体则可能改变"谁更值得共情"的选择。② 既然如此,优秀的9·11小说是否可以通过对读者的叙事共情的训练,介入并积极影响"后9·11"的创伤文化,提高并扩大"我们"面对他者文化的共情能力呢?按照基恩的看法,共情与小说之间有着独特而重大的关联。一方面,大众阅读文化的普遍退化已经造成了一种社会危机感,让有识之士开始担心大部分社会成员渐渐失去了与他者"共感"的能力;另一方面,"尽管读者的认知和情感反应不见得总会产生共情,但小说确实能够让读者放下一些谨慎理性的保护性思维,从而让真实世界中共情的产生受到更少的限制"③。显然,基恩并不主张过度神化文学对于读者的情感和认知的塑造力,但也坚定地相信在我们这个日益褊狭暴戾的时代,小说在文学伦理学维

---

① Hammond, Meghan Marie and Sue J. Kim. "Introduction." *Rethinking Empathy through Literature.* p. 2.
② 科学家曾做过一个实验,以证实文化身份对于共情对象的影响。实验中,受试者看到一些人脸被针扎的照片,当照片中是同种族人被扎时,受试者某些脑区的活动表现得很显著;当观看的是异族人被扎的照片时,该脑区的活跃度就明显下降。该实验还进一步比较了在美国或欧洲出生和长大的中国人在实验中的表现,结果发现有多元文化生活和教育经历的受试者,无论是看见白人、黑人还是黄种人痛苦,脑区的共情表达几乎都没有差别。
③ Keen, Suzanne. "A Theory of Narrative Empathy." *Narrative* 14. 3 (October 2006), pp. 208, 213.

度具有不可取代的社会价值。

除了选择性共情这个问题之外,共情和同情的区别也一直是学界讨论的焦点。在维多利亚时代,同情一直被认为是体现文学道德教化功能的有力证据,人们广泛相信废奴题材的《汤姆叔叔的小屋》对于美国内战具有决定性的影响。然而,同情为人诟病之处在于,同情者和被同情者之间存在不平等的关系。如奥德丽·贾夫(Audrey Jaffe)所言,维多利亚文学对于同情的再现之所以重要,是因为它"涉及资本主义社会关系将主体转化为观看者和被观看的客体"①。虽然这种同情的凝视能实现阶级跨越,也可以在一定程度上激发社会改良的行动,却在另一方面更加巩固了阶级不平等,导致了被观看对象进一步被物化。同情成为上层社会对下层的纡尊降贵,它只可能是单向度的,无法从被同情者指向同情者。

虽然很多情况下,共情和同情有着密切的交汇和重叠,但同情者的垂直性凝视与共情者平行出发的感觉活动相比,仍具有殊为不同的空间意象。同情者的凝视,往往意味着对他者先入为主的认知判断和道德观察(即 feeling for),而共情者是为了帮助主体更好地去认识对象(即 feeling with),它不是建立在任何预设的关于他者的知识基础之上。用南锡·艾森柏格(Nancy Eisenberg)的话来总结:

> 共情是源自对别人情感状态或处境的忧虑或理解而产生的情动反应(an affective response),它与别人那一刻的感觉或预期的感受相近;同情则是源自对别人情感状态或处境的忧虑或理解而产生的情感反应(an emotional response),它迥异于别人的状态或处境,但包含着对于别人的悲伤和关切。②

---

① Jaffe, Audrey. *Scenes of Sympathy: Identity and Representation in Victorian Fiction*. Ithaca: Cornell UP, 2000, p. 8.

② Eisenberg, Nancy. "Empathy-Related Responding and Prosocial Behaviour." *Empathy and Fairness*. Eds. Gvegory R. Rock and Jamie A. Goode Chichester: John Wiley, 2007, p. 72.

正是因为科学话语中的共情更具有一种价值观的中立性,所以在这样一个强调身份政治与平权、后殖民文化和解域的语境下,人文学者偏爱共情、贬低同情就不足为奇了。

当然,这并不意味着共情在文学再现中可以实现绝对的价值中立或平等。个中原因很简单:文学家对于虚构作品中他者的"情感状态或处境的忧虑或理解"**必须**且**只能**通过想象。无论我们多么强调共情者摒除了悲天悯人或预先的价值判断,文学虚构的他者都必然只能是一种基于想象逻辑的近似模仿,而无法真正等同于他者的所思、所想和所感。虽然努斯鲍姆(Martha Nussbaum)等学者强调文学对于培养共情能力的价值,虽然小说家可以策略性地运用多重叙事视角,但在再现他者时仍不可避免地流露出某种主观性。尽管优秀的小说家往往被认为具有更高的共情能力,但叙事共情依然在某种程度上属于小说**修辞**的范畴,即小说家通过语言和想象的艺术在读者意识中激发**特定**的反应,或者**劝服**读者采取某种情感立场和认知模式。简言之,叙事共情是一种文学**策略**,它的使用方式因作家而异,而具体效果则因读者而异。高蒂尔也承认,"进行共情活动并非没有危险,比如共情者可能会因为文化等差异,而对别人产生误读,或者将自己的观点强加在别人之上"①。

因此,基恩主张对叙事共情做进一步细分:其一,"有界的策略性共情"(bounded strategic empathy),它发生在一个群体的内部,基于相互性的经验,这种共情的施予只针对"与己相似的他者";其二,"使节的策略性共情"(ambassadorial strategic empathy),它顾名思义具有某种外交的特性,其共情虽然指向边界之外,但仍有特定的目标群体和具体目的(如20世纪初印度作家用英文写的关于种姓制度的小说,其目的是在宗主国读者中引发对殖民地社会公正问题的关注);其三,"撒播的策略性共情"(broadcast strategic empathy),它旨在向全体读者发

---

① Gauthier, Tim. *9/11 Fiction, Empathy, and Otherness*. New York: Lexington Books, 2015, p.30.

出吁求,共情的出发点是基于全人类"共有的脆弱性和希望"(如肯尼亚小说家恩古齐·瓦·提安哥,其作品有意激发读者对于不同族裔和文化的普遍性共情,反对当代身份政治中对于差异性的偶像崇拜)。[1] 我认为,基恩的这种划分意义重大,因为她帮助我们认识到叙事共情的内部分化特征,不再简单地将小说蕴含的共情潜能视为千篇一律的社会德性目的,而是以批判的思维审慎看待小说、共情和意识形态之间复杂的共谋关系。

文学带来的共情,并非恐怖时代的神丹妙药。文学或文化再现中的他者与真实他者之间的误差,常常是无法被确认的。无论厄普代克在《恐怖分子》中如何放下白人基督徒的价值先设,去进入穆斯林裔少年的精神世界,批评家依然有权说这种换位思考和共情想象不过是基于小说家的一厢情愿。更严重的后果是,共情还可能被滥用为一种隐性的文化霸权,尤其是在那些从他者视角出发的西方9·11文学中。如基恩在《共情与小说》(*Empathy and the Novel*)中所警告的那样,当共情在重复其言说时,"会成为另一个将带有自身价值观的西方式想象强加于陌生文化或人民的例证,但还假定自己是在情感的文化帝国主义中去实现'共感'"[2]。因此,共情不是**答案**本身,它更应该被视为寻找答案的一个**跳板**。

* * *

我们不妨用艾米·瓦尔德曼(Amy Waldman)写于2011年的小说《屈服》(*The Submission*)为例来进一步讨论文学中共情的有效性问题。与《星期六》一样,艺术和恐怖暴力的对峙也是这部小说中的核心意象。然而有趣的反差是,麦克尤恩笔下的《多佛海滩》代表了诗歌艺

---

[1] Keen, Suzanne. "A Theory of Narrative Empathy." *Narrative* 14.3 (October 2006), p. 224.

[2] Keen, Suzanne. *Empathy and the Novel*. Oxford: Oxford UP, 2007, pp. 147–148.

术唤起共情的崇高力量,阿诺德的诗句仿佛是化解暴力冲动的解药,而瓦尔德曼则选择让艺术成为矛盾的激发物以及审美中不可弥合的他异性分裂的测试场。围绕艺术阐释和"后9·11"纽约的悲悼文化,我们在瓦尔德曼小说里看见的,是艺术(尤其是公共艺术)在"后9·11"时代激发跨文化共情能力的必然限度。这种限度源自一种被称为"文化种族主义"(cultural racism)的东西,它通过"政治上的权宜,媒体的操纵,社交的网络,以及口头传闻"而产生,并沉淀在美国人的集体意识中。①

《屈服》讲述一个叫穆罕默德·可汗(身边人称他为"默")的美国穆斯林的"失乐园"故事。这位才华横溢的建筑师生于弗吉尼亚的一个印度穆斯林移民家庭,他自幼并未接受过任何宗教教育,"吃猪肉……和犹太人约会,更不要说天主教教徒和无神论者",其父母"将现代性作为自己的宗教,世俗化的程度几乎如同清教"。② 换言之,默虽然有一个典型的穆斯林名字,却从未履行过教规仪轨。他在纯粹的美国文化环境中长大,人生轨迹里完全没有任何极端分子的端倪,"各方面都像个美国人,甚至包括那种事业上的野心"③。然而,9·11的发生改变了一切。几乎与《拉合尔茶馆的陌生人》中的昌盖兹一模一样,默在纽约恐怖袭击发生后被扣留在机场问话,安保人员反复质问他的穆斯林背景和对于"圣战"的看法。在近乎屈辱的漫长拷问中,默似乎只有公开声明与那个并无情感认同的宗教切割,才能尽快摆脱机场警察的怀疑。然而一个身份认同的悖论出现了:"就在他打算否认自己拥有穆斯林身份的时刻,潜意识却揭示了该身份存在的内核。"④

真正让他面临身份危机的,则是9·11之后两年的"归零地"纪念

---

① Morey, Peter. *Islamophobia and the Novel*. New York: Columbia UP, 2018, p. 128.
② Waldman, Amy. *The Submission*. New York: Picador, 2011, p. 28.
③ Ibid., p. 49.
④ Ibid., p. 28.

碑设计比赛。和当年越战纪念碑的设计征集一样,这里的遴选流程体现了美好的美式民主精神——所有投稿者一律匿名,由艺术设计师、历史学家、大学校长、9·11遗孀等各界不同人士组成的评审团对设计进行充分讨论和比较,然后以投票的方式在两件决选作品中确定最终方案。小说一开始就展现了评委在最后决选时的激烈分歧。一个方案叫作"虚空"(The Void),它的设计思路是:

> 一座高耸的黑色矩形大理石,约有十二层楼高,位于巨大的椭圆水池中间,在设计图上就像是天空的一道巨大伤口。死难者的名字将刻在石头的表面,倒映在下方水面上。①

与之竞争的是另一个名叫"花园"(The Garden)的方案,它出自默之手,其设计理念体现了生命的绵延,而非死亡:

> 一个有围墙的矩形花园,体现严格的几何结构。中心有一座亭子建在高处,用于冥想。花园占地6英亩,两条宽水渠垂直相交,将之四等分。每一部分都建有小径,将树丛分成网格状,这些树既有真的,也有钢塑的,像果园一排排展开。白色的围墙高27英尺,将整个花园包入其中。遇难者的名字会被列在围墙内面,所有的名字组成一个图案,模仿被毁的两栋大楼的几何形外壁。钢塑的假树更是两栋大楼的真实化身:其钢材全部取自废墟。②

不难发现,"花园"和"虚空"旗帜鲜明地代表了两种"后9·11"创伤文化。正如评委激辩的那样,"虚空"方案中的大理石碑是"国家的象征,历史的能指",它传递的基调是"发自肺腑的,愤怒的,黑暗

---

① Waldman, Amy. *The Submission*. p.4.
② Ibid.

的、粗糙的……它创造出了毁灭,从而让真正的毁灭失去了力量"。① 换言之,"虚空"表达了一个国家的痛苦记忆与愤怒意识,它是9·11创伤的"行动化复现"(act out)。相较之下,"花园"更像是关于"修通"的寓言式建筑,它的空间语法是有机的,暗示了生命的秩序以及人在时间中的疗愈。作为评委中唯一的遇难者家属,克莱尔力推的方案就是"花园",她认为"虚空"的设计太过压抑阴森,无限延宕了家属们的痛苦。她甚至因此梦见在9·11那天罹难的丈夫卡尔,对方从黑色的水池中伸出手,仿佛想把她拉下去。② "花园"给她的感受则截然相反,它给予生者以节哀顺变的慰藉,因为在她看来"花园是一个寓言:就像卡尔一样,它坚信改变不仅是可能的,而且一定会发生"③。其他评委虽然也承认"花园"设计具有自然和谐的美感,但他们认为曼哈顿"归零地"纪念碑代表的是对国家灾难的记忆,具有公共艺术的政治性,应该展现强大的美国对于恐怖袭击的不屈服和坚韧的团结,而非温情款款的亡者追思。

评委之间围绕9·11纪念方案的争论颇值得玩味。早在"花园"设计者的穆斯林他者身份暴露之前,读者已经在投票室里看到了审美共情的选择性差异。克莱尔在9·11事件中痛失伴侣,故而对暴力带给家庭的戕害有着更深的切肤之痛。在她的文化想象中,9·11作为国家政治符号的能指意义并非她最为关心的,她更在乎的是这个纪念碑如何在日常生活中重塑生者与死者的联结。克莱尔似乎意识到了一种与国家政治合谋的大众文化在试图将9·11变成一套由符号组成的创伤文化,它具有商业性、政治性,却无法顾及生命个体的不可通约性。另一个意见相左的评委阿里安娜(此人是纽约最有名的公共艺术批评家)的看法颇具代表性,她认为9·11纪念碑不应该是一个安详的墓地,过于强调悲悼和情感是一种示弱,显示了美国在恐怖分子

---

① Waldman, Amy. *The Submission*. p. 5.
② Ibid., p. 10.
③ Ibid., p. 11.

面前的无能,而"虚空"的设计更为黑暗、愤怒、暴力,更符合美国主导的全球反恐战争的气质。① 可以说,"花园"是面向9·11每一个具体的死难者,以及与这次袭击有着"直接关系"的死难者亲属及后代,当他们日后徜徉在这个场所,能够思念逝去的亲人并获得慰藉。相较之下,"虚空"更像是献给国家的纪念碑,它通过对一个标志性建筑物(即世贸中心)死亡现场的模仿式再现,试图在集体中激发出一种负面的耻辱感和仇恨意识。

在关键的投票环节,克莱尔利用自己作为遇难者遗孀的情感与道德优势,成功地说服了大多数评委选择"花园"。这也是克莱尔在小说中的一个高光时刻,它似乎完美体现了"罗伯特议事规则"下美式民主的交往对话理性——每个人的审美意见可以得到完整的陈述,每个人的有效性主张均得到尊重,在平等的交往行动中共识得以建立。克莱尔对"花园"方案的高度欣赏,源于她对这一设计物的共情能力。几何化的构型与树木水渠的自然有机性之所以能让她感同身受,是因为园林空间的语法和设计美学与她作为遇难者家属的心理结构实现了共振。同时,这种共情力的存在又令她在评委会中表达的有效性主张更具说服力。她让其他评委相信,"花园"之所以优于"虚空",是因为前者对遇难者家属群体的悲悼情感(而非恐怖记忆)的唤起。阿里安娜在向评审主席保罗提出自己的反对意见时说道:"我不想让我们的决定过度建立在情感的基础上。"②然而,克莱尔支持的"花园"方案之所以在表决中通过,恰恰就是基于以共情者为本位的**情感主义**的胜利。概言之,小说第一章展现的这些唇枪舌剑说明了两点:艺术唤起的审美共情是选择性的,它与观看者的个人记忆和情感结构有关;克莱尔基于私人悲悼的审美共情具有情感传染的潜能,它可以在交往理性的实践中进行人际传递。

事实上,早在"花园"的设计者身份被揭晓之前,共情问题已经开

---

① Waldman, Amy. *The Submission*. p. 6.
② Iibid., p. 7.

始变得复杂化。作为名校法律系的高材生,克莱尔非常明白社会心理学中共情的修辞机制。她曾这样思考如何去影响评委的决定:

> 在阿希实验(Asch Experiments)中,阿希证明了什么?那就是人类很容易受到他人感知的影响。从众性(conformity)。群体极化(group polarization)。规范性压力。声誉雪崩(reputational cascade):获取社会赞同的欲望如何影响人们的思想和行动的方式。①

克莱尔深知,自己无可取代的优势并非艺术鉴赏或建筑设计,而是她的遗孀身份。为了确保"花园"入选,她巧妙地在评委会中将自己对作品的共情提升为一种规范性压力。甚至当评委会知道设计者名字后,克莱尔和部分评委依然坚持以包容的心态看待此事,避免掉入"恐穆"的陷阱。评委们很清楚,当年耶鲁大学建筑系学生林璎(Maya Lin)就曾是类似的黑马,她以少数族裔的面孔赢得了越战纪念碑的设计遴选,虽然起初这个结果也曾遇到反对的浪潮,但最终成为建筑史上的一段佳话。当然,让穆斯林设计9·11纪念碑,远比让越战纪念碑由华裔设计更刺痛大众的神经。当设计师默的穆斯林身份被媒体曝光之后,对"花园"设计的感知和审美就会迅速成为棘手的公共议题,成为群体极化的催化剂。一旦对"花园"的解读变成全体纽约人(乃至全体美国人)的事务,"如何理解一幅建筑设计作品"就不再取决于个人审美习惯、艺术趣味或私密情感的结构,而是成为公共领域烫手的他者政治议题。此时,共情变成了一种面向大众的策略和修辞,出现了基恩所说的三种共情——有界的、使节的、散播的策略性共情——之间的激烈争夺。正如克莱尔意识到的那样,"无名无姓时,可汗曾经是属于她的。现在,他属于所有人"②。也就是说,当艺术审美

---

① Waldman, Amy. *The Submission*. p. 9.
② Ibid., p. 93.

从私人领域进入专业小团体，然后再转入更广的公共领域，共情在这个过程中变成了更多社会力量参与的博弈。克莱尔积极主张的情感主义不可避免地要受到"后9·11"情感政治和创伤文化的左右，群体极化似乎是无可挽回的结局。

瓦尔德曼以一位前记者特有的社会洞察力，将"花园"引发的纪念碑事件分为两个阶段进行"报道"。起初，没有人质疑"花园"是一个**文化正确**的优秀设计，矛盾的焦点只是该不该由一个穆斯林设计师来承担纪念碑的设计。对于那些以自由主义为傲的纽约人来说，在匿名评选过程中产生的合法获胜者应该被尊重，仅仅因为作者的少数族裔身份就推倒一个符合程序正义的评选，这是可鄙的狭隘与不宽容。对于艺术批评来说，作品则往往被认为具有某种自给自足的独立性，因为艺术家的身份而否定作品本身是审美上的愚蠢。克莱尔起初对于默的支持，也是与她作为信奉艺术创作自由的纽约进步派的自我定位分不开的。然而在第二个阶段，舆论争议从"花园"设计师的资格问题，转变为"花园"形式本身的危险寓意。问题的焦点从设计师身份的"政治不正确"，变成了设计作品的"文化不正确"。代表美国右翼媒体的福克斯电视台首先投下了一枚重磅炸弹，他们宣称："纪念碑的设计可能实际上是'殉道者'的天堂……我们现在知道的是，涉案的恐怖分子认为他们可以因为自己的行为而进入天堂……他们的遗骸也在归零地。他设计的是一座坟墓，一座墓园，是为他们（恐怖分子）设计的，而不是为遇难者。他清楚在阿拉伯语中，坟墓与花园是同一个词。"①福克斯的观点一石激起千层浪，默的设计迅速变成了一个可怕的反美阴谋：他不止是带着穆斯林身份这个天然的"原罪"，而且是要在假借9·11纪念碑来为"圣战"张目。一个原本被认为让"记忆"和"疗治"和谐共存、自然园林与城市空间相得益彰的公共艺术建筑，突然变成了大众意识中可怕的噩梦之源："那些通常以自己的自由主义

---

① Waldman, Amy. *The Submission*. p.116.

为傲的曼哈顿人承认,他们在寻求心理治疗师的辅导,讲述穆罕默德·可汗作为纪念碑设计师对他们造成的不适。"①

这种审美共情的逆转和情绪传染的戏剧性,说明在"后9·11"文化中棘手的问题不只是如何包容生活在美国的穆斯林,也指向社会共情的高度不确定性和排他性。在评委获知"花园"设计者名字之前,他们以专业的视角认定"花园"的造型是在师法欧洲的几何花园,而图案则与法国墙纸的风格颇为相似。② 艺术评论家阿里安娜在评选中指出:"这种花园不是我们的民间风格。我们有公园(parks)。规则式花园(formal garden)不属于我们的谱系……谱系就是经验。我们在特定的地方会被编码(coded)产生特定的情感。"③阿里安娜所言非虚,我们在审美中情感的唤起是因文化而异的,审美共情并不是主体观看者"虚位以待"地接受艺术作品的符号系统对人脑的激发和调动;相反,主体有着被自身文化和个体经验所型塑的期待视界,它与审美对象有着积极的相互影响,譬如习惯于法国凡尔赛宫里那种对称花园的游客,很可能短时间内无法理解中式园林的曲折、雅趣和奇巧。在福克斯电视台提出"花园"与"殉道者天堂"的指涉关系之后,就连自由派立场的《纽约客》也发表了令人不安的看法:

> 我们只能用他的设计来评价他。但是这里其实很蹊跷。在进入公共空间之后,私人想象就立下契约去服务国家,它必须放弃个人的意识形态和信仰。这个纪念碑并不是自我表达的实践,也不应该展现宗教的象征主义,无论多么充满善意。华盛顿国家广场的那些纪念碑仅仅反映了我们对于古典建筑以及理性与和谐的崇拜,这就是我们的民主原本要体现出来的东西。④

---

① Waldman, Amy. *The Submission*. p. 125.
② Ibid., p. 5.
③ Ibid.
④ Ibid., p. 125.

《纽约客》的文章正确指出了9·11纪念碑作为建筑艺术的特殊性所在：它不只是个人想象的产物，艺术家在接受委托生产这个建筑空间时，就意味着在一定程度上放弃了艺术的私人表达，作品需要承担公共艺术品的社会功能，服务于特定的政治意识形态。同时，"归零地"作为公共艺术的场所也具有极端复杂的意义承载，因为它既是对9·11事件及其带来的文化创伤的理解，也表征着社会共同体将怎样以象征方式重建纽约和表述美国国家权力的意涵。换言之，"归零地"之上的纪念碑既是关于美国的过去，也是关于美国的未来。正如高蒂尔所言，"归零地"是"**一个白板**（*tabula rasa*），上面可以书写各种不同的叙事"，同时它也是"由多种因素决定的空间……铭写了本地的、国家的和全球的意义，它还是生活社区、商业区、记忆和悲悼的场所"①。9·11纪念碑的这种复杂性，是越战纪念碑所不具备的，毕竟后者建在林肯纪念堂旁边，远离真正的死亡战场。② 评委会主席保罗还指出，仅仅让"花园"在专业人士的挑选中胜出，并不是这个项目的终点。评委会需要**卖出**这个设计，找投资方筹集一笔巨资完成纪念碑的修建工程。保罗非常清楚，如果设计方案存在政治争议性，"筹款将更困难，而且可能难度要大得多。纪念碑可能会面临旷日持久的争议，甚至是法律诉讼。这里的成本与我们想要表达的观点比起来，真的值得吗？"③由此可见，在这个资本运作的过程中，"花园"绝不只是默的私人作品，它已成为一件需要考虑投入、风险和回报的公共商品，其投射的文化与政治上的象征意义不是由设计师本人完全决定的。

---

① Gauthier, Tim. *9/11 Fiction, Empathy, and Otherness*. pp. 194-195.
② 1981年，林璎获奖后，其敏感的亚裔身份引发了越战老兵和保守派人士的强烈抵制。主办纪念碑设计比赛的越战退伍军人协会为了达成妥协，在越战纪念墙（Vietnam Veterans Memorial Wall）旁补建了弗莱德里克·哈特（Frederick Hart）的三个士兵雕像（此方案在投票中排名第三），后来又在1993年修建了格雷娜·古达克（Glenna Goodacre）设计的越南妇女纪念碑。
③ Waldman, Amy. *The Submission*. p. 21.

概言之,默的艺术生产在这个事件中远不只是个体欣赏者如何与之共情的问题,一旦携带了他异性的艺术品进入公共空间,它将很可能陷入政治化、商业化的复杂旋涡。情感的政治不再是一种主导性力量,反而变成了多重社会力量角斗过程中被支配的对象。如何欣赏"花园"不再是由个体的主观审美决定,它其实变成了一个潜在的"阿希服从性实验"——在默的设计中,人们只能看到狭隘的"后9·11"创伤文化暗示他们看到的东西。甚至当默打破沉默,向评委会和公众解释自己设计的作品中丰富多元的文化艺术元素时,已经被"伊斯兰花园"的说法影响的听众显得兴趣索然。如果是艺术鉴赏的内行人士,不难看到默的"花园"确实包含了不同区域、不同时代的艺术风格,如钢塑的假树深受西方现代主义的影响,亭子作为沉思之所源自中国传统建筑的理念。①当克莱尔质疑那种四等分的花园平面属于典型的伊斯兰花园传统时,默明确表示反对:

> 平面上的直线。几何形状不属于任何单一的文化。网格是最典型的现代主义艺术形式,我相信《纽约时报》的评论家完全知道这一点。这种风格在20世纪之前很少出现,之后就突然变得非常流行。蒙德里安不是穆斯林。密斯,艾格尼丝·马丁,勒维特,艾德·莱因哈特,他们当中没一个人是穆斯林。仅仅因为我是穆斯林,所以我就一定会让你产生这种联想。②

默列举的这些名字都是20世纪初声名赫赫的美国抽象派、极简派艺术家,他们在自己的作品中广泛运用过几何网格元素。默愤怒的理由是:为什么非穆斯林艺术家和穆斯林艺术家运用同样的艺术元素,前者能够激发自由的审美解读,在政治上不会受到任何非难,而后者却要被刻意联想成特定文化的象征?这一点颇像是默对于9·11

---

① Waldman, Amy. *The Submission*. p.114.
② Ibid., p.269.

之后蓄须的态度:他并不是真的以蓄须来表达与宗教极端分子的团结,而是要用蓄须捍卫一个美国公民不因为特定族裔背景而遭到区别对待的自由。然而,面对包括克莱尔在内的一致质疑,默渐渐意识到他已经百口莫辩。就算他愿意公开表态,声明作品完全不涉及任何"殉道者天堂"的含义,其批评者也可以不依不饶地继续指控他故意隐瞒自己的真实信仰,因为"塔基亚"(taqiya)是写入伊斯兰教义中的。①

从这个意义上说,"花园"到底是什么已经不再重要,真正重要的是美国公众对于这个设计的前理解(fore-understanding),它左右了公众对于审美对象的认知方式和情感取向。这里,前理解是伽达默尔的阐释学中的重要概念,他认为一切的阐释都以前理解为前提条件,它"决定了统一意义的实现"②。伽达默尔也将前理解称为"前见"(prejudice),并将之区分为"使理解成为可能的生产性前见"和"阻碍理解并导致误解的前见",这两者往往很难区分。③ 伽达默尔告诉我们,如果要想完整地把握文本或艺术作品的真理,就需要借助"完全的前见"(prejudice of completeness),而这一点在现实生活中往往极难实现。默和克莱尔之间的决裂,就是这种"反生产性"的前见(或"前理解")所导致的。事实上,默并非无法用清晰的语言向克莱尔解释自己的作品设计,问题在于他的解释"只能呈现克莱尔已经'知道'的意义,譬如,所有的穆斯林都是恐怖分子"④。克莱尔自我感觉良好的自由主义立场,让她的共情滑向了一种以自我为中心的同情。她对默最

---

① Waldman, Amy. *The Submission*. p. 132.《屈服》中多次提到"塔基亚"(taqiya),它指的是穆斯林在生命或财产受到威胁时,或是受到宗教迫害时,可以假装自己是非穆斯林或另一宗派的穆斯林。在历史上,伊斯兰不同派别对于"塔基亚"的原则有着不同的看法。在 20 世纪及 21 世纪的基地组织和"伊斯兰国"则鼓吹"圣战士"为了发动"圣战",可以用塔基亚隐瞒真实信仰,以躲避执法者的检查。

② Gadamer, Hans-Georg. *Truth and Method*. London: Continuum, 2004, p. 294.

③ Ibid., p. 295.

④ Jamil, Uzma. "Reading Power: Muslims and War on Terror Discourse." *Islamophobia Studies Journal* 2. 2(Fall 2014), p. 38.

初的嫌隙就是因为两人初次见面时,默居然没有向这位捍卫他作品的"恩主"表示感激之情。默敏锐地感觉到克莱尔期待这种认可,但是他认为:"感谢她就意味着在暗示她做了了不起的事情。他不会因为她做了正派的事而祝贺她。她的期待让他想拒绝。"①

默与克莱尔的交流的失败具有典型意义,它说明共情在新自由主义社会其实是一种脆弱的善。在小说中,纽约州长说了这样一句意味深长的话:"美国遇到的危险不仅仅来自'圣战者'。它也来自那种将宽容看得比任何东西(包括国家安全)都重要的幼稚冲动。穆罕默德·可汗让我们亲眼看到了自身的脆弱性。"②这位州长或许说对了一半,我也认同默引发了美国新自由主义文化中宽容观念的一次压力测试,但这次测试中所暴露出的脆弱性,恐怕不是美国人对于宽容的过度沉溺(毕竟连克莱尔最后也放弃了她信仰的自由主义宽容,站到了默的对立面),而恰恰是情感在"后9·11"创伤文化中的脆弱性和易变性。小说中一位纽约白领在匿名接受采访时说的这番话最能说明该问题:"我内心有一种原始的情感在对它('花园')说'不',尽管我的头脑在说'是'。我能说什么呢?我没有什么很好的理由。它就是让我不舒服,而不舒服这件事本身让我甚至更不舒服。"③这种内心(gut)与头脑(brain)的矛盾代表着纽约人在选择共情对象时的分裂态度——尽管理性思维下主体深知"撒播的策略性共情"更值得称道,但基于身体情动的情感却总是让主体倾向于"有界的策略性共情"。默最终在各种压力下选择退出,即体现了9·11创伤文化的影响下朝向他者文化的审美共情的必然失败。

如果说"花园"的退选是一个关于与他者文化共情失败的故事,那么小说里还有另一条隐匿的线索,讲述的是默与伊斯兰文化(也包括默和孟加拉寡妇阿斯玛)之间成功的共情。默在成长过程中对于宗教

---

① Waldman, Amy. *The Submission*. p.111.
② Ibid., p.167.
③ Ibid., pp.125-126.

教育、斋戒和祷告没有任何兴趣,但由于 9·11 创伤文化对普通他者的偏见和标签化,他开始改变自己对穆斯林身份的态度。从喀布尔回来之后,默开始蓄须和斋戒,他并非有了什么极端化的信仰,而"仅仅是想表达他的蓄须权,看看人们如何因为胡子而假定他信教"①。在首次遵守斋月的体验中,默领悟到这种有意识的禁食让他对美国的当代生活方式有了一种陌生化的批判意识:"他以前从未意识到食物在如此大的程度上塑造了 21 世纪的美国人——做食物计划、获取它、准备它、吃它、谈论它、浪费它、崇拜它、创造它、销售它。"②他敏感地意识到,斋月对于普通穆斯林来说是一种宗教意义上的服从,但对他来说却意味着"去美国化"的反抗。在小说的尾声,默决定离开西方世界去往印度生活,这个重大的个人决定也表现了他与传统美国身份的断裂。当然,这并不意味着他像《拉合尔茶馆的陌生人》中的昌盖兹那样回归一个纯粹的穆斯林共同体,印度虽然也有大量的穆斯林人口,但仍然是以印度教为主的多元混杂文化空间。可以说,默并不是在美国身份和穆斯林身份的二元对立中做了一个取舍;相反,他更多的是借助对伊斯兰教的共情,获得了一种美国黑人学者杜波依斯(W. E. B. Du Bois)所说的"双重意识"(double consciousness)——他既**是**他所**不是**的,亦**不是**他所**是**的。

值得注意的是,默与伊斯兰的共情并不是昌盖兹那样的政治共情,而更像是文化意义上的共情。"双重意识"赋予了默一种艺术上的双重观视能力,瓦尔德曼故意在小说结尾时才以倒叙方式和盘托出的主人公的巴布尔花园之旅就是最好的证明。巴布尔花园是阿富汗著名的文化古迹,它占地 11 公顷,由 14 级梯台组成,中间轴线是一条笔直贯穿的水渠。这个古花园是莫卧儿王朝的开国大帝巴布尔在 16 世纪下令修建的,后成为他的陵寝。巴布尔花园建成后屡遭地震和战争的破坏,多次重建。默在访问阿富汗间隙参观了这个花园,当然它与

---

① Waldman, Amy. *The Submission*. p. 114.
② Ibid., p. 186.

它最初的样子已经大为不同。让克莱尔对默产生幻灭的关键一点,是她知悉了这次阿富汗之旅,因此认定默从这个窝藏了基地组织头目的国度汲取了伊斯兰文化的灵感给养,并将之用于9·11纪念碑的修建。然而特别反讽的是,巴布尔花园最初的设计布局早已散佚不可考,默眼前的花园是由阿富汗君主阿布杜尔·拉赫曼汗在19世纪末期重建而成。他当时用欧洲花园的方式对遗址进行了改造,在中心轴线上增加了一个花园凉亭,并在旁边改建了七个花圃和喷泉。① 换言之,现代的巴布尔花园并不是默设计稿中那种四分花园的格局,也不是典型的伊斯兰花园风格,而是结合了西亚与欧洲花园的杂糅建筑,正如默为9·11遇难者设计的"花园"那样。

那么,欧洲的"规则式花园"就是纯粹的西方创造吗?园艺建筑史会告诉我们,答案是否定的。西班牙著名的阿罕布拉宫的花园是伊斯兰文明和欧洲文明交汇时的产物,而法国巴洛克式几何花园复兴的正是传统的波斯花园样式。小说中的"花园"阴谋论者认为默最大的嫌疑证据,是坚持使用平面四等分的花园格局,而这种花园布局的确是波斯文化中查赫巴格花园(Charbagh)的典型标志。"查赫巴格"一词在波斯语中就是"四个花园"的意思,它用横竖两条轴线将花园四等分,而在《古兰经》第55章中也有"天堂由四个花园构成"的说法(印度的泰姬陵就是查赫巴格花园的典范)。哈里森(Robert Pogue Harrison)认为,对花园天堂的明确刻画是伊斯兰教与基督教的区别所在:"《圣经·旧约》并未明确提到来世的乐园。《新约》除了零散的寥寥几笔,也很少涉及该话题……有别于几近沉默的《旧约》和态度暧昧、少言寡语的《新约》,《古兰经》反复描述了地狱的煎熬和乐园的欢愉。"②

---

① 参见 ArchNet 网站对花园的历史介绍。https://archnet.org/sites/3940/media_contents/76237. 访问日期:2018 年 8 月 20 日。
② 罗伯特·波格·哈里森:《花园:谈人之为人》,苏薇星译,北京:生活·读书·新知三联书店,2011 年,第 136 页。

但是,伊斯兰花园并不等于伊斯兰教本身。正如默在听证会的自辩中所言,

> (我的设计)——源自日本花园,来自蒙德里安和密斯·凡德罗这样的现代艺术家和建筑师,也来自我们称为伊斯兰花园的东西……我们现在管这种花园叫伊斯兰花园,虽然它们比伊斯兰教的出现要早至少一千年,因为是农业而非宗教影响了它们的结构……花园比伊斯兰教更早,所以也许我们在《古兰经》中读到的花园是基于当时的情形,也许穆罕默德去大马士革旅行时见过这种花园。也许《古兰经》的作者所写的,是对他语境的一种回应:与沙漠相比,花园宛如天堂,所以他们照此创造了天堂的概念……我想证明的观点就是,"花园"这个设计有各种各样的影响,这种影响的混杂性正是美国的特质所在。①

默当然所言非虚。事实上,查赫巴格花园对于四等分花园的概念并非伊斯兰教的独创,而是继承自更早的琐罗亚斯德教(即古代波斯帝国的国教,也称为"拜火教")的自然四元素说,即火、土、水、风。按照伊斯兰建筑史学家拉格尔斯(D. Fairchild Ruggles)的看法,伊斯兰园艺景观中的四等分花园、林荫树以及中轴线水渠等形式,早在《古兰经》成书之前就已经出现了,所以"并不是这些形式反映了一种穆斯林化的天堂构想,而是他们对天堂的描述反映了早已有之的花园形式术语"②。拉格尔斯进一步指出,由于当代学术专业化的壁垒,伊斯兰文化研究者往往习惯性的在本领域内部来解释其物质文化的特征,殊不知在公元 7 世纪伊斯兰教诞生时,它所在的地中海地区就有罗马天

---

① Waldman, Amy. *The Submission*. pp. 217–218.
② Ruggles, D. Fairchild. *Islamic Gardens and Landscapes*. Philadelphia: University of Pennsylvania Press, 2008, p. 89.

主教、拜占庭教会、犹太教和一些多神教的共同影响。① 概言之,"花园"的设计灵感并非仅来自伊斯兰花园,而伊斯兰花园的风格又远早于伊斯兰教,其四分花园的几何构型来自波斯的古老宗教,后来的发展还受到东西建筑文化的共同影响。查赫巴格花园绝不是伊斯兰教独有独创,更不是现代恐怖分子的象征。

美国主流社会无法信任默,因为他所去过的阿富汗已经成为基地恐怖主义的提喻。但是喀布尔不是恐怖主义之都,就如巴布尔花园并非典型的伊斯兰花园那样。默在面对这个花园时,非但没有被其艺术上的魅力征服,反而有他自己作为建筑师的专业批评意见。他意识到:"巴布尔花园不够清晰分明。对游客来说,这里没有自然化的或被引导的进程,没有旅行的感觉。几个世纪来各种干预横加其中,未能很好地协调。花园里的陵墓、清真寺、亭子和游泳池,体现了这个落后城市缺乏规划的一面。"②巴布尔花园之所以调动了他作为观看者的审美共情,并不是因为它具备艺术上的精湛造型,而是他徜徉其中时在亭子里的短暂停留。那一刻,他抬头看见远处梯台中间一直流下的水渠,发现它如同"一个长长的地毯,倒映出天空"③。这个亭子带来的停留(如"亭"在汉语中和"停"的谐音)成为一次沉思活动的场所,他感到"回忆涌入",开始回想起"童年时的印度之旅,克什米尔之旅,这其中包括他去过的巴格"。④ "巴格"(bagh)即波斯语中的"花园",亦指向默童年在父母的故乡曾经见过但却早已遗忘的查赫巴格花园。正如弗农·李所说的那样,巴布尔花园制造的审美共情并非源自作为物的花园本身,而是在于观看者在那一刻的记忆被复活了,默由此凭借建筑的形式进入了一个异质历史的通道。

这样的顿悟激活了默的他异性,让他意识到身份流动和自我塑造

---

① Ruggles, D. Fairchild. *Islamic Gardens and Landscapes*. pp. 89-90.
② Waldman, Amy. *The Submission*. p. 280.
③ Ibid.
④ Ibid., p. 281.

的限度。这或许也暗示了一点:种族间的隔阂与误解,并非像后结构理论家设想的那样只是一种中空的话语建构,它本身具有某种实在的身体/物质基础。必须是这样一个经历了后9·11排他性文化的默坐在这样一个具有历史感的巴布尔花园,才能产生这样的艺术感受。瓦尔德曼在最后时刻才将之说出,因为它是"花园"得以诞生的终极秘密——它来自一个双重意识的穆斯林建筑师的情动时刻,这份体验如此私密而且无法言说,是默无法与一般意义上的美国公众分享的。与之形成鲜明反差的,是与克莱尔在知识结构和社会地位上截然相反的另一个9·11寡妇——生活在纽约布鲁克林贫民区的孟加拉非法移民阿斯玛。与克莱尔高调的悲悼立场不同,阿斯玛无法公开宣泄她的亡夫之痛,因为在9·11的死难者中穆斯林非法劳工只是一个灰色群体。但就是这样一个充满自我压抑、未受到任何正规教育的典型穆斯林寡妇,却与默的"花园"产生了真正的共情,她大胆地在听证会上表达了自己的支持:"我认为'花园'是个好主意,因为这才是美国——所有穆斯林与非穆斯林,聚集在一起并且共同生长。你们怎么能装作我们和我们的传统不属于这个地方呢?难道我的丈夫不如你们所有人的亲属重要?"[①]可以说,正是因为阿斯玛身上他者的"非美国性",她领悟到了默设计的9·11纪念花园中的"美国性"。她最后被仇穆的美国白人刺杀,也进一步说明她和默秘密联结所产生的审美体验是无法言说、无法通约的,因为共情的撒播过程与媒介文化密切相关。穆斯林与非穆斯林之间文化沟壑的存在,划定了共情的必然限度。

无独有偶,瓦尔德曼虚构的这个文化政治事件在现实中得到了重演。2010年春,曼哈顿下城将开发建设一个13层的伊斯兰社区和文化中心的消息激怒了一些保守派人士,他们将这个代号为"Park51"的项目称为"归零地清真寺",因为这里距离9·11袭击遗址只有两个街

---

① Waldman, Amy. *The Submission*. p.231.

区。严格意义上说,9·11 之前这里就有穆斯林祷告设施,新的设计方案也旨在促进宗教间的交流,而非凸显宗教性。但是,在组织抗议的仇穆人士看来,Park51 就是"庆祝恐怖袭击,象征着伊斯兰教接管美国的桥头堡"①。这次抗议过程中的很多言论与《屈服》中的语言有惊人的重合,而此事发生时瓦尔德曼已经基本完成了其书稿,让我们不禁再次感叹 9·11 小说的预言性。

当然,瓦尔德曼虚构了一个穆斯林设计师和"花园"的方案,这本身也是对 2004 年决选出的 9·11 纪念馆设计方案的一种评论。以色列裔的年轻设计师迈克尔·阿拉德(Michael Arad)的作品"缺之思"(Reflecting Absence)在来自 63 个国家的 5201 件作品中脱颖而出。自从 2003 年开始征集设计方案以来,围绕双子塔是否重建、如何设计 9·11 纪念建筑的争论非常多。南锡·鲁宾斯(Nancy Rubins)提出在原址地下修建两座 110 层的建筑,阿特·斯皮格曼则建议修建 110 座单层的建筑,还有的先锋设计师玩笑式地提议,在曼哈顿下城的原址建一座农场,里面养奶牛。② 最终入选的阿拉德设计方案和《屈服》中的"虚空"有部分相似之处,两者强调的都是双子塔缺席的存在。"缺之思"的核心部分是在双子塔的底座建了两个人工瀑布池,水流注入被称为"脚印"的深井——井是死去的建筑留在世上的脚印,奔流的水帘则意味着生命的永不停息。玛丽塔·斯图肯(Marita Sturken)认为,这种对于"脚印"的崇拜说明,美国国家 9·11 纪念馆(The National September 11 Memorial & Museum)"希望将双子塔的缺席放在一个可辨认的纪念碑传统中"③。作为由艺术家(包括林璎)、遇难者家属、政府代表和当地市民共 13 人组成的评审委员会集体认可的方案,"缺之思"选择了黑暗的设计基调,它时刻提醒所有置身其中的游客这里

---

① Morey, Peter. *Islamophobia and the Novel*. p. 132.
② Sturken, Marita. "The Aesthetics of Absence: Rebuilding Ground Zero." *American Ethnologist* 31.3 (Aug., 2004), p. 319.
③ Ibid.

曾经矗立过什么，与"花园"宁静有机的自然氛围显然大异其趣。但这就是现实的美国社会所能够接受的方案，它和俄克拉荷马城大爆炸的纪念馆一样，无法提供任何关于9·11历史和政治的复杂语境，因为"任何对爆炸发生原因的讨论，都被认为是在给施暴者言说的机会"①。这里只被允许成为国家悲剧的记忆圣地，这里只能提供擦除了一切他者文化痕迹的悲悼，从而最大限度地避免政治争议。

《屈服》讲述的共情失败，或许可以被视为对共情文化的一种警告。近年来，随着人文学科内部"情感研究"的兴起，共情似乎成了"后9·11"时代超越狭隘的他者政治的解毒剂。如果说情感（emotion）往往被意识形态、阶级、族裔身份、大众传媒等多重因素不断介入，那么共情中的情动（affect）似乎有着不言而喻的优势。情动的触发基于身体性，它需要真实亲密的人际接触才能实现，也较少被文化和意识中的超身体话语所掌控。然而，"花园"中试图孕育的人文和艺术的共情场域毕竟只是一厢情愿的乌托邦，实际上我们各方都无法摆脱意识形态、政治权力、族裔身份等因素决定的前理解。所有人在进入9·11纪念馆时都无法摆脱概念的先设，也无法以绝对价值中立的方式来看待花园和其他城市建筑空间的关系。不同民族、不同文化在面对"花园"这个概念时调用的语义象征系统都不同，譬如《屈服》中就有人提到，美国人无法接受带围墙的纪念空间，认为这有悖于美国清教文化和边疆精神，围墙是"非美国化"的象征。② 阿拉德设计的纪念广场正是无围墙的开放空间，他曾说"我们不能建造一座封闭的城堡"。由于9·11创伤文化中使用的建筑、展览、纪念品、图片等物在本质上是一种符号化的运作，它们无法绕过语言直接唤起复杂的他者共情并实现积极的历史认知，所以，主体与物、"我们"与"他们"之间必然存在无法通约的前理解，从而让超越性的共情式情动成为

---

① Sturken, Marita. "The Aesthetics of Absence: Rebuilding Ground Zero." *American Ethnologist* 31.3 (Aug., 2004), p. 323.

② Waldman, Amy. *The Submission*. p. 222.

一种不可能。

保罗·布鲁姆(Paul Bloom)对共情的阴暗面有更为尖锐的论述。他在《大西洋月刊》撰文指出:"假如我对于IS的受害者不是那么在意,我也许会更乐意去倾听各方不同的意见。但因为我在意,所以我真的想让他们血债血偿。"①所以,这就导致了一个奇怪的悖论:共情和侵略性具有紧密关系,当我们看到(尤其是同文同种的)陌生人受难,我们越是产生共情式痛苦,我们的反应中就越具有侵略性。近年来,脑科学的一些研究甚至发现,暴力冲动和共情在大脑中的回路机制是相同的。这里,布鲁姆警示我们,当情动唤起的共情与不假思索的暴力欲望相伴而行时,共情就很容易被居心不良的政治家劫持或利用。《屈服》中阿斯玛的死,不正是那种狭隘共情的牺牲品吗?当年老布什总统在决定发动海湾战争时,邀请一位科威特少女在国会讲述自己在萨达姆军队占领下的痛苦经历;宗教激进组织发动"圣战"时,会发布加沙老城里巴勒斯坦儿童死亡或受伤的照片;土耳其总统埃尔多安在竞选集会上,会播放新西兰基督城血淋淋的枪击视频……政治暴力变成了唤起公众共情的一种诱饵,但这种煽动所服务的却是一种政治上激进的复仇欲望,以及对于法律精神和审慎原则的无视。

共情还有另一层危险值得我们关注。从理论上说,共情具有一种价值观的中立和对先入为主偏见的舍弃,然而在实践层面,即使是最审慎的小说家在试图再现他者时,也难免以自己的主观认识去模拟他者的形象和组织叙事。无论德里罗、厄普代克或瓦尔德曼从立场上看有多么持正,都无法真正代替他者去发出声音——他们的写作或多或少只能体现为西方叙事者"去疆域化"的尝试。但是在他者看来,这些叙事或许仍然只是一种误读,或是带有偏见的再现。共情式再现的症结在于,尽管它的出发点是好的,却无法被他者那一方证实或检验,毕

---

① Bloom, Paul. "The Dark Side of Empathy." *The Atlantic* Sept 25, 2015. https://www.theatlantic.com/science/archive/2015/09/the-violence-of-empathy/407155/. 访问日期:2018年8月20日。

竟任何作家都不能附体于他者或实现巫师般的通灵。必须承认,人类想象力无论多么自由无羁,都依然受囿于主体的身体。如果我们对共情的这种危险习焉不察,认为任何以共情为出发点的写作都具有天然的正确性,恐怕就会陷入另一种自以为是。

  不过,我依然认为,共情的危险并不应该成为否认共情价值的理由。我们不应混淆"失败的共情"(failed empathy)和"错误的共情"(false empathy):前者是共情者无法与被共情者实现联结,而后者则是一种所谓的"自以为傲的幻想,错误认为自己从别的文化、性别、种族和阶级出发,感知到了他者的受难感觉"[①]。在这个意义上,我们宁可要失败的共情,也不能选择错误的共情。力有未逮的共情至少具有自我反思、自我纠正、自我改进的可能,但那种自以为获得他者真相的共情方式,却不啻于一种新的文化帝国主义。在这个需要在日常生活中频繁遭遇文化他者的全球化时代,不完美的共情或许是我们仅有的迈向他者的桥梁。

---

① Keen Suzanne. *Empathy and the Novel*. p.159.

第七章 "后9·11"文学中的战争书写

  战争既是万物之父,也是万物之王,它宣告某些事物为神,某些为人,某些人受奴役,某些得自由。

——赫拉克利特

  偶然性、随机性把你的脑子变成这个样子,每分钟都像生活在俄罗斯轮盘赌里。迫击炮弹从天而降,随机的。火箭弹、炸弹、简易炸弹,都是随机的。

——本·方登《漫长的中场休息》

9·11之后,全球反恐战争最重要的组成部分,是美国主导的两次海外战争:阿富汗战争和伊拉克战争。在开始论述"后9·11"战争文学的话题之前,有必要先对这两次战争进行基本的事实清理。第一,从时间跨度来说,阿富汗战争耗时13年(2001年10月—2014年12月),是美国建国以来参与的最长的一场战争,而伊拉克战争(也被称为"第二次波斯湾战争")拖住了美国军队8年之久(2003年3月—2011年12月)。第二,从战争烈度来说,美国在伊拉克付出的人员伤亡代价远超过在阿富汗战场。据统计,截至2007年初,美国军队在伊拉克的战死人数已超过了3000人,这个数字高于9·11恐怖袭击中平民死亡的总数,而同时期伊拉克方面的平民死亡人数则高出十几倍。第三,由于美军的绝对军事优势,两场战争在正面战场的行动都如摧枯拉朽一般迅速。伊拉克战场仅用两个月时间就推翻了萨达姆政权,布什总统在2003年5月1日身着戎装驾驶战机,志得意满地降落在"林肯"号航母上,宣告对伊拉克主要军事行动的结束;同年4月,阿富汗的塔利班武装也基本失去了所有的城镇控制权。第四,常规军事作战结束后,美军占领伊拉克和阿富汗,但陷入旷日持久的"叛军"袭扰,新组建的当地政府未能实现地区和平与稳定。

一言以蔽之,所谓"全球反恐战争"似乎成了一场无法终结的"持久战争"(perpetual war),它的**非对称性**表现在国家主导的暴力和非国家暴力之间的对峙。"后9·11"战争文学是对美国主导的这场"持久战争"的批判性回应。从美国文学史来看,该国参与的历次重要战争都会催生一批战争文学作品。从美墨战争和内战,到太平洋战争和欧洲反法西斯战争,再到朝鲜战争和越南战争,一代又一代的美国作家参与书写了战争这个永恒主题。因此,"后9·11"战争文学首先是关于大写的"战争",即将战争视为一种普遍性的暴力场域,文学家讲述的是生命个体在战场的一般经验。克莱恩(Stephen Crane)的《红色英勇勋章》固然是以美国内战为背景,但是主人公亨利·弗莱明在战场上经受的死亡恐惧、道德冲击和肉体煎熬,在现当代战争文学经典作品中具有普适性。9·11之后,所有试图书写当代反恐战争的美国作家都非常清楚,他们是在美国(乃至整个西方)战争文学的传统下写作,这个传统里除了《红色英勇勋章》,还有《永别了,武器》《第22条军规》《五号屠宰场》《士兵的重负》等伟大作品。所以,当本·方登(Ben Fountain)的《漫长的中场休息》(*Billy Lynn's Long Half-Time Walk*, 2012)荣获国际笔会/海明威奖,并入选国家图书奖的决选名单时,评论家自然而然将之称为伊拉克战争的《第22条军规》;同样,当凯文·鲍尔斯(Kevin Powers)在2012年出版广受赞誉的长篇处女作《黄鸟》(*The Yellow Birds*)时,此书被称为当代版的《西线无战事》。

另一方面,"后9·11"战争文学所再现的又是一场史无前例的战争事件,其特殊性不仅仅是因为战争的对象、作战环境和涉及的地缘政治,更在于当代反恐战争前所未有的技术形式和媒介形态。伊拉克战争、阿富汗战争中没有索姆河战役的绞肉战场,也不是越南丛林中的艰难鏖战,而是鲍德里亚所说的"高科技媒体的景观"。[①] 鲍德里亚在1990年代初连续发表了三篇文章,分别是《海湾战争将不会发生》《海湾战争此时并未正在发生》和《海湾战争没有发生过》。鲍德里亚并不是质疑"海湾战争"只是纸上谈兵或一场虚构,而是认为它的空袭战对于西方人来说是一种超真实的拟像,甚至进一步预言未来的战争会更加走向虚拟化、数字化。鲍德里亚没说错。无人机战术(Drone Warfare)在新世纪的伊拉克战争中扮演了重要角色,美军作战人员可

---

① Deer, Patrick. "Mapping Contemporary American War Culture." *College Literature* 43.1 (Winter 2016), p.58.

以在阿帕奇直升机上或军事基地内的大屏幕前,对需要摧毁的军事目标实行"外科手术式"遥控精准打击。这样的战争体验对于执行者来说,就"如同玩一个类似《文明》的电脑游戏,是一种科幻体验",而对于指挥部显示屏上那些被炸弹消灭的敌人,美国军方甚至还有一个俚语,即"拍臭虫"。[①] 如果参与战争只是一种高度虚拟的体验,战争小说及其叙事者该如何超越这些高科技战争视频剪辑的拟像,并企及战争文学叙事中追求的"真实"? 诚如阿拉瓦穆丹(Sirinivas Aravamudan)所言,"追问今日之战争,不只是反思过去的灾祸和当前人类的受难,也是反思我们作为一个暴躁的、散播死亡的物种,所具有的生物本体论和生态技术意义上的不确定未来"[②]。

所以,"后9·11"战争文学给美国当代作家提出了重大的挑战,他们不仅仅要在大众媒体之外去建构关于这场战争的"反叙事",在国家、反恐、公民责任、人道主义、战争伦理等棘手议题中进行辩难,还需要思考伊拉克战争和阿富汗战争所昭示的后人类未来。

* * *

我们先来讨论凯文·鲍尔斯的《黄鸟》。之所以先谈《黄鸟》,或许是因为它在文学气质上更接近于传统的美国战争文学,展现了大写的战争给士兵及家人带来的永恒伤痛。《黄鸟》讲述了几个年轻的美国士兵在伊拉克战场上的日常生活,故事以螺旋往复的时间线展开,谜团的核心则是默夫在驻伊期间的死亡真相。小说中三个主要人物(默夫、"我"巴特尔和斯特林中士)代表了战场上的三种人格形态:默夫是新兵入伍,战争经验匮乏,对战场的残酷感到焦虑不安;"我"

---

① Ahmed, Akbar. *The Thistle and the Drone: How America's War on Terror Became a Global War on Tribal Islam*. Washington: Brookings Institution Press, 2013, p. 3.

② Aravamudan, Srinivas. "Introduction: Perpetual War." *PMLA* 124. 5 (Oct., 2009), p. 1506.

则是有三年服役经验的老兵,因为与默夫同为弗吉尼亚人,受家人所托在伊拉克格外照顾默夫;斯特林中士是典型的冷血型职业军人,战场经验最丰富,有极强的战术素养,对敌人和平民冷酷无情。这三种军人构成了伊拉克战场上美军的光谱,鲍尔斯让他们面对的并非某个特定的敌军部队或作战目标,而是文学家曾反复书写的携带厄运、暴力与杀戮的战争本身,其源头可以上溯到欧洲文学的起点——讲述特洛伊之战的《伊利亚特》。

小说开篇即以"战争"(the war)为拟人化对象,将战争与士兵之间的关系描述为**掠食者**和**猎物**。被布什总统宣传成正义与邪恶之战的反恐战争,在这里只是士兵逃避"战争"这个凶猛野兽无情猎杀的"幸存者游戏"。美国军人非但不是控制战争进程的操盘手,反而是随时可能被大写的战争吞噬的马前卒。鲍尔斯以惊人的笔法写道:

> 战争企图在春天杀死我们。天气转暖,伊拉克尼尼微平原上逐渐变得绿草如茵……我们睡觉时,战争匍匐祈祷,身上的一千根肋骨贴着地面;我们拖着疲惫的身体向前推进时,战争在暗处瞪着白眼,虎视眈眈;我们进食时,战争忍饥斋戒。它交配,产崽,在烽火中繁衍。
>
> 接着,战争又企图在夏天杀死我们……战争派遣它的爪牙在一栋栋白色房屋的阴暗处设下埋伏……战争每天都企图杀死我们,但始终没有得逞。不过,这并非我们命大,只是一时侥幸而已。战争迟早会得到所能得到的一切。它有的是耐心,而且肆无忌惮,残酷无情,也不管你是受人喜爱还是令人厌恶。那个夏天,战争曾来到我的梦中,告诉了我它唯一的目标:不达目的,誓不罢休。我知道,战争迟早会得逞的。①

---

① 凯文·鲍尔斯:《黄鸟》,楼武挺译,上海:上海文艺出版社,2014年,第3—4页。

不难发现，鲍尔斯倒置了军人与战争的主奴关系，同时强调了大写的战争作为动物的天然兽性。当美国军人置身于这样的战场，关心的就不再是帝国霸权和地缘政治这样的宏大叙事，而是具体而微的存在主义困境：今天，或者明天，我是活着，还是死去？在报纸上刊登的美军阵亡名单中，"死去的士兵都有一个数字，说明他们是第几个死的，而那些数字的旁边则整齐地排列着他们的照片，显示出这是场有序的战争"①。这种"有序"显然是一种讽刺性的存在，它试图掩盖战争中命运无常的荒诞真相。或如斯特林中士那个"不带任何感情"的说法："有人会死，这是根据数据得出的结论。"②当士兵被送往战场，伤亡变成了数学的概率问题，某人的生与死是一个随机的过程，只有死亡的降临本身是确凿无疑的。

战争带来的巨大荒谬感和虚无感，构成了《黄鸟》的主要基调。这里，伊拉克只是一个当下的能指，鲍尔斯书写的士兵经验完全也可以移植到被轰炸的德累斯顿或越战的丛林。保罗·福赛尔（Paul Fussell）说过，"所有战争都具有讽刺意味，因为每一场战争都比预期的更糟糕"③。9·11之后发生在阿富汗和伊拉克的战争非常符合福赛尔的这一说法，所以乔治·帕克（George Parker）认为，美国当代战争文学的程式和20世纪的世界大战文学几乎如出一辙，都是"关于勇敢和恐惧、生存和残酷之间模糊的界限，关于敌人的巨大的不可知性、温柔的兄弟情义、与从前自我的疏离、过去的鬼魂、归家后的不适"④。詹明信也有过类似的看法，他认为所有的战争小说和电影都感觉颇为雷同，它们无外乎是关于八种叙事要素："（1）战争的存在主义体验；（2）战争的集体体验；（3）领袖、军官和军队体制；（4）技术；（5）敌国

---

① 凯文·鲍尔斯：《黄鸟》，第13—14页。
② 同上书，第43页。
③ Fussell, Paul. *The Great War and Modern Memory*. Oxford: Oxford UP, 2000, p.7.
④ Parker, George. "Home Fires." *The New Yorker* April 7, 2014. https://www.newyorker.com/magazine/2014/04/07/home-fires-2. 访问日期：2018年8月23日。

风景;(6)残酷暴行;(7)祖国遇袭;(8)外国占领。"①某种意义上,鲍尔斯代表的就是战争文学中典型的"战壕抒情"(trench lyric),他像萨松(Siegfried Sassoon)那一代士兵诗人一样,将战斗经验作为工业化时代男性的成年礼,"通过遭遇机器带来的恐怖,通过发现自己内在的男性气质,也许还有他们内在的人性,从而由男孩变成男人"②。

布莱恩·特纳(Brian Turner)与鲍尔斯颇为相似,都是站在国家主流意识形态的对面,将美国参与的海外战争反讽地呈现为人类历史上一切糟糕的战争,并对战争做一种诗性凝视,暴露出战场废墟中巨大的伦理沉默。在特纳的《我作为异国的生命》(*My Life as a Foreign Country*)中,他将自己在伊拉克和波斯尼亚的参战经历,与祖父参加的"二战"、父亲感受的冷战和叔叔亲历的越战进行了并置和拼贴,从而让伊战获得了某种战争文学的普适性。特纳的标题让人不禁想起海明威的短篇小说《在他国》("In Another Country"),两者似乎都强调战争经验对于士兵心理巨大而持久的影响:不管是什么样的战争,都会让士兵成为永远无法归来、无法再度融入日常生活的异乡客。可以说,在美国战争文学的经典中,从克莱恩的《红色英勇勋章》到海明威的《永别了,武器》,再到"二战"战后文学的"黑色幽默"和越战文学的奥布莱恩(Tim O'Brien)式风格,一直贯穿着类似的"绝望"程式:所有宏大叙事的意义都被消解,爱国主义或英雄主义的修辞沦为揶揄的对象,身体与意识在战场的存在主义困境是主人公最核心的经验。

叙述者"我"对抗战争创伤经验的主要方式,乃是一种对日常生活的诗意直观。透过巴特尔的叙述声音,读者总是能在战场内外的撕裂性经验中倾听到主人公诗人一般的呢喃。当"我"朝着敌人激烈开火时,枪口在暮色中吐出的火舌却让叙述者回忆起学生时代在弗吉尼亚

---

① Jameson, Fredric. "War and Representation." *PMLA* 124.5 (Oct. 2009), p.1533.

② Campbell, James. "Combat Gnosticism: The Ideology of First World War Poetry Criticism." *New Literary History* 30.1 (Winter 1999), p.204.

海滩的旅行,想到曾经有"一位少女和我并排坐在码头上"①。当"我"与斯特林在新兵训练营发生冲突时,"我"被后者重重地挥拳击倒在地,但是满脸淌着血的"我"躺在雪地上,却开始了对星空的凝视:"我能看见猎户座和大犬座。熄灯后,我又看见了另外一些星星。我看到的,是那些星星在至少一百万年前排列的位置,我很想知道它们现在是怎么排列的。"②此时,曾让康德震撼的星空并未帮助巴特尔重新找到存在的秩序感;相反,天文学常识告诉他,星星的光照射到地球需要漫长的时间,此时此刻他所望见的一些星星可能已经不复存在了。他对自己说:"我觉得自己好像正在看一个谎言,但我并不介意。这个世界让我们全都变成了撒谎的骗子。"③巴特尔就像一位伪装成士兵的抒情诗人,吟游在幼发拉底河和底格里斯河的土地上,他仿佛是伊拉克这片古老土地上的绝佳观察者,总能在枪林弹雨中对自然进行悲怆的诗意观察。简言之,暴力和诗构成了"我"战场经验中不可分割的一体两面。

如果说这种诗人的气质帮助"我"消解了一部分存在的荒诞感,成为"我"对抗战争之疯癫与无常的精神盔甲,那么刚刚成年的默夫则缺乏这样一个吸收战争冲击波的防护装置。斯特林中士在训练时反复告诉他们,必须成为没心没肺的冷血战争机器,才能在战场上增加存活的概率。但是,当默夫真正遭遇实战的血色洗礼时,死亡杀戮的残忍依然大大超过了他的心理承受力。巴特尔第一次意识到默夫的崩溃,是在果园遭遇战之后。当时,有一位十五六岁的伊拉克少年在小河边被击毙,默夫"双手搭着大腿,跪在那具尸体旁边……他摸了摸尸体,紧了紧尸体的衣领,然后把那个男孩的脑袋放到自己的腿上"④。随着这样的野蛮场景不断地在他执行战斗任务时出现,默夫

---

① 凯文·鲍尔斯:《黄鸟》,第 141—142 页。
② 同上书,第 53 页。
③ 同上。
④ 同上书,第 134—135 页。

开始变得孤僻疏离,他总是独自一人去山坡上偷看一位女医务兵。巴特尔观察后发现,默夫对女兵的窥视不是为了满足性欲,而是因为她常常在医治伤员后悄悄跑到帐篷外面哭泣。在默夫眼里,这种哭泣代表着伊拉克战场上罕有的同情与善良,它说明依然有些士兵拒绝成为无情的杀人机器。默夫对于这片仅有的同情"净土"的凝视,凸显了他战争经验中的情感主义、感伤主义取向。他拒绝成为战争所需要他成为的东西,并以情感来填充心中的巨大虚空。

然而,不可调和的矛盾恰恰在此——情感无法抵御战争带来的创伤。正如斯特林中士警告的那样:"真正的回家之路只有一条,二等兵。那就是在这个狗日的鬼地方,你绝对不能把自己当成正常人。"①就连巴特尔也接受了这套理论,他"对巡逻的事早已感到麻木,甚至已经意识不到自己的残酷:打人、踢狗、搜查,活像一群凶神恶煞。我们就是一群没有意识的机器人,但我不在乎"②。对于拒绝接受这套理论的士兵来说,斯特林的话反过来则意味着一句谶语:如果谁坚持要让自己在伊拉克战场当正常人,那么他们将无法找到渴望的回家之路。不久后,那位女医务兵死于一次迫击炮袭击,这次死亡事件成为压垮默夫的最后一根稻草,他不仅失去了仅有的情感寄托,而且相信自己的归家之路已被切断。默夫的离奇失踪是全书最重要的悬疑,读者最后才获知真相:他选择离开美军基地,以赤身裸体的方式走入敌意四伏的城区,然后被武装分子掳到一座宣礼塔里残酷杀害。

默夫之死不仅是精神崩溃后的绝望自杀,更带有某种宗教的自我献祭性质。按照当地目击者的描述:"从基地旁的铁轨上走过来一个赤身裸体的外国男孩——除了晒成古铜色的手和脸,身上其他部位没有任何颜色。那男孩像幽灵似的,在瓦砾和铁丝网之间穿梭,双腿和双脚淌着血。"③当战友们发现他的尸体时,默夫倒在宣礼塔周围的

---

① 凯文·鲍尔斯:《黄鸟》,第175页。
② 同上书,第178页。
③ 同上书,第218页。

一小片风信子中,"那片风信子就是默夫到达的尽头"①。不难想象,鲍尔斯赋予了默夫的死亡意象复杂的象征意义。一方面,在先知约拿的土地上,默夫双手双脚流血地走向自己的生命终点,他似乎在通过对耶稣的扮演,用自己的流血和死亡,去试图救赎这个不义的世界。另一方面,"风信子"(hyacinth)又自然让我们想到古典神话中的雅辛托斯(Hyacinthus)。雅辛托斯这位美少年的悲剧之死,源自他与阿波罗一起玩的掷铁饼游戏,而追求神一般力量的竞技比赛未尝不是对默夫所参与的这类战争的讽喻,因为两者背后都藏着将参与者反噬的危险可能。

为默夫收尸的"我"和斯特林面临着一个重大的伦理选择:是将默夫残破的尸体按规定报告给军方部门,还是将尸体倒入河中使得默夫以失踪人员的身份被国防部登记?两人之所以要考虑另一个选项,乃是因为默夫之死的特殊性。首先,如果默夫擅自离营并主动求死的真相被军方纪律部门查清,那么他作为美军阵亡战士的荣誉无疑将不复存在,也会给家属蒙上永恒的羞辱。其次,默夫的死状过于狰狞:

> (他)浑身骨折,到处布满淤青和刀割的口子……双眼被挖掉了,深陷而红肿的眼窝就像连着大脑的、血淋淋的窟窿;脖子几乎完全被割断,耷拉的、左右摇晃的脑袋仅仅靠颈椎跟身体连在一起……他的耳朵和鼻子被割掉了,睾丸也被胡乱割掉了。②

即使对于"我"和斯特林这样见过太多战场尸体的职业军人而言,这也是一次超越阈限的死亡事件。如"我"所言,"我们中的大多数人见过许多种死法:粉身碎骨的人体炸弹——化为无数黏糊糊、滑溜溜的血肉;堆在水渠里的无头死尸——活像堆在小孩玩具架上坏了

---

① 凯文·鲍尔斯:《黄鸟》,第228页。
② 同上书,第229页。

的玩偶;有时甚至是我们的人——在离临时医疗站只剩三十秒路程的地方,哭喊着流血而死。但谁也没见过默夫的这种死法"①。

如果将这样的尸体带回美军营地,默夫的死亡事件将受到两次玷污。第一次玷污会发生在科威特的美军遗体处理部门,他们会尽力修补这具已经被糟蹋到面目全非、无从修补的尸体,并将之装入覆盖着星条旗的金属棺材,带回给默夫悲痛欲绝的母亲辨认,从而将她心爱儿子的惨死状态永恒地刻入这位母亲心中。第二次玷污会发生在美军阵亡人员的标准化处理流程中;默夫作为一个普通的数字被记录在案,在廉价的爱国主义表演结束后,他的死亡会迅速被美国社会遗忘。斯特林和巴特尔知道,自己可以让这一切不以这样的方式发生;换言之,虽然他们无法让战友死而复生,但可以选择让他不以如此廉价的方式走完最后一程。在斯特林的授意下,两个人找来当地车夫将尸体运往河边水葬,然后枪杀车夫灭口,并告知上级未找到默夫的尸体。从军事法庭的角度来说,两人私自销毁战友尸体的做法是严格意义上的犯罪行为。但从人文主义的层面而言,这是两个"没有意识的机器人"首次在战场上真正履行他们作为伦理主体的能动性。他们以逾越战争法律的方式,保全了默夫尸体最后的尊严,实现了"诗性正义"。

小说的结尾,鲍尔斯以不可思议的诗意笔法,描写了"我"最后一次看到默夫尸体的样子:

> 他还是我最后一次见他时的模样,但变得好看多了。不知怎么,他的伤口不像之前那样触目惊心了。他的毁容变成了永恒的象征。我看见默夫顺着缓缓流淌的底格里斯河,飘出了塔法。平静的水面下,无忧无虑的鱼儿漠不关心地游来游去。它们使默夫的身体逐渐褪去了乌青色。冬去春来,冰雪消融。山洪从扎格罗斯山脉倾泻而下,裹挟着默夫的身体,朝底格里斯河下游冲去。

---

① 凯文·鲍尔斯:《黄鸟》,第 230 页。

尽管如此,默夫的身体仍未散架。随着大地变绿又变黄,默夫逐渐漂过了世界的发源地。①

默夫遗体在底格里斯河这条古老河流中的漂流,是鲍尔斯试图传达的关于战争中人之存在的一点亮色。在这样的水葬中,默夫跳脱了千篇一律的美军阵亡人员的标准化安葬方式。他的死亡得以进入时间河流的母体之内,抵抗了遗忘,以肉身归海的方式实现了**回家**。

* * *

如果说鲍尔斯的《黄鸟》继承了美国战争文学的抒情传统,刻画了不同个性的士兵在异国战场上的存在主义危机,那么方登的《漫长的中场休息》则更具有 9·11 战争文学的**当代性**(contemporaneity),并以强烈的讽刺与《黄鸟》的抒情形成了鲜明对比。这里,当代性主要指的是以下两个特征:伊拉克战争如何在互联网时代**被媒介化**,以及反恐战争与美国当代流行文化之间的紧张关系。

小说采取《达洛维夫人》和《尤利西斯》这种现代主义文学经典的时空结构手法,以心理时间和物理时间的交错,展现了主人公一天之内的经历。比利·林恩是一个 19 岁的得克萨斯男孩,他因为替姐姐出头打伤了她的前男友而入监。在法庭上,他答应法官的交易条件,以远赴海外参军来换取免于坐牢。在一次和伊拉克叛军作战时,他与同伴们营救了中弹的战友,自己也大难未死。这一激战场面刚好被随军的福克斯电视台记者拍摄下来,视频发到社交网络后迅速成为热点,他所在的 B 班成了国家英雄。面临连任压力的布什总统为了宣传伊拉克战争,用专机将他们接回国内,在所谓的"摇摆州"进行为期一周的巡回宣传。作为对他们英勇作战的褒奖,他们被安排在感

---

① 凯文·鲍尔斯:《黄鸟》,第 251—252 页。

恩节那天参加"达拉斯牛仔"队的超级碗比赛中场秀,这次活动的高光时刻将是他们与碧昂斯、"真命天子"等明星同台。然而让林恩和战友们感到愤怒和失望的是,当这一切喧闹结束之后,他们将被立刻送回伊拉克战场,而之前制片人许诺得天花乱坠的电影改编也变得遥遥无期。

不难看出,并没有亲身战场经验的方登将伊拉克放在了小说中的远景位置,居于前景的则是以达拉斯体育馆为核心空间的美国"后9·11"浮世绘,以及内聚焦于比利的意识流动和记忆碎片。方登的这种文本设计实现了一种有效的结构性反讽,即被高度媒介化的美国文化(包括但不限于战争文化、体育文化、娱乐文化、商业文化等)与战争亲历者具身化的战场经验之间的巨大鸿沟。"媒介化"一词在英文中通常有两种表述,分别是 mediation 和 mediatization。按照一些学者的看法,早期的媒体研究者更习惯用 mediation,主要是思考"人们可以用媒体来做什么",媒体更像是用于交流沟通的工具;而 mediatization 赋予了媒体更多的能动性,其背景是大众传播时代媒体对人与社会的巨大影响,此时研究者更关注"社会制度和文化过程的特点、功能和结构如何因无处不在的媒体而产生相应的改变"①。

我认为,方登在《漫长的中场休息》中所呈现的万花筒般的"后9·11"媒体景观,更接近 mediatization 一词所试图呈现的意涵。处于事件核心的"阿尔-安萨卡运河战役"始终被当事人记忆的迷雾包裹,美国受众对它的认知被不断媒介化的过程遮蔽。第一层遮蔽,来自福克斯电视台战地记者的影像记录,它是一段长达 3 分 43 秒的视频,构成了 B 班成为全国人民心中战斗英雄的最直接见证。然而在比利本人看来,尽管这段激战场面"让观众身临其境,激烈的交火声中隐约夹杂着勇敢的摄制组人员的沉重喘息和用哔哔声盖掉的咒骂声",但是它"真实到虚假——太花哨,太做作,太影视化了,简直是对

---

① Hjarvard, Stig. *The Mediatization of Culture and Society*. New York: Routledge, 2013, p. 2.

B级片的挑衅,或是对粗制滥造的界限保守的调情"①。为什么有着摇晃镜头的真实战斗视频记录,反而像是粗制滥造的B级片呢?这是因为媒介化是"我们"(如平民)通向事件本身(如战争)的必经之路,当媒介化的过程被大众传媒或国家主流意识形态所主导,"我们"会默认某些特定的主流媒介再现方式更具有真实感。换言之,如果战争被呈现的视觉样貌不像库布里克的《光荣之路》、奥利佛·斯通的《野战排》、科波拉的《现代启示录》、斯皮尔伯格的《拯救大兵瑞恩》或梅尔·吉布森的《血战钢锯岭》,如果战争叙事中缺少好莱坞编剧定制的戏剧冲突、丰满的人物性格,如果视听效果中没有巧妙的布光、电脑特效、多机位拍摄或渲染气氛的背景音乐,那么本应该显得更真实的战场记录也会在观众眼中显得虚假。

第二层遮蔽,来自小说贯穿始终的另一个次级叙事进程,即对B班战场故事的电影改编,它让人物对电影产业的谈论贯穿全书。好莱坞金牌制片人艾伯特一直陪同B班的"凯旋之旅",并许诺能拉到巨额投资,找到一线的好莱坞明星,根据"阿尔-安萨卡运河战役"拍出一部经典的伊拉克战争电影。相当长一段时间以来,关于伊战的电影几乎都成了票房毒药。②李安导演改编的《比利·林恩漫长的中场行走》在全美仅获170万美元票房,甚至连《拆弹部队》(*The Hurt Locker*, 2008)和《猎杀本·拉登》(*Zero Dark Thirty*, 2012)这样优秀的奥斯卡获奖电影也票房平平。唯一在好莱坞叫好又叫座的伊战题材电影,恐怕只有伊斯特伍德(Clint Eastwood)的传记电影《美国狙击手》(*American Sniper*),而个中奥秘显然与该电影所弘扬的战争英雄主义这种主流价值观有关。小说里的制片人艾伯特当然非常明白个中玄机。在他看来,B班的故事具有良好的票房前景,因为:

---

① 本·方登:《漫长的中场休息》,张晓意译,海口:南海出版公司,2016年,第295页。
② Barker, Martin. A "Toxic Genre": The Iraq War Films. London: Pluto Press, 2011, p.112.

B班的故事是关于拯救的,有拯救情节特有的巨大感染力……绝望是人之常情,所以无论救星以什么形式出现,是穿着闪亮铠甲登场的骑士,还是俯冲向被烈焰包围的魔多末日火山的雄鹰,抑或是突破重围突然出现的美国装甲部队,都能极大地震撼人心。认同、救赎、死里逃生,都是让人振奋的东西。震撼人心。"你们所做的事情",艾伯特曾信誓旦旦地对他们说,"是最皆大欢喜的结局。这给了大家希望,人生总该有些希望。地球上没有人不想花钱来看这么一部电影"。①

正如9·11给大家最强烈的感觉是一种末日题材的"电影感",美国人对于反恐战争的直观认识也是来自好莱坞电影,而非战地记者或国防部提供的现场影像资料。电影在中介化过程中成为一种**尺度**本身,它可以衡量战争叙事的真实与否,而且成为人们想象战争、讲述战争的**元语言**。在B班的克拉克被问及战场感受时,他用蹩脚的德国腔讲出了美国漫威超级英雄电影《野蛮人柯南》中的一句台词:"我想杀死我的敌人,听他们的女人哀号。"②同时,电影也型塑了当代美国军人理想的男性气质,它成为士兵们潜意识去表演和模仿的对象。当身处体育场并被摄影师镜头捕捉到时,比利就本能地摆出"数代影视剧的男演员塑造出的这种坚韧不拔的美国男人形象,他不用多想就会自然而然地这样做",它具体表现为"适量的言语,偶尔微笑,眼神略带倦意,对女人谦虚温柔,对男人用力握手并交换坚定的眼神"。③

第三层媒介化的遮蔽则是来自广播报纸等大众新闻传媒,它更广泛、更系统化,这里流通的媒介话语决定了美国普通老百姓如何看待9·11事件以及反恐战争的性质。比利的父亲雷或许是美国南方极右分子的绝佳代表,他早先做过音乐电台主持人,之后开始四处演讲

---

① 本·方登:《漫长的中场休息》,第6—7页。
② 同上书,第135页。
③ 同上书,第38页。

推销自己强硬的右翼主义,中风之后他"整天就坐在那该死的轮椅上看福克斯台,听死胖子拉什·林博的脱口秀,不说话"①。在9·11发生之后的第二天早上,这位热爱战争的父亲在广播里呼吁"对几个中东国家的首都进行'核清洗'"。比这位极右分子略微理性一些的是球队老板诺姆,他在媒体室面对几十个记者发表自己的欢迎军队英雄演说,他的高谈阔论是:"反恐战争其实就是我们在有生之年能够见到的正邪之争。甚至有人说这是上帝对美国意志的考验。我们配不配拥有现在的自由?我们有没有决心捍卫我们的价值观和生活方式?"②比利敏锐地觉察到,这套修辞话语和B班在这两个星期遇到的政客话术几乎如出一辙,它们几乎是布什总统对于反恐战争之神圣性的翻版。

然而同样值得注意的是,比利发现观众对这些反恐战争话语的高度同质化毫不介意,这在他看来是"因为美国人终日生活在一刻不停的推销轰炸里,对于坑蒙拐骗和睁眼说瞎话,也就是各种各样的广告的容忍度变得非常高"③。显然,大众新闻传媒的媒介化已成为一种话术表演,它在不断地重复中如广告一样植入受众的潜意识。方登以怪诞夸张的视觉方式,再现了普通美国人关于反恐战争的话语方式。在"序幕"一开始,比利接触到的一些欢迎英雄的市民滔滔不绝地向他讲述"战争、上帝和国家",作者并未选择直接引语来呈现这些话语的内容,而是将之抽空成一系列诸如"恐怖分子""邪恶""支持""牺牲""布什""价值观""上帝"等词汇,让它们以无意义的形状散落在空白书页中。④ 这种实验性的视觉写作似乎有着多重意义,它既暗示这些语句只是空洞的、碎片化的口号,同时也指明了它们进入受众意识和语言体系中不需要任何句法逻辑的牵引与组织——高频词的弹幕足以让民众接受这种"美国例外论"式政治神学塑造的反恐战争话语。

---

① 本·方登:《漫长的中场休息》,第76页。
② 同上书,第131页。
③ 同上书,第132页。
④ 同上书,第1—2页。

话语当然不仅仅是语词的堆砌与重复。如金(Erika G. King)和威尔斯(Robert A. Wells)所言,话语是"一组词语、陈述、象征和图像,它们构建了一种观看、谈论和理解某个经验或状况的特定方式",话语中包含着"自身的假定、逻辑、论证以及术语,它们决定了说什么,如何说,以及由此引申出来的不能说什么"①。而反恐战争话语则可以"建构出关于国家暴力施用的新现实",其具体手段是:

> 运用语言、神话、历史、象征、意象等强力武器,来解释为什么(战争)这种波及广泛、消耗巨大的可怕行径既是必要的、值得欲求的,同时也是可以达到目的的——简言之,即为什么战争是唯一可能的选项。②

参加中场秀的这一天,B班不断与美国右翼媒体灌输的战争话语遭遇,他们在伊拉克所体验的狰狞现实与国内战争话语塑造的"新现实"产生了激烈的冲撞,其效果是一种陌生化的认知——"在去作战区之前,比利从未发现原来这一切都如此虚伪"③。尽管美国常有自由派媒体(亲民主党)与保守派媒体(亲共和党)之分,但在发动伊拉克战争的前期话语动员中,美国媒体就像是"古希腊戏剧的歌队"一样,只是呈现和总结官方的反恐道德剧修辞,补充必要的评论和背景,"并未偏离官方许可的故事主线"④。

当李安导演突破性地以4K/3D/120帧规格来拍摄小说的同名电

---

① King, Erika G. and Robert A. Wells. *Framing the Iraq War Endgame: War's Denouement in an Age of Terror*. New York: Palgrave Macmillan, 2009, p.6.
② Ibid.
③ 本·方登:《漫长的中场休息》,第132页。
④ King, Erika G. and Robert A. Wells. *Framing the Iraq War Endgame: War's Denouement in an Age of Terror*. p.38. 值得注意的是,美国媒体在伊拉克战争中后期开始转向,尤其是在布什总统竞选连任期间,质疑伊拉克战争的效果和意义成为民主党以及自由派媒体攻击共和党的重要话题,民主党也试图将伊拉克战争与反恐战争两者"脱钩"(to decouple)。

影时,他不仅仅是为了炫技式呈现电影技术中的画面高清晰度、沉浸式观影的极限,更是和方登一样拷问了"真实感"到底意味着什么。当纤毫毕现的美国大兵出现在大银幕上时,这样的媒介化过程就可以拉近我们与真实事件的距离吗?答案恐怕是否定的。作为"阿尔-安萨卡运河战役"最关键的亲历者,比利一方面感觉到媒介化的层层遮蔽让事件的真实面貌不复存在,另一方面也迷茫于自己的身体经验和记忆与事件的关系。事实上,他本人在看了福克斯电视台的纪录片后才意识到,原来他当时是一只手开枪回击敌人,另一只手给中弹的施鲁姆进行紧急医疗救助。战场视频所记录的优秀战场表现只是比利下意识完成的,他早就不记得细节,当时在枪林弹雨中驱动他的只有本能和下意识习惯。让比利感到困惑的是,战场纪录片"跟他参加过的哪场战斗都不像",因此他有理由相信"这段真实视频便有双重虚假,一是太真实了以至于看上去太虚假,一是太真实了以至于跟事实不像所以虚假,也许的确需要好莱坞的手法和骗术让影片重回真实"①。

由此可见,媒介化过程让真实感成为一种技术化的虚幻效果,它并不等于现实,也无法将我们引向现实。B班的凯旋之旅满足了媒介消费者对于战争奇观的渴望,这些人"长年累月从报纸杂志上,从电视上,从广播脱口秀里看到和听到关于战争的消息,以及对战争的口诛笔伐,如今终于有机会切实地、近距离地亲手触摸到活生生的战争"②。平民将与他们握手的B班士兵视为战争的"真品",他们通过这种近距离接触缓解了自身对于战争的道德负担,并告诉自己"这些都是真的……这不是电影"③。但真实感带来的兴奋并未使他们对媒介化战争话语进行重新认识,他们只是以为看到了比电影更真实的"超真实"。对于比利这样亲历战场的人来说,短暂的回国之旅让他看

---

① 本·方登:《漫长的中场休息》,第295页。
② 同上书,第39页。
③ 同上书,第44—45页。

到了美国人如何生活在媒体制造的巨型泡沫中，B班只是作为一种"畅销商品"被摆到桌面，用以帮助美国人完成对"反恐圣战"这一固定认知的再度确认。就像苏珊·桑塔格戏仿居依·德波和让·鲍德里亚的口吻所说的那样：

> 我们生活在一个"景观社会"。每种情况都必须变成景观，否则对我们来说就不是真的……现实已退位。只剩下对现实的描绘：媒体……战争的胜负将不取决于萨拉热窝甚或波斯尼亚发生了什么事情，而是取决于媒体发生了什么事情。①

然而，桑塔格绝非赞同这种法国后现代主义风格的媒体批判，她的批评意见也让我们看到媒介化在战争文学中的层级和价值问题。具体地说，桑塔格承认战地视频依然是媒介化的产物，它的确不是纯粹的历史证据，在不断的传播中确实导致了受众感觉的钝化，但这并不意味着战地视频仅仅只是一种毫无真实性可言的后现代景观。让桑塔格尤其不满的是，一些像德波、鲍德里亚这样生活在富裕国家的知识分子从未真正接近过战争，却以一种犬儒主义的姿态来贬斥图像的价值。与此同时，"尚有数以亿计的电视观众，他们绝非以一种习以为常的态度来观看电视上的一切，他们没有那种对现实居高临下的奢侈"②。换言之，虽然3分43秒的视频无法再现战场真正的激烈与残酷，但却是远比那些好莱坞战争电影或五角大楼发布的高空航拍更接近真实现场的中介化过程。如果将任何媒体对战争的中介化都划入价值虚无一类并混为一谈，那么这种犬儒主义将会制造更多旁观者的冷漠。福克斯电视台战地记者意外捕捉到的比利勇救战友的视觉场面当然可以被右翼人士挪用为一种宣传战争的材料，但是桑塔格同时

---

① 苏珊·桑塔格：《关于他人的痛苦》，黄灿然译，上海：上海译文出版社，2006年，第100页。译文略有改动。

② 同上书，第101页。

也提醒我们,"摄影师的意图并不能决定照片的意义,照片将有自己的命运,这命运将由利用它的各种群体的千奇百怪的念头和效忠思想来决定"①。

同时,当战争变成电脑游戏一般的屏幕操作(桑塔格告诉我们,9·11之后针对阿富汗的轰炸行动是由设在佛罗里达坦帕市的美国中央司令部远程指挥的),当代美军对海外军事行动的影像报道采取了严格的审查制度,"对在前线使用非军事用途的摄影机的规定,也愈来愈严厉",譬如2001年底在阿富汗的军事行动,"也都禁止摄影记者采访"②。显然,相比好莱坞制造的电影美学影像和五角大楼提供的科技战争影像(桑塔格将之描述为"垂死者上面的高空,充斥着导弹和炮弹的光迹"③),福克斯电视台随军记者近距离记录的"阿尔-安萨卡运河战役"或许属于**最不坏**的媒介化战争叙事——它不仅为美国民众提供了一个了解战争现场的可能通道,让他们看到了阵亡士兵和负伤士兵的真实样态,同时也为B班这些战场亲历者留下了一份宝贵的历史证据,帮助他们更好地理解自己的战场经验。

除了对于反恐战争媒介化的深刻再现,方登还在《漫长的中场休息》中探讨了一个"后9·11"战争文学较少涉及的领域,即美国流行文化与这场战争的关系。作为一位定居于德克萨斯的作者,方登选取德克萨斯体育馆这个标志性的文化地理空间来展开小说叙事。众所周知,德克萨斯不仅是美国能源业、航天业、畜牧业、军工业、高科技产业的重镇,而且是深红的保守派大本营之一,发动两次海湾战争的布什总统父子即来自该州,也有无数像雷这样鼓吹战争复仇的死硬右翼分子。在美国流行文化的刻板印象中,德州历来以民风彪悍、尚武勇敢而著称。因为这些缘故,当身为德克萨斯人的比利归来时,球队老板诺姆当面对他说:"人人都知道德克萨斯人最会打

---

① 苏珊·桑塔格:《关于他人的痛苦》,第35页。
② 同上书,第60—61页。
③ 同上书,第60页。

仗了……奥迪·墨菲啦,阿拉莫战役的英雄啦,你继承了他们的光荣传统,知道吗?"①

如果说德克萨斯是美国战争文化的精神圣地,那么举办超级碗比赛的体育场则是这块圣地上的战争圣殿——比利初次见到它时将之比喻为"死星"(Death Star),他知道"这座球场充满了神秘和浪漫的色彩,是德州和美国的骄傲,如法老般永垂不朽"②。所谓"死星",指的是电影《星球大战》中帝国建造的战斗空间站,同时也是作为太空要塞的超级武器。这里,方登将体育场所代表的职业体育文化和战争文化联结在一起的用意是不言而喻的。小说不断透过这些来访军人的视角,强化美国职业橄榄球运动与战争的高度相似性。当 B 班战士在赛场上抛投橄榄球时,书中不乏"橄榄球像子弹一样朝比利飞来""戴姆比画了好一会儿,才将炸弹扔出"等军事意味十足的比喻。③按照比利的理论,"当兵打仗跟打橄榄球差不多,只是激烈程度是后者的上千倍"④。不过,两者的类比并非仅仅基于橄榄球比赛高强度的对抗性,或是当代美国橄榄球比赛复杂的战术组合,更是因为这项运动一方面在美国被高度职业化、商业化,另一方面它已成为一项举国痴迷的国民运动。用比利的话说:"在被黏糊糊的文化之手染指后,(橄榄球)变成一个被奉若神明、妄自尊大的臃肿怪物。"⑤让全美人民魂牵梦绕的超级碗比赛,就是橄榄球职业联盟中最具摧毁性的两个"臃肿怪物"之间的对决。于是,反讽的结构在这里显形了:B 班军人以为离开了危险的伊拉克战场回到了宁静的故乡,殊不知其实是一头撞进了另一个由美国文化建构出来的超级战场。

方登浓墨重彩地描写了 B 班战士与牛仔队明星队员的见面过程。在那些战场亲历者看来,那些橄榄球队员是美国农业喂养出来的"猛

---

① 本·方登:《漫长的中场休息》,第 112 页。
② 同上书,第 10 页。
③ 同上书,第 164 页。
④ 同上书,第 166 页。
⑤ 同上书,第 165 页。

犸象""巨无霸人种":

> 球员们各个看上去都比 B 班的兄弟们更适合打仗。他们更高大,更强壮,更结实,更凶狠,卡车般的下巴足以推倒小型建筑,鼓胀的大腿犹如承重梁。这些家伙已经注射了睾丸素,此刻正整装待发,战斗士气直线飙升。难道这些山一样的巨人还需要更强壮? 这套精心构筑的震慑与恐吓系统是依据他们的身体打造的:五花八门的护臀、护腿、护膝、套上足以改变外形的护肩——由海绵、纺织品、魔术贴、相互咬合的塑料壳以及延伸出来专门护住脆弱肋骨的下摆组成的高科技产品。手上的胶带。腕上的胶带。颈部护具。肘部护具。前臂护具。另外每个柜子的最上层都摆着不下四双崭新的球鞋。①

方登在详尽列举了球队装备室里的各种装备后,告诉读者一个令人难以想象的事实:这样的一支球队"去客场比赛时,要用两辆重型卡车拖运所有物品,总共有九千到一万磅重"②。有感于这群运动员所享受的最好的营养、科技和医疗,以及围绕这项运动令人瞠目结舌的配套装备和人员,比利不无讽刺地想:"派这些人去打仗! 就他们现在的状态:精神饱满,整装待发,做好了迎接残酷战斗的准备,把整个国家橄榄球联盟都派去! ……他们人高马大,孔武有力,令人畏惧,小小的炸弹和子弹都会被他们的钢铁之躯反弹回去。"③

将职业橄榄球和伊拉克战争相类比,在这里并非玩笑式的戏谑。事实上,方登巧妙地点明了两者之间的共通性。一个重要的文本细节,是上面引文中提到的"震慑与恐吓系统"(systems of shock and awe),这个词组并非方登本人杜撰,而是大有来历。"震慑与恐吓"正

---

① 本·方登:《漫长的中场休息》,第 176—177 页。译文略有改动。
② 同上书,第 185 页。
③ 同上书,第 187 页。

是 2003 年伊拉克战争中美方的重要战术策略和军事行动代号,它自 1990 年代末渐渐成为美军军事行动的指导思想,即依靠美国的高科技和雄厚军事力量,以绝对压倒性的武力在短时间内控制战场局面。事实上,在伊拉克战争打响 48 小时之内,美军便在伊拉克境内投放了 3000 枚精确制导导弹。这种暴风骤雨式的、不对称的军事力量展示,在一些国际政治学者看来有着令人不安的后果,因为它意味着"美国需要用自己的力量和强硬去恫吓别国,总是以威胁、谴责的方式,绝不显示本国的任何弱点"①。作为一种军事战术,"震慑与恐吓"将带来两种后果:一方面,它会造成美国外交的单边主义,进而发动所谓"先发制人的战争"(preemptive war);另一方面,过度的武力炫耀会带来巨大的物质浪费(小说中描写的牛仔队的装备室,正是美军那种夸耀式的、恫吓式的、充满物质过剩的军事文化的缩影)。

  反讽的是,这个被消费主义、物质主义"宠坏"的职业橄榄球文化有着和军事战争相似的嚣张和奢靡,但那些球员只是虚有其表地像血统优良的超级战士,他们对于战争本身的理解其实是无比肤浅的。起初,那些傲慢的明星球员对 B 班战士围过来索要签名的行为反应冷淡,但是当战士谈到在战场上开枪的真实感受时,球员们却顿时产生了浓厚的兴趣,不厌其烦地请 B 班战士描述如何用 M4 突击步枪打死敌人。在听到血腥的暴力细节之后,球员们"倒吸了一口气……有人咕哝道,像在咬着什么甜蜜多汁的东西"②。比利在凯旋之旅中不断接触到这样的美国民众,他们以爱国和英雄主义为借口,对战争文化有着嗜血一般的狂热,这也让主人公不禁感叹"他的美国同胞身上有一种残忍的东西、一股狂热、一种欣喜若狂、一种强烈的需求"③。于是,B 班的回国之行成为了一次社会学意义上的**认知之旅**,比利从中

---

① Mbao, Melvin LM. "Operation Shock and Awe: Its Implications for the Future of Multilateralism and International Law." *The Comparative and International Law Journal of Southern Africa* 37.2 (July 2004), p. 261.

② 本·方登:《漫长的中场休息》,第 180 页。

③ 同上书,第 39 页。

发现并试图破解的,正是关于自己祖国的秘密。答案就在他们参与并见证的超级碗中场行走的前前后后——这里,他们看到了热爱战争英雄的德克萨斯人,窥见了橄榄球运动、中场秀歌舞和焰火、球队老板和好莱坞制片人的商业投机背后的战争逻辑。如果说在上战场之前,比利对战争的目的和自己的国家其实一无所知,那么在中场秀结束之后,他已经洞悉了美国流行文化与美国海外反恐战争的秘密联结。方登借助归来军人的陌生化视角,完成了对美国"后9·11"文化的深刻批判。

* * *

尽管《黄鸟》和《漫长的中场休息》作为9·11战争小说都颇具影响力,但直到《重新派遣》(*Redeployment*)获得2014年国家图书奖,9·11战争文学才首次获得美国最高文学奖的承认。写出这部短篇小说集处女作的菲尔·克莱(Phil Klay)非常年轻,曾上过科伦·麦凯恩的创意写作课。在12个故事中,他从不同侧面和角度勾勒出了伊拉克战争的群像。这些各自独立的故事有一个相同点,那就是叙述者都是"我",不同身份、不同经验的"我"拼贴出了一个复数意义的战争参与者。和从未上过战场的方登不同,克莱本人曾赴伊拉克参战。2017年,克莱到南京访问时,我曾问他对这场战争的看法。他坦承军人是他的工作,他无意用他的作品来论断战争的对与错,而旨在从人的层面来讲述战争的故事。在这一点上,他的作品少了几分方登那种讽刺性写作的尖刻,与鲍尔斯对战争的人道主义关怀更为接近。不过,克莱笔下那个复数的士兵主体不能被简单地加以归类——他笔下的某个"我"在与反战人士交谈时捍卫战争,在碰到支持战争的人时,这个"我"又会贬抑战争。《重新派遣》的重大伦理价值,恰恰就体现在战争反思的复杂性与矛盾性,而非简单的批判战争或肯定战争。

对于时年27岁的克莱而言,"国家图书奖"或许是一份早到的荣誉,因为年纪轻轻的他凭一部短篇小说集(同时也是其处女作)就问鼎了这个国家最重要的文学奖。然而,对于"后9·11"时代涌现的众多伊战文学作品而言,这是一次姗姗来迟的"加冕"。《黄鸟》《漫长的中场休息》《尸体清洗者》(The Corpse Washer)等小说虽然也曾经进入终选名单,但距离登顶始终还差一步。甚至直到2012年,有些学者还依然认为,和佳作迭出的"9·11小说"相比,美国文坛尚未产生一部"标杆式作品"来反映对伊拉克入侵和占领这个重大事件。① 那么,为什么在伊拉克战争爆发11年之后,关于该题材的文学作品才在当代美国文学中获得经典性的肯定? 为什么这样一次标志性的文学肯定,会颁发给克莱的这部作品? 我认为,需要进一步思考伊拉克战争所面临的文学再现的麻烦,以及克莱如何以一种新的现实主义美学和伦理立场突破了这一困境。

伊战小说相对于其他类型9·11小说的滞后性,首先源于这场海外战争的特殊性。如前所述,通过美军的"震慑与恐吓"战略,萨达姆政权在短短两个月之内就被推翻,但伊拉克的国内和平并未到来,反而陷入了长期的动荡。克莱、方登、斯南·安东(Sinan Antoon)、鲍尔斯等人的伊战小说反映的,都是战争的僵局阶段。此时,激烈的城市攻防战早已结束,剩下的日常使命是美军小分队从戒备森严的基地出发,在残余军事力量出没的城市或乡村巡逻和清剿,应付频发的路边自制炸弹(IED)和狙击手的袭击。因此,伊战并不像是美国所经历的两次世界大战,也迥异于越南战争。基于美国绝对的军事和科技优势,伊拉克战争、阿富汗战争都不是对赌国运的全面战争(Total War)。就美方来说,与塔利班、"伊斯兰国"和其他军事力量的作战并无胜负悬念,双方悬殊的实力让这场不对称的战争成为低烈度的消耗战。美国未像越战时期那样强制征兵赴伊拉克、阿富汗参战,十多年间的阵亡人数仅为越战的十分之一,这也让漫长的伊战并未在国内民众中获

---

① Luckhurst, Roger. "In War Times: Fictionalizing Iraq." *Contemporary Literature* 53.4 (Winter 2012), p.713.

得太多关注——既没有 1960 年代那种剧烈的反战浪潮,也没有 1940 年代反法西斯战争的同仇敌忾。美国对伊拉克的入侵是迫于 9·11 事件之后的复仇冲动,虽然所谓"大规模杀伤性武器"被事后证明子虚乌有,但驻军伊拉克维持稳定和收拾残局,成为美国不得不做的脏活、累活。如迪尔(Patrick Deer)所言,美国并未赋予伊战某种基于意识形态的宏大修辞:它既不是"二战"这类的"正义之战"(the good war),也不是冷战、越战那样的"对抗共产主义的战斗";相反,它是全球反恐框架下的"永恒之战"(the forever war),也是一场"被遗忘的战争"。①

伊拉克作为当代战争的这种特殊性,使得对该事件的历史化叙事在美国文化中面临着诸多麻烦。相较之下,文学虚构作品的创作虽然较少受到市场和商业机制的掣肘,但小说家在面对伊拉克战争时也有着自身的艺术困境。一个首要的问题,就是如何用文字来想象和讲述伊战中呈现的个体生命形态。或者更具体地说,"对战争进行审美再现所做的伦理批评是基于两种力量的撕扯,一个是需要去见证和记录,另一个则是需要迂回和绝境,或者说,需要将再现创伤暴力的不可能性凸显出来"②。大多数伊战小说都是以美国士兵为视角展开的(一个罕见的例外是伊拉克裔美国作家斯南·安东,他从普通伊拉克人的视角,写出了颇具影响力的《尸体清洗者》)。然而,即使从这场战争的具体执行者出发,这种虚构的使命也依然困难重重,因为战场本身是一种极限经验(liminal experience),它具有 9·11 小说、大屠杀小说等虚构作品同样的麻烦,即再现一种不可再现性。

如果说战争的虚拟化、媒介化,是克莱这样的当代战争小说家不得不面对的挑战,那么还有一个更加隐而不显的麻烦,即该以怎样的

---

① Deer, Patrick. "Mapping Contemporary American War Culture." *College Literature* 43.1 (Winter 2016), p.58.

② Luckhurst, Roger. "In War Times: Fictionalizing Iraq." *Contemporary Literature* 53.4 (Winter 2012), p.714.

道德立场来进行这类战争的生命书写？以创作越战题材小说《士兵的重负》而闻名的奥布莱恩曾有过一个著名的论断："真实的战争故事从来都不关乎道德。"①这个从越南战场归来的老兵甚至决绝地认为，如果读者在战争故事中读出了提振人心的力量，那他肯定是受到了巨大诓骗，因为在这样的作品中本应毫无美德可以呈现，能如实提供给读者的，不过是那些淫秽与邪恶的战争真相。奥布莱恩提出了一个衡量战争故事真实性的"首要原则"："它要对下流和邪恶保持毫不妥协的绝对忠诚……假如你感到了尴尬，那么你就能讲出一个真实的战争故事。"②在《现代启示录》《全金属外壳》这样经典的当代战争叙事中，我们看到的都是这种对人性之恶、战争之荒诞的诚实再现。而美国入侵伊拉克所引发的国际法理与战争伦理争议，从战争酝酿期开始就没有停止过。鲍威尔在联合国展示的违禁化学武器证据被证明是骗局，切尼、拉姆斯菲尔德、小布什和布莱尔在积极推动战争时的"阳奉阴违"，已经被大卫·海尔（David Hare）入木三分地写入政治讽刺剧《糟糕事常有》（Stuff Happens）。

虽然《重新派遣》也脱胎自美国战争文学的传统，但它无意简单重复这类文学正典中的"绝望"程式。克莱首先反对一种强加于士兵身上的那种与"绝望""创伤"相关的刻板印象，他甚至专门在《华尔街日报》撰文，质疑公众对伊战老兵的同情目光。在他看来，不同军人在海外战场的经验是高度差异化的，个体的适应能力和感受力也千差万别，未见得所有老兵都会罹患"后创伤应激障碍"（PTSD），也不是所有参战者手上都沾有伊拉克儿童的血。③ 在克莱的战争文学建构中，伊拉克战争既不是教科书中那些王侯将相们唱主角的历史事件，充斥着大国博弈的算计和伤亡人数的冰冷数字，也不是一个无限

---

① O'Brien, Tim. *The Things They Carried*. Boston：Mariner Books, 2009, p.65.
② Ibid., p.76.
③ Klay, Phil. "Treat Veterans With Respect, Not Pity." *The Wall Street Journal* May 23, 2014. https://www.wsj.com/articles/treat-veterans-with-respect-not-pity-1400856331. 访问日期：2018年8月28日。

诗化的关于极端暴力与死亡的象征物。《重新派遣》的独特之处在于，作者以写实主义的态度，将他亲历的伊拉克安巴尔省视为有着众多面向的战争现场。书中收录的12个短篇不仅代表了12种职业分工的士兵（如殡葬部士兵、心理战特种兵、随军教士、外事官员、炮兵、财务后勤兵、军队公共事务主任等等），也分别构成了12个精小的切面，具体而微地映射出伊战这台巨大复杂的后现代机器的运转过程。克莱让读者意识到，他笔下形形色色的美军士兵所参与的，其实是一个有着严格分工和科层制度（bureaucracy）的帝国驻外机构，正是这些职责各异、体验各异的士兵构成了这个让美国深陷多年的反恐战场。

克莱的这种多视角拼贴也有别于乔治·帕克所说的老兵文学中的碎片化传统。帕克认为，记者和历史学家往往会歪曲战争，因为他们"需要去寻找情节——原因、事件顺序、意义——他们把战争变得比其真实的样子更易懂"，而老兵的文学写作则"几乎不涉及政治或争议话题"①。换言之，老兵的叙事必然具有某种无序的、无结构的碎片化特征，从而对应于他们自身的碎片化战场经验。但是，克莱的多视角叙事并不能简单地理解为碎片化，它更像是一种精心安排的拼贴，因为每个士兵主人公的经历、职务和视角都可以形成相互的衬托与补充。他们被派遣和重新派遣到这样的战场，有时候需要面对恐怖袭击或与叛军短兵相接，有时候则是应付千篇一律的日常事务，譬如练习炮弹装填或擦拭炮筒，譬如写电子邮件和上级讨论是否给伊拉克儿童发棒球帽，譬如给那些被美军误伤的市民发放抚恤金，譬如休息时在营地里玩德州扑克或在浴室里手淫。

克莱对战场生活的群像刻画显示出新闻特写写作的控制力，它有着巧妙的对位安排，让战场生活中无休止的重复、乏味与空虚，与交战时枪炮的暴力杀戮，战地上最为狰狞、污秽的死亡形成了战争的多重

---

① Parker, Goerge. "Home Fires". *The New Yorker* April 7, 2014.

侧面。在《肉体》中,那个在美军殓葬部门负责清理尸体的主人公,讲述了装有某具伊拉克叛军的尸体的袋子如何在搬运中被卡车后门划破,然后"腐臭的血、体液混着内脏像杂货般从一只湿纸袋底部漏下来。'人汤'正好泼在他的脸上,顺着两撇胡子往下滴"①。战争生活的无聊与恐怖就这样成为了伊战的一体两面,两者对于《重新派遣》中的生命书写同等重要,因为正是两者的交替才构成了每轮持续10—12个月的美军派遣生活。

克莱这种将伊战的零光片羽分解于不同短篇之内,并以统一的主题加以贯穿缀连的做法,与舍伍德·安德森《小城畸人》的群像刻画手法颇为相似,它的叙事优势之一,是可以多视角地展现海外战场的参差多态,同时以文学的手法介入伊拉克战争这个棘手的政治议题。对于奥布莱恩而言,战争故事的"真实"是对于战争中至暗地带的忠实再现,但克莱讲述的战争却拒绝呈现某种单态的真实。他要给读者看的,是有着广泛色态差异的光谱。更进一步说,奥布莱恩的战争叙事美学所关注的真实阈限,是如何逼近战争作为极限经验在恐怖与暴力层面的不可言说性,而克莱的叙事美学采用的是提喻与枚举手法。他在真实这一维度上的诉求不是同质的现实深度,而是足够复杂的差异性。对克莱而言,仅仅对伊拉克战争摆出一种道义立场是不够的,文学提供的这种复杂的真实性对于我们在现实生活中认识这场战争具有不可或缺的意义。

与之对应的,是组成驻伊美军的那些生命个体所体现的分裂的战争态度。他们或犬儒、或坚强、或真诚、或绝望、或邪恶,在多元文本中呈现出一种巴赫金式众声喧哗的思想结构。在《金钱作为一种武器系统》这篇故事中,鲍勃持有的是一种存在主义立场:"我们之所以在伊拉克打仗,是因为我们在伊拉克打仗。他不追问原因,也不奢望能有所作为。他唯一在乎的是25万美金的年薪和三次带薪假。"②另一个

---

① 菲尔·克莱:《重新派遣》,亚可译,北京:人民文学出版社,2016年,第48页。
② 同上书,第68页。

叫辛迪的女兵，作为美军扶助伊拉克妇女计划的顾问，她"是这场战争的信徒，(认为)这是一场正义与邪恶的战争"①。还有一些士兵则经历了信仰的幻灭。在《火窑中的祈祷》中，一位陆战队员告诉随军牧师，"这他妈的毫无意义……我们在干什么？我们穿过一条街，触发炸弹，第二天又穿过同一条街，而他们已经埋好了新的炸弹。就像是，你不断重复直到所有人都被炸死……杀人是唯一让我觉得有意义的事。不只是浪费时间"②。从人物设置而言，只有《除非伤在该死的胸口》中那个公共事务副官与克莱本人的军队经历相符，两人的"职责是处理营内的文书：伤亡报告、通信、授奖、个人评估报告、法律问题"③。但这样一个原本可以发展为自传式虚构的声音，在12个故事中也未居于特权位置，而是和其他人物的声音与意识平行并列。

克莱之所以要建构故意疏离他本人视角的伊战叙事，或许是因为他明白这样一个道理：公共事务科的文职士兵与海豹突击队的特种兵虽然都身处伊拉克前线，却注定无法以相同的方式来把握这场战争的真相。他们之间需要通过接力讲述来交换真相，他们各自的盲点或局限或许在别人的故事中能得到克服。克莱的写法在某种程度上也呼应了詹姆斯·坎贝尔(James Campbell)对"战场诺斯底主义"(Combat Gnosticism)的著名批判。这个概念源自坎贝尔对保罗·福赛尔的"一战"文学研究的提炼，前者认为战争文学研究(以后者的那部《伟大的战争和现代记忆》为代表)出现了一种可疑的倾向：将战斗人员的经验和叙事放到某种特权位置，暗示那些曾经在战壕中出生入死的作家(多为男性作家)比那些身处后方的平民或未参与实战的军事人员更能真实再现战争的极限经验，更接近战争的现实。④ 然而，这样的研究范式其实不仅轻视了女性的战争叙事，而且将战斗等同于战争本

---

① 菲尔·克莱：《重新派遣》，第68页。
② 同上书，第128—129页。
③ 同上书，第211页。
④ Campbell, James. "Combat Gnosticism: The Ideology of First World War Poetry Criticism." *New Literary History* 30.1(Winter 1999), p. 209.

身的做法,实际上是贬低了战争过程中的其他参与者,譬如医护人员、后勤补给人员、营区管理等文职军人。

所以,在克莱的伊战故事集中,"真实"是一个多样化的、生产性的过程,而不是某个神秘的、静止的、沉默的存在之物。从文学技巧上说,克莱不缺乏《黄鸟》那种以诗人视角讲述战场生存之谬的能力,也完全能像《漫长的中场休息》那样讽刺性地言说战争亲历者和普通民众之间的巨大鸿沟。但是,克莱似乎厌倦了像父辈作家那样,去不断重复战争文学中的"战场诺斯底主义",将战争经验变成战斗人员某种高级的隐秘知识,不仅不可言说,也不可见证。① 他也拒绝让当代的伊战士兵重复《达洛维夫人》中那个"一战"老兵赛普蒂默斯(Septimus)的样子,将个人化的战争记忆演绎成永恒向下的旋涡,只能不断带来幻灭和崩溃。对克莱这个毕业于常青藤、热衷于冰球和拳击的年轻作家来说,遥远的伊拉克是一个帮助他和笔下的普通美国士兵认识他者和死亡的生活情境。在这样的情境中,克莱以战争机器为棱镜,透视形形色色的军队生活,目的是讲述他者的无限性,而非他者的总体性。这似乎是克莱对美国战争文学本体论的一种背离,却与列维纳斯的他者哲学有着深刻的契合之处。无论是军队中庸常的、琐碎的具体经验,还是不可叙述的、断裂性的个体创伤体验,叙述战争经验都构成了克莱及其笔下人物生产他者的无限性的途径。这种叙述是一种言语行为,其操演性并不体现在讲述的内容距离真实有多远,而是在于这种叙述本身可以让事情发生。换言之,在克莱看来,在士兵之间、士兵与平民之间叙述战争经验的"不可叙述性",比执着于表达战争对主体意识的不可修复的撕裂更具有伦理价值。

在《漫长的中场休息》中,初上战场的比利也曾问过施鲁姆交火是什么样的,对方的回答粗鄙又充满玄学味道:"什么都不像,真要说的

---

① Campbell, James. "Combat Gnosticism: The Ideology of First World War Criticism." *New Literary History* 30.1(Winter 1999), p. 204.

话大概就像被天使强暴吧。"①因为天使并非寻常人类可见的奇迹,战争的恐怖也就成为一种无法向他人转述的神秘经验。当然,《重新派遣》中并不缺乏战争文学中常见的"叙述无能",但克莱却避免掉入创伤文学的窠臼,仅仅呈现在心理经验的断裂处的叙事及其所体现的治疗效果。尤其是在《战争故事》中,克莱不仅集中探讨了士兵向平民讲述战争的困难,也反身性地讽刺了将文学叙事作为治愈"创伤后应激障碍"的幼稚想法。《战争故事》中的詹克斯在战争中受到身体和心灵的双重创伤,他一直以来的态度是:"我从不讲战争故事。"②如果不是为了编造一些战争段子来泡妞,他也无法真正将碎片化的记忆组合起来,因为"很多记忆都消失了。什么都不剩。就像,系统崩溃了"③。两个来自纽约老兵团体的女孩来对他做访谈,试图借助作家工作坊帮助老兵开展自传式写作,"通过写作来治疗创伤那种东西"④。詹克斯在女孩们的诱导下,逐渐敞开了心扉,开始艰难地回忆起那次导致自己伤残的爆炸袭击,尽管他只能记得"一道亮光"和"硫磺的气味",然后是猛烈到来的"黑色"。⑤ 克莱并未乐观地暗示这种叙述疗法可以治愈詹克斯的心理创伤,因为在访谈结束时,詹克斯始终无法触及"他的成长故事,也不会谈起那个让他心碎的女孩"⑥。作者甚至通过叙述者"我"(詹克斯曾经的战友)批评"老兵反战同盟和艺术家……为了一个他妈的舞台剧揭他的伤疤,像一群蛆一样啃他",尽管采访者立刻反驳称:"他们在我身上用过蛆……蛆能清理死皮。"⑦

如果说"蛆"这个比喻深刻解释了叙述战争对于士兵的正反效果,那么克莱更为看重的,则是讲述战争对于社会共同体的意义。简

---

① 本·方登:《漫长的中场休息》,第 62 页。
② 菲尔·克莱:《重新派遣》,第 186 页。
③ 同上书,第 196 页。
④ 同上书,第 194 页。
⑤ 同上书,第 197—198 页。
⑥ 同上书,第 206 页。
⑦ 同上书,第 204—205 页。

言之，叙述战争是社会中一种共时的生产分工，每个士兵分享属于自己的战场经验，但达到的整体效果却是对不应遗忘的历时记忆的接力。在接下来"我"和两个女孩的单独对话中，读者很快意识到这样的叙述行动不仅针对詹克斯本人，还能帮助其他老兵(譬如"我")重组自己的战争记忆，也帮助两个女孩去重新理解她们各自家庭中那些来自祖父和父亲们的战争故事，甚至可以帮助美国人重新审视《黑鹰坠落》《野战排》《拆弹部队》这样的战争电影。因此，对于克莱来说，讲述和书写战争从来不仅仅是用于自我疗救的闭环，也体现了文学的事件性，它指向那些接受故事的倾听者。

《心理战》中的"我"和扎拉之间对话关系的演进，进一步体现了士兵与平民之间交换叙事的生产性。思想激进、反战的扎拉起初要逼迫"我"承认自己在伊拉克屠杀平民的罪行，在误会化解后，两人的交流逐步加深。身为埃及科普特人的"我"说出了9·11之后自己如何在美国被误解和孤立，如何在战场上用热成像夜视仪观察一个受伤叛军慢慢死去，而扎拉这个来自巴尔的摩黑人家庭的女孩，也吐露了"后9·11"爱国狂热下的种族歧视如何影响了她改信伊斯兰教，反思了阿尔都塞、葛兰西这些左翼思想家如何影响了她的战争观。所以，施话者与受话者在这里是可以互换的，他们在克莱的故事中并无主次之分，两者的相互作用决定了意义的生成。这种对主体间性的呈现，贯穿于《重新派遣》的写作。

那么，为什么克莱对战争参与国的士兵和平民之间的相互讲述抱有如此积极的信念呢？这或许是因为作者对战争书写中的"肉体"有一个二元的立场。首先，无论战争的前线与后方、"我们"和"他们"，甚至人和动物之间有多么巨大的差异，肉体的脆弱性都构成他们最大的公约数。对列维纳斯而言，当他者的"脸"向我们呈现时，它传递的就是生命的脆弱性和可伤害性，我们对这样的"脸"具有无条件的责任，即不应该用暴力方式去伤害它们，这是列维纳斯非暴力伦理学的出发点。① 类似地,朱迪斯·巴特勒也认为,"这种'共同的'肉体上的脆弱性"("common"corporeal vulnerability)构成了"人文主义的新的基础"。② 但是她转而强调,对于脆弱性的社会共识并不会自然而然发生;相反,不平等的国际政治一直在试图从公众视野中抹除他者的脆弱性。重新暴露并凸显这种脆弱性的,恰恰是暴力本身,它让我们在对死亡的悲悼中发现自己在社会中的关系性,通过反省他者肉体的殒灭,来认识人存在的意义和对于他者的伦理责任。③

在标题故事《重新派遣》中,克莱巧妙地书写了两类狗的身体。前者是美国陆战队队员射杀战场上舔食敌军腐尸的饿狗,"虽不是美国人的血,但毕竟是条狗在舔着人血"④。后者则是主人公在派遣期结束后回国,决定杀掉自家即将老死的狗。狗以人肉为食,这无疑提醒惯于食肉的我们,人在食物链上的动物性存在,而以人道主义为由击毙美国家中的老狗,又会让"我"想到自己和战友在费卢杰的杀狗行动。这样的屠狗既是在捍卫人之为人的尊严,也是为了保全狗作为人类伙伴的尊严。克莱以极为专业的军事知识,描述了人和狗在子弹面前的共同命运:

> 你的身体的主要成分是水,因此子弹穿过身体就像石头投入池塘。它会激起涟漪……尤其当两颗5.56毫米子弹以超音速穿过的时候……你的两片肺叶都会穿孔,胸前出现两个大洞。你必死无疑。但你一时还死不了,还能感觉到血液慢慢充满你的肺。⑤

---

① Levinas, Emmanuel and Richard Kearney. "Dialogue with Emmanuel Levinas." *Face to Face with Levinas*. Albany: SUNY Press, 1986, pp. 23-24.
② Butler, Judith. *Precarious Life: The Power of Mourning and Violence*. New York: Verso, 2004, p. 42.
③ Ibid., p. 22.
④ 菲尔·克莱:《重新派遣》,第1页。
⑤ 同上书,第14页。

在克莱的笔下，无论是什么物种或国籍，战争暴力下的死亡都具有这种冷峻的脆弱性，也构成了一种更为普适的对话基础。因为正是通过讲述这种被遮蔽的肉体脆弱性，我们才能质疑对于肉体等级性的划分，从而进一步谋求团结和共情的基础。正如巴特勒在9·11之后呼吁的那样，"受伤即意味着人有机会反思伤害，发现它分布的机制，发现还有谁也遭受了可渗透的边界、无妄之暴力的伤害，还有谁被剥夺，活在恐惧中，以及这种伤害的方式何在"①。《肉体》中，负责殓葬的士兵在回乡后与女友再次肌肤相亲，在抚摸她的身体时，他被瞬间激发的就是这样的反思。"我"想到了在伊拉克接触的各种遗体，"我会揪起自己身上的一块皮肉，再拽一下看着它拉伸。我会想，这就是我，不过如此"②。

关于"肉体"立场的另一面，则是脆弱肉体的伦理维度，即这些肉身的主人是否可以在战争中成为道德的行为主体。在《第22条军规》的黑色幽默中，士兵的自由意志不过是一种荒诞的幻象，但是对于完全由美国公民自愿服役参与的伊拉克战争来说，克莱并不认为士兵沦为了美国反恐战略的走卒与棋子。比如《火窑中的祈祷》里的罗德里格斯，因为连队战友死伤对他个人良心的重压，他向随军教士忏悔说："日复一日，我别无选择。他们把我派出去送死，这他妈的毫无意义。"③但牧师却提醒他："你认为你能控制发生的事，你不能。你只能控制自己的行动。"④这其实代表了克莱的某种立场：即使士兵知道这场战争的发动并非无可指摘，也明白它给伊拉克人民带去的深重灾难，但这并不意味着士兵作为伦理主体在这个被指责为"非正义"的战争中就应无所作为，也不意味着伊拉克战争不可以被放入战争伦理框架中加以讨论。

---

① Butler, Judith. *Precarious Life：The Power of Mourning and Violence*. p. xii.
② 菲尔·克莱：《重新派遣》，第58页。
③ 同上书，第128页。
④ 同上书，第132页。

如麦克尔·瓦尔泽(Michael Walzer)所言,围绕"正义战争"(just war)这个概念一直有两种极端化解读。第一种观点认为,谈论"正义战争"即意味着将战争行为道德化,从而为发动战争的行为进行伦理学上的洗白;另一种批评意见则认为,"正义战争"论过度聚焦于战争的技术细节或具体的战斗,而对地缘政治中"帝国主义野心和争夺资源与权力的全球斗争"这些大问题视而不见。① 瓦尔泽本人关于"正义战争"论的立场包含两部分:战争**有时候**是合理的(如阻止卢旺达大屠杀的国际维和部队的军事行动,或以打击塔利班和基地组织为目的的阿富汗战争);战争行为**总是**可以接受伦理批评的考察。由此可见,当代战争理论并不像和平主义者那样笃信一种绝对主义,认为任何导致人员伤亡的战争都是不义的,也不像马基雅维利式现实主义者那样,认为战场上一切行为皆不分对错。布什父子喜欢用宗教修辞,将战争描述成美国例外论加持下的正邪之争,但其实"正义战争"并不应与"圣战"混为一谈。瓦尔泽所讨论的战争中的正义,并不是神学意义上绝对的"善"对"恶"的追讨与杀伐,而是在一定的原则范围内对当代军事行动的伦理考察。用瓦尔泽的话来说:"正义战争理论不是对任何特定战争的辩护,也不是对战争本身的谴责。它的设计目的是维系一种(对战争的)永恒细察和内在化批判。"②

克莱同样无意于用一种相对主义或绝对主义的方式来看待"正义战争",他选择以一种实用主义伦理的立场,审视笔下这些伊战中的小人物所面临的道德选择。当代伦理学已实现了康德之后的实用主义转向,当代伦理学家已不再坚守普适不变的道德律令,而是认为"道德反思必须和所有真正的研究一样选择起点,即 *in media res*(从中间开始),从切实的生命经验纠缠中出发"③。正因为如此,克莱选择的并

---

① Walzer, Michael. *Arguing about War*. New Haven: Yale UP, 2004, pp. x-xi.
② Ibid., p. 22.
③ Fesmire, Steven. *John Dewey and Moral Imagination: Pragmatism in Ethics*. Indianapolis: Indiana University Press, 2003, p. 28.

不是以宏大叙事的方式展开,而是在费卢杰这个危城的每分每秒,由具体的人在具体而微的情境中去应对:是否相信审讯室里这个可疑的伊拉克人用汽车蓄电池电鱼的说辞?是否在检查站面对一辆没有及时减速的轿车时,让手中 M16 的射击再推迟几秒?是否宁可得罪五角大楼的官僚,也要如实汇报在伊援建项目的愚蠢昏聩?甚至连杀戮本身也存在伦理选择的空间。最后不得不扣动扳机杀死自家老狗的"我",明白只要两枪射击左右肺并间隔足够的短,就会保证它"当场死去,不必经历垂死的挣扎。只有震惊,没有痛苦"①。每个拥有杀人武器的士兵,虽然都有同样的武力升级规程来决定对手的死,但也可以在临时的情境下,以自己的伦理法则来在当下做出抉择。每个这样的选择,都在真实地塑造着一个个有血有肉的战场参与者不同的道德脸谱。

克莱在书中特别引用了哲学家的一句话:"阿甘本说人类和动物的区别在于动物完全受制于刺激。"②如果人类可以超越自己的动物性,即使是面对战场这样极度恐怖的外部刺激,也能克服条件反射做出选择,那么他就不只是一条巴甫洛夫的狗,而是有自主能力的道德主体。这里,我们不妨回到巴特勒,重温她关于身体政治的愿景,或许可以获得更多的启迪。这位性别理论家说:"我的身体既属于我,也不属于我。自进入他者的世界之初,身体就携带了他们的烙印,形成于社会生活的坩埚中;仅仅在未来,带着某种不确定性,我才能宣布拥有自己的身体,假如我真的这么做的话。"③正因为如此,巴特勒才将身体的自我化(individuation)视为一种成就(accomplishment),而不是前设(presupposition),它甚至未必会如愿实现。④ 克莱在书写生命肉身时,秉持了这种谨慎的乐观。它比《士兵的重负》《黄鸟》更真实吗?

---

① 菲尔·克莱:《重新派遣》,第 14 页。
② 同上书,第 235 页。
③ Butler, Judith. *Precarious Life*: *The Power of Mourning and Violence*. p. 26.
④ Ibid., p. 27.

我无意评判,但至少克莱未将战争的意义做一种绝对化的神秘悬置。换言之,战争的恐怖不必然高于、也绝不低于日常生活的恐怖。在《重新派遣》中,战场只是提供了一个处所,让我们去讲述人性的软弱和坚强。直面当代战争经验的平庸与多义,直面战场熔炉对个人良心的不同锻造,或许这才是克莱眼中战争叙事不应回避的道德使命。

后　记

　　本书从构思到完稿，从修改到付梓，前后差不多经历了十年的时间。在这十年里，世界发生了翻天覆地的变化，有些是9·11事件和全球反恐战争带来的多米诺骨牌效应，有些则是完全始料未及的黑天鹅事件，譬如肆虐的新冠肺炎疫情和俄乌冲突。思考这种不断生成和变化的事件，正是当代学术研究的迷人之处，因为它意味着一切并无确定的答案，意味着书斋里的学者要时刻留意并观察现实世界的异变，意味着这十年的研究和写作中我需要不断更新自己的材料、论据甚至观点。

　　研究对象的这种未定状态，对本书而言是福祸相依。

　　如果说这是一种幸运，那就是我可以更自由地探索和思考文学与艺术在这个狂暴时代的奇异命运。当 Twitter、Facebook、TikTok 这样的社交媒体已经成为我们认知世界的主要媒介，小说、戏剧或诗歌还能有效地介入公共和私人生活乃至政治吗？严肃文学如何在注意力被图像劫持的今天重塑大众的心灵？在"后真相"时代，具有自反性的文学叙事能成为信息茧房、群体极化、网络暴力的解毒剂吗？从来没有一个时代像现在这样，亟待我们去阐明文学及文学批评的意义。

　　如果说这是一种不幸，那就是本书的研究必然受限于某种时效性。"历史的崇高客体"总以不可预知的方式显现其"真容"，我们自以为熟知的现实常常突变为某种"超现实"或"魔幻现实"。文学批评在面对这种广袤的、多变的、异质的当代经验时，其实总显得力有未逮、挂一漏万。批评家如同古代的释经者，希望能从伟大的文学作品中解读出具有预言性的微言大义，但面对"百年未有之大变局"，我们果真能以阅读为火炬，穿破历史迷雾吗？答案尚待确认。

当然，即使它注定是一部不完美的书，我也要真诚感谢那些一直以来提供支持和帮助的机构、朋友、同事和学生——

譬如，我这些年为南京大学英美文学方向的硕士研究生开设了一门名为"小说与恐怖"的选修课程。在课堂内外，我与年轻的学生们一起研读、讨论本书涉及的诸多文本，他们提出的很多问题和见解都对本书的写作有所启发，这种教学相长的乐趣也是我学术生活中的光与火。

譬如，本书的部分章节曾以其他形式发表于《外国文学评论》《国外文学》和《当代外国文学》等学术期刊，也有若干片段刊登于《南方周末》和《上海书评》。这些文字在发表和修改过程中，都曾受惠于编辑部老师和匿名评审的悉心指教，在此谨表谢意。

譬如，我要感谢国家社科基金和江苏省社科基金对本人研究的慷慨资助，让我有充足的物质条件完成本书研究过程中的资料收集工作，并有机会参加国内外学术会议，结识学术同道，同时，结项考核中评审专家对书稿提出的中肯意见亦对我帮助甚大。

譬如，我要感谢南京大学外国语学院的领导与同事，正是在这里求学和任教的16年，让我成长为一个学者和教师。南京大学不仅为我创造了一流的研究和教学环境，也给这个9·11文学研究课题最大限度的自由和肯定。

譬如，我还要感谢中美富布赖特项目的资助，让我能在2019—2020年赴弗吉尼亚大学英文系访学。正是由于这次宝贵的学术假期，我才得以在国家社科基金结项后对书稿进行重大增删，并在国外大学图书馆找到了很多宝贵的资料素材。

譬如，本书的责任编辑张雅秋与我相识已久，她一直鼓励和监督我完成书稿并交给北京大学出版社出版。这本书在申报选题、修改校对、设计装帧等各个环节，都得益于这位"助产士"的专业经验和辛勤工作。

"十年磨一剑"的说法颇为励志，但这本书的诞生却并不能让我如释重负。我深知，尽管写作过程足够长，也的确投入了相当多的心血和时间，但囿于自身的学养和阅读经验的短板，我的写作和思考依然难免左支右绌。每次审读校样，我总是如履薄冰——书稿中那些或隐或现的错误和疏漏，似乎总在尽力逃脱我手中的红色圆珠笔。

特别值得一提的是，我的五位硕士研究生（李仪凡、王凯丽、孙凯钰、王德宇、黎亦菲）在编辑后期帮助我校对了全书引文和注释信息，在此一并致谢！如果读者在书中依然发现错漏之处，还请多多包涵，责任都在我个人。本书参考了大量的英文文献，如无特别指出，引文均为本人翻译，若有曲解或误译，责任全在笔者。

最后，感谢我的妻子和儿子，正是他们在生活中恒久而又包容的陪伴和爱，让我能安心坐在电脑前，完成这样一本书。

但汉松

2022年5月1日

写于南京